U0940362

MANSHANGUSHICIXUANZHU

马鞍山古诗词选注

魏涵民·编著

合肥工业大学出版社

图书在版编目(CIP)数据

马鞍山古诗词选注/魏涵民编著．—合肥：合肥工业大学出版社，2015.1
ISBN 978-7-5650-2129-9

Ⅰ.①马…　Ⅱ.①魏…　Ⅲ.①古典诗歌—诗集—中国　Ⅳ.①I22

中国版本图书馆 CIP 数据核字(2015)第 022782 号

马鞍山古诗词选注

魏涵民　编著　　　　责任编辑　疏利民

出　版	合肥工业大学出版社	版　次	2015 年 1 月第 1 版
地　址	合肥市屯溪路 193 号	印　次	2015 年 1 月第 1 次印刷
邮　编	230009	开　本	710 毫米×1010 毫米　1/16
电　话	总　编　室：0551—62903038	印　张	23.5
	市场营销部：0551—62903198	字　数	334 千字
网　址	www.hfutpress.com.cn	印　刷	安徽联众印刷有限公司
E-mail	hfutpress@163.com	发　行	全国新华书店

ISBN 978-7-5650-2129-9　　　　定价：88.00 元

发轫于消闲奇趣　建功于探宝聚珍

——读魏涵民先生《马鞍山古诗词选注》

鄢化志

近代诗人刘大白曾云：“少年是奇迹的探索，中年是功业的建筑，老年是历史的翻阅。”清人童叶庚云：“少年爱绮丽，青年爱豪放，中年爱简练，老年爱淡远。”中国传统文化奠基人孔子云：“吾十有五而志于学，三十而立，四十而不惑，五十而知天命，六十而耳顺，七十而从心所欲，不逾矩。”儒家经典《礼记·王制》则针对老者云：“五十杖于家，六十杖于乡，七十杖于国，八十杖于朝，九十者，天子欲有问焉，则就其室。”以上罗列诸说，都是表明：人生不同阶段，有着相应的生活目标、情趣爱好、认知境界和享有品级的群体共性。在社会文明高度发展，中华民族由温饱向小康迈进的新时期，随着人类寿命的普遍延长，老龄问题也日益受到关注。古稀之后的岁月如何使生活充实、有意义，社会学家提出过各种理论、方案。今读魏群老师见示其父魏涵民先生的著述《马鞍山古诗词选注》，引起笔者对上述问题的再一次认真思索。

魏涵民先生此书，凭一己之力搜集了307位诗人的450多首描述沿江名胜采石、姑孰的诗作，并对每篇作品作了详尽注释。对魏先生这样“半路出家”且年逾古稀的文史工作者而言，这不能不说是件颇具奇迹色彩的成果。尽管以地方名胜为中心的诗词选集古已有之，但无论是先秦时期《诗经》中的十五国风、专言荆楚思想文化的《楚辞》，还是历代专言某区域山川风物的各地方志中的诗文部分，乃至《古今图书集成》中的《方舆汇编》“地舆典”与“山川典”中的诗词汇集，率皆群力合成，且基本无注。而魏先生在全凭个人努力的条件下，完成了这部具有浓郁乡土风味且不乏特定系列诗史价值的专集，这使人在惊异的同时，也不能不油然产生出深深的钦敬之意。

打开书卷，突出的感觉是作家多，名篇多，作品丰富。一般描绘某一处景点的诗词，能有三五名家名篇，已足以引人注目，但本书涉及的名家名篇几乎使人应接不暇，其中文学史上不能不提的名家、大家，已有上百人。如南北朝山水诗派创始人谢朓、诗文被选入中小学课本的吴均，盛唐的顶级诗人孟浩然、李白与李颀，中唐大诗人白居易与刘禹锡、王建、贾岛，大历十才子中的钱起，晚唐五代的杜牧、杜荀鹤、韦庄，“唐宋八大家”中的北宋王安石、苏轼、曾巩，以及黄庭坚、沈括、李之仪，南宋的陆游、杨万里、张孝祥、辛弃疾、文天祥，元代的赵孟頫、萨都剌、杨维桢、揭傒斯、卢挚，明代的高启、于谦、王守仁，前后七子中的王世贞、徐中行、宗臣，以及梁辰渔、汤显祖、李东阳、袁宏道兄弟，清代的查慎行、吴敬梓、黄景仁、洪亮吉、汪中、施闰章、刘大櫆、谭献……名家大家之外，还有些虽非著名诗人，却以特殊身份为本选注增色的作者，如身为帝王将相的朱元璋，女诗人徐君宝妻、闺秀端淑卿等，出家的诗僧如璧，被斥为民族败类的阉党余孽阮大铖，甚至还有安南（今越南）驻北宋大使阮辉莹。以所选诗作体裁言，则既有古体诗，也有狭义近代格律诗中的五、七言律诗、绝句，和广义格律诗中的词与散曲；既有正统诗体，也有步韵、次韵、回文等应酬游戏的杂体诗作。从内容看，写景固是主体大端，但也不乏以景融情、借景抒情乃至叙事、咏物、怀人、怀古、赠人、题画诸作，乃至以中秋、重阳、寻春、消夏、摸秋等反映地域节令风物之作。因此，说此诗集已具备了采石姑孰地区“人文诗史”的功能，也似无不可。

本书编著者魏涵民先生，自幼家贫，读小学数年即在布店学徒。后参军入朝，作战、入党，并自学初中文化。转业到地方后，曾主管过车间、办公室、宣传、办报等工作，一直自学苦读，笔耕不辍。退休后，在应邀参编《马鞍山史话》过程中，发现大量描写采石姑孰风物的历代诗作，一直埋藏于故纸堆的“深闺”，不为人识，因而为之深感惋惜，遂加以搜求，且不惮劳烦地摘录、拍照、誊抄、校雠（chóu）、作注，几乎废寝忘食。积数年之辛劳，终于千方百计地完成了这部浸润着山川秀色、洋溢着诗韵风雅而又自成体系、具有诗史意味的独特古诗选注，从而不仅为充满山川灵秀的采石、姑孰亮起了一道凝聚着古今诗家才华灵思的风雅锦章，更为无数往来倾倒于采石姑孰丽水青山的风流文士，构筑了一方自娱娱人的诗国百花园。同时，本诗注对地方文化、文学的研究，对相关诗人情趣行踪的考证，也有独特的参考价值。即使对专业文史工作者，也不失为研究山水诗与地域风情的参照读本。

在现实生活中，退休的老同志各有其丰富的人生阅历和历练多年的观察处理事物的能力，因而也各有其寄托生活情趣的怡情养性的方式：或含饴弄孙，或访晤老友，或品茶弈棋，或读帖观画，或莳花弄草，或遛鸟养鱼，或清鉴古玩，或品赏美食……都不失为欢度晚年的积极健康方式。而像魏先生这样沉吟风雅篇什、流连词章诗韵，集腋成裘，推己以益人、益世的生活情趣寄托，岂不更是品位高雅而又功德无量的延年益寿的良方？令人尤其感动的是，魏先生此书既无职业及课题之督促，更无评职评奖之急需，全出于对乡土优秀文化的责任意识乃至使命意识，以至辛苦经营而撰述成书。诚所谓“发轫于消闲奇趣，建功于探宝聚珍”。魏先生本意只是把优秀诗作介绍于世，以作为晚年闲情逸趣的寄托，并无多少功利目的。但正如宋代理学大家陆象山云：“深山有宝，无心于宝者得之。”魏涵民先生正是无心于功业的初衷之下，“一不小心”地编著出一本自成体系、具有多方面价值的古诗选注。其编辑撰述之劳苦功高，自足楷模世人；而其著述无心于己、务求有益于世之品格，则更值得人们肃然起敬！

魏先生大作即将付梓，余得先读之快。谨以此读后所感，预祝此诗集出版后，获得更多诗坛知音；并祝魏涵民先生康乐福绥，寿比南山，继续推出更多雅韵锦章，以泽被诗国，辉映人文，为社会主义文化的大发展、大繁荣，做出新的贡献！

2014 年 7 月 9 日敬撰于宿州学院赛珍珠研究所

（序作者系宿州学院教授、院图书馆前馆长，中国诗经学会、屈原学会会员）

前言

魏涵民

这本《马鞍山古诗词选注》，共选注了307位古代诗人的450多首古诗词，连同注释，全书共30多万字。

采石姑孰，自古以来就是人杰地灵、文运昌盛。在这307位诗人中，有近50位是生于斯长于斯的本土诗人。他们绝大多数都是进士，都在朝廷或在州县官署做官任职，公务之余，笔耕不辍，诗作颇丰。北宋大诗人苏轼的好友、人称李白身后、北宋诗人、转承议郎、阶至朝请大夫的郭祥正，他一生作诗1400多首；清户部尚书、军机大臣、诗人黄钺，工书、工画更工诗，光《壹斋诗集》就有36卷。

还有30多位虽说不是本土诗人，但他们都在本州、县做官任职，也应当算是一地之主了。而且，他们又都是写本地的人文景观。所以，他们的诗应当选注其中。他们中较为突出的代表有：时任太平州（治当涂）知州、诗人张伯玉。他不仅擅长吏治，还娴熟文学。伯玉多学而博识，能饮善诗，常常是酒百杯、诗百篇。时称“张百杯”“张百篇”。著有《蓬莱集》2卷。本《选注》只选注了他在任时所写的诗词两首。南宋诗人杨万里，初学江西诗派，后风格转变，以王安石及晚唐为借鉴，构思新巧，自成一家，世称杨诚斋体，一生作诗两万多首。他在兼理太平州期间，在这一带活动较多。选注他的诗多首。明太平府推官、诗人李春熙，著有《元居集》9卷，其中有诗5卷；清诗人、安徽学政署（府署在当涂）幕僚黄景仁，在幕府3年多，闲暇时，常游览采石、青山、白纻山、天门山、姑溪河，作诗60多首。

其余近200位诗人，是各朝各代从全国各地而来。从表面看，他们是来游山玩水的，实则不是。他们是来追寻谢朓、李白的游踪诗魂。他们在采石姑孰所写的诗，还非选注不可！

当涂历史上的大青山，风景秀丽，山水奇特，深受南齐诗人、时任宣城太守谢朓的青睐。他认定大青山是山水都，所以时常“双旌五马”，游览青山，“尚子时未归”。因爱其胜，他还在大青山山南筑别宅，挖小井，还有“终焉之志”，死了要葬在大青山。是时，世称青山为谢家青山或谢公山。唐天宝十二年（739），朝廷正式下令，将大青山改名为谢公山。因为一个人的爱好，而由朝廷出面更改山名，这在我国历史上还是第一次！

谢朓是山水诗派创立者，又是永明体诗派的重要成员，诗句多描写自然景色，深受李白的推崇和赞许。正如清诗人李澄中、黄景仁在各自的诗中所说，李白“平生最爱谢公句”、“一生低首唯宣城”！

谢朓和李白一样，也是刚直不阿、不畏权贵之人。时任齐中书令的萧遥光，企图代齐自立，要谢朓等为其自立出谋划策，谢朓不干。反过来萧遥光就诬陷谢朓，说他说了朝廷许多坏话，攻击朝廷。刚上任的齐东昏侯萧宝卷，接到萧遥光的黑报告后，当即就将谢朓下了大狱，后死在狱中，年仅36岁，真是太可惜了！谢朓的下场，比起李白一生的遭遇来，要悲惨得多，也壮烈得多！他是宁死不屈而坐牢死的！

李白生前要做谢朓的隔代芳邻。李白死后，人们根据他的遗愿，将李白的坟墓从采石江边，迁移到龙山，后又从龙山迁移到大青山，做谢朓隔代芳邻的夙愿已偿。

人们在论及谢朓和李白时，常常是把这二位大师相提并论。本《选注》中，就有十多篇诗词中有“谢李”这样的诗句。这充分体现了李白对谢朓的情感和友谊。

因为谢朓和李白的英灵在这里，所以各朝各代全国各地的诗人，都像“江汉朝宗”归大海一样，潮水般地涌来采石姑孰，这就是本《选注》所选近200位外地诗人的来历，然而，实际不止这个数。据市志办统计：马鞍山地区计有1000多位古诗人，写了3000多首古诗词。好多外地来的诗人及其诗作，因篇幅的关系只选注了一小部分，还有大部分诗人和他们的诗作，未被选注其中。

这些诗人来采石姑孰干什么？从所选注的诗词中，我们可以看出：他们来是为追寻谢朓李白的游踪诗魂、拜谒谢朓李白的英灵而来；是为歌颂他们的丰功伟绩、颂扬他们为我国诗坛所作的伟大贡献而来；是为推崇他们藐视权贵、不畏强权的伟岸精神而来……

这些诗人，都是自觉自愿来采石姑孰的，这中间没有任何人组织协调，更没有人强迫他们，更有甚者，还有不少诗人不止来一次，来第二次第三次的大有人在，延续的时间也很长，有1000多年。无论是从人数之广，还是延时之长看，都是前所未有，空前绝后的。他们到了采石姑孰，第一件事就是探视李白的坟墓，探视谢朓在青山的别宅、小井，寻找谢朓李白在采石青山的游踪诗魂，拜谒谢朓李白的英灵，然后再写诗。据记载，一般人来一次，都要写三五首诗，多的还要写七八十首诗。写诗是他们的一项重要活动，他们的许多活动，都是靠写诗来完成的。

本《选注》除了选注名家大家的诗词之外，还选注了一些非著名诗人却以特殊身份为本《选注》增色的作者。如身为帝王将相的朱元璋，女诗人徐君宝妻，闺秀端淑卿，诗僧如璧，被斥为民族败类的阉党余孽阮大铖，甚至还有安南（今越南）驻我北宋大使阮辉莹等。

本选注中有百分之七八十的诗词，都是为谢朓李白所写，可以说，这部《选注》，实则是一部由几百人合作、跨时1000多年的谢朓与李白的挽歌、祭词，也是谢朓与李白的人文史诗！

马鞍山市已举办了25届中国（马鞍山）李白诗歌节。每届都有不少外国友人参加，尤其是韩国和日本，每届参会的人数都不少，这说明李白是古代的，也是现代的，是中国的，也是世界的！

400多年前（明崇祯十五年），当涂县进士、画家、诗人、光禄寺少卿曹履吉，捐金三千，在翠螺山巅始建三台阁，供奉文昌君，其目的就是企盼他的家乡诗歌繁荣，文运昌盛。这部《选注》，所选的几百位诗人的几百首古诗词，从一个侧面反映了这里的诗歌繁荣，文运昌盛！

中国古诗词，是中国传统文化的重要组成部分。几千年来，在我国历史上，有一大批文人雅士，为创作、研究、继承、发展、繁荣我国的古诗词，前赴后继，呕心沥血，奉献出毕生的精力，为我们建起了一座雄伟的古诗词宝库，给我们留下了一大笔精神财富！马鞍山古诗词，是我国古诗词宝库中一枝灿烂的瑰宝。我们为有这一枝瑰宝而感到骄傲和自豪！在大力弘扬传统文化，努力建设具有我国特色的社会主义先进文化的今天，我们要十分珍惜这一传统文化，保护和传承它，学习和研究它，开发和利用它，让它为我们建设中国特色社会主义的先进文化出力，立功！

2014年5月18日

目 录

四　元朝

六　清朝

一　东晋、南朝

殷仲文

【小传】

殷仲文（？—407），东晋文学家。陈郡（今河南淮阳）人。曾官尚书，迁东阳太守，后以谋反罪名，被刘裕所杀。擅文辞。《宋书·谢灵运传论》谓其诗开始改变东晋玄言诗风。《南齐书·文学传论》谓“仲文玄气，犹不尽除”。其诗今仅存两首。

九井山[①]

四运[②]虽鳞次[③]，理化[④]各有准。独有清秋日，能使高兴尽。
景气多明远，风物[⑤]自凄紧。爽籁惊幽律[⑥]，哀壑叩虚牝[⑦]。
岁寒无早秀，浮荣甘夙陨[⑧]。何以标贞脆，薄言寄松菌[⑨]。
哲匠[⑩]感萧晨[⑪]，肃此尘外轸[⑫]。广筵[⑬]散泛爱，逸爵纡[⑭]胜引。
伊余乐好仁，惑祛吝亦泯[⑮]。猥[⑯]首阿衡朝，将贻匈奴哂。

【注释】

①九井山：在当涂城南十里。因大旱，驻守姑孰的东晋大司马桓温，派人在山上凿井九口，因九口井皆出水而得名。②四运：指四方。韦昭注：“东西为广，南北为运，后引申四方皆为运。”③鳞（lín）次：像鱼鳞般密密地排列。④理化：犹言治化。治道教化。《晋书·刑法志》：“夫礼以训世，而法以整俗，理化之本，事实由之。”⑤风物：风光，景物。犹言风景。⑥爽籁（lài）：指清风；幽律：幽远的韵律。⑦虚牝（pìn）：指溪谷。⑧夙陨：夙（sù）：早也；陨（yǔn），坠落。⑨松菌：菌类植物。⑩哲匠：高明的作家，常指画家或文人，亦指有才智的大臣。本诗指东晋驻守姑孰城的大司马桓温。⑪萧晨：凄清的秋晨。⑫轸（zhěn）：古代车厢后面的横木，亦作车子的代称。⑬广筵：筵（yán），本指竹席。古人席地而坐，用筵作坐具，所以座位也叫筵。后来专指酒席。⑭逸爵纡：逸，安闲；爵（jué），酒器；纡（yū），弯曲。⑮惑祛吝亦泯：祛（qū），除去、驱逐。吝（lìn），小气。泯（mǐn），泯灭。整句的意思是：去了疑惑，吝啬就没有了。⑯猥（wěi）：鄙陋、下流。

【小传】

谢朓[1]（464—499），南朝齐诗人。字玄晖，陈郡阳夏（今河南太康）人。曾任宣城太守、尚书吏部郎等职。后被萧遥光陷害下狱，死于狱中。在永明体作家中，谢朓的成就较高。诗多描写自然景色，善于熔裁，时出警句，风格清俊。颇为李白所推许。在任宣城太守期间，曾经“双旌五马”，漫游姑孰境内的大青山。因爱其胜，有“终焉之志”，并筑室于山南，挖小井。是时，世称青山为谢公山或谢家青山。唐天宝十二年（739），朝廷正式下令，将大青山敕改为谢公山。

游青山[2]

托养因支离[3]，乘闲遂疲蹇[4]。语默良未寻，得丧云谁辩。
幸莅山水都，复值清冬缅[5]。凌厓必千仞[5]，寻壑将万转。
坚崿[7]既崚嶒[8]，回流复宛澶[9]。杳杳[10]云窦深[11]，渊渊[12]石溜浅[13]。
傍眺郁篻簩[14]，还望森楠梗[15]。荒隩[16]被葴莎[17]，崩壁带苔藓。
鼯狖[18]叫层嵁[19]，鸥凫[20]戏沙衍[21]。触赏聊自观，即趣咸已展。
经目惜所遇，前路欣方践。无言蕙[22]草歇，留垣[23]芳可搴[24]。
尚子时[25]未归，邴[26]生思自免。永志昔所钦，胜迹今能选。
寄言赏心客，得性良为善。

【注释】

①朓（tiāo）：古代称夏历月底月亮在西方出现。多用于人名。②青山：又名青林山。位于当涂县城东南15里，风光十分秀丽。因爱其胜，谢朓在青山建有别宅，挖有小井。③支离：分散。④蹇（jiǎn）：跛足，引申指蹇驴或驽马。⑤缅：遥远貌。⑥仞（rèn）：古代八尺为一仞。此处形容较高。⑦崿（è）：山崖。⑧崚（lèng）嶒（cēng）：高峻突兀貌。⑨宛澶（chán）：回旋曲折。⑩杳杳：深暗幽远。⑪窦（dòu）：孔穴。⑫渊渊：水深貌。⑬溜浅：水

流清澈貌。⑭篻（piào）簩（láo）：均为竹名。⑮楠（nán）楩（pián）：南方的一种大木名，木质坚固，四季常青。⑯隩（yù）：水涯深曲处。⑰葳莎：草木茂盛貌。⑱鼯（wú）：鼯鼠。狖（yòu）：古书上说的一种黑色长尾猿。⑲嵁（kān）：嵁岩，深谷峭壁。⑳鸥（ōu）：鸥科各种类的通称；凫（fú）：泛指野鸭。㉑衍（yǎn）：本义为水广布或长流，引申为展延。㉒蕙（huì）：蕙兰，多年生草本植物。㉓垣（yuán）：矮墙。㉔搴（qiān）：拔取。㉕尚子时：尚，超过；子时，亦称子夜，夜里11点至1点。㉖邴生：指东汉末年名士邴原。

休沐重还丹阳①道中

薄游②第从告，思闲愿罢归。还邛③歌赋似，休汝车骑非。
灞池④不可别，伊川⑤难重违。汀葭⑥稍靡靡⑦，江菼⑧复依依⑨。
田鹄⑩远相叫，沙鸨⑪忽争飞。云端楚山见，林表吴岫微。
试与征徒望，乡泪尽沾衣。赖此盈樽酌⑫，含景望芳菲。
问我劳何事，沾沐仰清徽。志狭轻轩冕⑬，思甚恋闺闱⑭。
岁华春有酒，初服偃⑮郊扉⑯。

【注释】

①丹阳：即小丹阳，此时的宣城不叫丹阳郡，而叫宣城郡。故尚无大丹阳之称。②薄游：树林茂密不得入，只在林子外面游。③邛：即邛崃（lái），山名。④灞（bà）：即灞河，渭河的一条支流。在陕西省中部。⑤伊川：古地名，在河南省伊河流域。⑥汀（tīng）：水中或水边的平地；葭（jiā），汀上初生的芦苇。⑦靡（mí）：倒下，望风披靡。⑧菼（tǎn）：古书上指荻。⑨依依：轻柔貌。⑩田鹄（hǔ）：鸟名，也叫“天鹅”。⑪沙鸨（bǎo）：一种鸟，比雁略大，不善飞而善走。⑫盈樽酌：盈，满；樽，酒杯；酌（zhuó），斟（zhēn）酒。⑬轩（xuān）冕（miǎn）：古时卿大夫的车服。轩，古代的一种有围棚前高后低的车。冕，古代大夫以上的礼帽。⑭闺（guī）闱（wéi）：宫中的小门。⑮偃（yàn）：仰面倒下。⑯扉（fēi）：柴扉，门也。

治 宅

结宇①夕阴街，荒幽横九曲。迢递②南川③阳，迤逦④西山足。

辟馆临秋风，敞窗望寒旭。风碎池中荷，霜剪江南绿。既无东都金，且税东皋粟[5]。

【注释】

①结宇：即“结庐”，盖房子。②迢递：远貌。③南川：县名，在四川省东南部。④迤（yǐ）逦（lǐ）：曲折连绵。⑤且税东皋（gāo）粟：东皋，水边的高地；粟，即高地里长的粮食；且税，水边高地里的粮食是要收税的。

丹阳湖[1]

积水照赪[2]霞，高台望归翼。平原周远近，连汀见纡直[3]。
葳蕤[4]向春秀，芸黄[5]共秋色。薄暮[6]伤哉人，婵媛复何极。

【注释】

①丹阳湖：在当涂县东南79里，周回三百余里。由丹阳、石臼、固城三湖组成。又总名丹阳湖。②赪（chēng）：红色。③纡直：即曲直。④蕤（ruí）：草木茂盛貌。⑤芸黄：为秋天草木发黄。⑥薄暮：傍晚。

【小传】

吴均（469—520），一作吴筠，南朝齐梁文学家、史学家。字叔庠。吴兴故鄣受荣里（今浙江湖州安吉县）人。好学，有俊才。其诗文自成一家，并开创一代诗风，自称“吴均体”，深受沈约的称赞。梁武帝天监初年，为郡主簿。天监六年，被建安王萧佳引为记室；后临川王萧宏，又将其推荐给梁武帝，深受梁武帝的欣赏，被任命为奉朝请（闲职文官）。吴均欲撰《齐书》，求借齐起居注及群臣行状，武帝不许。于是他又私撰《齐春秋》，称梁武帝为齐明帝佐命之臣，触犯武帝，焚其书，免其职。不久，均又奉旨撰写《通史》，但书未成，即卒于普通元年，时年52岁。

慈姥矶①上竹

根为石所蟠②，枝为风所碎。赖我有贞心，终凌细草辈。

【注释】

①慈姥矶：又名慈姥山，位于马鞍山市西北滨江处。②蟠（pán）：屈曲，环绕。

【小传】

何逊（？—518），南朝梁诗人。字仲言，东海郯①人。20岁左右被举为秀才。与他同时代的诗人范云见到他的试策，大加赞赏，就此结为忘年之交。沈约也很欣赏他的诗。何逊出身贫寒，仕途又很不得志。梁武帝天监中年，任安成王参军事、兼尚书水部郎，后为庐陵王记室。曾随萧伟去江州，后回建康。晚年在庐陵王幕下任职，后又再度去江州，最后病死在那里。

慈姥矶

暮烟②起遥岸，斜日照安流。一同心赏夕，暂解去乡忧。
野树平沙合，连山远雾浮。客悲不自已，江上望归舟。

【注释】

①郯（tán）：郯城，地名。②暮烟：黄昏时的烟霭。

【小传】

王僧儒（465—522），南朝梁文学家。东海郯人。幼时家境贫寒。南齐时官治书侍御史，出为钱塘令。梁时任尚书左丞、御史中丞、尚书吏部郎等职。《南史》本传谓“其文丽逸，多用新事，人所未见者”。原有集，已散佚，明人辑有《王左丞集》。

至牛渚[1]怀魏少英

枫林暧似画，沙岸净如扫。空笼[2]望悬石，回斜见危岛。
绿草闲游蜂，青葭[3]集轻鸨。徘徊洞初月，浸淫[4]溃春潦[5]。
非愿岁物华，徒用风光好。

【注释】

①牛渚：据《舆地志》载“昔有人潜行，云此处通洞庭，旁若无底，见有金牛，状异，乃惊怪而出”，故以牛渚名山名矶。所谓“矶”者，突入水中之岩石也。因牛渚矶巨大无比，故被冠长江三矶之首。又因牛渚矶地形险要，易守难攻，成为军家必争之地。②空笼：隐约可见貌。③葭（jiā）：初生芦苇。④淫（yín）：过多、过剩。⑤潦（liǎo）：雨后地面积水。

庾肩吾

【小传】

庾[1]肩吾（487—551），南朝梁文学家。字子慎，一字慎之，南阳新野（今属河南）人，其子庾信。初为晋安王萧纲常侍，与刘孝威等人号称高斋学士。纲立为帝，官度支尚书[2]，与徐摛（chī）皆为宫体诗代表作家。又工书法，撰有《书品》。原有集，已散佚。明人辑有《庾度支集》。

游甑山[3]

平子去已久，余风今复追。未必游春草，王孙[4]自不归。

路高村反出，林长鸟更稀。寒云间石起，秋叶下山飞。

西河方阅训，讵[5]得解朝衣[6]。

【注释】

①庾：读 yǔ。②度支尚书：官名。魏晋始置，掌财政收支。③甑（zèng）山：距当涂县城东 15 里，一名晋山。甑，古代蒸饭的瓦器。④王孙：古代贵族子孙的通称。⑤讵（jù）：岂、怎。⑥朝衣：古时君臣朝会时所穿的礼服。

二　唐朝、五代

李白

【小传】

李白（701—762），字太白，号青莲居士。祖籍陇西成纪（今甘肃秦安），隋末其先人流寓碎叶（唐时属安西都护府，在今吉尔吉斯北部托克马克附近）。李白即于此出生。幼时随父迁居绵州昌隆（今四川江油）青莲乡。少年即显露才华，吟诗作赋，博学广览，并好行侠。从25岁起离川，长期在各地漫游，对社会生活多所体验。其间曾因贺知章、吴筠等推荐，于天宝初年入宫，任供奉翰林。但在政治上不受重视，又受权贵谗毁，仅一年余即离开长安，政治抱负未能实现，使他对当时统治集团的腐朽，获得较深的认识。天宝三年，在洛阳与杜甫结交。安史之乱中，怀着平乱的愿望，曾为永王李璘幕僚，因璘败牵累，犯死罪。李白的好友郭子仪犯罪时，李白曾救过他。这回李白犯罪，郭子仪为其纳官赎罪，改死罪为流放夜郎，而中途又遇赦还。他的诗，表现出蔑视封建权贵的傲岸精神，对当时政治的腐败作了尖锐的批判，对人民的疾苦深表同情，对安史叛乱势力予以斥责，讴歌维护国家统一的正义战争，又善于描绘壮丽的自然风景，表达对祖国山河的热爱。诗风雄奇豪放，思想丰富，语言流转自然，音律和谐多变，善于从民歌、神话中吸取营养和素材，构成其特有的瑰伟绚烂色彩，是屈原以来积极浪漫主义诗歌的新高峰。

李白一生多次漫游采石、姑孰。奇特的山水，秀丽的风光，竟使他流连忘返，一住多时，最后竟终老在此。他歌吟采石、当涂的几十首诗歌，已成千古绝唱。

望天门山①

天门中断楚江②开，碧水东流至此回③。
两岸青山相对出，孤帆一片日边来④。

【注释】

①天门山：位于当涂、和县大江两岸东、西梁山的合称。两山夹江对峙，犹如一道天门。②楚江：安徽古属楚国，因而也称流经安徽一带的长江为楚江。③回：即回旋或回流。④此句是说早晨日出东方，孤舟从水天相连处驶来，宛如来自太阳出处。

夜泊牛渚怀古

牛渚西江①夜，青天无片云。登舟望秋月，空忆谢将军②。
余亦能高咏③，斯人④不可闻。明朝挂帆席⑤，枫叶落纷纷。

【注释】

①西江：古称江西到南京的这段长江为西江。②谢将军：指时镇采石的东晋镇西将军谢尚。③此句的前提是东晋文学家、史学家袁宏在采石江面船上咏史诗。月夜泛江的谢尚听到有人咏史，即遣人询问，乃知是袁宏自吟他的《吟史》诗，因此定交，并提携他为桓温记室。袁宏字彦伯，小字虎，阳夏（今河南）人。④斯人：指谢尚。⑤帆席：即船帆。

乐府①·横江②词

其一

人言横江好，侬道横江恶。
一风三日吹倒山，白浪高于瓦官阁③。

其二

海潮南去过寻阳④，牛渚由来险马当⑤。
横江欲渡风波恶，一水牵愁万里长。

其三

横江西望阻西秦，汉水⑥东连扬子津⑦。
白浪如山那可渡，狂风愁杀峭⑧帆人。

其四

海神来过恶风回，浪打天门石壁开。
浙江八月何如此⑨？涛似连山喷雪来。

其五

横江馆前津吏[10]迎，向余东指海云生。
郎今欲渡缘何事，如此风波不可行。

其六

月晕[11]天风雾不开，海鲸东蹙[12]百川回。
惊波一起三山动。公无渡河归去来。

【注释】

①乐府：本是古代音乐官署，后来成为诗体名称。②横江：乃采石对江西北岸的横江浦，在历阳县（今和县）东南26里，和此岸的采石矶，合而成为长江中下游的古津渡之一。长江的水本是东西流向，由于东西梁山的阻隔，变成了南北向流，故称横江。③瓦官阁：佛寺名，又名升元阁。梁代所建，高24丈，倚山瞰江，万里在目。其故址在南京市西南。④寻阳：即现在的九江。⑤马当：山名。在今江西彭泽县东北，山形似马，横枕长江，回风撼浪，舟行艰阻。⑥汉水：一称汉江，长江最长的支流。⑦扬子津：长江下游的另一古津渡名，在今江苏邗江南，因附近有扬子桥而得名。⑧峭：严峻。⑨浙江八月何如此：系指"钱塘潮"。钱塘潮，又叫"海宁潮"，即浙江省杭州湾钱塘江涌潮。每年夏历八月十八日在海宁所见者为最著。因钱塘江口呈喇叭形，向内逐渐浅狭，潮波传播受约束而形成。涌潮来袭时，潮头壁立，波涛汹涌，有如万马奔腾，成为自然界之壮观。潮头高3.5米，潮差8.9米。⑩横江馆：乃采石古津渡津驿性的馆舍，其遗址在三元洞东北角山凹处。津吏：横江馆的小吏。⑪月晕：月光经云层中冰晶的折射或反射而形成的光象。⑫蹙（cù）：皱（zhòu）眉头。

白纻词[1]三首

其一

扬清歌[2]，发皓齿[3]，北方佳人东邻子[4]。
且吟《白纻》停《渌水》，长袖拂面为君起。
寒云夜卷霜海空，胡风[5]吹天飘塞鸿[6]。
玉颜[7]满堂乐未终，馆娃日落歌吹濛。

其二

月寒江清夜沉沉[9]，美人一笑千黄金[10]。
垂罗舞縠[11]扬哀音，郢[12]中《白雪》[13]且莫吟，
《子夜》《吴歌》动君心。动君心，冀君赏，
愿作天池双鸳鸯，一朝飞去青云上。

其三

吴刀翦彩缝舞衣，明妆丽服夺春晖。
扬眉转袖若雪飞，倾城独立世所稀。
《激楚》《结风》[14]醉忘归，高堂月落烛已微，
玉钗挂缨[15]君莫违。

【注释】

①白纻词：全称是“白纻歌词”，后成为词牌。它是韵律完整的七言诗，但句子可多可少。东晋以前，在姑孰一带民间流行的一种以白纻织物为饰品的优秀民间歌舞。《白纻歌》是《白纻舞》的舞配歌。《白纻歌》的曲调，就是《白纻舞》的舞曲。其曲调是固定不变的，而歌词有固定不变的，也有临时填写的。东晋在金陵建康建立以后，乐府的乐官在姑孰采风时，将《白纻歌》《白纻舞》采入乐府。经过加工整理、提炼升华，使《白纻歌》《白纻舞》成为宫廷的专用音乐。②清歌：不用乐器伴奏的清唱。③皓（hào）：白貌。④北方佳人：《汉书》记载：李延年侍上起舞，歌曰：“北方有佳人，绝世而独立。一顾倾人城，再顾倾人国。”东邻子：宋玉《登徒子好色赋》：“天下之佳人莫若楚国，楚国之丽者莫若臣里，臣里之美者莫若臣东家之子。……嫣然一笑，惑阳城迷下蔡。”⑥胡风：即北风或西风。⑥鸿：即鸿雁。⑦玉颜：比喻貌美。⑧馆娃：吴语称美女为馆娃。⑨夜沉沉：犹深沉。⑩美人一笑千黄金：出自周幽王与褒（bāo）姒（sì）的故事。周幽王号召大臣，谁能使褒姒一笑，将奖千金。虢（guó）石父用烽火戏诸侯之计，果使褒姒一笑，虢石父也果得千金。⑪垂罗舞縠：罗，古丝织物名；縠（hú），有皱纹一类的丝织品。⑫郢（yǐng）：古代楚国的都城，在今湖北江陵西北。⑬白雪：宋玉《对楚王问》中的《阳春》《白雪》，指高雅音乐。⑭《激楚》《结风》：古代歌舞曲名。⑮玉钗挂缨：玉钗，即玉做成的钗，钗（chāi），妇女的首饰，由两股合成。挂缨（yīng），挂在钗上的须子。

姑孰十咏

姑孰溪[①]

爱此溪水闲，乘流兴无极。漾楫[②]怕鸥惊，垂竿待鱼食。
波翻晓霞影，岸叠春山色。何处浣纱人[③]，红颜[④]未相识。

凌歊台[⑤]

旷望[⑥]登古台，台高极人目[⑦]。叠嶂列远空，杂花间平陆。
闲云入窗牖，野翠生松竹。欲览碑上文，苔侵岂堪读。

丹阳湖

湖与元气[⑧]连，风波浩难止。天外贾客[⑨]归，云间片帆起。
龟游莲叶上，鸟宿芦花里。少妇棹轻舟，歌声逐流水。

谢公宅[⑩]

青山日将暝[⑪]，寂寞谢公宅。竹里无人声，池中虚月白。
荒庭衰草遍，废井苍苔积。唯有清风闲，时时起泉石。

桓公井[⑫]

桓公名已古，废井曾未竭。石甃[⑬]冷苍苔，寒泉湛孤月。
秋来桐[⑭]暂落，春至桃还发。路远人罕窥，谁能见清澈。

慈姥竹

野竹攒石生，含烟映江岛。翠色落波深，虚声带寒早。
龙吟[⑮]曾未听，凤曲吹应好。不学蒲柳凋[⑯]，贞心[⑰]常自保。

望夫山[⑱]

颙望[⑲]临碧空，怨情感离别。江草不知愁，岩花但争发。
云山万重隔，音信千里绝。春去秋复来，相思几时歇。

牛渚矶

绝壁临巨川，连峰势相向。乱石流洑[⑳]间，回波自成浪。
但惊群木秀，莫测精灵状。更听猿夜啼[㉑]，忧心醉江上。

灵墟山[㉒]

丁令辞世人，拂衣向仙路。伏炼九丹[㉓]成，方随五云去。

松萝蔽幽洞，桃杏深隐处。不知曾化鹤㉔，辽海㉕归几度。

天门山

迥出江上山㉖，双峰自相对。岸映松色寒，石分浪花碎。

参差远天际，缥缈㉗晴霞外。落日舟去遥，回首沉青霭㉘。

【注释】

①姑孰溪：在当涂城南，一名姑溪，一名姑浦，是丹阳湖通长江的主流河道。②漾（yàng）楫（jí）：慢慢地荡桨。③浣（huàn）：即洗；浣纱人：即西施。④红颜：指女子美艳的容颜。引申指美女。⑤凌歊台：凌是高出之意；歊，气上冲貌。凌歊台是一个能使歌舞音乐上冲，传得很远的台子。为刘宋王朝宋孝武帝所建。其遗址在黄山顶上。⑥旷（kuàng）：开朗；空阔。⑦极人目：尽目力之所及。⑧元气：应当是汇聚成湖的支流、小溪。⑨贾（gǔ）：古时特指坐商。⑩谢公宅：即谢朓建在大青山的别宅。附近还挖有一井，人称谢公井，或谢公池。⑪暝（míng）：日暮；天黑。⑫桓公井：桓（huán）温挖的井，其遗址，在白纻山半山腰。⑬甃（zhòu）：井壁。⑭桐：木名。⑮龙吟：琴曲名。⑯蒲柳凋：蒲柳，即水杨，极易衰落，故常用来比喻衰弱的体质。⑰贞：坚定不移。⑱望夫山：又名小九华山，位于采石西北约1公里处，高约157米，周围约7.5公里。形似枣状，故又称枣子山或枣子矶。相传，昔有人往楚，累岁不归，其妻登山望之，日久乃化为石。因名山为望夫山，名石为望夫石。山峰临江处，旧有一岩石，高约两米。秦汉时，上刻“望夫石”三字，字径1.5尺。上世纪70年代，因开山炸石而坠入江中。⑲颙（yóng）：仰也；颙望，即昂头仰望。⑳洑（fú）：回流。㉑猿：泛指猿猴。㉒灵墟山：在薛镇西北3里，距县东30里。旧称丁令威修真化鹤处。㉓伏：即伏天。九丹：即道家的“九转金丹”。㉔化鹤：本谓成仙，后用为死亡的代称。㉕辽海：泛指辽河流域以东至海边。㉖迥（jiǒng）：远也。㉗缥（piāo）缈（miǎo）：若有若无貌。㉘霭（ǎi）：云气。

望夫石

仿佛古容仪，含愁带曙辉①。露如今日泪，苔似昔年衣。

有恨同湘女②，无言类楚妃③。寂然④芳霭内，犹若待夫归。

【注释】

①曙（shǔ）：破晓日出时的光辉。②湘女：尧之女、舜之妻也。③楚妃：

春秋时息侯的夫人息妫（guī）。公元前680年楚文王灭息国，将息妫掳（lǔ）去为妾，生了两个孩子，但息妫一直不说话，楚文王问她为什么不说话，她说："吾一妇人，而事二夫，纵弗能死，其又奚言！"④寂然：心神安静，无杂念。

自金陵①溯②流过白璧山③玩月达天门，寄句容④王主簿⑤

沧江溯流归，白璧见秋月。秋月照白璧，皓如山阴⑥雪。
幽人⑦停宵征⑧，贾客忘早发。进帆天门山，回首牛渚没。
川长信风⑨来，日出宿雾⑩歇。故人在咫尺⑪，新赏成胡越⑫。
寄君青兰花，惠好庶⑬不绝。

【注释】

①金陵：古邑名，今南京市的别称。②溯（sù）：逆流而上。③白璧山：又称石壁山。④句容：县名。在江苏省西南部。⑤主簿：官名。⑥山阴：会稽山之阴。⑦幽人：幽居之人，指隐士。⑧宵征：夜行。⑨信风：旧称"贸易风"。在低空，由副热带高压吹向赤道的风。北半球盛行东北信风，南半球盛行东南信风。⑩宿雾：夜里的雾。⑪咫（zhǐ）尺：比喻距离很近。⑫胡越：胡在北，越在南，比喻关系疏远。⑬庶（shù）：众、多。

赠丹阳横山①周处士②惟长

周子③横山隐，开门临城隅④。连峰入户牖⑤，胜概⑥凌方壶⑦。
时作《白纻词》，放歌丹阳湖。水色傲溟渤⑧，川光秀菰蒲⑨。
当其得意时，心与天壤⑩俱。闲云随舒卷，安识身有无。
抱石耻献玉⑪，沉泉笑探珠。羽化⑫如可作，相携上清都⑬。

【注释】

①横山：又称横望山、衡山、隐居山，道教圣地，距当涂县城约10公里。②处士：古时称有才德而隐居不仕的人。③周子：即周处士。④城隅（yú）：城墙的一角。⑤牖（yǒu）：门窗。也指屋舍门庭。⑥胜概：即指胜景，美丽的景色。⑦方壶：一名方丈，海上三神山之一。据王嘉《拾遗记》记载：渤海中有三仙山，其形状都像壶器，一为方壶，一为蓬壶（即蓬莱），一为瀛

壶（即瀛洲），说这三座山都是中部狭小，上部较大而底座呈方形。⑧溟（míng）：海也；渤，即渤海；溟渤都是指海。⑨菰蒲：菰是茭白，蒲是香蒲，都是水边多年生草本植物。⑩天壤：壤（rǎng），犹言天地。⑪抱石献玉的故事，出自《韩非子·和氏》一文：春秋时，楚人卞和，在山中得一璞（pú）玉，献给厉王。王使玉工辨识，说是石头，以欺君罪断和左足。后武王即位，卞和又献玉，仍以欺君罪再断其右足。及文王即位，卞和抱玉，哭于荆山下。文王派人问他，他说："吾非悲刖（yuè，断足）也，悲夫宝玉而题之以石，贞士而名之以诳。"文王使人剖璞，果得宝玉。因称和氏璧，简称和璧。⑫羽化：中国古代称成仙为羽化，即"变化飞升之意"。⑬清都：道家称天帝所居之处。

送当涂赵少府①赴长芦②

我来扬都市③，送客回轻舠④。因夸楚太子，便睹广陵⑤涛。
仙尉赵家玉，英风凌四豪。维舟⑥至长芦，目送烟云高。
摇扇对酒楼，持袂⑦把蟹螯⑧。前途倘相思，登岳一长谣⑨。

【注释】

①少府：县尉的别称。赵炎时任当涂县尉，故称赵少府。②长芦：按《辞海》的解释是长芦县或长芦盐区，都在河北省境内。③扬都市：即古扬州市。④舠（dāo）：古代的一种刀形小船，速度非常快。⑤广陵：扬州古代的称呼。⑥维：联结，系。⑦袂（mèi）：衣服的袖子。⑧螯（áo）：螃蟹等节肢动物的第一对大夹子，像钳子一样能开合，用来取食、自卫。⑨谣（yáo）：不用乐器伴奏的歌唱。

寄当涂赵少府炎

晚登高楼望，木落双江清。寒山饶积翠，秀色连州城。
目送楚云①尽，心悲胡雁②声。相思不可见，回首故人情。

【注释】

①楚云：楚地上空的云。②胡雁：胡是中国古代对北方和西方各族的泛称。亦指来自这些民族的东西。雁来自北方，故称雁为胡雁。

谢公亭

谢公离别处，风景每生愁。客散青天月，山空碧水流。
池花春映日，窗竹夜鸣秋。今古一相接，长歌怀旧游。

游谢氏山亭[①]

沦老卧江南，再欢天地清。病闲久寂寞，岁物徒芬荣。
借君西池游，聊以散我心。扫雪松下去，扪萝石道行。
谢公池塘上，春草飒已生[②]。花枝拂人来，山鸟向我鸣。
田家有美酒，落日与之倾。醉罢弄归月，遥欣稚子迎。

【注释】

①谢氏山亭：唐天宝十二载，朝廷敕改青山为谢公山。谢氏山亭，即青山之亭。②飒（sà）：象声词。

劳劳亭[①]歌

金陵劳劳送客堂，蔓草离离[②]生道旁。
古情不尽东流水，此地悲风愁白杨。
我乘素舸[③]同康乐，朗咏清川飞夜霜。
昔闻牛渚吟五章，今来何谢袁家郎。
苦竹[④]寒声动秋月，独宿空帘归梦长。

【注释】

①劳劳亭：位于江宁县南50里（今南京市西南古新亭南）。②蔓（màn）草：蔓生的草。离离：繁茂貌。③素舸（gě）：大船，没有任何装饰的大船。④苦竹：亦称“伞柄竹”，下部数节间长25～40厘米，分布于我国长江流域各地。

登黄山凌歊台送族弟溧阳尉济[1]充泛舟赴华阴[2]

鸾乃凤[3]之族，翱翔[4]紫云霓[5]。文章辉五色，双在琼树[6]栖。
一朝各飞去，鸾与凤俱啼。炎赫[7]五月中，朱曦[8]烁河堤。
尔从泛舟役[9]，使我心魄凄。秦地无碧草，南云喧鼓鼙[10]。
君王减玉膳，早起思鸣鸡。漕引救关辅，疲人免涂泥。
宰相作霖雨[11]，农夫得耕犁。静者伏草间，群才满金闺[12]。
空手无壮士，穷居使人低。送君登黄山，长啸倚天梯[13]。
小舟若凫雁，大舟若鲸鲵[14]。开帆散长风，舒卷与云齐。
日入牛渚晦，苍然夕阳迷。相思定何许？杳[15]在洛阳西。

【注释】

①溧阳尉济：溧阳，县名，即今江苏溧阳市。济，李济，丹阳（今属江苏）人。天宝十三载至天宝十五载任溧阳尉。天宝十三载李济将任漕运之役，泛舟由江南运粟秦地。李白尊重他，称他为族弟。②华阴：即今陕西华阴市。③鸾乃凤之族：鸾（luán），传说中凤凰一类的鸟。④翱（áo）翔（xiáng）：展开翅膀回旋飞翔。⑤霓（ní）：淡紫色的虹。⑥琼树：玉树。⑦炎赫：炎热，极热：赫（hè）：明显、盛大。⑧朱曦：朱为正红色；曦（xī），晨曦。⑨泛舟役：指李济去泛舟役。⑩鼙（pí）：古代军中用的一种鼓。⑪霖雨：喻济世之臣。⑫金闺：闺阁的美称。⑬天梯：即指黄山塔。⑭鲸（jīng）鲵（ní）：比喻大。⑮杳（yǎo）：见不到音信。

夜登采石献从叔[1]当涂宰阳冰[2]

金镜霾[3]六国，亡新乱天经。焉知高光起，自有羽翼[4]生。
萧曹安岘屼[5]，耿贾摧欃枪[6]。吾家有季[7]父，杰出圣代英。
虽无三台位[8]，不借四豪[9]名。激昂风云气，终协龙虎精。
弱冠[10]燕赵[11]来，贤彦[12]多逢迎。鲁连擅谈笑，季布[13]折公卿[14]。
遥知礼数绝，常恐不合并。惕想结宵梦[15]，素心[16]久已冥。
顾惭青云[17]器，谬奉[18]玉樽[19]倾。山阳五百年，绿竹忽再荣。
高歌振林木，大笑喧雷霆。落笔洒篆文，崩云使人惊。

吐辞又炳焕，五色罗华星。秀句满江国，高才掞[20]天庭。
宰邑艰难时，浮云空古城。居人若薙[21]草，扫地无纤茎[22]。
惠泽及飞走，农夫尽归耕。广汉水万里，长流玉琴声。
雅颂播吴越[23]，还如太阶平。小子[24]别金陵，来时白下[25]亭。
群凤怜客鸟，差池[26]相哀鸣。各拔五色毛，意重泰山轻。
赠微所费广，斗水浇长鲸。弹剑歌若寒，严风起前楹[27]。
月衔天门晓，霜落牛渚清。长叹即归路，临川[28]空屏营[29]。

【注释】

①从叔：即堂叔。②阳冰：即时任当涂县宰李阳冰，唐文字学家、书法家。李白认李阳冰为叔。③霾（mái）：大气混浊，呈浅蓝色或微黄色的现象。④羽翼：即翅膀。⑤屼（wù）：山秃貌。⑥欃（chán）：彗星的别称。⑦季父：即小叔。⑧三台位：即高官位。三台：汉对尚书、御史、谒者的总称。⑨四豪：即豪杰、豪客、豪富、豪强。⑩弱冠：古代指男子 20 岁左右的年龄。⑪燕赵：今河北省。⑫贤彦：即有才德、有声望的人。⑬季布：汉初楚人，本为楚地游侠，当时称："得黄金百斤，不如得季布一诺。"⑭公卿：原指三公九卿，后泛指朝廷中的高级官员。⑮宵：夜也。⑯素心：心地纯朴。⑰青云：指高空。⑱谬（miù）：错误；差错。谬奉：就是不恰当的奉承。⑲玉樽：玉制的酒杯。⑳掞（shàn）：发抒、铺张。㉑薙（tì），除去野草。㉒纤茎：犹谓纤尘。㉓吴越：春秋二国。㉔小子：李白自称。㉕白下：为东晋南朝时建康（今南京市）附近滨江要地。旧时以白下为南京市的别称。㉖差池：参差不齐。㉗楹（yíng），厅堂前部的柱子。也指前面的房子。㉘临川：郡名。㉙屏（bǐng）：犹彷徨。

陪族叔当涂宰游化城寺[1]升公清风亭

化城若化出，金榜[2]天宫开。疑是海上云，飞空结楼台。
升公湖上秀，粲然[3]有辩才。济人不利己，立俗无嫌猜。
了见水中月，青莲出尘埃。闲居清风亭，左右清风来。
当暑阴广殿，太阳为徘徊。茗酌[4]待幽客，珍盘荐雕梅。
飞文何洒落，万象为之摧。季父[5]拥鸣琴，德声布云雷。
虽游道林室，亦举陶潜[6]杯。清乐动诸天，长松自吟哀。
留欢若可尽，劫石乃成灰。

【注释】

①化城寺：遗址在姑孰城内。李白的这首诗是唐天宝元年（公元742年）所写。②金榜：科举时代称殿试揭晓的榜。③粲（càn）然：笑的样子。粲然一笑。④茗酌：茗（míng）：茶芽。⑤季父：叔父。⑥陶潜杯：陶潜，即陶渊明。

九日登山

渊明归去来[①]，不与世相逐[②]。为无杯中物[③]，遂偶本州牧[④]。
因招白衣人[⑤]，笑酌黄花菊。我来不得意，虚过重阳时。
题舆何俊发，遂结城南期。筑土接响山，俯临远水湄。
胡人[⑥]叫玉笛，越女[⑦]弹霜丝。自作英王胄[⑧]，斯乐不可窥。
赤鲤涌琴高，白龟道冯夷[⑨]。灵仙如仿佛，奠酹[⑩]遥相知。
古来登高人，今复几人在？沧州违宿诺[⑪]，明日犹可待。
连山似惊波，合沓[⑫]出溟海。扬袂挥四座，酩酊[⑬]安所知？
齐歌颂清扬[⑭]，起舞乱参差。宾随落叶散，帽逐秋风吹。
别后登此台，愿言长相思。

【注释】

①归去来：指陶渊明《归去来兮辞》。②不与世相逐：即不与世相争。③杯中物：酒也。④州牧：汉末一州的军政长官，此指王弘。⑤白衣人：《续晋阳秋》九日，王弘命白衣人送酒与陶渊明。⑥胡人：指北方和西方少数民族的人。⑦越：古族名。越女，指越族中的女子。⑧胄（zhòu）：帝王或贵族的后裔。⑨冯夷：古代传说中的水神名。亦作"冰夷"、"无夷"。⑩酹（lèi）：祭奠时把酒洒在地上。⑪宿诺：久留而不履行的诺言。⑫沓（tǎ）：重重叠叠，聚集在一起。⑬酩（mǐng）酊（dǐng）：大醉貌。⑭清扬：眉目清秀。

夜泊黄山[①]闻殷十四吴吟

昨夜谁为吴会[②]吟，风生万壑振空林。
龙惊不敢水中卧，猿啸时闻崖下音。
我宿黄山碧溪月，听之却罢松间琴。
朝来果是沧州逸，酤酒[③]提盘饭霜粟。
半酣更发江海声，客愁顿向杯中失。

【注释】

①夜泊黄山：旧时江水直至黄山脚下，凡坐船游黄山者均将船泊于黄山下。因此，此山一度又叫黄江山。②吴会：东汉时分会稽郡为吴会稽二郡，合称“吴会”；后虽分郡渐多，仍通称这两郡的故地为吴会。③酤（gū）：买酒或卖酒。

当涂赵炎少府粉图山水歌

峨眉高出西极天①，罗浮②直与南溟连。
名公绎③思挥彩笔，驱山走海置眼前。
满堂空翠如可扫，赤诚霞气苍梧烟。
洞庭潇湘意渺绵④，三江七泽⑤情回沿⑥。
惊涛汹涌向何处？孤舟一去迷归年。
征帆不动亦不旋，飘如随风落天边。
心摇⑦目断兴难尽，几时可到三山⑧巅？
西峰峥嵘⑨喷流泉，横石蹙水波潺湲⑩。
东崖合沓⑪蔽轻雾，深林杂树空芊眠⑫。
此中冥昧⑬失昼夜，隐几寂听无鸣蝉⑭。
长松之下列羽客⑮，对坐不语南昌仙⑯。
南昌仙人赵夫子⑰，妙年历落青云士⑱。
讼庭无事罗众宾，杳然如在丹青里⑲。
五色粉图安足珍，真仙⑳可以全吾身。
若待功成拂衣去㉑，武陵桃花㉒笑杀人㉓。

【注释】

①峨眉：即峨眉山；②罗浮：山名，在广东省东江北岸，增城博罗河原等县间。东北西南走向，长100公里。③绎（yì）：本为抽丝，引申为寻求事理。④洞庭潇湘：洞庭，即洞庭湖。潇湘，湘江的别称，因湘江水清深而得名。渺（miǎo）：水远貌。⑤三江七泽：众多水系的概称，非具体所指。⑥回：上水；逆流。⑦心摇：即心动。⑧三山：也是概数，非具体所指。⑨峥（zhēng）嵘（róng）：高峻貌。⑩蹙（cù）：促，迫促；潺（chán）湲：水徐流貌。⑪合沓：重重叠叠，聚集在一起。⑫芊眠：草木蔓衍丛生貌。⑬冥昧：

昏暗。⑭蝉（chán）：昆虫纲蝉科动物的通称，又名知了。⑮羽客：亦称“羽士”，道士的别称。⑯南昌仙：汉成帝时，九江人福梅为南昌县尉，后舍弃妻子，离九江，时人说他得道成仙，称他为南昌仙尉。⑰赵夫子：即指赵炎。⑱妙年：少壮之年。历落：与众不同，有出人头地之意。青云士：比喻轻高。⑲杳然：幽暗，深远，见不到踪影。丹青里：即画里。⑳真仙：亦作“真人”。道家称修真得道或成仙的人。㉑拂衣：拂，轻轻擦过，拂去衣服上的灰尘。㉒武陵桃花：表示理想社会或人间仙境。㉓笑杀人：形容笑的程度很深。

九日龙山饮①②

九日龙山饮，黄花笑逐臣③。醉看风落帽④，舞爱月留人。

【注释】

①这一首及以下几首，是广德元年（公元763年），寓居当涂养病的李白，在身体稍有好转后，又曾游览龙山、采石等处时所作，也可以说这些诗都是他的绝笔诗。②龙山：在龙山港西，距县南10里。高百20丈，周10里。怪石蜿（wān）蜒（yán），磊砢（kē）如龙，仰首蹲（dūn）卧，故名。③黄花笑逐臣：黄花，菊花的别称；逐臣，放逐之臣。④风落帽：说的是孟嘉风落帽的故事。《晋书·孟嘉传》：嘉为征西将军桓温参军，温甚重之。九月九日，温宴龙山，寮佐毕集，时佐吏并着戎服，有风至，吹嘉帽坠落，嘉不之觉，温视左右勿言，欲观其举止，嘉良久如厕，温令取还之。

九月十日即事

昨日登高罢，今朝更举觞①。菊花何太苦，遭此两重阳。

【注释】

①觞，古代喝酒用的器具，也指喝酒。

下途归石门①旧居

吴山高，越水清，握手无言伤别情。
将欲辞君挂帆去，离魂不散烟郊树。

此心郁怅谁能论，有愧叨承国士恩[②]。
云物共倾三月酒，岁时同饯[③]五侯门[④]。
羡君素书[⑤]常满案，含丹照日霞色烂。
余尝学道穷冥筌[⑥]，梦中往往游仙山。
何当脱屣[⑦]谢时去，壶中别有日月天。
俯仰[⑧]人间易凋朽[⑨]，钟峰五云在轩牖。
惜别愁窥玉女窗[⑩]，归来笑把洪崖手[⑪]。
隐居寺，隐居山，陶公炼液[⑫]栖其间。
灵神闭气昔登攀，恬然[⑬]但觉心绪闲。
数人不知几甲子[⑭]，昨夜犹带冰霜颜。
我离虽则岁物改，如今了然识所在。
别君莫道不尽欢，悬知乐客遥相待。
石门流水遍桃花，我亦曾到秦人家[⑮]。
不知何处得鸡豕[⑯]，就中仍见繁桑麻[⑰]。
翛然[⑱]远与世事间，装鸾驾鹤又复远。
何必长从七贵游，劳生徒聚万金产。
挹君[⑲]去，长相思，云游雨散从此辞。
欲知怅别心易苦，向暮春风杨柳丝。

【注释】

①石门：横山西南两壁相峙如门，上有摩崖石刻“石门”二字，传为唐人书刻。②叨承：谦词，承受。国士：旧称一国杰出的人物。③饯（jiàn）：以酒食送行。④五侯门：侯，古爵位名，为五等爵的第二等。⑤素书：素为白绢；素书即写在白绢上的书。⑥筌（quán）：捕鱼用的竹笼一类。⑦屣（xǐ）：比喻无所顾恋，像脱鞋子一样丢掉坏习惯。⑧俯仰：俯与仰的仪容。⑨凋（diāo）：萎谢；朽：腐朽；衰落。⑩玉女窗：在河南省嵩（sōng）山玉女峰上。相传汉武帝曾于此窗中窥见天上仙女，故名。⑪洪崖：传说中的仙人名。⑫陶公：指陶弘景。南朝齐梁时期道教思想家、医学家。炼液：即炼丹。⑬恬（tián）：安静，心神安适。⑭甲子：甲居十干首位，子居十二支首位。干支依次相配，统称甲子。古人称六十花甲子。⑮秦人：秦统一全国后，开展对外交通，北方和西方的民族、邻国往往称中国人为秦人。这一称乎直到汉晋时还用。⑯豕：猪也。⑰桑麻：泛指农事或农作物。⑱翛（xiāo）然：无拘无束，自由自在貌。⑲挹君：挹（yì），把液体盛出来。

笑歌行

笑矣乎，笑矣乎！
君不见曲如钩，古人知尔封公侯。
君不见直如弦，古人知尔死道边。
张仪[①]所以只掉三寸舌，苏秦[②]所以不垦二顷田。
笑矣乎，笑矣乎！
君不见沧浪老人歌一曲[③]，还道沧浪濯吾足。
平生不解谋此身，虚作《离骚》[④]遣人读。
笑矣乎，笑矣乎！
赵有豫让[⑤]楚屈平[⑥]，卖身买得千古名。
巢由[⑦]洗耳有何益？夷齐饿死终无成[⑧]。
君爱身后名，我爱眼前酒。
饮酒眼前乐，虚名何处有？
男儿穷通当有时，曲腰向君君不知。
猛虎不看几上肉，洪炉[⑨]不铸囊中锥。
笑矣乎，笑矣乎！
宁武子，朱买臣[⑩]，叩角行歌背负薪。
今日逢君君不识，岂得不如佯狂人！

【注释】

①张仪（？—前310）：战国时魏国贵族后代。秦惠文君十年（公元前328年），任秦相。封武信君。执政时迫使魏献上郡，帮助秦惠文君称王，游说各国服从秦国，瓦解齐楚联盟，夺取楚汉中地。秦武王即位后，他入魏为相，不久即死。②苏秦：战国时东周洛阳（今河南洛阳东）人，字季子。奉燕昭王命入齐，从事反间活动，使齐疲于对外战争，以便攻齐复仇。齐湣（mǐn）王末年被任为齐相。秦昭王约齐湣王并称东西帝，他劝说齐王取消帝号，和赵李兑一起约五国攻秦，赵封他为武安君。五国合纵攻秦，迫使秦废帝号，归还一部分魏韩地。齐便乘机攻灭宋国。后燕将乐毅联合五国大举攻齐，他的反间活动暴露，被车裂而死。③沧浪老人：指《楚辞》中的渔父。《楚词·渔父》："屈原：'安能以皓皓之白，而蒙俗之尘埃乎？'渔父莞尔而笑，鼓枻（yi）而去。歌曰：'沧浪之水清兮，可以濯吾缨；沧浪之水浊兮，

可以濯吾足。'去不复与言。"④《离骚》：战国楚人屈原的作品，运用美人香草的比喻、大量的神话传说和丰富的想象，形成绚烂的文采和宏伟的结构，表现出积极浪漫主义精神，对后世文学有深远的影响。⑤豫让：春秋战国间晋国人。初为晋卿智瑶的家臣。赵、韩、魏共灭智氏，他改名换姓，躲藏厕所，又用漆涂身，吞炭使哑，暗伏桥下，一再谋刺赵襄（xiang）子，没有成功。被捕后，求得赵襄子衣服，拔剑刺衣后自杀。⑥楚屈平：即楚国的屈原。平是他的字。⑦巢由：即巢父和许由。相传唐尧时人，隐居不仕。⑧夷齐：商末孤竹君两个儿子的合称，他的长子叫伯夷。次子叫叔齐。初孤竹君以次子叔齐为继承人，孤竹君死后叔齐让位，伯夷不受，后二人都投奔到周。到周后，反对周武王进军讨商王朝。武王灭商后，他们又逃避到首阳山，因不食周食而活活饿死。⑨洪炉：大炉子。比喻锻炼人的场所或环境。⑩宁武子：即宁戚，卫人……修德不用，退而为商。宿齐东门外。桓公夜出，宁戚方饭牛扣角而歌。桓公知其贤，举用为客卿。朱买臣：（？—前 115 年）西汉吴县（今属江苏）人，字翁子。武帝时，为会稽（jī）太守。贫困时曾负薪墓间，讴歌道中。其妻耻之。后终为汉武帝所用。

悲歌行

悲来乎，悲来乎！
主人有酒且莫斟，听我一曲悲来吟。
悲来不吟还不笑，天下无人知我心。
君有数斗酒，我有三尺琴。
琴鸣酒乐两相得，一杯不啻[①]千钧[②]金。
悲来乎，悲来乎！
天虽长，地虽久。金玉满堂[③]应不守。
富贵百年能几何？死生一度人皆有。
孤猿坐啼坟上月，且须一尽杯中酒。
悲来乎，悲来乎！
凤凰不至河无图，微子[④]去之箕子[⑤]奴。
汉帝不忆李将军[⑥]，楚王放却屈大夫[⑦]。
悲来乎，悲来乎！

秦家李斯[8]早追悔，虚名拨向身之外。
范子何曾爱五湖[9]，功成名遂身自退。
剑是一夫用，书能知姓名。
惠施[10]不肯千万乘。卜式[11]未必穷一经，
还须黑头取方伯，莫谩白首[12]为儒生。

【注释】

①不啻（chì）：不只。啻，但；只。②钧（jūn）：古代重量单位，一钧三十斤。③金玉满堂：极言财富之多。④微子：周代宋国的始祖，名启（一作开），商纣的庶兄，封于微（今山东梁山西北），因见商代将亡，数谏纣（zhòu）王，王不听，遂出走。周武王灭商时，向周乞降。周公旦攻灭武庚后，封他于宋。⑤箕子：商代贵族。纣王的诸父（伯父和叔父的统称），官太师。封于箕（今山西太谷东北）。曾劝谏纣王，纣王不听，把他囚禁。周武王灭商后被释放。⑥李将军：汉将李广。他虽抗击匈奴有功，却未封侯。⑦屈大夫：屈原。⑧李斯（？—前208年）：秦代楚上蔡（今河南上蔡西南）人。初为郡小吏，后从荀卿学。战国末入秦，初为吕不韦舍人，后被秦王政（秦始皇）任为客卿。秦王十年（公元前237年）以韩国水工事件，宗室贵族建议逐客，他上书谏阻，为秦王政所采纳。不久官为廷尉。他建议对六国采取各个击破的政策，对秦始皇统一六国，起了较大作用。秦统一六国后，任丞相。又反对分封制，主张焚《诗》《书》，禁私学，以加强专制主义中央集权的统治。他以“小篆”为标准，整理文字，对我国文字的统一有一定的贡献。秦始皇死后，他追随赵高，合谋伪造遗诏，迫使始皇长子扶苏自杀，立少子胡亥为二世皇帝。后为赵高所忌，被杀。工书，泰山、琅琊等石刻，传说均为他手书。著有《谏逐客书》和《仓颉篇》。⑨范子：即范蠡（lí），春秋末政治家，字少伯，楚国宛（今河南南阳市）人，越大夫。越为吴所败时，曾赴吴为质二年。回越后助越王勾践刻苦图强，灭亡吴国。后游齐国，称鸱（chī）夷子皮，到陶（今山东定陶西北），改名朱公，以经商致富。⑩惠施（约前370—约前310）：战国时哲学家，名家的代表人物。宋国人，与庄子为友。⑪卜式：西汉河南人。畜牧主出身。屡以家财捐助朝廷，武帝任为中郎，借以鼓励其他富商大贾出钱。后封关内侯，官御史大夫。因反对盐铁专卖，被贬（biǎn）为太子太傅。⑫黑头和白首：分别指青年和老年。

临终歌[1]

大鹏飞兮振八裔[2]，中天[3]摧兮力不济。
余风激兮万世，游扶桑[4]兮挂左袂。
后人得之传此，仲尼[5]亡兮谁为出涕[6]？

【注释】

①临终歌：是诗人临终前写的最后一首绝笔诗。②八裔（yì）：裔，八方的边缘。③中天：正当天空之中，表示极高。④扶桑：有三种含意：植物名；神话中的树木名；我国对日本的旧称。这里我们应当理解为神话中的树木名——诗人将去，神游扶桑。⑤仲尼：孔子的字。⑥出涕：眼泪。

白居易

【小传】

白居易（772—846），唐大诗人。字乐天，晚年号香山居士。其先祖太原（今属山西）人，后迁居下邽（今陕西渭南东北）。青年时期家境贫困，对社会生活及人民疾苦，有较多的接触和了解。贞元进士，授秘书省校书郎。元和年间任左拾遗及左赞善大夫。后因上表请求严缉刺死宰相武元衡的凶手，得罪了权贵，贬为江州司马。长庆初年任杭州刺史，宝历初年任苏州刺史，官至刑部尚书。在文学上积极倡导新乐府运动，主张“文章合为时而著，歌诗合为事而作”，强调继承《诗经》“风雅比兴”的传统和杜甫的创作精神，反对“嘲风雪，弄花草”而别无寄托的作品。《与元九书》是他诗论的纲领，为我国文学史上的重要文献。早期所作讽喻诗，如《秦中吟》《新乐府》中的不少篇章，较为广泛尖锐地揭发了当时政治上的黑暗现象，反映出人民的痛苦生活。自遭受贬谪后，意志逐渐消沉，晚年尤甚，诗文多怡情悦性、流连光景之作。其诗语言通俗，相传老妪也能听懂。除讽喻诗外，长篇叙事诗《长恨歌》《琵琶行》，也很有名。

李白墓①

采石江边李白坟，绕田无限草连云。
可怜荒冢穷泉骨，曾有惊天动地文。
但是诗人多薄命，就中沦落②不过君。
渚蘋③溪藻犹堪荐，大雅④遗风已不闻。

【注释】

①此诗是唐贞元十五年（公元 799 年），诗人赴洛阳省母路过采石时所作。诗中所说的太白墓，即李白的草葬之墓。后迁至龙山，再迁至青山脚下。但采石仍保留有李白的衣冠墓。此墓后被移至采石第一小学内。1972 年再移至翠螺山临江处的半山腰，并请草圣林散之先生书“唐诗人李白衣冠冢”八字，刻石立于墓前。②沦落：没落；落泊。③蘋：植物名。④大雅：指李白的大才、高才。

【小传】

李观（766—794）字元宾，先为陇西人，后家居江东。生于唐代宗大历元年，卒于德宗贞元十年。享年 29 岁。年 24 举进士。后三年，与韩愈同登第。明年，试博学宏词，观中其科。而韩愈不在选。官太子校书郎。观为文，不袭沿前人，独辟蹊径。时谓与韩愈相上下。及观早夭，而愈后文益功。韩愈称其“才高于当世，而行出于古人”。大顺中，陆希中集其遗文为 10 卷。后收入《新唐书艺文志》。

景　山①

石磴②崎岖一径通，洞门③常是白云封。
陈罗仙子知何在，惟有青山不改容。

【注释】

①景山：在白纻山西，距县东南3里，一名月盘山。有德清道院，祀雷神，故一名雷峰院。②磴（dèng）：山路上的石级。③洞门：景山全真洞之洞门。其遗址在玉皇阁旁。洞内石腹空敞，可设床几。

【小传】

刘禹锡（772—842），唐文学家、哲学家。字梦得，洛阳（今属河南）人，贞元擢进士第，登博学宏词科。授监察御史，参加王叔文集团，反对宦官和藩镇割据势力。失败后，贬朗州司马，迁连州刺史。后以裴度力荐任太子宾客[①]，加检校礼部尚书。世称刘宾客。和柳宗元交谊很深，人称“刘柳”，后与白居易唱和很多，也并称“刘白”。其诗通俗清新，善用比兴手法寄托政治内容。《竹枝词》《柳枝词》和《插田歌》等组诗，富有民歌特色，为唐诗中别开生面之作。

泊牛渚

芦苇晚风起，秋江鳞甲[②]生。残霞忽改色，远雁有余声。
戎鼓[③]音响绝，渔家灯火明。无人能咏史，独自月中行。

【注释】

①太子宾客：官名。唐始置，太子官属中之最高级，官阶正三品。但仅为高级官员之升传，无实职。②鳞甲：犹鳞介，指水族。③戎（róng）鼓：即军鼓。

【小传】

许浑（约791—约858），唐诗人，字用晦，一作仲晦，润州

（今江苏镇江）丹阳人。太和进士，官虞部员外郎，曾任睦[①]（今属浙江省，辖境相当今桐庐、建德、淳安）、郢（治所在汝南，辖境相当今钟祥以下的汉江流域监利、阳新间的长江流域和湖南沅江流域以北地区）二州刺史。自少苦学多病，喜爱林泉。其诗长于律体，多登高怀古之作。《咸阳城东楼》一诗中“山雨欲来风满楼”之句，较有名。有《丁卯集》。

途经李翰林[②]墓

气逸[③]何人识，才高举世[④]疑。祢生[⑤]狂善赋，陶令[⑥]醉能诗。

碧水鲈鱼思[⑦]，青山鹏鸟悲[⑧]。至今孤冢[⑨]在，荆棘[⑩]楚江湄[⑪]。

【注释】

①睦（mù）：和好、亲近，和睦。但在这里是指睦州。睦州，在浙江省，隋仁寿三年置。②翰林：官名。指李白。③逸：超迈。即一种超凡脱俗的气质。④举世：举，全；皆。举世：即全世。⑤祢（mí）生：指祢衡，汉末文学家。⑥陶令：即陶渊明。⑦鲈（lú）鱼：常见的食用鱼之一：鲈鱼思，指思乡之情。⑧鹏鸟悲：指李白临终诗作中的悲情。⑨孤冢（zhǒng）：孤独的坟墓。⑩荆棘（ji）：比喻纷乱的局势或艰险的处境。⑪楚江湄：楚江，即古楚国境内的长江；湄，岸边。

凌歊台

宋祖凌歊[①]乐未回，三千歌舞宿层台。
湘潭云尽晓山出，巴峡雪消春水来。
行殿[②]有基荒荠[③]合，寝园无主野棠开。
百年便作万年计，岩畔古碑生绿苔。

【注释】

①宋祖：指南朝宋武帝刘裕。凌歊（xiāo）：气上冲貌。②行殿：即行宫。③荒荠：荒地上的荠菜。

姑孰官舍

草生官舍似闲居，雪照南窗满素书[①]。
贫后始知为吏拙，病来还喜识人疏。
青云岂有归梁燕，浊水应无避钓鱼。
不待秋风便归去，紫阳山下是吾庐[②]。

【注释】

①素书：写在绢帛上的信。②紫阳：山名，在安徽歙县城南。吾庐，即吾家。

移摄[①]当涂寄李明府[②]

病移岩邑称闲身，何处风光贳[③]酒频。
溪流绕门彭泽令，野花连洞武陵人[④]。
娇歌自驻壶中景，艳舞[⑤]长留海上春。
早晚高台更同醉，绿萝[⑥]如帐草如茵[⑦]。

【注释】

①移摄：摄为整顿、摄政、代理；移摄，即调到别处去摄政（当官）。②明府：县令的别称。③贳（shì）：租借；赊欠。④武陵人：是陶渊明《桃花源记》中的主人。⑤艳舞：艳丽舞蹈。⑥绿萝：即莪（俄）和女萝。莪是蒿。女萝即薜萝。薜，薜荔；萝，女萝。皆可攀附，故多成帐形。⑦茵（yīn）：垫子、褥子、毯子的通称。

【小传】

贾岛（779—843），唐诗人。字阆仙，一作浪仙，范阳（今河北涿州市）人。初落拓为僧，名无本，后还俗，屡举进士不第。曾任长江主簿，人称贾长江。其诗喜写荒凉苦寂之境，颇多寒苦之词。以五律见长，注重词句锤炼，刻苦求工，“推敲”的典故就是由其诗句“僧推月下门”，还是“僧敲月下门”而来。有《长江集》。

牛渚

巨川[①]汇牛渚，下有渊[②]灵宅。绝壁俯层岩，回波自撞激。
不见燃犀人[③]，空忆骑鲸客[④]。泊舟陟危亭[⑤]，蛾眉[⑥]望中碧。

【注释】

①巨川：指大江。②渊：深潭。③燃犀人：即江州刺史、骠骑将军温峤。他曾在采石矶燃犀照妖。④骑鲸客：指李白。相传，李白在采石骑鲸捉月。⑤危亭：危，高耸貌；危亭即高亭。陟（zhì）：登高。⑥蛾眉：指蛾眉亭。

送罗少府归牛渚

作尉[①]长安始三日，忽思牛渚梦天台[②]。
楚山远色独归去，灞水[③]空流相送回。
霜覆鹤身松子落，月分莹[④]影石房开。
白云多处应频到，寒涧泠泠漱古苔。

【注释】

①作尉：即县尉，古官名。作尉，指罗少府作县尉。②天台：即浙江的天台山。③灞（bà）水：即灞河，渭河的支流，在陕西省中部。④莹（yíng）：似玉的美石。

赵嘏

【小传】

赵嘏[①]（约806—约853），字承佑，楚州山阳（今江苏淮安市楚州区）人。年轻时曾四处游历。太和七年预省试进士不第。留寓长安多年。出入豪门以干功名，其间似曾去岭表当了几年幕府。

后回江东家居润州（今镇江）。会昌四年，进士及第。一年后东归。会昌末或大中初，复往长安，入仕为渭南尉。约大中六七年，卒于任上。存诗200多首，其中七律、七绝最多且较出色。

青山馆

凫鸥声暖野塘春，鞍马[2]风高驿路[3]尘。
一宿青山又须去，古来难得是闲人。

【注释】

①赵嘏：嘏（gǔ，又读jiǎ）。②鞍马：即佩戴鞍桥的马。③驿（yì）路：亦称“驿道”。我国古代的交通大道。即为传车、驿马通行而开辟的大道。沿途设有驿站。

【小传】

郑谷（约851—约910），字守愚，宜春（今属江西）人。唐僖宗光启三年进士，官左拾遗。历官郎中。曾自编诗300首为之合编为3卷，又有《宜阳集》3卷等。《全唐诗》编其诗为4卷。

吊水部[1]贾员外嵩[2]

八韵[3]与五字，俱为时所先。幽魂应自慰，李白墓相连。

【注释】

①水部：官名。晋以后设水部曹郎。隋唐至宋皆以水部为工部四司之一。明清改为都水司，掌有关水道政令。相沿仍以水部为工部司官的一般称呼。②贾员外嵩：即贾嵩；员外，官名。本谓在定额以外设置的官员。③八韵：一作“八音”。中国古代对乐器的总称。指金、石、土、革、丝、木、匏（páo）、竹八类。钟、铃等属金类，磬等属石类，埙属土类，鼓等属革类，琴、瑟等属丝类，柷（zhù）敔（yǔ）等属木类。笙、竽等属匏类，管、龠（yuè，古代管乐器）等属竹类。

【小传】

姚合（771—845 后），唐诗人。陕州峡石（今河南陕县南）人。元和进士，授武功主簿。官秘书少监。世称姚武功，其诗派也称“武功体”。所作诗篇多写个人日常生活和自然景色。喜为五律，刻意求工，颇类贾岛，故“姚贾”并称。其诗为宋江湖派诗人所师法。有《姚少监诗集》10 卷。又编有《极玄集》。

送潘传[①]秀才归宣州

李白坟三尺，嵯峨[②]万古名。因君[③]还故里，为我吊先生。

晴日移虹影，空山出鹤声。老郎[④]闲未得，无计此中行。

【注释】

①潘传：宣州人。②嵯（cuó）峨（é）：高峻貌。③送潘秀才，故诗人说“因君还故里”。④老郎：诗人自称。

【小传】

杜牧（803—约 852）唐文学家。字牧之，京兆万年（今陕西长安）人。杜佑孙。太和进士。曾为江南观察使、宣歙观察使沈传师和淮南节度使牛僧孺的幕僚，历任监察御史，黄、池、睦（今属浙江）诸州刺史，后入为司勋员外郎，官终中书舍人。以济世之才自负，曾注曹操所定《孙子兵法》13 篇。感于藩镇跋扈和吐蕃、回纥[①]贵族的攻掠，诗文中多指陈及讽喻时政之作。写景抒情的小诗，多清俊生动。少数以纵酒狎妓为题材的诗篇则流于颓废。其诗在晚唐成就颇高，后人称杜甫为“老杜”，杜牧为“小杜”。《阿房宫赋》亦颇有名。有《樊川文集》。

题横江馆②

孙家兄弟昔龙骧③，驰骋④功名帝业王。
至此江山谁是主？苔矶空属钓鱼郎。

【注释】

①回纥（hé）：维吾尔民族的古称谓。②这是一首咏史诗。③孙家兄弟：即孙策、孙权兄弟。骧（xiāng），马昂头快跑的样子。全句的意思是说孙氏兄弟，当年攻战采石时打了大胜仗，并在此基础上建立了帝王大业，但是后来又几易其主。④骋（chěng）：纵马疾驰。

灵山寺

西岩一径不通椒①，八十持杯未觉遥。
龙在石潭②听夜雨，雁移沙渚见秋潮。
经函③露湿文多暗，香印风吹字半消。
应笑南来又东去，越山无路水迢迢④。

【注释】

①椒：山巅、山顶。②潭（tán）：深水塘。③函：封套；经函，即装满经书的函套或匣子。④迢迢（tiáo）：遥远貌。

林宽

【小传】

林宽（生卒年不详），侯官（今福建闽侯）人，初举不第，久乃登进士第。曾入太学，又曾游边塞。著有《林宽集》1卷。

送许棠先辈归宣州

发枯穷律韵，字字合埙篪[①]。日月所到处，姓名无不知。
莺啼谢守垒[②]，苔老谪仙碑。诗道丧来久，东归为吊之。

【注释】

①埙（xūn）：古代用陶土做的一种乐器；篪（chí）：古管乐器，用竹制成，单管横吹。②谢守垒：谢守，指谢朓，曾任宣城太守，故称谢守；垒，即谢朓在青山南麓的别宅；此宅至唐尚存。

许棠

【小传】

许棠（822—约 872），字文化，宣州泾县（今属安徽）人。工诗文，性僻难与人合。以作洞庭诗著名，时号许洞庭。但棠不得志，举试不第。尝与诗人张乔共隐匡庐。闻马戴掌任大同军幕，乃往谒之。戴一见如故，流连屡月。但只谈诗饮酒，未尝问其所欲。一日，戴大会宾客，命使以棠家书授之。棠启缄阅读，始知戴已潜遣使恤其家矣。咸通十三年，始进士及第，调泾县尉。至任时，郑谷赠诗，有“白头新作尉”之句。乾符年任江宁丞。后辞官，居泾县陵阳别业[①]，潦倒以终。有诗集 1 卷、《全唐诗》编其诗为 2 卷，传于世。

宿青山馆[②]

下马青山下，无言有所思。云藏李白墓，苔暗谢公池[③]。
烈烧飞荒野，栖凫宿广陂[④]。东来与西去，皆是不闲时。

【注释】

①别业：即别墅。②青山馆：大约为当涂青山李白墓附近的一个客栈。③谢公：指南齐诗人谢朓。④广陂（bēi）：为山陂、圩岸、彼泽之陂。

题青山馆

境概殊诸处，依然是谢家[1]。遗文齐日月，旧井照烟霞。

水隔平芜远，山横度鸟斜。无人能此隐，来往谩兴[2]嗟。

【注释】

①谢家：即谢家青山。③谩兴：谩，空泛。

凌歊台

平芜[1]望已极，况复倚凌歊。江截吴山断，天临楚泽遥。

云帆高出树，水市迥分桥。久立斜阳尽，无言似寂寥[2]。

【注释】

①平芜：平旷的草原。②寂（jì）寥（liáo）：无声无形之状。

【小传】

曹松（约 828—903），字梦征，舒州（今安徽）人。乾符年间，流落江湖，为避乱栖居洪州西山。光化四年，在礼部侍郎杜德祥下，与王希羽等同登进士第，时称“五老榜”，特敕校书郎，未几卒。其诗学贾岛。著有《曹松诗集》2 卷。

吊李翰林

李白虽然成异物[1]，逸名[2]犹与万方传。
昔朝[3]曾侍玄宗侧[4]，大夜应归贺监边[5]。
山木易高迷故垅[6]，国风[7]长在见遗篇。
投金渚畔[8]春杨柳，自此何人系酒船。

【注释】

①成异物：指已逝世。②逸名：古为超脱绝俗的美好名声。③昔朝：指唐朝。④玄宗侧：李白在朝中任职时，常在玄宗一侧。⑤大夜：人死为长眠、大夜。贺监边，贺监，即贺知章，唐诗人，字季真，自号四明狂客，越州永兴（今浙江萧山）人。与李白友好。李白入宫的推荐人之一。李白死后，应该回到贺知章身边。⑥故垅：李白墓。⑦国风：《诗经》的组成部分。⑧投金渚：指溧阳市投金濑。李白有《溧阳濑水贞女碑铭》，清王琦注引《吴越春秋》："子胥既破楚过溧阳濑水之上乃叹息曰：吾尝饥于此，乞食一女子，女子饲我，遂投水而死。将欲报以百金而不知其家，乃投金水中而去。"《一统志》："投金濑在溧阳市西北45里。"

项斯

【小传】

项斯（公元836年前后在世），字子迁，台州（今浙江临海）人。初筑草屋隐居其中读书30余年。宝历、开成间，显诗名，为诗人杨敬之赏识，敬之赠诗云："几度见诗诗尽好，及观标格胜于诗。平生不解藏人善，到处逢人说项斯。"后世遂以"说项"指为人说好话。会昌四年，登进士第，授丹徒县尉，卒于任所。著有《项斯集》1卷。《全唐诗》编其诗为1卷。

经李白墓①

夜郎②归未老，醉死此江边。葬缺官家礼③，诗残乐府篇。
游魂应到蜀④，小碣⑤岂旌贤⑥。身没犹何罪，遗坟野火燃。

【注释】

①此时李白墓仍在采石江边的菜地里。②夜郎：古族、古国、古郡、古县名。李白流放的夜郎，应是唐天宝元年（公元742年）改珍州置的夜郎郡。治所在夜郎（今正安西北），辖境约当今贵州正安及道真等县地。③葬缺官家礼：指李白下葬时，缺少官室应有的礼仪。④游魂应到蜀：李白的老家在四

川，他的游魂应到四川去。⑤小碣：碣（jié），李白墓前的圆形墓碑。⑥旌贤：旌，表彰。

胡曾

【小传】

胡曾（约839—?），唐代诗人。邵阳（今属湖南）人。咸通中举进士不第。曾任汉南节度使从事。后为路岩、高骈[1]诸人幕僚。胡曾为军官多年。历览古代兴废陈迹，辄慷慨悲歌。其诗通俗明快。有《安定集》10卷，今佚；《咏史诗》150首，皆七绝，评叙历史人物及历史事实，每为后来讲历史小说者所引用。

牛　渚

温峤[2]南归[3]辍棹辰[4]，燃犀牛渚照通津[5]。

谁知万丈洪流下，更有朱衣[6]耀马人。

【注释】

①高骈（pián）(821—887)，累官节度使，军帅，好文学，能诗。骈：两物并列成双的，对偶的：骈句，骈文。②东晋江州刺史（镇武昌）、骠骑将军温峤，出兵平息苏峻之乱，由建康班师武昌，途经牛渚，曾在牛渚矶燃犀照妖。③南归：即回武昌。④辍棹辰：辍（chuò），中止、停止；即一早就把船停下来。⑤通津：即通往魔窟的津道。⑥朱衣：指穿朱衣的妖魔鬼怪。

孟浩然

【小传】

孟浩然（689—约740，一作690—740），唐诗人，襄州襄阳（今属湖北）人。早年隐居鹿门山。年40游长安，应进士不第，后为荆州从事。患疽卒。曾游历东南各地。诗与王维齐名，合称

"王孟"。王维于他死后画像郢州。其诗清淡，长于写景，多反映隐逸生活。有《孟浩然集》。

夜泊牛渚

星罗[①]牛渚夕，风退鹢舟迟[②]。浦叙尝同宿，烟波忽间之。
棹歌[③]空里失，船火望中疑。明发泛沧海[④]，茫茫何处期[⑤]。

【注释】

①星罗：星，天上的星星；罗，罗列。②鹢（yì）：古籍中鸟名。鹢舟，指画有鹢鸟的船。③棹（zhào）：引申为船或划船，棹歌即船歌。④沧海：大海。因大海水深呈青沧色，故称"沧海"。⑤茫茫：亦作"芒芒"。辽阔；深远。

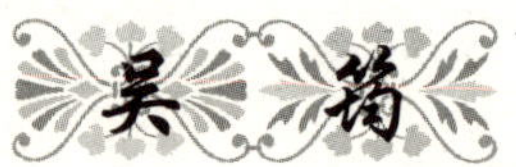

吴筠

【小传】

吴筠[①]（？—778），字贞节（一作正节）华州华阴（今属陕西）人。中国道教名士，唐代著名道士。少通经，善属文。性高洁，不随流俗。因举进士不第，乃入嵩山，师事潘正道为道士，传上清经法。有《宗元集》。

过天门山怀友

举帆遇风劲，逸势[②]如飞奔。缥缈凌烟波，崩腾[③]走川原。
两山夹沧江，豁尔[④]开天门。须臾轻舟远，想象孤屿存[⑤]。
归日路已近，怡然慰心魂。所经多奇趣，待与吾友论。
一日如三秋[⑥]，相思竟弥敦[⑦]。

【注释】

①吴筠：筠（yūn，又读 jūn）。②逸势：逸，奔跑。③崩腾：崩，倒塌。如山崩地裂；腾：马奔跃。引申为气浪翻腾。④豁尔：豁（huō，又读 huò）：

开阔。⑤孤屿存：屿（yǔ）：小岛。⑥三秋：《孔颖达疏》："年有四时，时皆三月。三秋谓九月。"亦指三年。⑦弥敦：弥（mí）：久；远；敦：厚也。

李颀

【小传】

李颀[1]（690—751），东川（今四川三台）人，开元二十三年（735）进士，官新乡县尉。有诗集传于世。

杂 兴

沉沉[2]牛渚矶，旧说多灵怪。
行人夜秉生犀烛，洞照洪深辟滂湃[3]。
乘车驾马往复旋，赤绂朱冠[4]何伟然。
波惊海若潜幽石，龙抱胡髯卧黑泉。
水滨丈人[5]曾有语，物或恶之当害汝。
武昌妖梦果为灾[6]，百代英威埋鬼府。
青青兰艾[7]本殊香，察见泉鱼固不祥。
济水[8]自清河自浊[9]，周公大圣[10]接舆狂[11]。
千年魑魅[12]逢华表[13]，九日茱萸作佩囊[14]。
善恶死生齐一贯，只应斗酒任苍苍[15]。

【注释】

①颀（qí）：修长。②沉沉：犹言深沉。③滂（pāng）湃（pài）：水势盛大。④赤绂朱冠：绂（fú），古代作祭服用的蔽膝。⑤丈人：古时对老人的尊称。⑥这一句是说，江州刺史骠骑将军温峤在牛渚矶燃犀照妖的当晚，梦见一神人对他说："你我幽明相隔，为何燃犀相逼？"不久，温峤就一病而亡。诗人认为这是妖梦为灾。⑦兰艾：兰，香草；艾，臭草。⑧济水自清：因济水水流平缓故自清。⑨河自浊：因黄河水日夜奔腾不息，故自浊。⑩周公：西周初年政治家。姬姓，周武王之弟，名旦，一称叔旦。因采邑在周（今陕西岐山北），故为周公。⑪接舆：春秋时隐士。楚国人。⑫魑（chī）魅

(mèi)，古代传说中的鬼怪。⑬华表：亦称桓表。古代表示王者纳谏或指路的木柱。⑭九日：即九月九日，重阳节。茱（zhū）萸（yú），草本植物名，有浓烈的香味，可入药。古代风俗重阳节，佩茱萸香囊以去邪恶。⑮苍苍：深青色。

钱起

【小传】

钱起（722—约780），字仲文。吴兴（今浙江湖州）人，天宝十年进士。历任校书郎、考功郎中、翰林学士，是“大历十才子”之一。诗与刘长卿齐名，人称“钱刘”；又与郎士元齐名，人称“钱郎”。长于五言，风格清丽。有《钱仲文集》。

江行无题

蛩[①]响依莎草，萤[②]飞透水烟。夜凉谁咏史，空泊运租船。

【注释】

①蛩（qióng）：蟋蟀。②萤（yíng）：萤火虫。

郎士元

【小传】

郎士元，字君胄，中山（今河北定县）人，天宝进士，官郢州刺史。“大历十才子”之一，与钱起齐名。著有文集。

姑孰溪

已知成傲吏[①]，复见改朝衣[②]。应向丹阳郭[③]，秋山独掩扉。
草堂连古寺，江日动晴晖。一别沧州远，兰桡[④]几岁归

【注释】

①傲吏：傲，多言。②朝衣：古代君臣朝会时所穿的礼服。③丹阳郭：就是丹阳湖的外围。④兰桡（ráo）：划船的桨，也代指船。

李赤

【小传】

李赤，唐朝诗人，也是江湖浪人，才高八斗，学富五车，善为诗歌，诗类李白，故自号曰李赤。

姑孰杂咏天门山

迥出江水上，双峰自相对。岸映松色寒，石分浪花碎。

参差远天际，缥缈[1]晴霞外。落日舟去遥，回首沈青霭。

【注释】

①缥（piāo）缈（miǎo）：形容隐隐约约、若有若无貌。

杜荀鹤

【小传】

杜荀鹤（846—907），唐诗人。字彦之，号九华山人，池州石埭[1]（今安徽石台）人。相传为杜牧出妾之子。早有诗名，然屡试不第，其间曾游浙、闽、赣、湘等地，直到46岁（大顺二年）才中进士，天祐为主客员外郎、知制诰，充翰林学士。著有《唐风集》3卷，录诗300余首。

经青山吊李翰林

何为先生死，先生道日新。青山明月夜，千古一诗人。

天地空销骨，声名不傍身。谁移耒阳冢[2]，来此作吟邻。

【注释】

①埭（dài）：土坝。②谁移耒阳冢：即杜甫在耒（lěi）阳山下的藁（gǎo）葬之墓。唐大历五年（公元770年）卒于湖南耒阳，藁葬之。后迁殡岳阳。元和中再迁河南偃师首阳山下。后世有人以为杜甫藁葬耒阳不可信，依据是元稹为杜甫所作墓志未提及此事。然而郭沫若在《李白与杜甫》一书中说，杜甫确因食烤牛肉中毒而亡于耒阳。

李翰林

谪下三清[1]列八仙[2]，获调羹[3]鼎侍龙颜。
吟开锁闼[4]窥天近，醉卧金銮待诏闲。
归隐不归刘备国[5]，旅魂长寄谢公山。
遗编往简应飞去，散入祥云瑞日[6]间。

【注释】

①三清：道教所尊奉的三位神，即玉清元始天尊，上清灵宝道君，太清太上老君。道书说此三神居天外仙境，称三清境，即玉清、上清、太清。②八仙：即饮中八仙：有李白、贺知章、李适之、汝阳王（李）琎、崔宗之、苏晋、张旭、焦遂等。③获调羹：相传李白初入宫时，玄宗曾亲自为其调羹。④闼（tà）：门、小门。⑤刘备国：即蜀国。李白是蜀人，应当回蜀国去。⑥祥云瑞日：都是形容吉祥之意。

【小传】

殷文圭[1]（约886年前后在世），字表儒，池州青阳（今属安徽）人。曾居九华山苦读多年。乾宁二年进士及第，为裴枢宣谕判官，后为杨行密淮南节度掌书记。唐灭后，吴武义元年，杨隆演称帝，以殷文圭为翰林学士，终左千牛卫将军。著有《登龙集》15卷，《冥搜集》20卷，《从军稿》20卷，《镂冰录》20卷，《笔耕词》20卷，《游恭东里集》3卷，《短兵集》3卷。《全唐诗》编其诗文为1卷。

经李翰林墓

诗中日月酒中仙，平地雄飞上九天[②]。
身谪蓬莱[③]金籍外，宝装方丈[④]玉堂[⑤]前。
虎靴醉索将军脱[⑥]，鸿笔悲无令子传[⑦]。
十字遗碑[⑧]三尺坟，只应吟客吊秋烟。

【注释】

①圭（guī）：古代帝王诸侯举行典礼时拿的一种玉器。②九天：指天的中央和八方。③蓬莱：古代传说中的三神山之一。此句是说：李白原本是住在蓬莱仙境的，后来却把他贬谪到金籍之外。④方丈：佛教名词。原指禅寺的长老或住持所居之处。后用为一般寺院内主持寺院者的职称。⑤玉堂：汉代宫殿名。⑥此句是说李白醉酒后，才要高力士给他脱靴子的。⑦无令子传：说明李白无子继承他的“鸿笔”⑧十字遗碑：吴国季札之子客死于齐，葬于嬴、博（即莱芜和泰安）之间。孔子曾为之题“呜呼有吴延陵君子之墓”十字。后人常以“十字遗碑”来形容客死他乡而又草葬之墓。

【小传】

罗邺（825—?），唐诗人，余杭人，有“诗虎”之称。光化中（878—901）赐进士及第。工诗，以七言诗见长。在咸通、乾符中，与罗隐、罗虬合称“三罗”。明人辑有《罗邺诗集》。

凌歊台

高台今日竟长闲，因想兴亡为惨颜[①]。
四海已归新雨露，六朝[②]空认旧江山。

翘槎[3]独鸟沙汀[4]畔，风递[5]连樯雪浪间。
好是轮蹄[6]来往便，谁人不向此跻[7]攀。

【注释】

①惨颜：惨，凄惨；悲伤。②六朝：三国的吴，东晋，南朝宋、齐、梁、陈，都以建康（吴名建业，今江苏南京）为首都，历史上合称六朝，是3世纪初到6世纪末前后300余年的历史时期的泛称。③翘（qiáo）槎（chá）：两头翘的乘筏、浮筏。④沙汀：水中或水边的平地。⑤风递（dì）：通过风来传递。⑥轮蹄：即御驾车马的车轮和马蹄。⑦跻（jī）：上升、向上。

韦庄

【小传】

韦庄（约836—910）五代前蜀诗人、词人。字端己，长安杜陵（今属陕西省西安市长安区）人，乾宁进士，后仕蜀，官至吏部侍郎兼平章事。早年所作《秦妇吟》长诗，言语清丽，多用白描手法，写闺情离愁和游乐生活。有《浣花集》。

过当涂县

客过当涂县，停车访旧游[1]。谢公山有墅[2]，李白酒无楼。
采石花空发，乌江[3]水自流。夕阳谁共感，寒鹭立汀洲。

【注释】

①旧游：说明他已游过采石姑孰，此次是重游。②山有墅：指谢朓在青山的别宅。③乌江：在和县与江苏南京市浦口区交界处的江边。

三　两宋

张伯玉

【小传】

张伯玉（1003—约1076），字公达，福建建安（今建瓯）人，天圣二年进士，后又登书判拔萃科。庆历初出任吴县（1995年撤销）从事兼郡学教授。他是继胡瑗、王逢、张刍等之后，进一步扩大和发展了当地的儒学。士子们因受其教泽而经明行修的很多，连续不断登上科第。后来，他又以秘书丞出知并州太谷县。他勤政爱民，广兴水利，办了许多好事。庆历四年，范仲淹以其敢言清节向朝廷推荐。他得举应贤良方正，能直言极谏。六年，应治中高选。皇祐初官侍御史。这时陈执中为相。伯玉直言："天下不治，未得真宰相故也。"因而得罪了陈。出知太平州（治当涂）。仁宗皇帝惋惜他，秘使小黄门表示慰劳说："闻卿病，无虑，朕当为卿治装。"翌日，中旨三司赏赐银钱五万。执中认为没有成例，坚持不可。仁宗最后还是如数赐给了伯玉。可见皇上对他的看重。张伯玉不仅擅长吏治，而且还娴熟文学。当时，州司户曾巩很负时望，他自己也感文章可以。伯玉命他撰写《六经阁记》。写了好几稿，伯玉都不满意，只好自己动笔。到这时，曾巩才大为叹服。至和年间，伯玉任严州副知州。嘉祐八年，以度支郎中知越州。治平三年，伯玉移知福州。在福州任上，他广植榕树。及至熙宁以后福州绿荫满城，暑不张盖，行人都感激他。张伯玉多学而博识，能诗善饮。常饮百杯，赋诗百篇。时称"张百杯"、"张百篇"。张伯玉最终官至司封郎中。熙宁三年，病卒，享年近70。著有《蓬莱集》2卷。

龙　山

桓侯慕清躅[①]，登山宴重九[②]。叠鼓[③]出烟云，落帽醉僚友。
我来亦佳节，风物皆依旧。高客安在哉，踌躇[④]眷芳酒[⑤]。

【注释】

①桓侯：桓，即桓温。他是东晋大司马、征讨大都督、镇西将军，但他未封过侯。慕清躅：躅（zhú），足迹。②宴重九：即重阳九在龙山顶设宴。③叠鼓：叠，通慑。叠鼓，震慑力很大的鼓，给人以恐惧。④踌（chóu）躇（chú）：犹豫不决貌。⑤眷（juàn）：即眷念、想念。

隐静山

高士[①]浮杯来，投锡[②]顿清绝。到今千丈松，闲伴五峰雪。
凌烟孤鹤起，向晚啼猿歇。不见纤尘[③]飞，寒泉湛明月[④]。

【注释】

①高士：谓志行高尚之士，旧多指隐士。②投锡：也叫挂锡、挂单、挂搭。佛教用语。行脚僧投院暂住之意。锡：僧人所用锡杖，省曰锡。③纤：细小。④湛（zhàn）：清澈。

【小传】

潘阆（？—1009），字逍遥，大名（今河北大名）人，至道元年，赐进士及第，授四门国子博士。后坐事亡命（谓改名换姓逃亡），真宗时赦无罪。改任滁州参军。大中祥符二年卒。工诗、词。有《逍遥集》诗1卷，《逍遥词》1卷。

泊牛渚

扁舟不复见袁宏，故垒犹连谢尚城[①]。
潮落潮来知旦暮[②]，云收云出辨阴晴。
骑鲸仙子[③]千年恨，化石佳人[④]万古情。
牛渚矶前浪如屋，区区[⑤]名利与生轻[⑥]。

【注释】

①谢尚城：谢尚当年镇守牛渚时所筑之城。②旦暮：犹言早晚。③骑鲸仙子：指李白。世称李白是骑鲸追月而去。④化石佳人：指望夫山上的望夫石。⑤区区：小；少。⑥生轻：生者，生命也；轻者，看轻自己的生命。

太平①城南结庐②

微躯终赦③谢天恩，容养疏慵④世未闻。
昔日已为闲助教⑤，今朝又作散参军⑥。
高吟瘦马冲残雪，远看孤鸿入断云⑦。
到任也应无别事，愿将清俸⑧置香焚。

【注释】

①太平：州、府、路名。宋太平兴国二年（公元977年）升南平军置，取年号首两字为名，治所在当涂。辖境相当今安徽当涂、繁昌、芜湖三县。②结庐：盖房子。③微躯：诗人自称；终赦；赦（shè）：免罪，减罪。④疏慵：舒展一下散懒的惓慵。⑤助教：古代学官名。⑥散参军：散，是古代表示官员等级的称号，与职事官表示所任职务的称号相对而言。⑦诗人自谓高吟瘦马，要冲残雪，做孤鸿入断云。鸿即鸿雁，俗称大雁。⑧清俸：廉洁的俸禄。

【小传】

林逋（967—1028），北宋诗人，字君复，钱塘（今浙江杭州）人。少孤力学，恬淡好古，曾结庐西湖孤山，植梅养鹤，终身不仕，也终身不娶，人称“梅妻鹤子”。卒后，谥号和靖先生。其诗风格淡远，内容大都反映他的隐逸生活和闲适心情。“疏影横斜水清浅，暗香浮动月黄昏”（《山园小梅》）句颇有名。有《林和靖诗集》3卷，《西湖纪逸》1卷，行于世。

采石山

危阁[①]闲登日渐曛[②]，画屏晴雨枕江濆[③]。
秋陵瘦出无多寺，古翠浓连一串云。
坐卧不抛输钓叟[④]，往来常见属鸥群。
翻然却笑宣州守，是甚[⑤]移将李白坟[⑥]？

【注释】

①危阁：即高耸之阁。②曛（xūn）：落日的余光。③濆（fén）：水边。④输钓叟：输，输赢之输，谓不及钓叟。叟：老年男子。⑤是甚：即是什么原因？⑥李白坟：初葬采石江边，后迁至龙山。元和十二年，由宣歙池等州观察使范传正及当涂县令诸葛纵出面，将李白坟迁至青山。林逋说是宣州守所为，与事实有出入。

胡宿

【小传】

胡宿（996—1067），字武平，常州晋陵人，进士。初为扬子尉，后迁湖州太守。筑石塘[①]百里捍海水灾害，民号曰“胡公塘”。累官枢密副使。治平三年，为观文殿学士，知杭州。明年，以太子少师致仕。卒谥文恭。著有《文恭公集》20卷。

过李白坟[②]

平昔驰名蜀道难[③]，旅魂[④]流落古苔斑。
土中宝树[⑤]埋何在，泽畔[⑥]灵魂些不还。
醉后烟霞仍物外，吟余风月[⑦]尚人间。
一哀吊罢颓阳暮，江北江南尽是山。

【注释】

①石塘：又名海塘，即阻止海潮侵袭而修建的人工堤岸。②李白坟：指

采石江边的李白坟。③李白有《蜀道难》诗。④旅魂：指李白。⑤土中宝树：秀美的身姿，指李白的尸骨。⑥泽畔句：泽畔，指乾元二年李白长流夜郎遇赦归湘阴，为崔成甫《泽畔吟》所作的序文。此指李白流放夜郎差一点不能生还。⑦风月：即清风明月，指美好的景色。

梅尧臣

【小传】

梅尧臣（1002—1060），北宋诗人。字圣俞，宣城（今属安徽）人。宣城古名宛陵。故又称其为梅宛陵，或宛陵先生。少时应进士不第。历任州县官属。中年后赐进士出身，授国子监直讲，官至尚书都官员外郎。论诗注重政治内容，对宋初有些作家的靡丽文风表示不满。在写作技巧上重视细致深入，认为“必能状难写之景，如在目前，含不尽之意，见于言外，然后为至”。所作颇致力于反映社会矛盾和民生疾苦，风格力求平淡，盖欲以矫靡丽之习，但有时不免流于板滞。对宋代诗风的转变影响很大，甚受陆游等人的推崇。有《宛陵先生文集》。

送郭功甫①还青山

来何迟迟去何勇，羸马②寒童③肩竦竦④。
昨日弃为梅福官，扁舟早胜大夫种。
负经不厌关山遥，访我犹将岁月恐。
得言会意若秋鹰，反翅归飞轻饱氄⑤。
明朝到家年始开，椒花寿酒⑥期亲捧。
何当交臂须强行，莫作区区事丘垅。

【注释】

①郭功甫：即当涂籍诗人郭祥正。郭祥正，字功甫，苏轼的好友。②羸（léi）马：即身体羸弱的马。③寒童：古代对奴隶的称谓，后作为童仆的通称。④竦（sǒng）：肩竦竦，就是肩向上耸。⑤氄（rǒng）：鸟兽贴近皮肤的

细软绒毛。⑥椒花寿酒：亦称椒酒。用椒浸泡的酒。

慈姥山石崖上竹鞭①

江水浸石壁，峭直无鸟踪。穴垂青竹根，瘦蛇愁作龙。
霹雳②雨脚入，湿点莓苔③封。世人不得用，八马今华慵④。

【注释】

①竹鞭（biān）：某些竹类的根状茎。竹鞭横卧地下，具较长的节间，节上有芽和不定根，由芽长成笋或新竹鞭。有竹鞭的竹类，往往散生成林。②霹雳：亦作“辟历”、“劈历”。疾雷声。③莓：植物名。苔：青苔，也指苔类植物。④慵（yōng）：懒也。

采石月下赠郭功甫

采石月下逢谪仙，夜披锦袍坐钓船①。
醉中爱月江底悬②，以手弄月身翻然。
不应暴落饥蛟涎③，便当④骑鲸上青天。
青山有冢人谩传⑤，却来人间知几年。
在昔熟识汾阳王⑥，纳官贳死⑦义难忘。
今观郭裔奇俊郎⑧，眉目真似攻文章⑨。
死生往复犹康庄⑩，树穴探环知姓羊⑪。

【注释】

①坐钓船：夜披锦袍的李白。②天空的明月倒影在江中，就像一轮明月悬在江底一样。③饥蛟涎：即饿着肚子的蛟龙。涎（xiān）：口水。④便当：就当着他骑鲸上青天去了。⑤谩（mán）传：欺骗；蒙蔽。不负责任地乱传。⑥汾阳王：即郭子仪，他晋封为汾阳郡王。李白游并州时，与郭子仪相见并相交。郭子仪曾犯法，白为其赦免。⑦此句的意思是说，李白因永王璘反获死罪。郭子仪请解官而赎李白之死罪。⑧此句是说，李白为了报答郭子仪的救命之恩，特意投胎到郭家的后裔——郭祥正家。⑨郭祥正长得全像李白，只是名字不同而已。⑩此句是说这种生死往复的现象像康庄大道一样，十分正常。⑪诗人用羊祜（hù）少年的故事，进一步证实生死往复是正常现象。相传：羊祜五岁时，让其乳母云取他所玩的金环。乳母说：“汝先无此物。”

祜说："金环在邻居李家东墙桑树穴中。"乳母果探得之。邻居李氏惊曰："此吾亡儿所失物也，云何持去?"乳母具告之，乃知李氏子死后，投胎为羊祜尔。羊祜（221—278)。字叔子。魏末任相国从事中郎。入晋，除征南大将军。

广济寺[①]

船从山下过[②]，直上见僧轩[③]。系缆当矶石，缘崖到寺门。
短篱遮[④]竹瀁[⑤]，危路踏松根[⑥]。却看沧江底，归帆烟外昏。

【注释】

①广济寺：在翠螺山南端，太白楼与蛾眉亭之间的山坳里。②山下过：指诗人的船从翠螺山下过。③僧轩：轩，有窗槛的长廊或小室。引申为寺庙。④短篱：乃不高的篱笆；遮（zhē)：掩盖、掩蔽、挡。⑤竹瀁（yǎng)：形容竹林广大无涯际貌。⑥危路：即高路；踏松根，松根露在外面，所以行人能踩踏到它。

采石怀古

青峰来合沓[①]，势压大江雄。舟渡神兵后[②]，城荒王气空。
山根鱼浪白，岩壁石萝红[③]。弄月人[④]何在？孤坟细草中[⑤]。

【注释】

①合沓：重重叠叠，聚集在一起。②舟渡神兵后：舟渡指樊若水在采石架设的浮桥；神兵指宋征讨大将、伐南唐总指挥曹彬先于浮桥的架设而占领了采石。③石萝红：萝，植物名，即今莪。郭璞注："今莪，蒿也。"④弄月人：指李白和崔宗之月夜在采石江边泛舟弄月之事。⑤孤坟细草中：是时，李白的坟仍在采石江边菜地里。

蒆姥矶下

芦[①]汀泱漭[②]外，雾敛见孤嶂[③]。行舟每出观，渐近已殊状。
傍来任饮牛[④]，正去忽侧盎[⑤]。水蘷阴若春[⑥]，野鸟时与翔。
且待风波回，出口始浩荡。

【注释】

①芦：水中或水边的芦苇。②泱（yāng）漭（mǎng）：广大无涯际貌。③孤嶂：嶂，山也；孤嶂，即孤独的一座山，指慈姥山。④傍：附近；附近的农户任意的给牛在江边喝水。⑤侧盎（àng）：古代一种口大腹小的盛器。⑥水壑（hè）：山沟或大水坑。⑥若舂（chōng）：用杵臼捣去谷物皮壳的声音。

【小传】

曾巩（1019—1083），北宋文学家。字子固，南丰（今属江西）人。嘉祐进士，尝奉召编校史馆书籍，官至中书舍人。曾为王安石所推许。散文平易，为“唐宋八大家”之一。有些文章对当时在位者因循苟且表示不满，提出“法者所以适变也，不必尽同；道者所以立本也，不可不一”，主张在“合乎先王之意”的前提下，对“法制度数”进行一些改易更革。有《元丰类稿》。

谒李白墓

世间遗草[①]三千首，林下荒坟二百年[②]。
信矣辉光争日月，依然精爽动山川。
曾无近属持门户[③]，空有乡人拂几筵。
顾我自惭才力薄，欲将何物吊前贤。

【注释】

①遗草：即遗诗；三千首：是概数。②荒坟二百年：也是概数。③李白儿死孙下落不明，所以他“曾无近属持门户”。

【小传】

王安石（1021—1086），北宋政治家、文学家、思想家。字介甫，号半山，抚州临川（今属江西，临川镇已于1955年设立为抚州市）人。庆历进士。熙宁二年，被任命为参知政事，次年拜相。他积极推行青苗、均输、市易、免役、农田水利等新法，抑制大官僚地主和豪商的特权，以期富国强兵，缓和阶级矛盾。但由于保守派固执反对，新政推行迭遭阻碍。熙宁七年辞相，次年再相，九年再辞。退居江宁（今江苏南京市），封荆国公，世称荆公。卒谥文。他的散文雄健峭拔，为“唐宋八大家”之一。诗歌遒劲[①]清新。词虽不多而风格高峻。所著《字说》《钟山日录》等，多已散失，现存的有《临川集》《临川集拾遗》《三经新义》中的《周官新义残卷》，又《老子注》若干条保存于《道藏·彭耜集注》中。

九井山

沿崖涉涧[②]三十里，高下荦确[③]无人耕。
扪萝挽茑[④]到岩趾[⑤]，仰见吹泻何峥嵘[⑥]。
余声投林欲风雨，末势圈土犹溪坑。
飞虫凌兢走兽骇，霜雪夏落雷冬鸣。
野人往往见神物，鳞甲[⑦]漠漠[⑧]云随行。
我来立久无所得，空数石上菖蒲[⑨]生。
中官[⑩]系龙投玉册[⑪]，小吏磔狗[⑫]浇银觥[⑬]。
地形偶尔藏鬼怪，天意未必司[⑭]阴晴。
山川在理有崩竭，丘壑自古相虚盈。
谁能保此千秋后，天柱不折泉常倾。

【注释】

①遒劲：遒（qiú）：强健，有力。②涉涧：涉，经历或经过，跋涉；涧：即滋益、温润，也就是潮湿有水的地方。③荦（luò）确：山大石头多。④扪萝挽茑：萝，即女萝；茑（niǎo），茑和女萝，都是寄生植物；茎细长，常互相缠绕，挡着去路，所以诗人说要扪萝挽茑才能走。⑤岩趾：即山脚。⑥峥（zhēng）嵘（róng）：高峻突出貌。⑦鳞甲：犹鳞介。指水族类动物。⑧漠漠：寂静无声。⑨菖蒲：多年生草本植物，茎可作香料，也可入药。⑩中官：即朝廷官员。⑪玉册：亦作玉策，祭祀天地，祈神求雨的玉册，也就是珉玉

简。⑫磔（zhé）：分裂肢体，古代的一种酷刑。⑬觥（gōng）：古代用兽角做的一种酒器。⑭司：掌握。

牛　渚①

历阳之南有牛渚②，一风微吹万舟阻。
华戎蛮蜀③古百川，合为大江神所缠躔④。
山盘水怒不得泄，到此乃有无穷渊。
朱衣乘车作官庥⑤，操制生杀非无权。
灵阴秘怪不欲露，毁犀得祸⑥却偶然。

【注释】

①诗人曾与萧君生等数人游览采石矶。当众人议论到温峤在采石矶燃犀照妖后得病而亡时，有人认为这是鬼怪对人的报复。诗人则认为，这种情况纯粹是偶然的巧合，并不能说明天地神鬼能主宰人类的命运。联系到诗人对祈神求雨的态度，我们可以看出诗人是一位无神论者。②历阳：即当今的和县，古时先为历阳县，后又为历阳郡。因县（郡）南历水而得名。③华戎蛮蜀：华，乃中华的简称；戎，古代各戎族的省称。蛮，我国古代称南方民族。蜀：四川的简称。支百川，支为支流。百川，是概数。整句的意思是说：长江是长江上游的支流百川汇集而成。④躔（chán）：兽的足迹。⑤庥（xiū）：庇荫，保护。⑥毁犀得祸：指江州刺史温峤在采石燃犀照妖后得病而亡，纯粹是偶然之事。

白纻山①

白纻众山顶，江湖下萦带②。浮云卷晴明，可见九州外③。
肩舆④上寒空，置酒故人会。峰峦张锦绣，草木吹竽籁。
登临信地险，俯仰知天大。留欢薄日晚，起视飞鸟背。
残年苦局束⑤，往事嗟摧怀。歌舞不可求，桓公井空在。

【注释】

①这首诗是诗人晚年来采石、姑孰游览时所作。白纻山，距当涂城东5里，位于姑溪河北岸。本名楚山。因屯驻姑孰的东晋大司马桓温经常在此山顶欣赏《白纻歌》《白纻舞》而得名。②萦（yíng）：缠绕。③九州：传说我

国中原上古的行政区划。诗人是用“九州外”来形容看得远。④肩舆：轿子。⑤局束：即感到不习惯、不舒服、局促、拘束。

古 意

采芝[1]天门山，寒露[2]净毛骨。青帝[3]九万里，空洞无一物。
倾河略西南，晶射河鼓[4]没。蓬莱眼中见，人世叹超忽[5]。
当时弃桃核，闻已撑月窟。且当呼呵环，乘兴弄溟渤。

【注释】

①芝：即灵芝，亦称“木灵芝”。②寒露：我国二十四节气之一。③青帝：中国古代神话中的五天帝之一。指东方之神。亦作苍帝。④河鼓：星名。亦称“天鼓”，俗称“牛郎星”。⑤超忽：遥远貌。

【小传】

刘攽（bān）（1023—1089），字贡夫，号非公，临江新喻（今江西新余）人，与其兄刘敞同登进士第。任州县20年，始为国子监直讲。熙宁中，判尚书考功，同知太常礼院。尝贻书王安石，论新法不便，出知曹州。深于史学，与司马光同修《资治通鉴》，专职《汉史》作《东汉别误》，为人称颂。著有《非公集》60卷及《文选类林》《中山诗话》等，行于世。

题太白祠

旧闻谪仙人，多以我为是。三生[1]去来今，惟独变名字。
泊舟姑孰溪，风月不如意。举头望青山，酌酒聊一醉。
汉宫三十六[2]，当时各自贵。昭阳与华清[4]，究竟谁为愧。

【注释】

①三生：即“三世”。佛教用语。指前生、今生、来生，亦即过去世、现

在世、未来世。②汉宫三十六：这是形容汉朝的宫殿多，有三十六宫。③昭阳与华清：均为汉宫殿名。

沈括

【小传】

沈括（1031—1095），北宋科学家、政治家。字存中，杭州钱塘（今浙江杭州）人。仁宗嘉祐进士。神宗时参加王安石变法。熙宁五年提举司天监，次年赴浙东、浙西考察水利、差役。熙宁八年出使辽国，驳斥辽国的争地要求。次年任翰林学士，权三司使，整顿陕西盐政，主张减少下户役钱。后知延州（今陕西延安），加强对西夏的防御。元丰五年，以徐禧失陷永乐城（今陕西米脂西），连累坐贬。晚年居润州（今镇江），筑梦溪园（在今镇江东郊），举平生见闻，撰《梦溪笔谈》。他精研科学，用功极勤。在司天监时，观察天象，绘图多幅，改造仪器，撰浑仪、浮漏、景表三仪；曾推荐卫朴修《奉元历》，提倡新历法，与今阳历相似。在数学方面，创立“隙积术”（二阶等差级数的求和法）、“会圆术”（已知圆的直径和弓形的高，求弓形的弦和弧长的方法）。在物理学方面，他发现了地磁偏角的存在，比欧洲早四百多年；并曾阐述凹面镜成像的原理；对共振等规律也都有研究。在地质学方面，他由雁荡等山的地形，认识水的侵蚀作用；从太行山岩石中生物遗迹，推论冲积平原形成的过程。当时科学发展和生产技术的情况，如水工高超、木工喻皓、发明活字印刷术的毕昇、炼钢、炼铜的方法等，凡有见及，无不详为记录。他还首先提出石油的命名。又精究药用植物与医学，留心记录有效的方药，著《灵苑方》，已佚。又有《良方》10卷（传本附入苏轼所作医药杂说，改称《苏沈良方》）。著述传世的尚有《长兴集》。使辽所撰《乙卯入国奏请》《入国别录》，在《续资治通鉴长编》中还保存了一部分。

慈姥矶

一

碧山丛丛[①]遮落晖[②]，苍崖万丈涵苍漪[③]。
西风隔江动高树，山前过帆如鸟飞。

二

朝发铜陵暮扬子[④]，年年白浪江中归。
江人[⑤]收身苦宜早，一生却向江中老。

【注释】

①丛丛：聚集。②落晖：即落日。③苍崖：即青崖。苍漪（yī），水波动荡貌。④朝发铜陵暮扬子：铜陵，即现在的安徽省铜陵市；扬子，即江苏省邗江一带（古有扬子桥、扬子渡、扬子县等）。这说明速度是很快的。⑤江人：即常从江中来往的人。

蛾眉亭[①]

双峰秀出两眉弯，翠黛[②]依然鉴影[③]间。
终日含颦[④]缘底事[⑤]，只因长对望夫山。

【注释】

①蛾眉亭：位于翠螺山南麓临江处，踞牛渚前端，右临三元洞，左近广济寺，北宋熙宁二年（公元1069年），由太平州知州张瓌（xiāng）所建。②翠黛：古时女子用螺黛（一种青黑色矿物颜料）画眉，故称眉为“翠黛”。③鉴影：即镜子中的影子。古代没有镜子，就以鉴盛水当镜子。鉴中的影，叫鉴影。④含颦（pín）：皱眉头。⑤缘底事：底，犹言何，什么。

姑孰溪

钓台[①]春水绿泱泱[②]，谢市云深柳线长。
睡熟不知潮信[③]过，船头晚雨打孤桨[④]。
新晴渡口百花香，石子池头鸭弄黄。
卷幔夕阳留不住，好风将雨过海塘。

【注释】

①钓台：即钓鱼台，遗址在凌云山南麓姑溪河畔。②泱泱（yāng）：水深广貌。③潮信：因潮水来去都有一定的信号，故称“潮信”。

【小传】

张舜民（约1034—1100），字芸叟，自号浮休居士。邠州（今属陕西）人。登进士第。为襄乐令。元祐初，司马光荐，召为监察御史，擢吏部侍郎。后因坐元祐党，谪楚州团练副使，于商州安置。发集贤殿修撰。著有《画墁集》8卷及《画墁录》行于世。

吊太白

采石矶头孤月明，姑孰堂[①]下秋水清。
可恨世人皆捉月，如何偏解溺先生[②]。

【注释】

①姑孰堂：在当涂城湖孰门外，南临姑孰溪，北负县城。宋嘉祐间朱从道建，元废。②偏解溺先生：联系上句“世人皆捉月”，为什么偏偏溺死先生（李白）呢？

【小传】

韦骧[①]（1033—1105），字子骏，钱塘人，皇祐五年进士。初知袁州萍乡县，历福建转运判官。出为夔路提刑。建中靖国初，知明州。以左朝议大夫，提举洞霄宫（宋道观名）。著有《文集》18卷，《赋》10卷。

李白祠堂

祠宇[2]前临姑孰溪，溪流湛湛[3]青无泥。
春来秋去几百载，朝云夜月长相系。
堂间画像[4]冰玉质，高风爽气何凄凄[5]。
文章光焰本万丈，来此寂寞由谗挤[6]。
当时放荡沈清骨，固有名声不漂没。
莫论楚屈与吴胥[7]，谁有高才追仿佛。

【注释】

①骧（xiāng）：马抬着头跑。②祠宇：指李白祠。③湛湛（zhàn）：清深貌。④堂间画像：指祠中壁上画的李白像。⑤凄凄：寂寞，冷落，凄凉。⑥李白“来此寂寞”地，是被谗（chán）言小人排挤的结果。⑦楚屈与吴胥：指屈原与伍子胥。伍子胥（？——前484）春秋时吴国大夫。名员，字子胥，楚大夫伍奢次子。楚平王七年（公元前522年）伍奢被杀，他经历宋郑等国入吴。后帮助阖闾刺杀吴王僚，夺取王位，整军经武，国势日盛。不久攻破楚国，以功封于申，又称申胥。吴王夫差时，劝王拒绝越国求和并停止伐齐，渐被疏远，后吴王赐剑命他自杀。

郭祥正

【小传】

郭祥正（1035—1113），字功父，一作功甫，号谢公山人、醉吟先生、漳南浪士、净空居士。太平州当涂县（今安徽当涂）人。史传“其母梦李白而生”，少年即倜傥不羁，诗文有飘逸之气。当朝著名诗人梅尧臣一见郭祥正，便叹道：“天才如此，真太白后身也。”皇祐五年进士。初任秘阁校理，后为南康军星子县主簿。熙宁五年，调任武冈县令；六年，为太子中舍，又以军功升任殿中丞；八年，复为桐城县令；十年徙为庐州签书保信军节度判官。时任宰相王安石，主持朝政。郭祥正每上疏神宗，陈述天下大事

“唯安石一人是听”，“凡议论有异于安石者，虽大吏亦当屏黜”。神宗甚异之，将奏章转给王安石，称其才可用。王安石认为郭祥正“为人纵横捭阖而薄行”，极口陈其不可。郭祥正知道朝中有人嫉恨，遂辞去殿中丞，回到家乡居住在姑孰城内姑孰堂附近，一吟一酌，婆娑溪上，自号“醉吟先生”，命其宅为“醉吟庵”。不久又复出。元丰四年起，任汀州通判；五年，摄守漳州。是年秋，漳州遭受飓风袭击，后又有水灾，树倒屋倾，海涛翻腾，倒注九溪。郭祥正屡登危亭，视察灾情，以民为忧。但因在漳州顶撞吏部使者，被诏回京。行至半途，又遭诬陷下狱。5年后始得平反出狱。元祐二年，复被朝廷起用为转承议郎，阶至朝请大夫，再知端州。四年，以年迈请辞归里。初居当涂城关，晚年居青山东麓，宅号“醉吟庵”，俗称“郭子陇”。一生写诗1400多首，有《青山集》30卷。

采石渡

采石渡头风浪恶，九道惊涛注山脚。
金牛出没人不知，翠壁巑岏[①]险如削。
上有藤萝幂雾张羽盖[②]，下有洞窟崩澌[③]震天乐。
水神开府定岁年，犀烛朱衣马争跃。
我来览古凭阳春，高吟未遇谢将军。
骑鲸捉月去不返，空余绿草翰林坟[④]。
风期亢爽非今古，冥冥[⑤]神交两相许。
倒提金斗[⑥]倾浊醪[⑦]，滴沥[⑧]招魂寂无语。
斜阳衔山瞑潮退[⑨]，两两渔舟迷向背。
便欲因之垂钓竿，六鳌[⑩]一掷天门外。

【注释】

①巑（cuán）岏（wán）：山高锐峻大貌。②羽盖：古时用鸟羽装饰的车盖。薛综注：“羽盖，以翠羽覆车盖也。”③澌（sī）：尽也。④翰林坟：指李白坟，因李白当过翰林。⑤冥冥：亦作溟溟，昏暗。⑥金斗：饮器。⑦醪（láo）：醇酒或浊酒。⑧滴沥：稀疏下滴；也用来形容水下滴声。⑨瞑

（míng）：闭目。⑩六鳌（áo）：《列子·汤问》载：渤海中五座仙山，由十五巨鳌背负。……龙伯国有大人，一钓而连六鳌。

天门山

巨灵①劈苍山，势分金阙对②。月引晓岚交，江翻寒影碎。
双凫落人间，千帆出天外。我欲往高吟，凌虚③踏烟霭。

【注释】

①巨灵：亦作“巨神”。古代神话传说指分开华山的河神。②金阙（què）：道家谓天上有黄金阙、白玉京，为天帝所居。诗人在这里用“金阙对”，来形容天门山。③凌虚：高入天空。

牛　渚

长江泻危矶，雷怒安可向。烟云忽藏月，鲸鲵①互喷浪。
朱衣②叱犀火③，丹青岂能状。引杯聊醉吟，径卧④巨鳌上⑤。

【注释】

①鲸（jīng）：像鱼，胎生用肺呼吸，最大可达30米长；鲵（ní）：有大鲵和小鲵两种，大鲵俗称“娃娃鱼”。②朱衣：即采石矶水底下穿着朱衣的水怪。③叱犀（chì）火：大声呵斥，即穿着朱衣的水怪大声呵斥。犀火，燃犀照妖的犀火。④径：径直，直截了当。⑤巨鳌（áo）：传说中的海中大龟，一说大鳖。

广福禅寺

寺与人寰隔①，西轩②更远瞻。云烟③生卷箔④，星斗半垂檐。
山对眉双碧，江空镜一奁⑤。旅魂招不尽，愁向酒中添。

【注释】

①寰（huán）：广大的地域，如人寰。②西轩：轩，有窗槛的长廊或小室。③云烟：云气和烟雾，常指极高的地方。④卷箔（bó）：芦苇或秫秸编成的帘子，可以苫屋顶、铺床或当门帘、窗帘用。⑤奁（lián）：古代的一种镜

匣子——江面平静得像镜子一样。

苦寒行

江南饶暖[①]衣絺绤[②]，今岁春寒人未识。
溪流冰合地成圻[③]，一月三旬雪三尺。
去年大潦[④]民无食，子母生离空叹息。
只今道路多横尸，安忍催科[⑤]更诛殛[⑥]。
下溪捕鱼一丈冰，上山采樵[⑦]三尺雪。
人人饥饿衣裳单，骨肉相看眼流血。
乾坤[⑧]失色云未收，雕鸮[⑨]无声自将折。
官仓斗米余百金[⑩]，愿见春回二三月。

【注释】

①饶暖：即很暖。②絺（chī）：细葛布；绤（xì）：粗葛布。③圻（qí）：地的边界。④大潦：雨水大，田地都淹了。⑤催科：即催税。⑥诛殛（jí）：即杀戮。⑦采樵：即打柴。⑧乾坤：《周易》中的两个卦名，指阴阳两种对立势力。乾坤：表示天地、日月。⑨鸮（xiāo）：猫头鹰。⑩官仓斗米余百金：这说明官府有钱有粮，却不肯救济灾民。

治水谣

去年圩破官不救，缺食逋亡[①]十八九。
今年大水如去年，民困适逢何令贤[②]。
贤哉何令能治水，枪木编芦多准拟[③]。
赏罚公平贫富均，赤脚亲临食亡匕[④]。
每趋危埑必身先，往复连宵几百里。

【注释】

①逋（bū）亡：即逃亡。②适逢：正好遇见了；何令贤：令，县令。何县令有德有才，把人民的疾苦放在心上。③枪木编芦多准拟：枪木，即一头削尖、准备打到埂旁用以护埂的木桩；编芦，乃与枪木配合使用的篱笆；多准拟，需要多少枪木和编芦，何令都计算得十分准确。④匕（bǐ）：勺、匙一

类的用具，古代指饭勺。

苏轼

【小传】

苏轼（1037—1101），北宋文学家、书画家。字子瞻（zhān），号东坡居士，眉山（今四川）人。苏洵子。嘉祐进士。神宗时曾任祠部员外郎，知密州、徐州、湖州。因反对王安石变法，以作诗“谤讪朝廷”罪贬谪黄州。哲宗时任翰林学士，曾出知杭州、颍州，官至礼部尚书。后又贬谪惠州、儋州。最后北还，病死常州，追谥文忠。与父洵弟辙，合称“三苏”。在政治上属于旧党，但也有改革弊端的要求。其文汪洋恣肆，明白畅达，为“唐宋八大家”之一。其诗清新豪健，善用夸张比喻，在艺术表现方面独具风格。词开豪放一派，对后代很有影响。擅长行书、楷书，与黄庭坚、米芾、蔡襄并称“宋四家”，能画竹，喜作枯木怪石。论画主张“神似”。高度评价“诗中有画，画中有诗”的艺术造诣。诗文有《东坡七集》等和一批书画作品。苏轼与当涂诗人郭祥正友谊深厚，关系密切。所以他三次乘船离赴贬所途经当涂时，都下船上岸，看望老友，与其游山玩水，饮酒作诗，给我们留下了许多优秀诗篇。

书丹元子所示李太白真

天上几何同一沤，谪仙非谪乃其游。麾斥[①]八极[②]隘九州[③]，化为两鸟鸣相酬[④]。一鸣一止三千秋，开元[⑤]有道为少留，縻[⑥]之不可矧肯求[⑦]。西望太白横峨岷，眼高四海空无人。大儿汾阳[⑧]中令君，小儿天台[⑨]坐忘真。平生不识高将军[⑩]，手污吾足乃敢嗔[⑪]。作诗一笑君应闻。

【注释】

①麾（huī）：古代用以指挥军队的旗帜。斥（chì）：大声斥骂。②八极：

最边远的地方。③隘九州：隘（ài），狭小；九州：传说中我国中原上古的行政区划。隘九州，就是把全中国都看小了。④鸣相酬，以诗文相赠答，酬对。⑤开元：唐玄宗年号。⑥縻（mí）：牛缰绳，或系、捆、拴之意。⑦矧（shěn）：况且之意。⑧汾阳：古郡、县名，均在今山西省境内。⑨天台：指天台山；在浙江天台县。⑩高将军：即高力士。⑪嗔（chēn）：生气，嗔怒。

郭祥正家醉画竹石壁上郭作诗为谢且遗古铜剑二[①]

空肠得酒芒角出，肝肺搓牙生竹石。
森然[②]欲作不可回，吐向君家雪色壁。
平生好诗仍好画，书墙涴[③]壁常遭骂。
不嗔不骂喜有余，世间谁复如君者？
一双铜剑秋水光[④]，两首新诗争剑芒。
剑在床头诗在手，不知谁作蛟龙吼？

【注释】

①诗人曾于神宗元丰七年（1084 年）、哲宗绍圣元年（1094 年）、徽宗建中靖国元年（1101 年）赴离贬所黄州、汝州、惠州而三过姑孰、采石，前两次他都离船上岸，拜访他的老友、当涂诗人郭祥正。郭祥正予以热情接待，和其饮酒、咏诗，游览当地风景。这首诗是诗人第一次路过姑孰，在郭祥正家作客时所写。②森然：树木丛生繁密貌。③涴（wò）：方言，弄脏墙壁。④秋水光：秋天的水，清澈透明，常被诗人用来比喻镜面和光亮。

慈湖夹[①]阻风五首[②]

一

捍索桅竿立啸空，篙师[③]酣寝[④]浪花中。
故应管蒯[⑤]知心腹，弱缆能争万里风。

二

此生归路愈茫然[⑥]，无数青山水拍天。
犹有小船来卖饼，喜闻墟落[⑦]在山前。

三

我行都是退之诗，真有人家水半扉[⑧]。
千顷桑麻[⑨]在船底，空余石发挂鱼衣。

四

日轮亭午[⑩]汗珠融，谁识南讹长养功。
暴雨过云聊一快，未防明月却当空。

五

卧看落月横千丈，起唤清风得半帆。
且并水村欹侧过[⑪]，人间何处不巉岩[⑫]。

【注释】

①慈湖夹：位于慈姥山与江岸之间。现在的慈姥山与江岸相连，古代的慈姥山与江岸之间，却有一道夹江，世称慈湖夹。②这五首诗是诗人绍圣元年（公元1094年）第二次路过当涂、采石时，在慈湖夹遇风受阻，上岸避风时所作。③篙师：撑船的熟手。篙（gāo）：用竹竿或杉木等做成的撑船用具。④酣（hān）寝（qǐn）：熟睡。⑤蒯（kuǎi）：为蒯草，多年生草本植物，丛生在水边，可织席。⑥茫然：渺茫；模糊不清。⑦墟落：村落。⑧扉（fēi）：门，柴扉。⑨千顷桑麻：泛指农事。⑩亭午：正午。⑪欹侧过：欹（yī）同攲，倾斜之意。⑫巉（chán）岩：山势险峻。

【小传】

张耒[①]（1054—1114），字文潜，号柯山，楚州淮阴（今属江苏）人。熙宁进士，北宋文学家，擅长诗词，是苏门四学士（秦观、黄庭坚、晁补之）之一。早年游学于陈，学官苏辙重爱，从学于苏轼。苏轼说他的文章像苏辙，汪洋淡泊。其诗学白居易、张藉，多反映下层人民的生活以及自己的生活感受，风格平易晓畅。历任临淮主簿、著作郎史馆检讨。哲宗绍圣初，以直龙阁知润州。徽宗初，召为太常少卿。后被指为元祐党人，数遭贬谪，晚居陈州，著有《柯山文集》50卷，《拾遗》12卷，《续拾遗》1卷，《宋史》444卷。有传。

于湖[2]曲

武昌[3]云旗[4]蔽天赤，夜筑于湖洗锋镝[5]。
巴骐騄骏[6]风作蹄，去如灭没来不嘶。
日围万里缠孤壁，剑气如霜已潜释。
蛇矛[7]贱士识天颜，玉帐[8]髯奴[9]落妖魄。
君不见铜驼陌上[10]尘沙起，边骑东来饮瀍水。
浮江天马是龙儿，蹙踏[11]扬州开帝里。
王气高悬五百秋，弄兵老濞[12]空白头。
石城战鼓卧秋草，更欲君王分上流。

【注释】

①耒（lěi）：古代称犁上木把。②于湖：古县名，其故址在当涂县南大官圩。③武昌：旧县名，治所在今湖北鄂城。④云旗：以熊虎为旗，为高至云，故曰云旗。⑤镝（dí）：箭镞。⑥巴骐騄骏：骐（qí）：青黑色纹理的马。騄（lù）：騄耳，马名，周穆王八骏之一。⑦蛇矛：古兵器名；矛之长者。⑧玉帐：即军帐；征战时主将所居之帐幕。⑨髯（rán）：两颊上的长须。⑩铜驼：铜铸的骆驼，古代置于宫门外。⑪蹙（cù）：迫促。⑫濞（bì）：大水暴发的声音。

【小传】

杨杰，字次公，无为县（今属安徽）人。嘉祐进士，曾出知润州（今江苏镇江），有《无为集》《乐记》。

凌歊台

大明七年暮冬[①]月，宋武[②]南巡立双阙。
銮舆[③]先幸[④]凌歊台，云中箫鼓轰春雷。
六龙[⑤]一去杳无迹[⑥]，山花野鸟空相忆。
翠羽[⑦]鸣鞭来不来，景陵芳草年年碧。

【注释】

①大明：宋孝武帝刘骏的年号。七年：即公元463年。暮冬，晚冬。②宋武：应是宋孝武帝刘骏。③銮舆：皇帝的车驾。④幸：指帝王驾临。⑤六龙：古代传说驾日车为“六龙”，驾天子之车为六马，因用六龙为天子车驾的代称。⑥杳：幽暗；深远，见不到踪影。⑦翠羽：亦叫翠华，皇帝仪仗中一种用鸟羽作装饰的旗。

横望山

陶家[①]旧宅寄山坳，七百年前此结茆[②]。
太尉[③]双碑遗字晦，先生五井暗泉交。
野僧拂石为床坐，童子穿冰作磬敲[④]。
岩下清音谁解听，古声长在老松梢。

【注释】

①陶家：传说南朝齐梁时期道教思想家、医学家陶弘景曾隐居此山。②茆（máo）：同茅；结茆：盖房子。③太尉：官名。秦至西汉置，为全国军政首脑，与丞相、御史大夫并称三公。④磬（qìng）：古代打击乐器，用石或金属制成。敲（qiāo）：打，击。

【小传】

文同（1018—1079），字与可，号笑笑居士、笑笑先生，人称石室先生等。梓潼（今属四川）人，皇祐元年进士。擅诗文书画，深为文彦博、司马光等人赞许，尤受其从表弟苏轼的敬重。官员外郎，有《丹渊集》，以善画竹著称，形成竹墨一派。

青山道

冥冥[①]青山道，丛木含古烟。远客事行役[②]，未晚不敢前。
虎乳正养子，采食大路边。但顾己所急，其谁辨愚贤。

【注释】

①冥冥（míng）：亦作“溟溟”，昏暗。②行役：因服军役、劳役或公务而在外跋涉的人。

孔平仲

【小传】

孔平仲，字义甫，一作毅父。新喻（今江西新余市）人，治平二年进士，长史学，工文辞，为集贤校理。有《续世说》《良史事证》等书。

天门山

惟天莽苍苍[①]，乃立此门阙。山本如城垣[②]，剖凿[③]中断裂。
两峰竞秀倚，千古势相戛[④]。大江方西来，逼束不得泄。
潴为无底深[⑤]，散作万顷阔。想当割据时，闭固孰敢发。
夕阳坐荒亭，诗总摩峭拔[⑥]。清晨放舟出，回首见呀豁[⑦]。
西梁尚局促，壮观心颇阙。安得呼化工，努力更一揠[⑧]。

【注释】

①莽苍苍，天空一碧无际貌；苍苍，深青色。②垣（yuán）：矮墙；也泛指墙。城垣，即城墙。③剖（pōu）：把瓜剖开：凿（záo）：挖槽或穿孔。④相戛（jiá）：相对峙。⑤潴（zhū）：水停聚的地方。⑥峭拔：高而陡。本指地

势，也常用来形容笔墨雄健超脱。⑦豁（huō）：空洞貌，谓齿落空缺。⑧揠（yà）：拔起，揠苗助长。

舒岳祥

【小传】

舒岳祥（1219—1298），字景薛，一字舜侯，人称阆风先生。浙江宁海人。1256 年中进士。诗文与王应麟齐名。著有《史述》《汉砭》等 229 卷，统称《阆风集》。

天门山

烟树连天远，渔樵两地分。仙舟沧海路，僧锡[①]石桥云。

落日人行少，空村犬吠闻[②]。谁知隐仑者[③]，绝迹在人群。

【注释】

①锡：锡杖。梵文隙弃罗的意译。亦译“声杖”、“鸣杖”。杖高与眉齐，头有锡环，原为僧人乞食时，振环作响，以代叩门，兼防牛犬之用，是比丘常持十八物之一。②吠（fèi）：狗叫声。③隐仑：亦作“隐沦”，犹言埋没沉沦，指隐士。

李之仪

【小传】

李之仪（1038—1117），字端淑。自号姑溪居士、姑溪老农。沧州无棣（今山东无棣县）人，北宋词人，元丰进士。哲宗元祐初，为枢密院编修，原州通判。元祐末年，于定州参加苏轼幕府。李之仪以才学闻名于世，深得苏东坡欣赏，又得当朝宰相范纯仁青睐。因起草“行状”[①]，介绍范纯仁生前行迹及功德，为后任宰相蔡京所指罪状，被“编管太平州”。在“伤偶无嗣，老益无聊”

的情况下，于姑溪河畔与当涂绝色歌妓杨姝邂逅，放怀诗酒，觞咏终日。于是静下心来，展卷读书，著书立说，游青山，览采石，啸大江，谒太白祠，登蛾眉亭，望天门山，歌白纻松，写下大量佳句华章。著《姑孰居士前集》《后集》70卷、《姑溪词》2卷。为遂"生游死葬"之愿，"从楚州之山阳，迁双亲之灵柩"，卜葬于当涂县藏云山致雨峰下，其妻文柔亦迁葬于墓旁。后李之仪冤案得雪，调往唐州，阶至朝请大夫。去世后，后人仍遵其遗嘱，将其归葬于藏云山麓。

卜算子②

我住长江头，君住长江尾，日日思君不见君，共饮长江水。

此水几时休？此恨何时已？只愿君心似我心，定不负相思意！

【注释】

①行状：指人的品行或事迹。②卜算子，词牌名。又名《百尺楼》《眉峰碧》等。双调44字，仄韵。

同彦本兄弟泛舟过北山

横截西山一叶轻，晓奁初发镜中行。

异时常作琉璃①观，却恐丹青②画不成。

【注释】

①琉璃：一种矿石质的有色半透明体材料。③丹青：丹为丹砂；青为青雘（huò），均是作颜料的矿物质。而这两种颜料，又是中国古代绘画常用的颜料，所以就用丹青泛指绘画艺术。

蓦山溪①·采石值雪②

蛾眉亭上，今日交冬至③。已报一阳生，更佳雪、因时呈瑞。匀飞密舞④都是散天花，山不见，水如山，浑在冰壶里。

平生选胜，到此非容易。弄月与燃犀，漫劳神⑤、徒能惊世。

争如此际，天意巧相符，须痛饮，庆难逢，莫诉厌厌醉[6]。

【注释】

①蓦山溪：词牌名，又名《上阳春》。双调 82 字，仄韵。蓦（mò）：突然，忽然。②值雪：值，正值，逢着；采石正下雪。③冬至：二十四节气之一。每年 12 月 22 日前后太阳到达黄经 270 度（冬至点）时开始。④匀（yún）：平均、均匀。⑤漫：随意，不受拘束，如漫游、漫谈。⑥厌厌：安静貌。

临江仙[1]

九十日春都过了，寻常偶到[2]江皋。水容山态两相饶。草平天一色，风暖燕双高。

酒病厌厌[3]何计那，飞红更送无聊。莺声犹似耳边娇。难回巫峡梦，空恨武陵桃。

【注释】

①临江仙：唐教坊曲名，后用为词牌。原曲多用以咏水仙，故名。双调 58 字或 60 字，皆用平韵。②寻常：即平常。③厌厌：精神不振貌。

怨三三（登姑孰堂寄旧迹，用贺方回[1]韵）

清溪一派泻柔蓝。岸草毵毵[2]。记得黄鹂语画檐。唤狂里、醉重三。

春风不动垂帘。似三五、初圆素蟾[3]。镇泪眼廉纤[4]。何时歌舞，再和池南。

【注释】

①贺方回：即贺铸。方回是贺铸的字。②毵（sān）：形容草木细长貌。③素蟾：素，本指白色的生绢，后引申为白色及单纯颜色；蟾（chán）：指蟾蜍，古代传说月中有蟾蜍，故以“蟾”为月的代称。素蟾：即白色的月亮。④廉纤：细雨。

江神子[1]

今宵莫惜醉颜红。十分钟，且从容。须信欢情，回首似旋风。

流落天涯头白也，难得是，再相逢。

十年南北感征鸿。恨应同，苦重重。休把愁怀，容易便书空。只有琴樽[2]堪寄老，除此外，尽蒿蓬[3]。

【注释】

①江神子：词牌名，又名《江城子》《水晶帘》等。唐五代词多为单调，自35字至37字不等，平韵。至宋人始作双调70字，有平韵、仄韵两体。②琴樽：即琴和酒樽，古时文人雅士闲适生活中常用的两件东西。③蒿（hāo）：草名，有青蒿、白蒿等多种；蓬（péng）：也是草名，即“飞蓬”。

南乡子①·端午

小雨湿黄昏，重午[2]佳辰独掩门。巢燕引雏浑去尽[3]，销魂。空向梁间觅宿痕。

客舍宛如村，好事无人载一樽。唯有莺声知此恨，殷勤。恰似当时枕上闻。

【注释】

①南乡子：唐教坊曲名，后用为词牌。分单调、双调两体。单调27字或28字、30字。先用两平韵，后转为三仄韵。双调56字或54字、58字，平韵。②重午：即农历五月初五——端午节。③引雏浑去尽：雏（chú），幼小的鸟；浑：全；满。引雏浑去尽：说明梁上的老燕子和小子都飞去了。

【小传】

陈师道（1053—1102），北宋诗人，字履常、无已，号后山居士。彭城（今江苏徐州）人。哲宗元祐时，由苏轼等推荐，为徐州教授。后历任太学博士、颍州教授、秘书省正字等职。家境困窘。爱苦吟。有“闭门觅句陈无已”之称。是江西诗派的代表作家之一，常与苏轼、黄庭坚唱和。诗作多写其生活琐事。为文式法曾巩。有《后山先生集》。

望夫山

碛[①]戍人[②]何在，秋霜志不移。无言息妫怨，有泪舜娥悲。

山静云盘髻，江空月映眉。谁将望远意，歌作送征诗。

【注释】

①碛（qì）：浅水中的沙石，也指沙石上的急流。②戍（shù）：军队驻防，亦指驻防的兵士。这里显然是指望夫女所望之夫。

晁补之

【小传】

晁补之[①]（1053—1110），北宋文学家。字无咎，号归来子，巨野（今属山东）人。元丰进士。曾任吏部员外郎、礼部郎中，兼国史编修、实录检讨官等职。主张以军事力量收复石敬瑭献给辽政权的幽蓟十六州。10余岁即受苏轼赞赏，为“苏门四学士”之一。散文流畅，其政论、论史之作，比较注重“事功”，对迂腐不切实用之论，有所嘲讽。也工诗词。有《鸡肋集》《晁氏情趣外篇》。

采石李白墓

客星[①]一点太微旁，谈笑青蝇[②]玉失光。

载酒五湖狂到死，只今天地不能藏。

【注释】

①晁（cháo）：姓。②客星：天空新出现的星的统称。如新星、彗星等，均称“客星”。③青蝇：比喻谗言小人。

游酢

【小传】

游酢[1]（1053—1123），北宋学者。字定夫。建州建阳（今属福建）人，学者称骞山先生。与杨时、吕大临、谢良佐并称程（颢、颐）门四大弟子。历官监察御史、知汉阳军及和、舒、濠等州。他治理学有显明的禅学倾向。认为“前辈不曾看佛书，故诋之如此之甚”。著作有《易说》《中庸义》《论语孟子杂解》等。

凌歈台

今古豪华一梦回，刘公遗迹[2]有荒台。
青山空野双门壮，白浪排云万里来。
涧涧[3]松篁[4]生夜响，年年桃李为春开。
更寻小杜[5]题名处，玉箸[6]银钩[7]昏藓苔。

【注释】

①酢（zuò）：客人用酒回敬主人。②刘公：指刘宋王朝的帝王；遗迹：指凌歊台。③涧（jiàn）：两山间的流水，涧涧，就是很多条这样的流水。④松篁：篁（huáng），泛指竹子。松篁，即松竹。⑤小杜：即杜牧。后世把杜甫和杜牧并举时，常以“老杜”称杜甫、“小杜”称杜牧。⑥玉箸：即玉做的筷子。⑦银钩：乃帘钩，也用来形容如银钩的玄月。

黄庭坚

【小传】

黄庭坚（1045—1105），北宋诗人、书法家。字鲁直，号山谷道人、涪翁。分宁（今江西修水）人。治平进士。以校书郎为《神宗实录》检讨官，迁著作佐郎。曾知宣州、舒州、太平州（当涂）。后以修实的罪名，遭到贬谪。他出于苏轼门下，而与苏轼齐名，世称“苏黄”。其诗多写个人日常生活，且谓诗歌不当有“讪谤寝陵”的内容，但在若干作品中仍表现出倾向旧党的政治态度。在艺术形式上，讲究修辞造句，追求奇拗硬涩的风格。论诗标榜杜甫，但只是借以“无一字无来处”和“脱胎换骨、点铁成金”之论。在宋代影响颇大，开创了江西诗派。又能词。兼擅行、草书，初以周越为师，后取法颜真卿及怀素，受杨凝式影响，尤得力于《瘗（yì）鹤铭》。于侧险取势，纵横奇倔，自成风格。为“宋四家”之一。有《山谷集》。自选其诗文名《山谷精华录》。词集名《山谷琴趣外篇》。书迹有《华严疏》《松风阁诗》《王长者、史诗老墓志铭》及草书《廉颇蔺相如传》等。

当涂解印[②]后一日呈郭功甫

凌歊台上青青麦，姑孰堂前余翰墨。
暂分一印管江山，稍为诸公分皂白[③]。
江山依旧云空碧，昨日主人今日客[④]。
谁分宾主强惺惺[⑤]，问取矶头新妇石。

【注释】

①《瘗鹤铭》：瘗（yì），掩埋，埋葬。②当涂解印：即解去太平州知州之印。诗人曾任太平州知州。③皂：本作草。草（皂）斗的略称，即栎实，其壳煮汁可以染黑。皂白就是黑白、是非分明。④解印前诗人是地方官，可以说是一地之主，而解印后什么也不是，只能是客了。⑤惺惺（xīng）：醒悟；机警；警觉。

罢姑孰寄元明用觞字韵

追随富贵劳牵尾，准拟田园略滥觞[①]。
本与江鸥成保社，聊随海燕度炎凉。
未栽姑孰桃李径，却入江西鸿雁行。
别后常同千里月，书来莫寄九回肠[②]。

【注释】

①滥觞：滥（làn），本谓江河发源之地水极浅，只能浮起酒杯；觞（shāng）：喝酒用的酒器。后用以比喻事物的开始。②九回肠：形容内心焦虑不安，或情绪激动仿佛肠子在转动一般。

【小传】

米芾[①]（1051—1107），北宋书画家。初名黻[②]，字元章。号襄阳慢士、海岳外史等。世居太原（今属山西），迁襄阳（今属湖北），后定居润州（今属江苏）。徽宗召为书画学博士，曾官礼部员外郎，人称“米南宫”。因举止“狂颠”，故又称其为“米颠”。能诗文，擅书画，精鉴别。行、草书得力于王献之，用笔俊迈，有“风樯阵马，沉着痛快”之评，与蔡襄、苏轼、黄庭坚合称“宋四家”。画山水从董源演变而来，不求工细，多用水墨点染，自谓“信笔作之，多以烟云掩映树石，意似便已”。突破了勾勒加皴（cūn）的传统技法，创立了一种独特的风格。

姑孰溪

下舆[③]照涧数星星，一世还如隔世经。
不见山东李十二[④]，青山山色只青青。

【注释】

①芾（fú）：草木茂盛貌。②黻（fú）：古代礼服上绣的半青半黑花纹。③下舆：舆，指乘坐的车子或桥子。下舆，就是从车子或桥子里下来。④李十二：李白的叔伯兄弟，排行十二，故称李十二。

【小传】

曾极，字景建。著有《舂（chōng）陵集》等书。其余不详。

采石渡

石琢[2]浮图[3]枕水滨，兴亡岁久已成尘。
长江静夜芦花月，只傍牵丝[4]发棹人[5]。

【注释】

①《舂陵集》：舂（chōng）：用杵（chǔ）臼（jiù）捣去谷物的皮壳。②琢（zhuō）：即雕琢。③浮图：佛教名词。梵文佛陀的译名，旧译"浮屠"。因此有称佛教为浮屠氏，佛经为浮屠经的。但也有把佛塔误译作"浮屠"，因称佛塔为浮屠的，如"七级浮屠"。④牵丝：执印绶，谓初任官。⑤棹（zhào）：摇船的用具。棹人：即船人。

贺铸

【小传】

贺铸（1052—1125），北宋词人。字方回，号庆湖遗老，卫州（治今河南汲县）人。曾任泗州、太平（当涂）州通判，晚年退居苏州。好以旧谱填新词而改易其调名，谓之"寓声"。其词善于锤炼词句，又常运用古乐府及唐人诗句入词，内容多刻画闺情离思，也有嗟叹功名不就，纵酒狂放之作。词集名《贺方回词》，一名《东山词》，又名《东山寓声乐府》。也能诗文，诗集名《庆湖遗老集》。

晚泊东采石矶[1]

谢卫将军怜苦吟[2]，袁临汝郎[3]遭赏音。
风流人物[4]岂如昨，形胜[5]江关[6]留与今。
控鲤直思凌浩渺[7]，燃犀何暇[8]照幽深。
莫招捉月翰林老[9]，屈曲尘间犹陆沉[10]。

【注释】

①此诗乃诗人绍圣三年（公元 1094 年）赴江夏途经采石矶时所作。诗人以为江对岸还有一座西采石矶，所以称东岸为东采石矶。其实只有一座采石矶。这显然是诗人的错觉。②谢卫将军：指谢尚，因曾拜卫将军，故称。③袁临汝郎：指袁宏。袁父曾任临汝县令。人称袁临汝郎，意指袁宏是袁临汝的儿子。遭：逢；遇。④风流人物：英俊的、杰出的人物。这里把袁宏比作风流人物。⑤形胜：地理形势优越。⑥江关：古关名。相传战国时巴、楚相争，于今四川奉节东长江北岸赤甲山上置关，故名。又名扞关。后移于长江南岸，为瞿塘峡南面屏障，又名瞿塘关。⑦浩渺：广阔无边貌。⑧暇（xiá）：空闲。⑨捉月翰林老：指李白。⑩陆沉：一作陆沈，比喻隐于市朝中，也比喻不为人知，有埋没之意。

金人捧露盘①·凌歊台

控苍江②，排青嶂③，燕台凉。驻彩仗，乐未渠央。
岩花磴蔓，妒千门珠翠④倚新妆。舞阑歌悄⑤，
恨流风⑥不管余香。

繁华梦，惊俄顷⑦；佳丽地，指苍茫⑧。寄一笑，
何与兴亡？量船载酒，赖使君相对两胡床⑨。
缓调清管⑩，更为侬三弄斜阳。

【注释】

①金人捧露盘：词牌名，一作《铜人捧露盘》，又名《上西平》等。双调 79 字，平韵。②苍江：江的泛称。以江水呈青苍色，故名；又因“沧”与“苍”通用，所以又称“沧江”。③青嶂：高险的青山。④珠翠：珍珠和翡翠，也用以指盛装的女子。⑤舞阑歌悄：阑，残、尽、晚；悄，静，没有声音或声音很低。舞阑歌悄，就是舞和歌都即将结束了。⑥流风：犹言遗风，指前代流传下来的良好风尚、习惯。⑦俄顷：顷刻；一会儿。⑧苍茫，亦作“沧茫”。旷远迷茫貌。⑨胡床：亦称“交床”、“交椅”、“绳床”。一种可以折叠的轻便坐具。⑩清管：即管乐器。

天门山

天门束箭流，北注据牛弩①。凌高驻翠华②，舟师③耀威武。

当时侍帷幄[4]，谁复征往古。虞舜[5]有苗征，端为[6]两阶舞。

【注释】

①弩（nǔ）：一种利用机械力量射箭的弓。②翠华：皇帝仪仗中一种用翠鸟羽作装饰的旗。③舟师：即水师、水军。④帷幄：帐幕。在旁的叫“帷”，四面合起来像屋宇的叫“幄”。后多指军帐。⑤虞（yú）舜（shùn）：传说中父系氏族社会后期部落联盟领袖。遥姓，有虞氏，名重华，史称虞舜。⑥端为：端，真的。

【小传】

张瑰[1]，字祖逸，吴郡吴人。

白纻山

夭夭[2]白纻歌，曾此发清唱。疑是姑苏台[3]，移来楚江上。
瑶音[4]邈[5]已久，翠带谁相向。谩[6]动古今愁，临风一惆怅。

【注释】

①瑰（guī）：瑰宝。②夭夭（yāo）：形容茂盛而颜色艳丽。③姑苏台：台名，在姑苏山上。又名胥台。春秋时吴王阖庐（亦作阖闾）所筑。④瑶（yáo）：光洁美好。用为称美之词。⑤邈（miǎo）：远也。⑥谩：轻慢。

隐居宅

昔有山中相，宅此开三径。炼石[1]晓烟寒，弹棋[2]秋日静。
孤云多野意，遗老[3]谙药性，犹喜松风楼，萧骚[4]入幽听。

【注释】

①炼石：即炼丹。②弹棋：古代棋类游戏之一。③遗老：旧称前朝的旧臣，④萧骚：树木被风吹拂所发的声音。

徐俯

【小传】

徐俯（1075—1141），江西派著名诗人，字师川，自号东湖居士。原籍洪川分宁（今江西修水），后迁居德兴天兴天门村。徐禧之子，黄庭坚之甥。七岁能诗。为其舅父黄庭坚所器重。因父死于国事，授通直郎，累官右谏议大夫。绍兴二年，赐进士出身。三年，迁翰林学士。擢瑞明殿学士，签书枢密院事，官至参知政事。后又以事提举洞霄宫。工诗词。著有《东湖集》，不传。

慈姥望夫二矶

慈姥矶头秋雨声，望夫山下暮潮生。
离鸾[1]只说闺中恨，舐犊[2]谁知目下情。

【注释】

①离鸾：鸾（luán），传说中凤凰一类的鸟。离鸾：就是雌雄分离，孤鸾一只。②舐犊：舐（shì），舔（tiǎn）也；犊（dú），小牛。舐犊：老牛舔犊。

大信河

南人北人朝暮船，东梁西梁但如旧。
此去家山尚千里，兹地何时复回首。

徐君宝妻

【小传】

徐君宝妻，姓氏不详，岳州（今湖南岳阳）人，宋亡，被元兵掳掠至杭州，……题《满庭芳》词一阕于壁上，投大池中以死。见《词综》卷二十五。

霜天晓角·蛾眉亭

双峦斗碧，寒玉雕秋壁。两道凝螺[①]天半，横无限，青青色。

拍岸涛声急，似鼓临邛瑟[②]。窗下镜台鸾去，空留得，春山迹。

【注释】

①凝螺：螺即螺黛，古代用以画眉的一种青黑色矿物颜料。这里是指天门山像两条眉。②临邛瑟：邛（qióng）：邛崃，山名，又地名，今四川成都西。瑟（sè）一种弦乐器。

阮辉莹

【小传】

阮辉莹，安南（今越南）人，是驻我北宋大使。

登天门山

西梁山下又维[①]舟，弱水[②]蓬瀛[③]忆旧游。

遥指南天飞鸟外，白云深处是驩州[④]。

【注释】

①维：联结，系。②弱水：古水名。凡水道由于水浅或当地人民不习惯造船而不通舟楫，只用皮筏交通的，古人往往认为是水弱不能胜舟，因称"弱水"。③蓬瀛：即蓬莱和瀛洲。传说中的神山名。④驩（huān）州：州名，隋开皇十八年（公元 588 年）改德州置。治所在九德（今越南荣市），辖境相当今越南义安省南部和河静省。唐武德五年（公元 622 年）改名南德州，八年（公元 625 年）又改名德州。贞观元年（公元 627 年）复名驩州。其后辖境缩小。公元 1036 年，越南李朝又改名义安州。

朱辂

【小传】

朱辂[1]（1070—1128），字国器，桂阳（今湘南汝城）人，南宋绍兴四年进士，初授湘阴县尉。时朝廷令开铁矿，钦使拟毁创建才160年的岳麓书院[2]，朱与之抗争，方得以保全，并流传至今。累迁邵州通判。曾有江华瑶、汉两起仇杀案，株连至千人。朱奉上官命推治，仅拘留数十人，余皆释放，民德之。后升柳州、邵州知州。高宗绍兴八年，为兵部员外郎。十一年入为太常丞，以母老乞归故里，授桂阳监使。朱辂诗词、书法、绘画皆精，可以说是南宋文坛的一位全才。

白鹤观[3]

白鹤何年去，空余江水濆[4]。楼飞三楚舰[5]，窗掩二梁云[6]。
尘远岚光隔[7]，烟淡树色分。舣舟[8]无个事，剥苏[9]识遗文。

【注释】

①辂（lù）：古代车辕上用来牵引车子的横木。②岳麓书院：原址在湖南长沙岳麓山。宋开宝九年（公元976年）潭州太守朱洞创建，有讲堂、斋舍及藏书楼，为当时四大书院之一。南宋张拭、朱熹曾讲学于此，学生达千人。明清屡加修葺，仍为讲学之所。至今已有一千多年。现已划归湖南大学的一个教学点。③白鹤观：遗址在宝积山。位于望夫山南约一公里的宝积山，高68.4米。旧传宋元祐年间，采石女道士孙姑曾炼丹于此，后驾鹤西去。故建白鹤观以纪之。④江水濆（fen）：水边。⑤三楚：秦汉时分战国楚地为三楚。⑥二梁：可能就是东西二梁山。因为是“窗掩”，所以很近。⑦岚（lán）：即山林中的雾气。⑧舣（yǐ）舟：停舟靠岸。⑨苏：下垂的须状物。“苏”遮挡住了碑上的文字，只有剥开“苏”才能识遗文。

雷峰步邑令[1]祝元敏韵

峨峨画角俯岩垧[2]，笑指湖山烟雨亭。
堤柳晴舒双眼碧，云天静卷数峰青。

谁家扶醉喧村鼓，何处凭高压酒星。

春社[3]夕阳人影散，牛羊芳草路沉冥[4]。

【注释】

①邑令：即县令。祝元敏曾任当涂县令多年。②垌（dòng）：指田地。③春社：古时，春、秋两次祭祀土神的日子。一般在立春、立秋后第五个戊日。④沉冥：同沈冥，犹玄寂，泯然无迹之貌。

周紫芝

【小传】

周紫芝（1082—1155），南宋文学家，字少隐，号竹坡居士。宣城（今属安徽）人。少年家贫，常并日而餐。但嗜学益苦。精研楚辞，善诗词。绍兴十二年进士，绍兴十五年，为兵部、礼部架阁文字；十七年为右迫功郎，敕令所删定官历任枢密院编修官、右司员外郎；十七年底出知兴国军（治湖北阳新）。后退隐庐山，为南宋诗词大家。

雨晴望青山

世间尤物[1]如异人，青山不入诸山群。

晚来浓翠欲成滴，雨后数鬟[2]高插云。

人言兹山下埋玉[3]，太白祠扉落岩谷。

至今樵牧无斧迹，余润油然归草木。

往岁小生来酹公[4]，秋山未霜叶尚绿。

是时落日在屋梁，仿佛如照公眉目。

今我不乐湖水滨，青山在眼无朝昏。

更欲再拜望拱木[5]，公已乘鸾上天门。

帝乡[6]渺渺不知处，谁能为我招清魂。

死生夜旦何足道，不敢复作湘累[7]文。

【注释】

①尤物：指特出的人物或珍贵的物品。②数鬟（huán）：古代妇女头上的环形发髻。但这里是用来形容“高插云”的山峰。③埋玉：指李白的遗体。④酹（lèi）公：洒酒于地表示祭奠或立誓。这说明诗人曾祭奠过李白。⑤拱（gǒng）木：《左传·僖公三十二年》：“中寿，尔墓之木拱矣！”后人因以“拱木”称墓木。⑥帝乡：神话中天帝住的地方。⑦湘累：指屈原。颜师古注引李奇曰：“诸不以罪死曰累……屈原赴湘死，故曰湘累也。”

韩元吉

【小传】

韩元吉（1118—1187），字无咎，号南涧、南涧居士，许昌（今河南许昌）人，寓居信州（今江西上饶）。南宋诗人。历任剑南州主簿、建安令、龙图阁学士、吏部尚书，封颍川郡公，曾出使金国。韩元吉与朱熹尝举以自代。曾与张孝祥、范成大、辛弃疾、叶梦得、曾几、章甫、陆游、陈亮等以诗文相唱和，有《南涧诗余》等著作。

霜天晓角① · 题采石蛾眉亭②

倚天绝壁，直下江千尺。天际两蛾横黛③，愁与恨，几时极？
暮潮风正急，酒阑④闻塞笛。试问谪仙何处？青山外，远烟碧。

【注释】

①霜天晓角：词牌名，又名《月当窗》《长桥月》《踏月》。越调仄韵。双调43字，上下片各三仄韵。②采石蛾眉亭：韩元吉一生多次游采石矶、蛾眉亭。这首词是隆兴二年（公元1164年）闰十一月，诗人由镇江金山溯江至采石时所作。③天际两蛾横黛：指东西梁山。④阑：残；尽；晚。

凌歊台

山到西江势却回，倚山楼殿更高台。
天容水色望中见，帆影车尘空际来。

桑柘[①]树分千里迥[②]，波涛壁立两峰开。
登临拟问兴亡事，白塔亭亭[③]锁翠苔。

【注释】

①柘（zhě）：落叶灌木或乔木，又叫“黄桑”，叶可饲蚕，皮可作染料，叶和根可入药。②迥（jiǒng）：远也；山高路迥。③白塔：指黄山塔；亭亭：高高耸立貌。

陆游

【小传】

陆游（1125—1210），南宋大诗人。字务观，号放翁，山阴（今浙江绍兴）人。生当北宋灭亡之际，少年时即深受家庭亲友间爱国思想的熏陶。绍兴中应礼部试，为秦桧所黜。孝宗即位，赐进士出身，曾任镇江、隆兴通判。乾道六年（1170 年）入蜀，任夔州通判。乾道八年，入四川宣抚使王炎幕府，投身军旅生活。后官至宝章阁待制。在政治上，主张坚决抗金，充实军备，要求“赋敛之事宜先富室，征税之事宜先大商”，一直受到投降集团的压制。晚年退居家乡，但收复中原的信念始终不渝。一生创作的诗歌很多，今存 9000 多首，内容极为丰富。抒发政治抱负，反映人民疾苦，批判当时统治集团的屈辱求和，风格雄浑豪放，表现出渴望恢复国家统一的强烈感情。他的《关山月》《书愤》《农家叹》《示儿》等篇，均为世所传诵。抒写日常生活，也多有清新之作。亦工词，杨慎谓其纤丽处似秦观，雄概处似苏轼。但有些诗词也流露出消极情绪。他初婚唐氏，在母亲压迫下离异，其痛苦之情倾吐在部分诗词中，如《沈园》《钗头凤》等，都真挚动人。有《剑南诗稿》《渭南文集》《南唐书》《老学庵笔记》等。

黄山塔[①]

一

风吹旗脚西南开，挂帆捶鼓何快哉。
转头已失望夫石，黄山孤塔迎人来。

二

黄山劝汝一杯酒，送往迎来殊耐久[2]。
明年我作故乡归，还对黄山一搔首[3]。

【注释】

①黄山塔及以下两首，都是宋孝宗乾道六年（公元1170年）七月，诗人乘舟溯江而上，赴夔州上任途经采石、姑孰上岸游玩时所作。就是这一次，诗人还以生花妙笔，记下了他在这里耳闻目睹的风土人情——《入蜀记》，成为今天人们研究马鞍山地区山川胜迹和社会文化的珍贵资料。②殊耐久：殊（shū）：很，极。有很耐久之意。③搔（sāo）首：抓头，心绪烦乱焦急或有所思考时的动作。

吊李翰林墓

饮似长鲸快吸川[1]，思如渴骥勇奔泉[2]。
客从县令[3]初何有，醉忤[4]将军亦偶然。
骏马名姬如昨日，断碑乔木不知年。
浮生[5]今古同归此，回首桓公[6]亦故阡[7]。

【注释】

①饮似长鲸快吸川：诗人把李白酒量比作“长鲸”“吸川”。②思如渴骥勇奔泉：李白的“思”如渴骥勇猛地奔向涌泉。③客从县令：客，即李白；县令乃当涂县令李阳冰。④醉忤（wǔ）：违逆、悖逆，不顺从。⑤浮生：谓世事无定，人生短促。是对人生的消极看法。⑥桓（huán）公：即镇守姑孰的东晋大司马、镇西将军桓温。⑦故阡（qian）：田间小路。也泛指田野。

泛小舟姑孰溪口

姑溪绿可染，小艇追晚凉。棹进破树影，波动摇星芒。
荻[1]深渔火明，风远水草香。尚想锦袍公[2]，醉眼隘[3]八荒[4]。
坡陀[5]青山冢，断碣卧道旁。怅望[6]不可逢，乘云游帝乡。

【注释】

①荻（dí）：植物名，禾本科，多年生草本，和芦苇相似，茎直立，叶片

线状披针形，生长路边或水边。②锦袍公：即李白。③隘（ài）：狭窄；狭小。因为喝醉了，所以眼光也狭小了。④八荒：八方荒远之地。因为李白喝醉了，把广袤无垠的八荒之地也看小了。⑤陀（tuó）：山冈。⑥怅（chàng）：失意，不愉快。

池上见鱼跃有怀姑孰旧游①

雨过回塘涨碧漪，幽人②闲照角巾欹③。
银刀④忽裂圆波出⑤，宛如姑溪晚泊时⑥。

【注释】

①这首是诗人在夔（kuí）州任职时的作品。他看到了附近池上鱼跃，就联想到姑孰溪刀鱼跳跃的情景，并写下此诗。②幽人：幽居之人，指隐士。③欹（yī）：同猗，叹美之词，又通攲（qī），倾斜不平。④银刀：即刀鱼。因其鱼鳞极白，故称银刀。⑤圆波出：刀鱼跳跃掀起的波浪。⑥此句意思是和在姑溪晚泊时一样。

晚泊慈姥矶下二首

一

山断峭崖立①，江空翠霭②生。漫多来往客，不尽古今情。
月碎③知流急，风高觉笛清。儿曹④笑老子，不睡待潮平。

二

慈姥矶头月，纤纤⑤照酒杯。素秋⑥风露重，久客鬓毛催⑦。
宿鸟⑧惊还定，飞萤阖复开。平生四方志，老去转悠哉。

【注释】

①慈姥矶临江的一面是悬崖峭壁，所以诗人说山断峭崖立。②霭（ǎi）：云气。③月碎知流急：天上的月亮照在江水中，不是完整的月影，而是碎影，说明江水流急。④儿曹：曹，辈。儿曹，就是儿辈。⑤纤纤（xiān）：细小。⑥素秋：按古代“五行”的说法，秋季色尚白，故曰素秋。⑦久客：长期旅居他乡做官的人。缤毛催：容易变老。⑧宿鸟：已宿在窝里的鸟。

高翥

【小传】

高翥[①]（1170—1241），字九万，号菊涧。余姚人，孝宗时进士。有《信天巢遗集》。

拜李谪仙墓

萧萧高冢占云根，故老相传太白坟。
白骨定随风月冷，青山长共姓名存。
平生出处犹如见，一死浮沉[②]异所闻。
客子开元书记后，故来浇酒些清魂。

【注释】

①翥（zhù）：鸟向上飞。②浮沉：沉，亦作沈。古代一种祭水仪式。

如璧

【小传】

如璧（1065—1129），抚州临川（今江西抚州市）人，原名饶杰，字德操，后出家为僧，自号倚松道人。曾挂锡灵隐[①]，晚主襄阳天宇寺，博学能文，尤长于诗。与陈师道、徐俯等并列为“江西诗派”代表人物。曾作偈云：“间行经卷倚松立，试问客从何处来。”遂号倚松道人。著有《倚松老人集》，世称诗僧第一。

李太白画歌

先生之气盖天下，当时流辈[②]退百舍[③]。
醉中咳唾落珠玑[④]，身后声名满夷夏[⑤]。
青山木拱[⑥]三百年，今晨乃拜先生画。
乌纱之巾白纻袍[⑦]，岸巾攘臂[⑧]方出遨。
神游八极气自稳，冰壶玉斗霜风高。
呜呼先生态绝伦，仙风道骨语甚真。
萧然可望不可亲，悬知野鹤非鸡群。
天宝[⑨]之初天子逸，先生辞去不肯屈。
采石江头明月出，鼓枻[⑩]酣歌志愿毕。
只今遗像粉墨间，尚有英风爽毛骨。
宣州长史[⑪]粉黛工，谁令写此人中龙。
细看笔意有俯仰[⑫]，妙处果在阿堵[⑬]中。
人云此画世莫比，吴侯得之喜不寐[⑭]。
意侯所爱岂徒尔，亦惜真才死泥滓。
先生朽骨如可起，谁为猎之奉天子。
作为文章文圣世，千秋万古诵盛美。
再拜先生泪如洗，振衣濯足吾往矣。

【注释】

①灵隐：即灵隐寺，在浙江省杭州西湖西北灵隐山麓。东晋咸和元年（公元 326 年）始建，明重建，②流辈：犹侪（chāi）辈。谓同辈或同一流的人。③退百舍：古时行军以三十里为一舍。退百舍，就是退三千里。④咳（ké）唾（tuò）：比喻谈吐，议论："咳唾落珠玑"，比喻言谈的珍贵，亦用来比喻文字优美，谓出口即成佳句。⑤夷夏：夷，中国古代对四方少数民族的泛称；夏，乃中国人自称。夷夏，即整个中国。⑥木拱：墓木的代称。⑦乌纱之巾白纻袍：乌纱，即乌纱帽；"白纻袍"，即以白纻织物裁制的袍子。⑧攘（rǎng）：捋袖伸臂，振奋或发怒的样子。⑨天宝：唐玄宗李隆基年号，共 15 年（公元 742—756 年）。⑩枻（yì）：船旁板也。鼓枻，就是敲船旁而歌。⑪长（zhǎng）史：官名。⑫俯仰：俯与仰的仪容。⑬阿堵：吴地人口语，犹言这，这个。⑭喜不寐：寐（mèi），睡眠；高兴得睡不着。

【小传】

洪迈（1123—1202），南宋文学家。字景卢，别号野处。鄱阳（今江西鄱阳）人。洪皓之子。绍兴进士，官至端明殿学士。曾使金，几被拘留。学识渊博，自经史百家以至医卜星算①，皆有论述，尤熟于宋代掌故。撰有《容斋随笔》5卷、《夷坚志》等，编有《万首唐人绝句》。

洞　斋

佳眠起清坐，目送飞孤云。婆娑②此室中，浥浥③炉烟氛。
鬓边霜千丈，差说翰墨④勋。桃李明未了，明妆罗缟裙⑤。
庭竹虽不多，照屏友墨君。俗尘斫已尽⑥，底用⑦成风斤。

【注释】

①星算：古代以星象推算吉凶的方术。②婆娑（suò）：盘旋；徘徊。③浥浥（yì）：香气盛貌。④翰墨：犹“笔墨”，指文辞，也指书法或绘画。⑤罗缟（gǎo）裙：未经染色的裙子。⑥斫（zhuó）：砍削树木。⑦底用：底，相当于何；底用，就是何用。

【小传】

尤袤①（1127—1194），南宋诗人。字延之，号遂初居士。无锡（今属江苏）人。绍兴进士。曾任泰兴令等，官至礼部尚书兼侍读。诗与杨万里、范成大、陆游齐名，合称南宋四家。作品多已散佚。后人辑有《梁溪遗稿》。

太白墓

呜呼谪仙，一世之英[2]。乘云御风，捉月骑鲸。来游人间，蜕骨遗形。其卓然[2]不朽，与江山相为始终者，则有万古之名。

吾意其峥嵘[3]荦落[4]，决不与化俱尽；或吐为长虹，而聚为华星。青山之下，埋玉[5]荒茔。祠貌巍然[6]，断碑谁铭！

【注释】

①袤（mào）：南北距离的长度。②英：精华。③卓然：卓（zhuó）：高而直；高明；高超；高远。③峥（zhēng）嵘（róng）：高峻、特出；不平凡；不寻常。④荦（luò）：杂色的牛。⑤埋玉：即李白的遗体。⑥巍然：巍，高貌。

杨万里

【小传】

杨万里（1127—1206），南宋诗人。字廷秀，号诚斋，吉水（今属江西）人。绍兴进士。曾任秘书监。主张抗金。诗与尤袤、范成大、陆游齐名，世称南宋四家。初学江西诗派，后风格转变，以王安石及晚唐诗为借鉴，构思新巧，语言通俗明畅，自成一家。在当时被称为杨诚斋体。一生作诗二万多首，传世者仅为其中一部分。亦能文。部分诗文关怀时政，反映民间疾苦，较为深切。有《诚斋集》。杨万里任江南储运使兼理太平州时，在当涂一带活动较多，因而歌咏采石、姑孰的诗也多。

过广济圩[1]三首

（一）

圩田岁岁正逢秋，圩户家家不识愁。
夹路垂杨一千里，风流国是太平州。

（二）

两渠水夹一堤宽，个是东皇大御园。
旋[②]插绿杨能几日，新枝已自不胜繁。

（三）

桑畴[③]一眼郁金黄，麦垄千机绿锦坊。
诗卷且留灯下看，轿中只好看春光。

【注释】

①广济圩：当涂大公圩74小圩中的一个圩口。此诗题下共3首。诗人任江东转运副使兼理太平州（治当涂）时，在广济圩一带活动较多。②旋：随后；不久。③桑畴：畴（chóu），田地。桑畴即桑田。北魏至北周行均田制时，分给男子种植树木的田。北魏于男子初受田时，给桑田20亩，规定至少植桑50株、枣5株、榆3株；非桑区只给1亩。所以，当时种桑比较普遍。

宿新市徐公店

篱落[①]疏疏一径深，树头花落未成阴。
儿童急走追黄蝶，飞入菜花无处寻。

【注释】

①篱落：即篱笆。

新　柳

柳条百尺拂银塘，且莫深青只浅黄。
未必柳条能蘸水，水中柳影引他长。

题东西二梁山

二梁双黛[①]点东西，牛渚看来活底眉。
阿敞尽时微失手，一眉高著一眉低。

莫恨当初画得偏，却因偏处反成妍。
喜来舒展愁来蹙[2]，各样妖娆[3]更可怜。

传道临春昔丽华，不从陈帝入隋家[4]。
独将亡国千年恨，留下双颦[5]寄岸花。

【注释】

①双黛：黛，青黑色颜料，古代女子用以画眉。后引申为妇女眉毛的代称。诗人在这里是用双黛指东西梁山。②蹙（cù）：皱眉。③妖（yāo）娆（yáo）：即妖妍美好；娇媚。④陈帝：即陈后主陈叔宝。祯明元年（公元587年），隋灭陈；陈叔宝一干人被隋军从枯井中生擒。隋家，即隋朝。⑤双颦：颦（pín）：颦眉，颦蹙。

杨家渡

春迹无痕可得寻，不将诗眼[1]看春心[2]。
莺[3]边杨柳溪边草，一日清来一日深。

【注释】

①诗眼：即"句中眼"，指一句诗或一首诗中最精炼传神的一个字，也指一篇诗的眼目，即全诗主意所在。②春心：谓为春景触起的心情。③莺（yīng）：鸟纲，莺科，此处用作鸟类的通称。

【小传】

张孝祥（1132—1169），南宋词人。字安国，号于湖居士，乌江（今安徽和县乌江镇）人。12岁时，为避战乱，随父背井离乡，寓居芜湖。绍兴进士。曾任秘书省正字，荆南、湖北安抚使，中书舍人。他曾上书高宗，为民族英雄岳飞枉死鸣冤，反对苟安图存。在建康留守席上所作《六州歌头》，表现出要求恢复国家统一的激情，对南宋政权的苟且偷安以强烈谴责，张浚曾为之感动而罢席。因抗金主张无法实现，张孝祥于孝宗乾道五年春退居芜湖，翌年早逝，年仅38岁。张孝祥的词，风格豪迈，有《于湖集》《于湖词》。他寓家芜湖后，仍在南京读书，后又在南京做官，经常往返于南京、当涂、芜湖之间，在江南一带活动较多，所以他对采石、姑孰及慈湖、博望、丹阳湖等地都很熟悉，并留下许多优美辞章。

念奴娇[1] · 风帆更起

风帆更起，望一天秋色，离愁无数。明日重阳尊酒果，谁与黄花为主？别岸风烟，孤舟灯火，今夕知何处？不如江月，照伊清夜同去。

船过采石江边，望夫山下，酌水应怀古。德耀归来虽富贵，忍弃平生荆布[2]！默想音容，遥怜儿女，独立衡皋暮[3]。桐乡[4]君子，念予憔悴如许！

【注释】

①念奴娇：词牌名。念奴为唐天宝中著名歌女，因其音调高亢，遂取名为调。又名《百字令》《大江东去》《酹江月》《壶中天》等。双调100字，仄韵，亦有用平韵者。②荆布：荆枝作钗，粗布为裙，形容妇女朴素的服饰。③皋（gāo）：近水处的高地。④桐乡：古地名。春秋楚附庸桐国地。汉始称桐乡，在今安徽桐城北。

西江月[1] · 丹阳湖[2]

问讯湖边春色，重来又是三年。
东风吹我过湖船，杨柳丝丝拂面。
世路如今已惯，此心到处悠然[3]。
寒光亭下水连天，飞起沙鸥[4]一片。

【注释】

①西江月：唐教坊曲名，后用为词牌，又名《步虚词》等。双调50字。

唐五代词本为平仄韵异部间协，宋以后词则上下阕各用两平韵，末转仄韵，例须同部。②这一首词是诗人舟过丹阳湖时所作。宋时，丹阳湖是芜湖、宣城通往建康的黄金水道。③悠然：闲适貌。④鸥（ōu）：水鸟名。

辛巳冬闻德音[①]

帐殿[②]称觞送喜频，德音借与万方春[③]。
指挥夷夏[④]无遗策[⑤]，开阖乾坤[⑥]有至神。
南斗[⑦]夜缠龙虎气，北风朝荡犬羊尘[⑧]。
明年玉烛[⑨]王正月，拟上梁园[⑩]奉贡珍。

【注释】

①此诗写的是虞允文采石抗金捷报传到南宋宫中的情景。德音：指捷报。②帐殿：指宫殿。③万方春：指全国都高兴。④夷（yí）：是用以泛指中国四方的少数民族；夏，是华夏。夷夏，就是包括四夷在内全中国的合称。⑤无遗策：没有失策、失计。⑥阖（hé）：全，总共、关闭，开阖，即开关之意。开阖乾坤，就是掌控乾坤。⑦南斗：即“斗宿”。因同北斗相对来说位置在南，故俗称“南斗”。⑧犬羊尘：比喻敌军。⑨玉烛：犹清和。四时风调雨顺。⑩梁园：即兔园，汉代梁孝王刘武所造，也叫“梁苑”。故址在今河南商丘东。

水调歌头[①]·闻采石战胜[②]

雪洗虏尘静，风约楚云留。何人为写悲壮？吹角古城楼。湖海平生豪气，关塞如今风景，剪烛[③]看吴钩[④]。剩喜燃犀处[⑤]，骇浪与天浮。

忆当年，周与谢[⑥]，富春秋[⑦]。小乔[⑧]初嫁，香囊[⑨]未解，勋业故优游。赤壁[⑩]矶头落照[⑪]，肥水桥边[⑫]衰草，渺渺[⑬]唤人愁。我欲乘风去，击楫誓中流[⑭]。

【注释】

①水调歌头：相传隋炀帝开汴河时曾制《水调歌》，唐人演为大曲，有散

序、中序、入破三部分。“歌头”，当为中序的第一章。又名《元会曲》《凯歌》《台城游》等。双调95字，平韵。宋人于上下阕中的两个六字句，多兼押仄韵，也有句句通押同步平仄声韵的。②采石战胜：指虞允文采石战胜金兵。③剪烛：古代晚上点蜡烛，常用剪刀剪烛芯，使其明亮。④吴钩：古代吴地所造的一种兵器：弯形的钩，后泛指锋利的刀剑。⑤燃犀处：温峤在采石燃犀处。⑥周与谢：即周瑜和谢玄。诗人把虞允文比作周瑜、谢玄。⑦富春秋：指年富力强。⑧小乔：三国时乔公有两个女儿，大女儿叫大乔，嫁孙策；二女儿叫小乔，嫁周瑜。⑨香囊（náng）：又名香袋、花囊，也叫荷包。有用五色丝线缠成的、也有用彩色丝线在彩绸上绣制出种类古老神奇、博大精深的图案纹饰，缝制成大小不一，形式各异的小布袋，内装多种浓烈芳香气味的中草药研制的细末，也有用香料的。古人挂香囊，用以提神。⑩赤壁：山名。东汉建安十三年（公元208年）孙权与刘备联军败曹操军于此。即今湖北武汉市江夏区赤矶山，与纱帽山隔江相对。⑪落照：落日的光辉。⑫肥水桥边：肥水，即近代俗名东肥河。源出安徽合肥西北将军岭，西北流入寿县境，又经八公山南入淮。公元383年东晋抗前秦战于肥水，即此。⑬渺渺（miǎo）：微小，悠远貌。⑭击楫誓中流的典故，出自东晋民族英雄祖逖（tì）渡江北伐，抗击后赵的故事。船到江中间，祖逖高高举起短桨，发誓说：“如不肃清中原，有如大江！”

菩萨蛮① · 舣舟采石②

十年长作江头客，樯竿③又挂西风席。
白鸟去边明，楚山无数青。
倒冠仍落珮④，我醉君须醉。
试问识君不？青山与白鸥。

【注释】

①菩萨蛮：唐教坊曲名，后用为词牌。亦作《菩萨鬘》。双调44字，前后阕均两仄韵转两平韵。②舣舟采石：即停舟采石。这首词是词人于乾道三年（公元1167年）三月去镇江，中途舣舟采石时所作。③樯竿：樯（qiáng）：即桅杆。引申为帆船或帆。④倒冠、落佩：指喝醉了酒，把帽子也弄歪了，玉佩也掉了下来。

【小传】

辛弃疾（1140—1207），南宋大词人。字幼安，号稼轩，历城（今属山东）人。出生时，山东已为金兵所占。21岁的他，就参加了抗金义军，不久即归南宋，历任湖北、江西、湖南、福建、浙东安抚使等职。任职期间，他采取积极措施，召集流亡，训练军队，奖励耕战，注意安定民生，打击贪污豪强。一生坚决主张抗金。其词充满恢复失地，恢复国家统一的爱国热情，倾诉壮志难酬的悲愤，也有不少吟咏祖国河山的作品。艺术风格多样，而以豪放为主，与苏轼并称为“苏辛”。有《稼轩长短句》。今人辑有《辛稼轩诗文钞存》。

西江月·江行采石岸，戏作渔父词①②

千丈悬崖削翠，一川落日熔金③。
白鸥来往本无心，选甚风波一任。
别浦鱼肥堪脍④，前村酒美重斟。
千年往事已沉沉⑤，闲管兴亡则甚⑥？

【注释】

①这首词是淳熙五年（1178），词人38岁时，由临安（今杭州）经建康转赴湖北任职途中，经过采石时所作。②渔父词：词牌名，唐教坊曲名，后用为词牌。双调50字，仄韵。③落日熔（róng）金：落日能把金子烧化，这显然是夸张。④堪脍：脍（kuài），细切的鱼肉。特指生食的鱼片。⑤沉沉：犹深沉。⑥闲管：这句显然是牢骚话；国家兴亡，匹夫有责，怎么是闲管呢？“则甚”，做什么？

陈造

【小传】

陈造（1133—1203），字唐卿，高邮（今属江苏）人，淳熙进士。官至淮南西路安抚司参议。善为文，自号江湖长翁，有《江湖长翁文集》。

望夫山

亭亭[①]碧山椒[②]，依约凝黛立。何年荡子[③]归，登此望行役[④]。
君行断音信，妾恨无终极。坚试不磨灭，化作山上石。
烟悲复云惨，仿佛见精魄[⑤]。野花徒自好，江月为谁白。

【注释】

①亭亭：高高耸立貌。②碧山椒：椒，山巅也。③荡子：浪游不归的男子。后亦称游手好闲、不务正业或败坏家业的人为荡子。④行役：因服兵役、劳役或工役而在外跋涉的人。⑤精魄：魄（pò），古指人身中依附形体而显现的精神，以别于能离开形体的魂。

吴渊

【小传】

吴渊（1190—1257），南宋诗人，字道父，号退庵，吴柔胜第三子，宣州宁国云梯人。生于宋光宗绍熙初，卒于理宗宝祐五年。吴渊幼时就端重寡言，苦志力学。嘉定七年中进士，调建德县任主簿，丞相史弥远留他在馆中，将授以开化尉。他婉言谢绝，弥远便不再留他。吴渊曾任太平州（治当涂）知州。累官兵部尚书，端明殿学士。江东安抚使，拜资政殿大学士，封金陵公。徙知福州。又有战功，拜参知政事。未几，卒。著有《退庵集》《退庵词》奏议及易解。淳祐九年，他在任太平州知州期间，曾奏请南宋皇帝理宗赵昀，为太平州的天门书院亲书“天门书院”匾额一幅，悬挂在书院门额。

念奴娇·我来牛渚

我来牛渚，聊登眺、客里襟怀如豁。谁著危亭当此处，占断古今愁绝。江势鲸奔，山形虎踞，天险非人设。向来舟舰，曾扫百万胡羯[①]。

追念照水然犀，男儿当似此，英雄豪杰。岁月匆匆留不住。鬓已星星堪镊[②]。云暗江天，烟昏淮地[③]，是断魂时节。栏干捶碎，酒狂忠愤俱发。

【注释】

①胡羯（jié）：西域胡与匈奴及其他杂胡融合而成。②堪镊：镊（niè），夹取毛发的小工具。诗人在这里是用来形容两鬓已花白。③淮地：淮河流域大地。

水调歌头·太白已仙去

太白已仙去，诗骨此山藏。胸中锦绣如屋，都乞与东皇。碎翦[①]杏花千树，浓抹胭脂万点，妖艳断人肠。晓露沐春色，晴日涨风光。

孤村路，逢休暇[②]，共徜徉。酒旗[③]斜处，口口[④]一簇儿红妆，暂息江头烽火，无奈鬓边霜雪，聊复放疏狂[⑤]。倚俟玉壶竭[⑥]，未肯宝鞭扬。

【注释】

①碎翦：即剪碎。②暇（xiá）：空闲。③酒旗：俗称酒幌子。④这方框是古围字。我把它用在这里，表示这里缺字，下同。⑤疏狂：犹言放荡，不受拘束，放恣人性。⑥玉壶竭（jié）：尽；倚俟：等着。

李白墓

翠峰埋骨处，仿佛见英灵。素月诗魂远，清泉酒面醒。
一时踪迹困，千古姓名馨①。畴昔流离②处，无人为眼青③。

【注释】

①馨（xīn）：散布很远的香气。②畴（chóu）昔：过去，以往。流离：转徙离散；流落。③眼青：即青眼。魏时阮籍能为青白眼，常以青眼对所器重之人。后因以“青眼”称对人喜爱或器重。

游青山

碧嶂千寻①镇一州，十年前已作斯游。
因看红杏行停辔②，为濯清泉坐解裘。
怪石巉岩③蹲虎豹，老松偃蹇④卧龙虬。
转高转有无穷景，杖履⑤何妨绝顶头。

【注释】

①寻：古长度单位，八尺为寻。②辔（pèi）：驾驭牲口的嚼子和缰绳。③巉（chán）岩：山势高险貌。④蹇（jiǎn）：跛，行走困难。⑤杖履：亦作杖屦，古人席地而坐，老人出行，必须持杖着屦。杖，老人的手杖；屦（jù），为麻、葛等制成的单底鞋。杖和屦都是老人用的，为敬老之词。

方岳

【小传】

方岳（1199—1262），南宋诗人、词人，字巨山，号秋崖。祁门（今属安徽）人，出生在一个世代耕读之家。7岁能诗，时人称为神童。南宋绍定五年（1232）进士。因他刚直不阿，不畏权贵，敢于斗争，多次遭到权奸贪吏的诬陷和打击，仕途坎坷。绍定五年，他应漕试及别试，皆获第一。但因他不附和权臣史弥远，而遭降到甲科进士第七。在任南康军知军时，权臣贾似道为湖广总领。一日，总领船队占据鄱阳湖闸口，勒索民财，致船倾覆，船民溺死。方岳闻讯激愤不已，令擒押肇事官兵数人。贾似道气势汹汹来文问罪。方岳毫不畏惧，大书数百语回复，痛斥贾似道搜刮民众的不法行为，中有句曰：“岂不知天地间有一方岳!”铁骨铮铮，正气凛然。因此，又被贾似道上章弹劾，再次遭贬。他离别南康时，当地百姓不约而同地打着彩旗，排着长队，前来送行。方岳一生多次被弹劾罢归，但是他始终不屈，与权奸冰火不容。后来他执意远离污浊的官场，回到祁门。景定三年，病卒家中。方岳生逢乱世，忧国忧民，把满腹的忧愤都化作爱国诗篇。一生写了大量的奏状、铭、记、诗词等。明嘉靖年间，其裔孙方谦刊刻成《方秋崖先生全集》，凡文 5 卷，诗词曲 38 卷。方岳的诗词风格朴素自然，清新质朴，平白如话，受杨万里、范成大影响，而又自成一体，与刘克庄齐名。

舟次当涂

一似余杭路，寒州半是芦。客依秋泊岸，渔带晚收罛[①]。
远树齐如荠[②]，平芜[③]杂似凫[④]。最怜沙上月，相见又当涂。

【注释】

①罛（gū）：一种大的网。②荠（jì）：荠菜。十字花科，一两年草本。③平芜：空旷的原野。④凫（fú）：水鸟名，俗名“野鸭”。

【小传】

陈垲[①]（？—1268），字子爽[②]，侯官人，祖籍嘉兴。历任当涂县守臣，知德安府兼江西提刑、安庆府兼湖南提刑。理宗端平二年（公元 1235 年），知隆兴兼江西安抚使，京、湖制置使等，累迁户部侍郎。屡秉麾节，受军民爱戴。幕客极多。又乐庶士。久之，加端明殿学士。卒于南宋度宗咸淳四年（公元 1268 年），谥清毅。

著有《可斋瓿[3]稿》12卷、《宋史本传》传于世。他在任当涂县守期间，曾在当涂县境西南东梁山下大信镇，创建了天门书院。这是当涂县、太平州最早的一所书院，也是安徽最早的书院之一。

极目亭

谁知极目名亭意，不在登临与品题[4]。
天地两间同汗漫[5]，江淮一水自东西。
惊栖何日能归燕[6]，灵异当年任照犀。
万境尽从心上化，静参飞跃悟端倪[7]。

【注释】

①垲（kǎi）：地势高而干燥。②奭（shì）：盛大。③瓿（bù）：古代的一种用青铜或陶土制成的盛器。④品题：评论人物，定其高下。⑤汗漫：广泛，漫无边际；漫无标准。⑥燕：古国名，旧时也是河北省的别称。⑦端倪：头绪、边际。

怀古堂[1]和陈梦斗诗

蛾眉亭下路，舟楫几经过。晚识黄山面，新添白发多。
学仙徒化鹤，病偻[2]喜名驼。四上江湖请，金章许换蓑[3]。

【注释】

①怀古堂的遗址在黄山顶上，当涂县志有记载。②病偻：偻（lǚ）：曲背。③金章许换蓑：章，文采；蓑（suō），即蓑衣——用龙须草编织的一种雨具。

【小传】

文天祥（1236—1283），南宋大臣、文学家。字履善，一字宋瑞，号文山，吉州庐陵（今江西吉安）人。理宗宝祐四年，中进士第一名。开庆元年，蒙古军攻鄂州（今湖北武昌），宦官董宋臣主张迁都。他上疏请斩董宋臣，并建议御敌之计，未被采纳。后历任刑部郎官、知瑞、赣等州。帝显德祐元年，闻元兵东下，在赣州组织义军，入卫临安（今浙江杭州）。次年任右丞相，被派往元军营中谈判，被扣留。后于镇江脱险，得人民援助，流亡至通州（今江苏南通），由海路南下至福建与张世杰、陆秀夫等坚持抗元。端宗景炎二年进兵江西，恢复州县多处。不久被元军重兵所败，退入广东，坚持抵抗。次年在五坡岭（今广东海丰北）被浮。元将张弘范写信招张世杰，他坚词拒绝，并作《过零丁洋》诗以明志。次年被送至大都（今北京），迭经威胁利诱，始终不屈。于至元十九年十二月初九日（1283 年 1 月 9 日）在柴市被害。他于所遭险难及平生作战事迹，都作有诗歌，题名《指南录》，可称史诗。在大都狱中所作《正气歌》，尤为世人所传颂。

采石

不上蛾眉①二十岁，重来为堕山河泪。
今人不见虞允文②，古人曾有樊若水③。
长江阔处平如驿④，况此介然⑤衣带窄。
欲从谪仙捉月去，安得燃犀照神物。

【注释】

①蛾眉：指采石矶南端的蛾眉亭。“不上蛾眉二十岁”，说明诗人已有二十年未来采石了。②虞允文：即南宋中书舍人、抗金英雄虞允文。绍兴三十一年，虞允文率 18000 名南宋残兵败将，在采石江边打败了已渡至采石江中的金主完颜亮及其 60 万金兵。③樊若水：南唐学子，曾在采石江面架浮梁，济宋师，灭南唐。④驿：指驿道——古代的国道，沿途设有驿站。⑤介然：畛（zhěn）介分明，田地间小路，引申为界限。

四　元朝

【小传】

吴澄（1249—1333），宋元之际学者。字幼清，抚州崇仁（今属江西）人。入元官至翰林学士。所居草屋，程钜夫题曰“草庐”，故学者称其为草庐先生。他为学力主折中朱（熹）陆（九渊）两派，而终近于朱。认为“理在气中，原不相离”；而“理”是“气”的主宰。认为为学至要在于“心”，“学必以德性为本”，并推崇朱熹的“格物”“诚意”之说。著作有《老子注》和诸经《纂言》[①]等。

丁兰庙[②]

昔年曾拜此祠前，归侍[③]慈亲二十年。
今日重来哀罔极[④]，西风老泪湿征船。

【注释】

①纂（zuǎn）：编纂，搜集材料编书，编修。②丁兰庙：其遗址在慈姥山南侧。③归侍：归家照应父母。④罔（wǎng）极：古时特指父母对子女的恩德深厚无比。

【小传】

刘因（1249—1293），字梦吉，号静修、樵庵，又号雷溪真隐。元代诗人。刘因天资过人，3岁识字，过目成诵，6岁写诗，10岁能文，落笔惊人。家贫，教授生徒，皆有成就。因爱诸葛亮“静以修身”之语，故题所居为“静修”。元世祖至元十九年，应召入朝，为承德郎、右赞善大夫。不久，借母病，辞官归。母死后，居丧在家。至元二十八年，忽必烈再度召其为官。他以疾辞。死后追赠翰林学士、资政大夫、上护军，追封“容城郡公”，谥“文靖”。入明后，县官乡绅为刘因建祠以祭之。刘因一生著作颇丰。主要有《四书精要》《易系辞说》，后均收入《四库全书》。广泛流行的《静修集》，是他的诗文集。全书收入各体诗词800多首，名冠元初诗坛。

采　石

何年凿江倚青壁，乞与中原作南北。
天公老眼如看画，万里才堪论咫尺①。
蛾眉亭中愁欲滴，曾见江南几亡国。
百年回首又戈船②，可怜辛苦矶头石。
江头老父说当年，夜卷长风晓无迹。
古人衮衮③去不返，江水悠悠来无极。
只今莫道昔人非，未必山川似旧时。
龙蟠虎踞有时歇，月白风清无尽期。
古人看画论兵机，我今看画诗自奇。
平生曾有金陵④梦，似记扁舟月下归。

【注释】

①咫（zhǐ）尺：一咫为八寸；咫尺，形容很近。②戈船：战船。③衮衮（gǔn）：连续不绝貌。④金陵：古邑名。战国楚威王七年（公元前333年）灭越后置。在今南京市清凉山。后人因作南京的别称。

【小传】

李孝光（1285—1350），元代词作家。字季和，温州乐清（今属浙江）人。祖父寅翁执教乡里。祖母徐氏通晓经史，谙于诗文。孝光五岁即从祖母学习，他笃志好学，颇有文名。四方从学者甚众，孝光素嗜寻幽探胜，寄情山水，曾登天台，探禹穴，渡钱塘，游西湖，远至三吴、匡庐、少室、泰岱、嵩山和恒山等地。他见景生情，赋诗明志，和张雨、虞集、萨都剌、杨维桢名士均有唱和。杨维桢还引为知己，尝云“善和余者惟李季和”。他作文取法古人，不趋时尚，与杨维桢并称“杨李”。至正四年，应召为著作郎。至正七年，升为秘书监丞。著有《春秋遗始》《孝经义疏》《画孝经图》《赵鲁国公政录》《五峰集》《雁山十记》等。

凌歊台

宋家天子①游南国，红粉②三千台百尺③。
歌钟④激浪楚日白，帘栊⑤凝树湘云碧。
凌歊高宴金舆⑥来，侍臣狎笑⑦朱颜开。
台城宫扉锁花柳，寄奴玉帐生尘埃。
昏昏醉梦春风残，不顾江东数千里。
酒罢歌阑⑧帝业隳⑨，青山空映当涂水。

【注释】

①宋家天子：指南朝宋武帝刘裕（363—422），小名寄奴，代晋称帝。②红粉：歌舞女的代称。③台百尺：据《太平寰宇记》记载：“凌歊台高四十丈。”④歌钟：古乐器名，即“编钟”。⑤帘（lián）栊（lóng）：窗上的棂（líng）木，即阑干上或窗户上的格子。⑥金舆：皇帝的銮舆。⑦狎：亲近，亲热。⑧歌阑：阑，残；裴骃集解：“阑，言希也。谓饮酒者半罢半在，谓之阑。⑨帝业隳（huī）：毁坏，整句是说，帝业是在歌舞酒宴中毁掉了！

【小传】

薛昂夫（1267—1359），字超吾，回鹘①（今新疆）人。汉姓马，亦称马昂夫，又为九皋。初为江西行中书省令史，后入京，由秘书监，累官佥典瑞院事。曾在当涂担任太平路总管。元统年间（1333—1335），又出任衢州路总管。晚年隐退，居杭县皋亭山一带。他擅长篆书，有诗名，又工散曲，与元诗人萨都剌、虞集等多有唱和。他在任太平路总管期间，多次游青山、黄山、望夫山、采石矶、姑孰溪等地，留下许多诗篇。

散曲②·过太白祠谢公池

谪仙祠下言诗志，谢公池顾影凝清思。

笋舆③沽酒④青山市，松枝煮茗⑤白云寺⑥。

听山鸟奏笙簧⑦，与野叟⑧论文字，甚痴儿了却公家事。

【注释】

①回鹘（hǔ）：即回纥（hé），维吾尔民族的古称谓。②散曲：曲的一种体式。和诗词一样，是用来抒情、写景、叙事，但无宾白科介（说白及动作指示），便于清唱，有别于剧曲。包括散套、小令（与词中的小令不同）两种。散套通常用同一宫调的若干曲子组成，长短不论，一韵到底。小令通常以一支曲子为独立单位，但可以重复，各首用韵可以互异，有别于散套。又有以两支或三支曲调为一个单位的“带过曲”，也属于小令的一体。元明两代盛行。③笋舆：笋（sǔn），竹子新长的嫩芽；舆（yù），车中能载人载物的部分。“笋舆”乃竹子做的交通工具。用两根粗长竹竿夹着，前一人、后一人抬着，如同抬轿子，老、病人上山乘之。④沽酒：沽，通酤，买或卖，这里显然是买酒。⑤煮茗：茗，茶也。⑥白云寺：在青山南麓。⑦笙（shēng）簧（huáng）：乐器名。⑧野叟：即平民老叟。

散曲·凌歊台怀古

凌歊台畔黄山铺①，是三千歌舞亡家处②。

望夫山下乌江渡③，是八千子弟思乡处。

江东日暮云，渭北④春天树，青山太白坟如故。

【注释】

①黄山铺：驿站名。②三千歌舞亡家处：一语道破“三千歌舞”的实质和危害。③乌江渡：本在今安徽和县东北苏皖交界的乌江镇。秦时置乌江亭。

楚汉之际，楚霸王项羽垓下战败，逃亡至此。悔当初他率江东八千弟子渡江反秦，如今只一人生还，自觉无颜见江东父老，遂拔剑自刎。④渭北：渭，即渭水，黄河最大的支流。在陕西省中部。源出甘肃省渭源县鸟鼠山，东流横贯陕西省渭河平原，在潼关入黄河。

萨都剌

【小传】

萨都剌（1272—1355），元诗人。字天锡，号直斋，先世为西域回回族（答失蛮氏）。因祖父留镇云、代，遂居雁门（今山西代县）。泰定四年（1327）进士，官至燕南河北道肃政廉访司经历。晚年寓居武林，常游历山水，后入方国珍幕府。其诗多写自然景物，间有反映民间疾苦之作。亦工词。《念奴娇·登石头城》《满江红·金陵怀古》等皆有名。有《雁门集》。

过采石驿①

客路青山外，乡心落照②边。暖烟浮野树，凉雨过淮天③。
水调谁家笛，江帆何处船？蛾眉亭上月，今夜照孤眠。

【注释】

①至顺三年（1332）三月，诗人从翰林国史院出任江南督道行御史台掾（yuàn 古代官署属员的通称）史。四月，由集庆（今南京）到达采石，作此诗以纪行。采石驿，即采石驿站，也就是横江馆。②落照：即落日的光辉。③淮天：即淮河流域的天空。

采石怀李白

梦断金鸡①万里天，醉挥秃笔扫蛮笺②。
锦袍日进酒一斗，采石江空月满船。
金马重门③天似海，青山荒冢夜如年。
只因风骨蛾眉妒，不作天仙作水仙④。

【注释】

①金鸡：古代大赦时，举行一种仪式，长杆顶立金鸡，然后集罪犯，击鼓，宣赦令。因古人迷信天鸡星动的时候，就要有大赦，所以有这种仪式。②蛮笺：即蜀笺。③金马重门：亦作金马门，简称金马。署门也。汉代宫门名。新招来的官员在金马门等待授职。④不作天仙作水仙：传说李白是骑鲸捉月落水而死，故曰“水仙”。

采石漫兴

谁记将军亡国时，江东父老鬓如丝。
古今天堑[①]几千里，南北楼船百万师。
中国一飞传檄箭[②]，前朝漫有渡江碑。
太平[③]到处山如画，暖日清风扬酒旗[④]。

【注释】

①天堑：堑（qiàn），天然的壕沟，比喻地形的险要，多指长江。②檄箭：檄（xí），古代官府用以声讨的文书。檄箭，就是把这种文书绑在箭上，射到对方营内，让对方拿到或看到。③太平：系指当涂县之上的行政区划——太平州，其范围包括当涂、芜湖、繁昌三县。④酒旗：即“酒帘”、“望子”，酒店的标志。

过姑孰怀陈行之教授[①]

经过姑孰多佳趣，卜筑[②]黄花老亦佳。
白发故人田园郭，青骢[③]游子客为家。
郡斋檐雨闲棋子，官路山风过楝花。
自笑欲归归未得，裁诗相忆墨翻鸦。

【注释】

①至正五年（1345），诗人由宁国经繁昌、当涂赴京。此诗是诗人经过当涂时所作。“教授”，学官名。宋代除宗学、律学、医学、武学等置教授传授学业外，各路的州、县学均置教授，掌学校课试等事，位居提督学事司之下。元代诸路府及州学和明清的府学亦置教授。诗人笔下的陈行之教授，显然是

太平州学教授。②卜筑：古人常用占卜的方法预测凶吉来决定某一建筑是否该建。③青骢（cōng）：青白色的马。今名菊花青马，也泛指马。

次韵登凌歊台[①]

山势如龙去复回，闲云野望护崇台。
离宫[②]夜有月高下，辇路[③]日无人往来。
春色不随亡国尽，野花只作旧时开。
断碑衰草荒烟里，风雨年年上绿苔。

【注释】

①此诗是依唐诗人韵作。②离宫：皇帝正宫以外临时居住的宫室。③辇（niǎn）：本是人推挽的车，秦汉后特指君后所乘的车。如帝辇、凤辇等。辇路，即帝王车驾所经过的路。

【小传】

白珽[①]（1248—1328），字廷玉，钱塘人。少颖敏，17岁就博通经史。至元二十八年，授太平路（当涂）儒学正。时兵燹（xiǎn）后，圣殿、堂庑、祭器、载籍俱废，珽尽心修葺。复侵地十余亩，修建天门、采石二书院。兼长诗文，一主于理，刘辰翁称其"诗逼陶韦，书通颜柳，不为雕刻，极尘外趣，有云山韶濩（huō）之音"。仕至浙江儒学副提举。有《集翠裘静语》《湛渊集》《经子类训》等书行世。

蛾眉亭

秦赭[②]凿填石，不受鞭棰[③]考。零落楚江浒[④]，相峙矗[⑤]三岛。
穿松得细径，据一陵二小。奔流浩浩来，五色烂华藻。
至宝地不惜，绝境天所造。谁言两蛾黛，功夺京兆[⑥]巧。

终朝对颦蹙[7]，似为人所恼。燃犀矶沉沉，跨鲸月皎皎[8]。
丝纶[9]三千丈，艨冲[10]百万棹。天风吹过梦，多忧只空老。
今者吾与子，所惬在幽讨。供帐莫匆匆，槃觞[11]从草草[12]。
雅琴鼓一再，领此风日好。临崖发清啸，倚树或颠倒。
礼存玉帛[13]外，纵驰或一道。兴极不知归，白鸥破晴昊。

【注释】

①珽（tǐng）：玉笏（hù）。②赭（zhě）：红色，引申为赤褐色。③鞭（biān）棰（chuí）：短棍子打、鞭打。④江浒（hǔ）：即江边。⑤矗：矗（chù）立。⑥京兆：相当于郡的地盘，因属于京畿地，故不叫郡。⑦颦蹙：颦（pín），皱眉头。蹙（cù）：急促。⑧皎（jiǎo）：月光洁白貌。⑨丝纶：丝，细缕；纶，粗绦。比喻帝王一句很细微的话，也会产生很大的影响。后称帝王的诏书为"丝纶"。⑩艨（méng）冲：古代的战船名。⑪槃（pán）觞（shāng）：酒器。⑫草草：杂乱不齐貌。引申为草率、苟且。⑬玉帛：瑞玉和束帛，古代典礼，最重玉帛，后泛指礼器。引申为和好的意思。

李翰林墓

出城得佳山，两峰特奇诡[1]。一如植躬圭[2]，一峰拱而侍[3]。
我见犹爱之，而况谪仙子？孤坟在其下，政尔直一死。
谪仙真天人[4]，出处见诸史。岂敢傲吾君，辛苦植唐祀。
嗟予侃侃[5]者，尘土正如此。停车不忍发，载拜颡[6]有泚[7]。
仰止[8]青山高，清风与终始。孰谓千载人，不在天地里。

【注释】

①奇诡（guǐ）：奇异。②植躬圭：圭（guī），古玉器名，长条形，古代贵族朝聘、祭祀、丧葬时所用的礼器，周代的墓葬常有发现。植：圭如种植在那里。③一峰拱而侍：拱（gǒng），两手合抱向上表示致敬。侍：侍立；侍卫；侍候。这句的意思是说一峰如一位侍从合抱双手在一旁侍候。④天人：古代道家谓能顺应自然的人。⑤侃（kǎn）侃：说话理直气壮，从容不迫。⑥拜颡：颡（sǎng），额，脑门子，古时一种跪拜礼。屈膝下跪，以额触地；居丧答拜宾客时行之，表示极度的悲痛和感谢。⑦泚（cǐ）：鲜明貌。⑧仰止：仰，敬慕；止，作语助。

【小传】

程钜夫（1248—1318），元代中期又一名臣，名文海，京山（今属湖北）人。元世祖时为集贤直学士，曾奉诏赴江南求贤，举荐赵孟頫等贤士20多人，皆被朝廷录用。皇庆初，累官翰林学士承旨。他身历四朝，宏才博学，勤于著述。

题《谪仙捉月图》①

牛渚矶前白锦袍，蛾眉亭上月初高。
江波满眼平如地，醉到长庚②一世豪。

【注释】

①这首诗是诗人在江南举贤，顺道来当涂登临采石矶时所作。②长庚：又叫“太白”，即“金星”。我国古代把早晨出现在东方天空的金星，叫作“启明星”或叫“明星”，黄昏出现在西方天空的金星叫作“长庚”，实际上是同一颗星。此处，诗人是暗自把李白比作长庚星。

【小传】

卢挚①（1242—1314），元文学家。字处道，一字莘老，号疏斋，涿州（治今河北涿州市）人。至元进士，官至翰林学士承旨。诗文与刘因、姚燧齐名，世称“刘卢”、“姚卢”。其散曲今存者尽为小令，多写闲情。有《疏斋集》，已佚；清文廷式从《永乐大典》辑其诗、文各数十篇。

水调歌头·蛾眉亭

亭榭[②]踞雄胜，杖屦踏烟霏[③]，山灵听足春雨，忙遣暮云归。我欲天门平步，消尽江涛余怒，尝试问冯姨[④]。何物儿女子，刚道似我眉。

雁行斜，松影碧，橹声微。一齐约下风景，莫是为湘累。政有玉台温峤[⑤]，未暇然犀下照，贪著芰[⑥]荷衣。好在初名观，重与故人期。

【注释】

①挚（zhì）：亲密、诚恳。②榭（xiè）：建在高台上的敞屋。③霏（fēi）：雨雪盛貌。④冯姨：即“冯夷”，传说中的水神名。⑤温峤：即在采石矶燃犀照妖的温峤。⑥芰（jì）：古书上指菱。

赵孟頫

【小传】

赵孟頫（1254—1322），元书画家。字子昂，号松雪道人，湖州（今浙江吴兴）人。宋宗室。入元，世祖忽必烈搜访“遗逸”，经程钜夫荐举，官刑部主事；后累官至翰林学士承旨，封魏国公，谥文敏。工书法，尤精正、行书和小楷，学李邕（yōng）而以王羲之、王献之为宗，所写碑版甚多，圆转遒丽，人称“赵体”。擅画。主张“作画贵有古意，若无古意，虽工无益”。山水主要师法董源、巨然；人物、鞍马，学李公麟，上追唐人；并用书法技巧写古木竹石，自称“石如飞白木如籀”。他变革南宋院体格调，开创了元代画风。存世书迹较多，有《洛神赋》《道德经》《胆巴碑》《玄妙观重修三门记》《四体千字文》等，画迹有《重江迭嶂》《东洞庭》《鹊华秋色》《秋郊饮马》《红衣天竺僧》等图。能诗文，风格和婉。兼工篆刻，以“圆朱文”著称。有《松雪斋集》。妻管道昇，字仲姬，工书法，擅画墨竹梅兰。

蛾眉亭

天门日涌大江来，牛渚风生万壑哀。
青眼故人携酒共，两眉今日为君开。
苍崖直下蛟龙吼，白浪横空鹅鹳回①。
南眺②青山怀李白，沙头官渡苦相催。

【注释】

①鹅鹳（guàn）：鸟名，羽毛白色或黑色，生活在江湖池沼等处，捕食鱼虾。②南眺：即向南眺望。

陈孚

【小传】

陈孚（1259—1309），字刚中，号勿庵。浙江临海人。生于元太宗十二年，卒于成宗大德七年，享年50岁。至元二十二年，陈孚以布衣之身，将其所作的《大一统赋》献给朝廷，受到青睐，授临海上蔡书院山长。任满后，升翰林国史院编修官。后又擢升为训大夫、礼部郎中，直至五品副使，随梁肃出使安南（今越南）。赴任时，按当时接待中国使者的礼节，应开中门，由安南世子亲至郊外迎接。可是他们却开边门，由“陪臣”去迎。陈孚对这种不友好、不礼貌的做法十分不满。回到使馆，他当即接连写了三封书信，指出安南世子这种不友好、不礼貌的做法是错误的，迫使对方按正常礼节重新接待中国使者，从而维护了祖国的尊严。陈孚回国后，应委以重任。但由于朝廷推行民族歧视政策，把国人分为四等。陈孚是原南宋统治区的人，属四等，所以只任他为翰林待制及建德、衢州、台州三路治中等职位。陈孚诗文的成就较高，有“豪迈卓异，每每惊人”之称。其著作也十分丰富。有《天游稿》《观光稿》《玉堂稿》《交州稿》《桐江稿》《柯山稿》等。

谪仙楼

昔年李白身翩然，袖里明月飞上天。
罡风[①]吹落瑶圃[②]前，玉兔[③]跳落千丈泉。
白也已去八百年，明月犹向江中圆。
我行万里拥使旃[④]，柳根偶系东归船。
三生[⑤]似结明月缘，银光[⑥]射牖窥我眠。
夜深忽梦羽衣仙[⑦]，神如碧河[⑧]浮疏莲。
脚踏赤鲸跨紫烟[⑨]，问月何在摇玉鞭。
耸身忽灭鸣翩翩[⑩]，觉来试鼓朱丝弦[⑪]。
起诵国风[⑫]月出篇[⑬]，开蓬视月月满川，
鱼龙吐浪声溅溅[⑭]。

【注释】

①罡（gāng）风：亦作“刚风”，也叫“刚气”。②瑶（yáo）圃（pǔ）：古人想象中神仙的居住处。③玉兔：神话传说月中有玉兔，因用以为月的代称。④旃（zhān）：助词之一。⑤三生：即三世。佛教用语。指前生、今生、来生，亦即过去世、现在世、未来世。⑥银光：即月光。⑦羽衣仙：用鸟羽制成的衣服。⑧碧河：即天河。⑨紫烟：紫色的烟气，因云霞映日而成紫色，故名。但古代却把它称作祥瑞之兆。⑩翩翩（piān）：轻快地飞舞。⑪丝弦：即丝弦乐器，如胡琴、琵琶等。⑫国风：《诗经》的组成部分。⑬月出：《诗·陈风》篇名。现代研究者或认为是抒写月下怀念美人之情，作者当属于上层社会。⑭溅溅（jiān）：亦作浅浅、戋戋。水疾流貌。

【小传】

揭傒[①]斯（1274—1344），元文学家。字曼硕，龙兴富州（今江西丰城）人。官至翰林侍讲学士。卒谥文安。与虞集等齐名。曾参与编撰辽、金、宋三史。所作散文多宣扬封建伦理观念。又能诗。有《揭文安公全集》。

大信晚泊呈舟中诸公

千家杨柳江当门，东梁西梁两岸蹲。
连樯大舰[2]集日昏，鸣金擂鼓海上闻。
小江[3]更出采石后，前人立功后人守。
大信花，采石酒，陌上[4]相逢莫回首。

【注释】

①傒（xī）：傒倖，烦恼不安。②连樯大舰：樯，桅杆；连樯，就是好多桅杆。③小江：即现今的锁溪河，作战时，把一部分战船掩藏在小江内，关键时出其不意地冲出去杀敌。④陌上：陌，田间的小路。

【小传】

贡奎（1269—1329），字仲章，宣城人。他天性聪颖。10岁能文。初为齐书院山长。会以行郊祀礼，大臣以奎荐。授太命奉礼郎，兼检讨。累迁集贤直学士。61岁卒。追封广陵郡侯，谥文靖。所著有《云林小稿》《听雪斋集》等。

采石矶

断矶[1]江上碧嶙峋[2]，漠漠[3]芦花转岸滨。
舟小风微犹胜马，山高石立宛如人。
美渠钓艇沧波阔，老我征途白发新。
寂寞蛾眉在天际，远烟近处晚双颦。

【注释】

①断矶：采石矶临江处为悬崖峭壁，给人的感觉好像断了一截，故称断矶。②嶙（lín）峋（xún）：山石层层重叠不平貌。③漠漠：寂静无声。

汪泽民

【小传】

汪泽民（1273—1355），字叔志，婺源州（今属江西）人，生于元世祖至元十年，卒于惠宗至正十五年，享年83。泽民少警悟。家贫力学，贯通诸经。初以《春秋》中乡贡，上礼部下第，授宁国路儒学正，延祐五年登进士第，历数郡推官。人都服其明。至正三年，召为国子司业，与修三史。书成，迁集贤直学士。后以嘉义大夫、礼部尚书致仕，退居宣州。自号堪老真逸。时值长枪贼来寇，或劝其去，不从。参画战守之策，累败贼兵。及城陷，不屈而死。追封谯国郡公，谥文节。泽民著有宛陵遗稿《元诗选》传于世。又与张师愚同编宛陵群英集12卷。

送陈公辅采石山长①

矶伏金牛异，峰攒翠黛双。同游怀绝景，相望只邻邦。
春鮆②宜供酒，灵犀莫照江。此行应最乐，山水在书窗。

【注释】

①山长：五代蒋维东隐居衡岳讲学，受业者称蒋维东山长；山长于此始。元代书院首设山长，讲学之外，并总领院务。清乾隆时改名院长，清末仍名山长。②鮆（cǐ）：鱼名。

贡师泰

【小传】

贡师泰（1298—1362），元文学家。字泰甫，宣城（今属安徽）人。元泰定四年（公元1327年）进士。官至礼部、户部尚书。师泰为官，勤理政，善断狱。前人的两次冤案，都被他昭雪。他还以文擅名。有《玩斋集》。

采石蛾眉亭

露作衣裳云作屏，玻璃万顷著娉婷。[①]
望夫山上偏多雨，织女河边欲坠星。
蝃蝀夏凉收浅绛[②]，蟾蜍[③]秋冷抹长青。
凭栏醉倚沧波月，六代[④]兴亡一梦醒。

【注释】

①娉（pīng）婷（tíng）：美好貌。②绛（jiàng）：赤色；深红。③蟾（chán）蜍（chú）：两栖纲，蟾蜍科动物的统称。传说月中有蟾蜍，故又以为月的代称，这里的用法显然是后者。④六代：即六朝，三国的吴、东晋，南朝的宋、齐、梁、陈。

姑孰道中

朝发慈姥山，莫宿吴公桥，日入气犹溽[①]，清怀厌烦嚣[②]。
隔江风雨至，绿树凉萧萧[③]。邻舟颇相好，有酒忽见招。
明发波浪阔，相望一何遥。

【注释】

①溽（rù）：湿润；溽气熏蒸。②烦嚣（xiāo）：喧哗、喧闹。③绿树凉萧萧：绿树的摇落声。

【小传】

马祖常（1279—1338），元文学家。字伯庸。世为雍古部，居靖州天山（在今新疆）。他的高祖在金末为凤翔兵马判官，子孙因以马姓。元统中任御史中丞等职，后辞官居光州。其诗以写田园生活及酬赠者为多，少数篇章对民间疾苦有所反映。散文多碑志之作。有《石田集》。

过采石

采石江头秋月白，蛾眉亭下江声咽。
绣衣玉斧晚霜寒，同是天涯苦行客。
酒仙[①]一去海生尘，青山玉尺[②]埋衣巾。
青江白鸟[③]自今古，岸草春花秋复春。
我欲御风游八表[④]，醉里高情觅三岛[⑤]。
阊阖[⑥]云深不可攀，回首江南数峰小。

【注释】

①酒仙：指李白。李白善饮酒，常是斗酒诗百篇，故称其为酒仙。②玉尺：玉制的尺。比喻选拔人才及评价诗文的标准。③白鸟：蚊虫。④八表：八方以外极远的地方。⑤三岛：亦即“三神山”。古代传说东海中有蓬莱、方丈、瀛洲三山，为神仙所居，总称“三神山”。⑥阊（chāng）阖（hé）：传说中的天门。

余阙

【小传】

余阙[①]（1303—1358），元庐州（治今安徽合肥）人，字廷心，一字天心。先世唐兀（清代文献中对青藏地区及当地藏族的称谓）人，居河西武威。元统进士。元末将领，都元帅。始任泗州（今安徽泗县）同知。后迁浙东康访司佥事，累官至监察御史。余阙为政严明，治军与士兵同甘苦，有古良吏之风，他留意经术，五经皆有专注，文章气魄深厚，篆隶亦古雅。著有《青阳集》4卷，传于世。

赋得蛾眉亭送王得常御史[②]赴南台

江亭望华崿[③]，望望似修眉。扫黛[④]偏能巧，含颦知为谁。
娟娟[⑤]微雨里，脉脉[⑥]夕阳时。千里乘骢[⑦]去，因之伤别离。

【注释】

①阙（què）：皇宫门前两边的楼台，叫宫阙。②御史：官名。秦以前为史官。汉御史因职务不同而名目繁多。魏晋南北朝时，有督军粮御史、禁防御史、监察御史等，都随事立名。唐代有侍御史、殿中侍御史和监察御史三种，至明清仅存监察御史等。③华崿（è）：山崖。④扫黛（dài）：亦作“扫眉”，指画眉。⑤娟娟（juān）：美好貌。⑥脉脉（mò）：凝视貌，后多用以形容情思，有含情欲吐之意。⑦骢（cōng）：青白色的马，也泛指马。

天门山

杨子博地志，名山屡出王。但言隐弥匿[①]，崇冠峙嵩梁[②]。
井络通遥甸[③]，天经列巨障，群峰如菡萏[④]，历乱[⑤]发金塘。
玉壶既岖崿[⑥]，天门迥开张。宛虹连紫盖，丹泉溅石床。
入门荫修竹[⑦]，中夏[⑧]若寒霜。灵鸟多异色，中林[⑨]皆妙香。
耀真启幽室，积石构瑶房。万里秘冥奥，千秋阻秩望。
惟应学仙侣，结桂共相羊[⑩]。

【注释】

①弥：遍，满。②崇（chóng）：高。③遥甸：古时郭外称郊，郊外称甸。④菡（hàn）萏（dàn）：即荷花，诗人在这里是用荷花来形容群峰。⑤历乱：杂乱无章。⑥岖（qū）崿（è）：山崖也。⑦修：长；高。⑧中夏：即“仲夏”。夏季之中，指阴历五月。⑨中林：同一林地上由乔林和矮林混合组成的森林。⑩相羊：同“徜徉”。自由自在地往来。

【小传】

沈璜[①]，字伯玉，元朝人，工书。曾刻赵文敏集乃其所书，字极精工。世以为赵文敏亲书。

昆庐阁

选胜投兰若[2]，空林踏草茵。菜肥方解甲，老松尽生鳞。

崇闫[3]开灵藏，重轩拥法轮[4]。云幢[5]当秀嶂[6]，仙梵入青旻[7]。

香散诸天女，灯明朝海神。尝依共命鸟，不到下方尘。

珠树烟霞净，璇[8]题日月新。宰官[9]随愿力，一为证迷津[10]。

【注释】

①璜（huáng）：半璧形的玉。②兰若：寺庙。阿兰若的略语。③闫：巷门，亦即里巷。④法轮：佛法的别称。佛教徒以释迦教法，能熄灭烦恼，犹如转轮王的轮宝，能摧伏怨敌。又佛法不停滞于一人一处辗转相传，如车轮，故名。⑤幢（chuáng）：旧时作为仪仗用的一种旗帜。⑥嶂：高险的山，如屏障一样的山峰。⑦旻（mín）：秋天，又指天空。⑧璇：美玉。⑨宰官：又称“官宰”，本泛指官员，后称县令为宰官。⑩迷津：佛教名词，谓“迷妄”的境界。

何景福

【小传】

何景福（约 1317 年前后在世），字介之，号铁牛翁，淳安人。所遇非时，累举不第，工诗，颇奇伟，有《铁牛翁遗稿》传于世。

太白墓

姑孰村南日正西，丰碑八尺大书题[1]。

青山自此诗名重，采石如今酒价低。

捧砚太真[2]犹入梦，脱靴力士[3]竟何挤。

荒祠昼掩无人到，苦竹丛深春鸟啼。

【注释】

①大书：即书法；大书，即大字。②太真：杨贵妃的字。李白在宫中时，

贵妃曾为他捧砚。③力士：即高力士，曾为李白脱靴。

郭奎

【小传】

郭奎（？—1364），字子章，巢县（今安徽巢湖市）人，元末著名诗人，慷慨有志节。早年从余阙学，颇受称赞。曾周游大江南北和名山大川，留下大量诗作。其诗七言古体，时近李白；五言律体，颇有唐韵。朱元璋为吴国公不久，就招其为幕僚。朱文正开大都督府于南昌，命奎参与军事。文正得罪，郭奎亦坐诛。著有《望云集》5卷。

首夏东城姑孰

宿雨忽开霁，山光淡碧兹。归云度大泽①，流水积华池。
气属清和景，歌翻白纻词。桓公今已矣②，人事复何为。

【注释】

①泽：湖泽，大泽即大湖。②桓公：指东晋驻守姑孰的大司马桓温；已矣：即已作古。

题无相庵

尚书①塘上寺，宝树雨花多。说法龙曾听，谈经鹿更过。
灯影悬晴塔，香烟②散晓坡。空门③真乐国，浮世④欲如何。

【注释】

①尚书：官名，始置于战国，或称掌书，尚即执掌之意。②香烟：烧香所产生的烟气。③空门：佛教宣扬以悟“空”进入涅（niè）槃（pán）之门，故称佛教为空门。④浮世：同“浮生”含义相同，谓世事无定，生命短促。

赠白纻山庵道人杨玄中

四望亭前姑孰溪，道人种玉[1]住山西。
古松数株秋满屋，青鸟月明时一啼。

【注释】

①种玉：旧称孝行。《搜神记》卷11谓杨伯雍“性笃孝，父母亡，葬物终山，遂家焉，山高80里，上无水，杨伯雍汲水作义浆于坂头，行者皆饮之。三年，有一人就饮，以一斗石子与之，使至高平好地有石处种之，云‘玉当生其中。’杨公未娶，又语云：‘汝后当得好妇。’语毕不见。乃种其石。数岁，时时往视，见玉子生石上，人莫知也。有徐氏者，右北平著姓，女甚有行，时人求，多不许。公乃试求徐氏，徐氏笑以为狂，因戏云：‘得白璧一双来，当听为婚。’公至所种玉田中，得白璧五双，以聘。徐氏大惊遂以女妻公。天子闻而异之，拜为大夫。”

【小传】

戴良（1317—1383），元代著名诗人，字叔能，号九灵山人。浦江建溪（今浙江诸暨马剑）人。曾任淮南江北等处行中书省儒学提举。后至吴中，依张士诚。后又泛海至登莱，拟归元军。元亡，隐居四明山。洪武十年，明太祖召至京师，欲与之官。良托病固辞，致因忤逆太祖意入狱。待罪之日，作书告别亲旧，仍以忠孝大节为语。次年，卒于狱中。诗文多为悲凉感慨、颂扬与怀念故主之作，寓磊落抑郁之音。曾学医于朱震亨，学经史古文于柳贯、黄溍、吴莱。学诗于余阙。博通经史，旁及诸子百家。诗文并负盛名，其诗尤胜。《四库全书总目提要》称其诗神姿疏秀，亦高出一时。有《九灵山房集》等，《明史》有传。

送人归姑孰

一官冒风尘，十载犯霜露。岂以怀禄[1]情，亦以娱亲[2]故。
长涂忽榛棘[3]，四海益氛雾。父母且不知，妻子岂得顾。
闽海[4]非我乡，浙河幸余渡。谁知消息近，反使心魂惧。
桑梓[5]半不存，骨肉定何处。掩骼古则然，脱骖[6]今岂遇。
言归虽有期，悲情将焉诉。蓼虫[7]昧葵堇[8]，晨鸡识晦雨。
君自处平世，安知我心苦。

【注释】

①禄：古代官吏的俸禄。②娱亲：古代"亲"专指父母，娱亲，就是使父母高兴。③榛（zhēn）棘（jí）：泛指丛生的荆棘。④闽（mǐn）：福建省的简称。⑤桑和梓（zǐ）：古代家宅旁常种的树木，后用作故乡的代称。⑥脱骖：三马驾车，两边的马叫骖，脱骖，即解下骖马。后以"脱骖"为以钱财帮助人办理丧事的代称。⑦蓼（liǎo）：蓼科中部分植物的泛称。⑧葵堇：葵为冬葵，堇为堇菜，都是古时的蔬菜。

【小传】

傅与砺[1]（1303—1342），元末明初著名文人，名若金，又字汝砺，新喻（今江西新余）人。自幼酷贫，以织席为生。至顺三年（1332），以布衣游京师，借诗文赢得声誉。经虞集推荐，被朝廷任用。初为安南（今越南）大使，后为广州教授。著有《傅与砺诗文集》《傅与砺诗集》共30集。其《诗法源流》颇有创见，为后人所称道。

经采石

未明发芜湖[2]，终饭次采石[3]。大江天同泻，巨浪山与敌。
松寒苍虬枝，崖古老铁色。其傍有仙冢[4]，云是[5]李太白。

生为长庚星，殁[6]为大块迹。因思开元中[7]，出入蒙帝泽[8]。
御羹白瑶杯[9]，宫锦青玉滴[10]。恩荣日深重，意气何赫奕[11]。
酣歌泰华小，豪饮渤澥[12]窄。颇闻宫中怒[13]，遂有天上谪[14]。
殷乱[15]微子[16]行，楚昏[17]屈平斥。嗟哉唐家帝，同姓逝安适。
何年为兹游，千载但故迹。骑鲸信缥缈，捉月讵[18]昏惑。
得非厌尘羁，无乃达寄客。翻然委之去，富贵何足惜。
杜陵[19]平生友，梦寐频见忆。白骨焉所求，青山亦岑寂[20]。
相去嗟已远，令人心悲塞。举杯欲醮之[21]，帆去招不得。

【注释】

①砺（lì）：粗磨刀石。②未明：天还未亮。③终饭：即晚饭；④冢（zhǒng）：隆起的坟墓。⑤云：说。这两句说明，这时李白的坟还在采石江边。⑥殁（mò）：死亡。⑦开元中：开元：唐玄宗年号（713—741）。⑧出入蒙帝泽：出入，即进出皇宫；蒙，承蒙；帝泽，皇帝的恩泽。⑨御羹白瑶杯：御羹（gēng），用以代指宫中的食物；用的是皇宫的用具——白瑶（yáo）杯。⑩宫锦：即宫中的锦缎。⑪赫（hè）奕（yì）：显耀盛大貌。⑫渤澥：古代称东海的一部分，即渤海。⑬宫中怒：皇上因权贵对李白的谗毁而对李白发怒。⑭天上谪：人们一直以为李白是天上的星星被贬谪到人间。⑮殷：朝代名。商王盘庚从奄（今山东曲阜）迁到殷（今河南安阳西北），因而商也被称为殷。殷乱，即动乱。⑯微子：周代宋国的始祖，名启（一作开），商纣的庶兄，封于微（今山东梁山西北）。因见商代将亡，数谏纣王，王不听，遂出走，周武王灭商时，向周乞降，周公旦攻灭武庚后，封他于宋。⑰楚昏：楚王昏庸。屈原斥：屈原在《离骚》《九章》中，反复陈述他的政治主张，揭露贵族昏庸腐朽、排斥贤能。⑱讵（jù）：岂，怎。⑲杜陵：古县名。因宣帝筑陵于东原上，故名。⑳岑（cén）：小而高的山。㉑醮（jiào）：喝干杯中的酒。

杜浩

【小传】

杜浩字守，号隐士。元末明初人。元至正二十三年进士。著有《四书微言》《南莽村集》。

天门山

大禹决通[①]波泛滥[②]，巨灵劈断[③]石崔嵬[④]。
九千日月频来往，千古风云自阖开[⑤]。
神化蛟龙腾白昼，朝宗江汉[⑥]走暗雷。
时平阍者无劳守[⑦]，玉帛东南络绎来[⑧]。

【注释】

①大禹：传说中的古代部落联盟领袖。姒姓，亦称夏禹，戎禹，亦说名文命，鲧之子。他领导人民疏通江河，兴修河渠，发展农业。在治水13年中三过家门而不入。后以治水有功被舜选为继承人。舜死后，担任联盟部落领袖。决通：就是决通江河。②泛滥（làn）：江河横溢。③巨灵：亦称巨神。传说中劈开华山的巨神。④崔嵬：犹言嵯峨，山高大不平貌。⑤阖（hé）：全，总共。⑥江汉：长江和汉水的合称。朝宗：本指诸侯朝见天子，春日见曰朝，夏日见曰宗。后指百川归海。百川归海，犹如诸侯朝见天子。⑦阍（hūn）：既指宫门，也指守门人。⑧玉帛：玉，瑞玉；帛，布帛。古代典礼，最重瑞玉布帛。但诗人在这里是用玉帛来比喻江水。

【小传】

黄镇成（1287—1362），字元镇，又字紫云山人。邵武人。元代山水诗人，与黄清老被后人并称为“诗人二黄”。有《尚书通考》《秋声集》。

谢家山

结庐在南田，已辞城郭欢。山水未幽深，拟谋泉石间。
野父[①]导我行，同登谢家山。缘溪入深窈[②]，绝磴穷跻攀。

凭虚横鸟道③，高回白云关。下瞰④飞瀑流，倚杖听潺湲。
良畴⑤忽衍旷⑥，阳坡冬不寒。盘旋得幽谷，外密仍中宽。
松根有茯苓⑦，竹本易成竿。愿与同心人，筑茅⑧栖烟峦。
去市十里许，尘氛未能干。食力终无惭，傲然身世安。

【注释】

①野父：指平民长者。此处的“野”与“朝”相对，指民间。②深窈：幽远貌。③鸟道：人不能走，只有鸟能飞过去的道。④下瞰（kàn）：俯视，向下看。⑤良畴（chóu）：已耕作的田地。⑥衍旷：展延貌。⑦茯苓：寄生在树根上的一种真菌。⑧筑茅：盖房子。

【小传】

宋旡①（1260—1340），字子虚，苏州人，举茂才，工诗，有《寒斋冷语》《翠寒嗙呓》。

李翰林墓

嗜酒傲明时，何因贺监知②。承恩金马诏③，失意玉环词④。
名与三闾⑤并，身将四皓⑥期。匡山有书读⑦，应亦叹归迟。
一骑紫鲸去，空掩谢山茔⑧。落月今谁吊，长庚夜自明。
乾坤沉秀气，江水带哀声。天上多官府，文章不可轻。

【注释】

①宋旡：旡（jì）。②贺监：即贺知章。③金马诏：令诏金马门，谓金马诏。④玉环词：高力士耻为李白脱靴殿上，故意摘诗中飞燕句激贵妃怒。白知权贵不容，求放还。⑤三闾：三闾大夫的简称。指屈原。闾（lǘ）：里门，巷口的门。⑥四皓：秦末东园公、甪里先生（甪一作角）、绮里季、夏黄公隐于商山（今陕西商县东南），年皆八十余，时称“商南四皓”。皓（hào）：清白，明亮。⑦匡山：即庐山。古有匡氏兄弟在此山结茅隐居。世人先是取其

姓为山名，叫匡山；后又取其结庐为山名，叫庐山。有书读：庐山有书院——白鹿洞书院，为藏书与讲学之所。⑧谢山：即谢家山，也就是青山；茔（yíng）：墓地。

李泂

【小传】

李泂[①]（1274—1332），字溉之，滕州（今山东藤县）人。元代散曲家、散文家和书法家。荐授翰林国史院编修，除翰林待制，天历初特授奎章阁承制学士。天历二年，参加编修《经世大典》，至顺二年书成。著有《溉之集》。

月夜过采石

空江偃仰[②]见明月，月向天心散冰雪。
扪天[③]恍惚与天语，桂树琼枝纷纠结。
倏[④]挺枯槎[⑤]泛河汉[⑥]，又似山阴理归楫[⑦]。
美人不来江水深，独对风烟正愁绝。
欲愁绝兮奈此怀，征帆茫茫江上开。
黄芦风起鸟声至，千里一望银山来[⑧]。
银山嵯峨[⑨]隔苍海，海上群仙复谁在？
巨鳌已谢三山沈[⑩]，扶桑[⑪]萧条生光彩。
丹砂[⑫]不逐儿童归，旷怀更为秦人悲。
丈夫[⑬]去国彼其志，想象金阙[⑭]空葳蕤[⑮]。
笑呼白云觞我酒，翠叠连山作窗牖[⑯]。
狂风吹月落西去，水气冥冥[⑰]淡星斗。
夜深忽到蛾眉亭，紫鳞欲去江潮生。
只求新诗幻出金碧龙虎文，翻然将我日月元气归沧溟[⑱]。

【注释】

①泂（jiǒng）：远也。②偃（yǎn）：仰面倒下。③扪（mén）：执持；抚

摸。④倏（shū）：极快地、忽然。⑤槎（chá）：用竹木编成的筏。⑥河汉：即银河。⑦楫（jí）：划船的短桨，亦泛指划船或船。⑧银山来：指江上的巨浪。巨浪如山，又是白色，故称银山。⑨嵯（cuó）峨（é）：高峻貌。⑩巨鳌（áo）：《列子·汤问》载，上帝命十五只巨鳌用头顶着渤海东面的五座山，才固定不动。"巨鳌已谢"——它们不干了；三山沉了。⑪扶桑：有三说，一是植物名，二是神话中的树木名，三是我国对日本的旧称。⑫丹砂：即辰砂，俗称"朱砂"。⑬丈夫：古时指成年男子。⑭金阙：道家谓天上有黄金阙、白玉京，为天帝所居。⑮葳（wēi）蕤（ruí）：草木茂盛貌。⑯牖（yǒu）：窗户。⑰"冥冥"，亦作"溟溟"；昏暗。⑱沧溟：海水弥漫貌，常用来指大海。

五　明朝

【小传】

朱元璋（1328—1398），即明太祖，明代的建立者。公元1368—1398年在位。幼名重八，又名兴宗，字国瑞，濠（háo）州钟离（今安徽凤阳东）人。出身贫苦，少时在皇觉寺为僧。元至正十二年（1352年）参加郭子兴部红巾军，韩林儿称帝时，任左副元帅。龙凤二年①（1356年）攻下集庆（路治在今南京市），称吴国公，废除了一些元代的苛政，命诸将屯田。后接受朱升“高筑墙，广积粮，缓称王”的建议，壮大了自己的军力。旋击败了陈友谅；龙凤十年，消灭其残余势力，改称吴王。龙凤十二年发布文告，咒骂红巾军为“妖”，杀害韩林儿。次年消灭张士诚的割据势力。旋即出军北上。公元1368年，建国南京，国号明，年号洪武。同年攻克大都（今北京），推翻元朝统治，以后逐步统一全国。他普查户口，丈量土地，均平赋役，兴修水利，推行屯田，并减轻对匠的奴役。同时抑制豪强贪吏，制订《大明律》，废除宰相的职位，加强皇权，以巩固中央集权。为社会经济文化的进一步发展，提供了有利条件。

采石矶新秋月色②

素月澄澄③斗④转移，银河一派澈东西⑤。
风吹鼓角争先应，鸟避旌旗不敢啼。
志若鸣蝉清绝翳，心同碧汉⑥净无私。
雄师夜宿皆英武，气概森森⑦采石矶。

【注释】

①龙凤：元末韩林儿年号。②这首诗是朱元璋采石渡江大战不久，再次留宿采石时，为雄师渡江而作。③素月澄澄：素月即秋月，按古代五行的说法，秋尚白，素色即白色。澄澄（chéng）：明净、清澈。④斗：斗星、斗宿；

也用作星的通称。⑤澈东西：澈（chè），月光明澈，照亮了东西。⑥碧汉：天河。⑦气概森森：概（gài），即森严，英雄的气概，咄咄逼人。

张以宁

【小传】

张以宁（1301—1370），字志道，古田人。生于元大德五年，卒于明洪武三年，享年七十。有俊才，博学强记，擅名于世，人呼“小张学士”。泰定中，以春秋举进士。官至翰林侍读学士。明灭元后，复授其侍讲学士，奉使安南（今越南），还，卒于道。家于古田翠屏山下，学者称翠屏先生。以宁工诗，高雅俊逸，超绝畦畛[①]。著有《翠屏集》《春王正月考》（均《四库总目》），并传于世。

蛾眉亭

碧酒双玉瓶，独酌蛾眉亭。不见李太白，惟见三山青。

秋色淮上[②]来，苍然[③]满云汀[④]。安得十五弦，弹于蛟龙[⑤]听。

【注释】

①畦（qí）畛（zhěn）：田间的道路，引申为界限或隔阂。②淮上：淮，即淮河，淮上，即淮河流域的天空。淮河，我国的大河之一。③苍然：苍，青色。④云汀：汀，水中或水边的平地。⑤蛟龙：古代传说中的一种动物。民间相传以为能发洪水。

陶安

【小传】

陶安（1315—1368），明初诗人，字主敬，太平府当涂县（今属安徽）人。幼丧父，矢志读书，日积千言，敏悟异常。后投师李习兄弟，开始博览群书，元至正四年（公元1344年），中浙江乡试。八年，授明道书院山长。十四年（公元 1354 年）归省，后避乱家居。十五年，朱元璋渡江克采石取当涂，陶偕李习与父老乡亲相迎。即被朱元璋召见。向朱元璋献计。朱元璋从其言，并收参幕府，授左司员外郎。朱元璋克集庆后，又授陶安为兴国翼元帅府史令。朱元璋称吴王的第三年，在金陵设置翰林院，首用陶安为学士。召诸儒议礼，又以陶安为总裁。他和李善长、刘基册定率令，议定礼制。洪武元年，令陶安命制诰兼修国事。朱元璋常至东阁，与陶安等议论前朝兴亡本末。陶安在朝十余年，恪尽职守，深得朱元璋的宠信。四月，陶安任江西省参政知事。因治理有方，军民诚服。不久染病在身，但他仍拟草木时务十二事，上表朝廷。九月卒于任上。朱元璋亲致祭文，遣使吊唁。谥封为“姑孰郡公”。陶安生前著述甚多，有《周易集萃》《辞达类钞》《姚江类钞》《知新稿》《陶学士集》20 卷等。

李翰林墓

自别金銮抵夜郎[①]，江南有梦到朝堂。
酒酣采石风生袂[②]，崖老青山月满梁。
龙管凤笙[③]遗韵事，笔芦星竹借文章。
云飞荒野苔碑断，时有诗人酹一觞。

【注释】

①夜郎：李白的流放地。在贵州北部。②袂（mèi）：衣袖；联袂。③龙管凤笙：管（笛子、箫）和笙（shēng），都是管乐器，又称“吹奏乐器”。但笙有簧，管无簧。管是长形，像龙；笙长四尺，十二簧，像凤之身。

葆和观

曾是元晖[①]旧隐居，忽看殊境现仙都[②]。
池沤昼涌泉根活，岩木秋凋石骨臞[③]。
栗壳黄腴[④]猿哺子，松巢碧冷鹤温雏[⑤]。
道人炼罢芙蓉鼎[⑥]，紫玉箫横风绕梧。

【注释】

①元晖：古代“元”和“玄”通用；“元晖”当是“玄晖”，南朝齐诗人谢朓的字。②仙都：传说中仙人居住的都城。③臞（qū）：瘦也。④腴（yū）：肉多，丰满，肥胖。⑤鹤温雏：因天冷，老鹤用翅膀温暖小鹤。⑥芙蓉鼎：鼎，古代炊器，多用青铜制成，圆形，三足两耳；流行于商周时期，汉代仍流行。古代统治者亦用作烹人的刑具。道士则用以炼丹煮药，也有人用手举鼎，以锻炼身体。诗中的芙蓉鼎，就是用来锻炼身体的。

天门山曲

混沌①未凿元气闭，帝遣斫开②双阙③丽。
一抽键钥不复扃④，仿佛闾阖⑤当云际。
岷波如丝来自西，狂飙⑥忽驾滔天势。
雷驱银马蹴两崖，虎豹遁藏阍⑦者逝。
向年⑧未曾到此山，遥望不知谁抱关。
但见烟苍雨黛动颦笑，画出八字宫眉弯。
春来堤柳青袅娜⑨，二梁开颜忽招我。
一在淮西⑩一江左，夹我诗船船不过。
船压天光觉天堕，爱惜玻璨⑪不能唾。
举杯带月嚼冰玉⑫，桂香万斛⑬清胸腹。
夜撤江妃⑭舞长袖，为君翻作天门曲。
忆昔充贡两赴京，九重晨启瞻彤庭。
怀策公归名不荐，五门微茫梦中见。

【注释】

①混沌：亦作“浑沌”。古人想象中世界开辟前的状态。②斫（zhuó）开：砍削，斫伐树木。③双阙（què）：古代宫殿、祠庙和陵墓前的高建筑物。④扃（jiōng）：从外面关门的闩、钩等，还可引申为门、上闩、关门。⑤阖（hé）：全部、总共。⑥狂飙（biāo）：大风暴。⑦阍（hūn）：宫门及看宫门的人。⑧向年：即往年、从前。⑨袅（niǎo）娜（nuó）：草木柔弱细长貌，也用来形容女子体态轻盈柔美。⑩淮西：地区名。隋唐以前，从长江下游去中原，一般都在今安徽寿县附近渡淮。这一段淮水的流向，系自南而北，因习称今皖北豫东淮河北岸一带为淮西。⑪玻璨：形容平静的江水。⑫冰玉：比喻月亮。⑬斛（hú）：量

器名，古时以十斗为一斛，后又以五斗为一斛。⑭江妃：传说中的女神名。

凌歊台

炎熇苦郁蒸[①]，何处堪欺凌。
黄山古台址，峻业何层层[②]。
周览无不极，我尝试一登。
湘潭巴蜀总在目，长江涛浪来如崩。
萦回[③]一带绕云汉[④]，天门对立青崚嶒[⑤]
果然暑气无地着，松阴六月凝寒冰。
所以凌歊名，不诬世所称。
忆昔宋主卜筑时，匠石营缮[⑥]劳聿[⑦]兴。
瑶玠[⑧]杳锦具，金雀栖觚棱[⑨]。
教成粉黛歌白纻，弹丝品竹声奔腾。
无何豪华逐流水，转眼衰歇茫无征。
惟余清泉白石散林壑，莓苔雨绿铺毾㲪[⑩]，
销磨今古罔识荣与辱，长年只有山中僧。

【注释】

①炎熇苦郁蒸：炎，火光上升；熇（hè），火势炽热貌；郁蒸，闷热。②层层：即层层叠叠，不断重叠。③萦（yíng）回：缠绕，引申为牵绊、牵挂。④云汉：银河。⑤崚（léng）嶒（céng）：高峻突出貌。⑥匠石：即工匠加工石头；营缮（shàn），乃营造、修理。⑦聿（yù）：古代人习惯于用作助词，常用在句首或句中，没有什么实际意义。⑧瑶（yáo）玠（jiè）：都是似玉的美石。⑨觚（gū）棱：古代酒器，青铜制，喇叭口形、细腰、高圈足，盛行于商代和西周初。⑩毾（tà）㲪（dēng）：毛毯。

【小传】

夏鉴，生平事迹均不详。

谢公井

虚圆九仞[①]类天成，下有寒泉湛月明。
三伏屡醒周道暍[②]，千年犹说谢公名。
银床铜銮[③]秋霜冷，石甃[④]苔生夜雨晴。
紫绠[⑤]金瓶闻汲处[⑥]，晓风频送辘轳[⑦]声。

【注释】

①仞（rèn）：古代长度单位，周制为八尺，汉制为七尺，东汉末为五尺六寸。②暍（yè）：中暑，受暴热。③铜銮：亦叫銮（luán）铃。古代车乘的马铃，铜制。④石甃（zhòu）：用砖砌成的井壁。⑤紫绠（gěng）：吊水桶上用的绳子。⑥汲处：取水于井。郑玄注："汲，引也。"⑦辘（lù）轳（lú）：井台上提水用具。

刘永之

【小传】

刘永之（约1368年前后在世），明文人，字仲修，自号山阴道人，清江（今江西清江）人。明初，太祖召员修国史时，永之被召修国史。书成后，以疾辞归。诗文清丽古雅。工书法。篆、楷、行、草皆有师承。家富于赀，赊贷施数郡。日静处一室，以书籍翰墨自娱。有《东里集》《临江府志》等。

太白墓

采石多名酒，苔矶水自香。昔年李太白，于此屡衔觞。
失意长安道，狂歌入楚邦[①]。云烟[②]挥翰墨，宫锦制衣裳。
醉骨埋青嶂[③]，荒祠带夕阳。余亦忘机[④]者，翩然[⑤]辞帝乡。
田园萧水上，井色暮山旁。去去随鸥鸟，烟波正渺茫。

【注释】

①楚邦：楚国的范围。李白从庐山、铜陵、宣城、姑孰、采石一路走来，都是楚国的地盘。②云烟：云气和烟雾，常指极高的地方。③嶂：乃高险的山。④忘机：泯除心机。旧指一种消极无为、淡泊宁静的心境。⑤翩（piān）然：疾飞貌。引申为轻快、飘忽之状。

【小传】

李玉，字玄玉，明末苏州吴县人。约生于明万历末年，卒于清康熙二十年（1681）左右。戏曲作家。

浪淘沙[1]·尼坡梅月

坡上绝尘嚣[2]，冬景萧条[3]。老梅五出放琼瑶[4]。
寂寞黄昏谁是伴？镜挂花梢。
何处显高标？梅月相邀，暗香疏影[5]度清宵。
古寺幽轩无限趣，足称逍遥[6]。

【注释】

①浪淘沙：唐教坊曲名，后用为词牌。又名《浪淘沙令》《卖花声》《过龙门》等。②尘嚣：亦作嚣尘，嚣（xiāo），喧嚣；尘，尘土，常用来指尘世间。③萧条：冷落；凋零。④琼瑶：美玉。常用来比喻美好的东西。⑤暗香疏影：词牌名，南宋姜夔自制曲，绍兴二年，夔填词二首赠范成大，成大使歌女唱之，并名以《暗香》《疏影》，内容为咏梅花，双调97字，仄韵，后人常以“暗香”“疏影”代指梅花。⑥逍遥：优游自得貌。

浪淘沙·登凌歊台

山岭势崔嵬，畔有高台，登临四顾绝嚣埃[1]。
宋祖銮舆曾驻跸[2]，今日蒿莱[3]。

水势自潆回[4]，翠石苍苔。春风鸟语野花开。
薄暮斜阳寒塔影[5]，游客衔杯。

【注释】

①绝嚣埃：同“绝尘嚣”。嚣：喧嚣；嚣张。②宋祖銮舆曾驻跸：“宋祖”，泛指刘宋王朝的帝王；“銮舆”，指宋祖的车驾；跸（bì）：车驾停留下来，住宿。③蒿（hāo）莱（lái）：野草、杂草。④潆（yíng）回：水回旋貌。⑤寒塔影：指黄山塔。

林弼

【小传】

林弼[1]，初名唐臣，字元凯，龙溪（今福建）人。至正八年（公元1348年）进士，授郡幕官。洪武二年（公元1369年），太祖遣使三征之，更名弼，参修元史。授郎中。林弼还曾出使安南（今越南）。去赆金[2]，为明太祖所重。官至澄州知州。著有《登州集》23卷。

过采石吊太白

谪仙昔醉采石时，酒翻宫锦春淋漓[3]。
眼空四海无余子，江风江月吾心知。
江风吹酒酒不醒，举杯邀月还对影。
愿将江水变春醅[4]，一醉千年长酩酊[5]。
云卧八极[6]凌倒景，人间万事何足省[7]。
夜郎归来逾五岭[8]，逸才[9]壮志嗟不骋[10]。
丈夫胸次存耿耿[11]，有酒不饮真不幸。
我来酹酒江之渍[12]，春草几绿三尺坟？
当年有孙为收骨，捉月之说谁尔云？
骚魂[13]已远招不得，千年对酒空相忆。
浩歌一曲清泪滴，江水滔滔[14]风瑟瑟[15]。

【注释】

①弼（bì）：辅助。②赆（jìn）金：临别时赠送的路费或礼物。③淋漓：沾湿或流滴貌。④春醅（pēi）：冬天所酿之酒至春始熟，但尚未过滤者曰醅。⑤酩（mǐng）酊（dǐng）：大醉貌。⑥八极：最边远的地方。⑦省（xǐng）：检查；反省。⑧五岭：即越城、都庞、萌渚、骑田、大庾五岭的总称，在湘、赣（gàn）、粤（yuè）、桂等省区边境。⑨逸才：谓过人之才。⑩不骋：骋（chěng）：纵马奔驰。⑪耿耿：形容心中不能宁贴。⑫江之濆：濆（fén）：江边之高地。⑬骚魂：骚乃骚人墨客，骚魂亦即诗魂。⑭滔滔：水流貌；也用来形容水势盛大。⑮瑟瑟（sè）：秋风声。

高启

【小传】

高启（1336—1373），明诗人。字季迪，平江路（明改苏州府）长州（今江苏苏州）人。元末隐居吴淞青丘，自号青丘子。与杨基、张羽、徐贲齐名，称“吴中四杰”。洪武初，召修《元史》，为翰林院国史编修。授翰林院国史编修官，受命教授诸王，擢户部右侍郎。魏观在张士诚宫地改修治，获罪被诛。高启写《上梁文》及“龙蟠虎踞”四字，被疑为歌颂张士诚，连坐腰斩。启能诗能文。其诗爽朗清逸，部分作品对民生疾苦有所反映，对明的统一也作了歌颂。有诗集《高太史大全集》、文集《凫藻集》附《扣舷集》词。

和友人过采石

山暝[①]断矶头，猿声两岸愁。柳间娼女酒[②]，月下估人[③]舟。
擒虎嗟横渡[④]，骑鲸忆醉游。停桡[⑤]正怀古，风急蓼花秋[⑥]。

【注释】

①暝（míng）：日暮；夜晚。②娼女酒：即妓女用来招揽嫖客的酒。③估

(gù)人：即商贩、估客。④擒虎：即韩擒虎，隋大将。原名豹，字子通，河南东垣（今河南新安东）人，有胆略，北周时袭父雄爵为新义郡公，屡有战功，隋文帝时任庐州（今合肥）总管，并委以灭陈的重任，是年春节，擒虎探知南陈采石守军懈怠无备，便抓住战机，亲率五百人突袭采石。因过春节，守者皆醉，韩擒虎兵不血刃，轻而易举地取得了采石，遂又攻破建康，俘获后主陈叔宝。横渡：指韩擒虎过江。⑤桡：桡（ráo），桨也。⑥蓼花：一年生或多年生草本植物，花白色或浅红色，生长在水边。

林鸿

【小传】

林鸿，明诗人。字子羽，福清（今属福建）人。洪武初年，以《龙池春肖》《孤雁》两首诗，得到了明太祖的赏识，荐授将乐县儒学训导。洪武七年，拜礼部精膳司员外郎。年未四十就自免其职，回归故里。善作诗。诗法盛唐。所作多摩拟其格调。与高棅、王偁、陈亮、王恭、唐泰、郑定、王褒（bāo）、周玄、黄玄等合称“闽中十才子”，林鸿为首。有《鸣胜集》。

采石山

断矶飘缈驾危亭，栏槛孤高见沓冥①。
牛渚波涛通海白，历阳②烟树入淮青。
骑鲸夜忆游仙月，泛鹢③春浮奉使星。
万古凭高一回首，玉壶清酒莫教醒。

【注释】

①沓冥：沓，繁多；重复。冥，昏暗。沓冥，就是一片昏暗。②历阳：古县名，秦置。因县南有历水而得名，治所在今安徽和县，明初改和州。③泛鹢：也就是泛舟。因舟前画着一种叫鹢鸟的小舟，故称为鹢。

袁凯

【小传】

袁凯，字景文，号海叟。明初诗人，曾以《白燕》一诗负盛名。人称袁白燕。松江华亭（今上海市松江区）人。洪武三年（1730年）任监察御使。后因事为朱元璋所不满，伪装疯癫，以病免职回家。袁凯诗古体学魏晋，近体师杜甫。但不囿（yòu）于古人，有自己的意境。律诗《采石春望》《京师归至丹阳逢侯生大醉》及七绝《淮东逢张十二》等，都有杜甫诗浑厚深沉、真挚含蓄之风。著有《海叟集》4卷，附《集外诗》1卷。

采石春望

夜泊青山渚，朝登采石矶。蜀雪[①]应消尽，吴船[②]犹未归。
五湖花正落，三江莺乱飞。同行王主事[③]，此日亦沾衣。

【注释】

①蜀雪：蜀地的雪。②吴船：吴，古称苏州为吴；吴船，就是吴国的船。②主事：官名，北魏置尚书主事令史。意即令史中的首领。隋以后单称主事。本为雇员性质，不在正规职官之内。金元以后，始以士人为之，明代遂定为各部司官中最低一级。

胡广

【小传】

胡广（1370—1418），字光大，吉水（今属江西）人，建文时，举进士第一，授翰林修撰（zhuàn），赐名靖。成祖即位，复名广。累官至文渊阁大学士，兼左春坊大学士，曾两次随帝北征，以醇（chún）谨见幸。卒谥文穆。著有《胡文穆集》20卷，行于世。

采石山

我生厌局促[①]，江海日奔驰。
扁舟薄暮过采石，仙人招我登蛾眉。
蛾眉亭前波浩渺[②]，百尺悬崖俯飞鸟。
三山潮到浪欲平，明月来时漾珠[③]小。
锦袍公子李谪仙，骑鲸一去经千年。
作诗往有三百篇，上追风雅[④]相流传。
却向此中看月色，翻身跳入龙宫眠。
纤尘[⑤]不染骨已蜕，空余荒冢埋云烟。
便呼斗酒酹江水，再起共乘坟下船。
将携两童歌扣舷[⑥]，玉箫吹断催繁弦。
世上黄金不如土，取酒何如斗十千。
悠然[⑦]怀古怨莫极，留得青山旧相识。
傍人迓[⑧]我酒家仙，亦有从前好诗癖。
夜阑[⑨]慷慨[⑩]曲未终，起舞拂袖来江风。
朝鸡[⑪]促报东方曙[⑫]，放手但觉金樽[⑬]空。
君不见，摩挲铜狄[⑭]徒搔首，今古英雄归骨朽。
虚名落在宇宙间，惟有文章可长久。

【注释】

①局促：狭隘。②浩渺：广阔无边貌。③漾（yàng）珠：碧波荡漾，溅起的水珠很小。④风雅：指《诗经》中的《国风》和《大雅》《小雅》。古代作家有时也用“风雅”一词，借指其所要求的诗篇中的社会内容。⑤纤尘：纤，细小。⑥歌扣舷：歌，乃唱歌；扣，同叩，敲击；舷（xián），船的两侧。全句的意思是说：一边唱歌，一边敲击船舷。⑦悠然：闲适貌。⑧迓（yà）：迎接。⑨夜阑：残、尽、晚。⑩慷（kāng）慨（kǎi）：意气风发。⑪朝鸡：即报晓的公鸡。⑫曙（shǔ）：破晓、日出。⑬樽：本作尊，酒杯。⑭摩挲铜狄：摩（mā）挲（sā），即拂弄、研摩。《后汉书·蓟子训传》：“子训在长安东灞城与一老公共摩挲铜人，相谓曰：‘适见铸此，王近五百岁矣。’”

【小传】

于谦（1398—1457），明浙江钱塘（今杭州）人，字廷益。永乐进士。任监察御史，河南、山东巡抚，曾平反冤狱，赈（zhèn）济灾荒。正统十四年（公元 1448 年）土木之变后，从兵部侍郎升任为尚书，拥立景帝，反对南迁。调集重兵，在北京城外击退瓦剌军。加少保。次年（景泰元年）被迫释放英宗。他以和议难恃，努力整顿京营军制，创立团营，加强训练。天顺元年（公元 1457 年），英宗发动夺门之变，夺回帝位。他以“谋逆罪”被杀。万历间谥忠肃，有《于忠肃集》。

天门山

天门山峙①起西江②，屹立芙蓉翠插天③。
百叠冈峦穿倒景，四时林木吐朝烟。
飞鸟不过岩头石，人渴难寻涧底泉。
安得六丁④施斧凿，滔滔车马⑤信平川⑥。

【注释】

①峙（zhì）：耸立。②西江：古时把江西至南京这段长江称为西江。③芙蓉：莲荷的别称。这里的“芙蓉”，是用来形容东西梁山的。④六丁：六丁六甲皆道教神名。⑤滔滔车马：形容车马多，络绎不绝。⑥信平川：信，听凭；随意。平川，平地。

【小传】

周忱（1381—1453），江西吉水人，字恂如。永乐进士。任刑部郎官多年。宣德五年（公元 1430 年），以工部右侍郎巡抚江南，后提升为大中丞。在江南20年，他亲自调查江南积欠赋税原因，革除积弊，使豪强不敢欠税，粮长不能中饱。又和苏州知府况钟奏请减免重赋。他曾疏浚吴淞江，设济农仓防灾。巡抚到采石时，周忱见采石矶风景十分秀丽，深爱其山水，特捐出为大中丞的第一个月薪俸，命人在采石山植树万株，以隐山岩。日久林木茂盛，四季葱绿。使一座原本光秃秃的牛渚山，变成了一只像飘浮在大江上的绿色大田螺——故名翠螺山。

丹阳湖

远岸回杨柳，中州[①]长芰[②]荷。固城[③]通脉近[④]，宛[⑤]水汇流多。
驯象依青草，惊鱼起白波。旬宣逾十载[⑥]，几度片帆过。

【注释】

①中州：古地区名。即中原。狭义的中州为今河南省一带，因其地在古九州之中，得名。②芰（jì）：指菱。③固城，即固城湖，丹阳湖的三湖之一。④脉：血管。像血管一样连贯而自成系统的东西。⑤宛（wǎn）水：四面八方曲折而来的水。⑥逾（yú）：越过，即超过。

重建清风亭

唐时化城寺，实自升公开。寺边清风亭，爽垲[①]临高台。
谪仙每来游，题咏夸天才。醉披宫锦袍，笑傲[②]令人猜。
事去亭已废，沧波变尘埃。功甫[③]出宋代，记环[④]念重来。
复与新上人，结亭共徘徊。遗址亦荒秽，松竹交寒梅。
惠公真好古，为我起残摧。杰构依采石，法鼓[⑤]轰春雷。
景仰[⑥]长庚[⑦]魂，时时酹[⑧]霞杯。清风邈千古，过客徒兴衰。
祀典自兹复，热焰[⑨]生寒灰。

【注释】

①垲（kǎi）：地势高而干燥。②笑傲：傲岸笑对。③功甫：即宋代当涂籍诗人郭祥正，字功父，一字功甫。④记环：指羊祜（hù）投胎的故事。⑤法鼓：即寺庙里做法事的鼓。⑥景仰：景慕；仰望。《后汉书·刘恺传》：

"今恺景仰前修。"⑦长庚：即长庚星。⑧酹（lèi）：洒酒于地，表示祭奠或立誓。⑨热焰：火苗。

【小传】

张弼，字汝弼，华亭（今上海松江）人。成化二年（公元 1466 年）进士，授兵部主事，晋员外郎。工诗文，擅（shàn）草书。

渡江

扬子江[①]头独问津[②]，风波[③]如旧客愁新。
西飞白日忙于我，南去青山冷笑人。
孤枕不胜乡国梦，敝裘犹带帝京[④]尘。
交游[⑤]落落[⑥]俱星散，吟对沙鸥一怆神[⑦]。

【注释】

①扬子江：即长江。扬子，本是扬子古津渡附近一座桥名。因这古津渡是时还无名，人们就用"扬子"来称此津渡。隋末，朝廷又在此设扬子镇，又用"扬子"来名镇。唐永淳元年，废扬子镇，置扬子县。后又因扬子津、扬子县而将今仪征、扬州一带的长江，称为扬子江。近代，人们又将长江统称为扬子江。②问津：津，渡口。问津，询问渡口。③风波：比喻纠纷或患难。④帝京：既指天帝住的地方，也指皇帝住的地方。⑤交游：结交朋友，也指朋友。⑥落落：稀疏貌。⑦怆（chuàng）：伤悲；凄怆。

【小传】

丘浚（1421—1495），字仲深，号琼山，谥文庄，琼州人，学者称其琼州先生。明永乐十九年（公元 1421 年），出生于府城镇下田村。曾祖父丘均禄，原籍福建晋江市，被元帅辅派遣海南落籍琼山。祖父丘普是位良医。丘浚7岁丧父。是其祖父与其母将其抚养成人。他自小聪颖过人，读书过目不忘，出口成章。明正统九年（公元1444年），23岁的丘浚中举。景泰五年（公元1454年），33岁的丘浚登进士第，置二甲第一，授翰林庶吉士。明弘治八年（公元1495年），74岁的丘浚病卒于北京。赐御葬于府城郡西八里水头村五龙池之原；赐建专祠祀于乡。丘浚是明代著名的文学家、史学家、经济学家、理学家。他学富五车，著作等身，学识渊博，为岭南“一代文宗”。他虽仕至“位极人臣”，但是他却十分清廉，被举为数百年间岭南最杰出的四位人物之一，海南千年始笃生，与同朝代的海瑞为“海南双璧”。丘浚在海南岛海口市琼山区（琼山书院）藏书甚富，名曰“石室”，以饷士人。著有《琼台会集》《家礼仪节》《本草格式》《重刊明堂经络前图》《重刊明堂经络后图》《群书抄方》《大学衍仪补》《丘文庄集》《投笔记》《史世正纲》33卷、《朱子学》2卷、《琼台会稿》24卷（全部收入《四库全书》）。

谪仙楼

采石江头，黄土一抔。
东有蛾眉亭，西有谪仙楼。
谪仙仙去不复返，惟有江水日夜流。
人生一世几何久，不如眼前一杯酒。
饥来文字不能餐，死后虚名竟何有？
请君看此李谪仙，掀揭宇宙声轰然。
长安市上眠不足，长来采石江边眠。
百世光阴一大梦，衾[①]天枕地无人共。
宁知浩浩[②]长江流，不是糟丘[③]春酒瓮[④]。
此翁自是太白精[⑤]，星月相合自随行。
当时落水非失脚，直驾长鲸归紫清[⑥]。
至人[⑦]虽死神不灭，终古长庚伴月明。

【注释】

①衾（qīn）：被子。②浩浩：水盛大貌。③糟丘：用酒糟堆成的小丘。④瓮（wèng）：一种陶制的盛酒器具。⑤太白精：即太白金星。⑥紫清：紫冥、紫虚的含意一样，都是指天空。⑦至人：古代用以指思想道德等某方面达到最高境界的人。

谢士元

【小传】

谢士元（1425—1494），字仲仁，一字约庵。明景泰五年（公元1454年）进士，授户部主事，督通州仓（即今江苏南通）。天顺七年升建昌知府。时建昌多盗，因军士包庇，盗贼无所顾忌。士元先查庇盗军士，再行禁盗。不久，城郭内外路不拾遗。他还大举教化。建新学馆，藏书万卷及礼乐器，并扩建射圃。假日时，他亲临督课，学风大振。后逢饥荒，士元发粟济民救荒。粟尽后，又自捐俸禄，还动员富民捐献。富绅纷纷开仓卖米，共度灾荒。任满，因民众请求，朝廷又让其再任一届。后因回乡守孝去职。守孝期满，任广信（今属江西省）知府，后调四川任左参政。弘治元年，又升任右副都御史。后因蒙冤下狱。事白后，辞官回乡。

当涂别业[①]

吾道重卷舒，所属皆真乐。傍溪有闲翁，谢事老林壑。
结庐面一邱，幽深更磅礴[②]。绿水浮前荣，青山连近郭。
斋居竹为床，野服冠用箨[③]。遗后多积书，却老剩栽药。
先春理锄耰[④]，课仆事耕作。秋来三径黄，风葩[⑤]间霜萼[⑥]。
看云还杖藜[⑦]，枣熟或自剥。邻叟[⑧]时经过，忘情共欢谑[⑨]。
野兴不自持，携琴顾孤鹤。有时发商歌[⑩]，闻者咸惊愕[⑪]。
何人知我心，我心无愧怍[⑫]。万古此江山，因君愈恢廓[⑬]。
老我鞅掌[⑭]怀，卜邻敢忘酌。抚卷忆乡山，千重云漠漠[⑮]。

【注释】

①别业：即别墅。②磅（páng）礴（bó）：广大无边貌。③冠用箨：箨（tuò），竹笋上一片片的皮。冠用箨，即用笋皮做帽子。④锄耰（yōu），农具名。⑤风葩：葩（pā）即花，也指华丽；华美。⑥萼（è）：花的简称。⑦杖藜（lí）：藜茎做的杖。⑧邻叟：即邻家的老叟。⑨谑（xuè），开玩笑。⑩商歌：即清商三调一类的歌曲。⑪愕（è）：陡然一惊。⑫怍（zuò）：惭愧。⑬恢廓：宽宏。⑭鞅（yāng）掌：言事多不暇整理仪容。引申指公事忙碌。⑮漠漠：密布貌。

【小传】

王守仁（1472—1528），明哲学家、教育家。字伯安，余姚（今属浙江）人。尝筑室故乡阳明洞中，世称阳明先生。早年因反对宦官刘瑾[1]，被贬为贵州龙场（修文县治）驿丞。后以镇压农民起义和平定“宸濠之乱”，封新建伯，官至南京兵部尚书。卒谥文成。他发展了陆九渊[2]的学说，用以对抗程朱[3]学派。他论儿童教育，反对“鞭挞绳缚，若待拘囚”，主张“必使其趋向鼓舞，中心喜悦”，以达到“自然日长日化”。他的学说以“反传统”的姿态出现，在明代中期以后，阳明学派影响很大，还流行到日本。著作由门人辑成《王文成公全集》38卷。

谪仙楼

揽衣[4]登采石，明月满矶头。天碍乌纱帽[5]，寒生紫绮裘。
江流词客恨，风景谪仙楼。安得骑黄鹤[6]，随公八极游。

【注释】

①刘瑾（？—1510），明宦官。陕西兴平人，本姓谈。正德时掌司礼监，在东厂、西厂外，加设内行厂。镇压异己，斥逐大臣，夺民间土地，增设皇庄至300余处。正德五年（1510），宦官张永告他图谋反叛，被杀。②陆九

渊：(1139—1193）南宋哲学家、教育家。字子静，自号存斋，抚州金溪（今属江西）人。曾结茅讲学于象山（今江西贵溪市西南），学者称象山先生。官至奉议郎知荆门军。其学与兄九韶、九龄并称“三陆子之学”。他的学说后由明王守仁继承发展，成为陆王学派。③程朱学派：为宋代理学的主要派别。首创者二程（颢、颐），集大成者朱熹。因为他们的学说基本一致，后人称这一学派为程朱学派。④揽（lǎn）衣：为方便上山，把衣服揽在怀里。⑤天碍乌纱帽：天碍，碍（ài）：妨碍、阻挡。乌纱帽：官帽的代称。⑥黄鹤：传说中仙人所乘的一种鹤。后因以黄鹤比喻一去不返。

化城寺

云里轩窗①上半钩②，望中③千里见江流。
高林月出三更晓，幽谷④风多六月秋。
仙骨自怜何日化，尘缘⑤翻觉此生浮⑥。
夜深忽起蓬莱兴，飞上青天十二楼。

【注释】

①轩窗：小楼的窗牖。②半钩：新月或残月皆为半钩。③望中：即用眼能看到的地方。④幽谷：深谷。⑤尘缘：佛教名词。佛经把色、声、香、味、触、法称作“六尘”。以心攀缘六尘，遂被六尘牵累，故名。⑥生浮：亦作浮生，谓世事无定，人生短促。是对人生的消极看法。

【小传】

王廷相（1474—1544），明哲学家、文学家。字子衡，号浚川，仪封（今河南兰考）人。官至南京兵部尚书。博学好议论。诗文尚摩拟，提倡复古，与李梦阳、何景明等并称“前七子”。著有《雅述》《慎言》等，编入《王氏家藏集》。

谪仙楼

江东自古佳山水，路出当涂佳丽深。
遥峦沓嶂[①]不可越，怀古聊作青山吟。
青山峨峨[②]凌紫冥[③]，秋天屹立双翠屏。
瑶华[④]生时九仙下，空青泽处千岩灵。
谢公古宅[⑤]流烟霞，黄金楼观僧为家。
长庚无光太白死，石坛荒冢空桃花。
文章白日烛海岳，精灵黑夜飞龙蛇[⑥]。
吁嗟贤豪皆已矣，风游龙变须臾[⑦]尔。
世涂扰扰[⑧]可怜生，我欲藏身玉壶里。

【注释】

①遥峦沓嶂：峦，连着的山；沓：繁多、重复。②峨峨：高峻貌。③紫冥：犹言紫虚，天空、高空，因云霞映日而成紫色，故名。④瑶华：洁白如玉的花，也比喻洁白的东西。⑤谢公古宅：指谢朓在青山的别宅。⑥龙蛇：比喻隐匿、退隐。⑦须臾：片刻，一会儿。⑧扰扰：纷乱貌。

天门山

天门双峭阙，崒嵂[①]回相对。洞劈华阳口，石裂方壶背。
寒云莽空阔，秋潮浩奔逝。我行属风波，狂起龙飞濑[②]。
三山渺何许，孤舟日摇曳。空怀招隐篇，不逢采真会。
傲吏恒乖俗，逸韵故轻势。郁郁[③]佳山水，平生有深契[④]。
骑箕[⑤]列星遥，从龙帝阍翳[⑥]。方将拟抱关，何日期归枻[⑦]。

【注释】

①崒（zú）嵂（lù）：山高而危险貌。②濑（lài）：流得很急的水。③郁郁：繁盛貌。④深契（qì）：意气相合，投合，深契，即配合十分默契。⑤骑箕：《庄子·大宗师》：傅说一星，在箕星尾星之间；相传为傅说死后升天所化，后因称大臣死为“骑箕尾”或“骑箕”。⑥帝阍翳：阍（hūn），宫门。翳（yì），阍翳挡住了视线。⑦枻（yì）：桨。

【小传】

刘源，生平事迹均不详。

黄山广福寺

方外[①]松萝隔绿霞，日移金碧绚窗纱。
香焚石鼎[②]飘轻缕，钵[③]洗山泉带落花。
树色云迷巢野鹤，钟声风送起林鸦。
老僧定后[④]禅机[⑤]息，斫竹[⑥]敲冰看煮茶。

【注释】

①方外：谓世外。②石鼎：用巨石制作的三足或四足、两耳、长方形或圆形置于庙门前的大香炉。③钵（bō）：僧徒的食器，钵多罗（梵语）的略称。④定后：佛教用语。指坐禅时，心不驰散进入安静不动的禅定状态，叫入定；结束禅定，叫出定。从入定到出定这段时间为定后。⑤禅机：佛教名词。禅宗认为悟了道的人教授学徒，往往在一言一行中都含有“机要秘诀”，给人以启示，令其触机生解，故名。也有人把悟入禅定的关窍叫作“禅机”。⑥斫（zhuó）：砍，斩。

【小传】

王宠（1494—1533），明书法家。字履吉，号雅宜山人，吴县（今属江苏，1995 年撤销）人。工书，精小揩，尤善行草。师法《阁帖》中王献之、虞世南书，以拙取巧，婉丽遒逸，疏秀有致。与当时祝允明、文徵明齐名。

月夜谪仙楼

秋月出海珊瑚①明，举眼②忽见太白精。
云光错落③照颜色，草堂拂拭蛟龙惊④。
修眉⑤玉颊桃李春，虬须如戟⑥真天人⑦。
屋梁落月想像真，仿佛犹得交其神。
我闻王孙豪气昔如龙，天然不与凡骨同⑧。
江湖落魄⑨黄金尽，昂霄吐气成飞虹。
蓬莱阆苑⑩在掌上，长觉两腋⑪生清风。
天子不能屈，四海不足容。
飘飘九华山⑫，自有青芙蓉。
独留神彩照天地，令人万古如相逢。

【注释】

①珊瑚：主要由珊瑚所分泌的石灰性物质和遗骸长期聚积而成。②举眼：即抬眼。③错落：犹言错杂，交错缤纷貌。④蛟龙：龙无角曰蛟。⑤修眉：长眉。⑥虬（qiú）须：盘曲的胡须。⑦真天人：古代道家谓能顺应自然之道的人。⑧凡骨：即一般人的骨头，相对“仙人”的骨头而言。⑨落魄：穷困失意。⑩阆（láng）：蓬莱和阆苑，都是传说中神仙住的地方。⑪两腋（yè）：胳肢窝。⑫飘飘：飞貌；九华山：在安徽青阳县西南。因有九峰，形似莲花，故名。与峨眉、五台、普陀等合称为中国佛教四大名山。

【小传】

王问（1497—1576），字子裕，号仲山。生于弘治十年，卒于万历四年，享年 79 岁。嘉靖进士。江苏无锡人。自幼聪慧，9 岁能诗文，且喜绘画。后就学于邵宝创办的二泉书院，并拜其门下，发誓闭门读书30年，学业大进，品行端方。正德十四年（公元1519年）中举。嘉靖十一年（公元1532年），会试又中试，但未参加殿试，回无锡继续读书。六年后才赴京廷对考，中嘉靖十七年进士。时年已42岁。初授户部主事，监徐州仓。因管理有方，降低损耗十之二三。后调南京兵部，任车驾郎中，能体恤士兵疾苦。其时，倭寇常犯境。为作好防范，他预先调查登记民间英武雄健者，动员他们即时应募。招募后，给予丰厚饷米；到他们被裁撤时，还常有余资带走。有人向兵部告发，他无所畏惧，据理力争。王问事父甚孝。在京期间，他准备迎养其父。可其父不愿离开家乡，坚持不去。后来，在去湖广途中，突然辞职，回家事父。

谪仙楼

崔嵬[①]石上有仙楼，楼下深江深不流。
兴庆[②]歌残金雀冷，夜郎人去岭猿愁。
天寒月小黄山渚，水落沙明白鹭洲。
怅忆[③]当年留胜事，醉披宫锦下兰舟[④]。

曾闻彩笔动龙颜，碧海鲸飞去不还。
空有荒祠羞腊月[⑤]，独留高咏在人间。
秋风树里玄猿啸，夜月矶头石藓斑。
久矣吾衰虚大雅，只今挥涕[⑥]忆青山。

【注释】

①崔嵬：嵯峨高大貌。②兴庆：府名。1033年西夏升兴州置。为西夏国都，治所在今宁夏银川市。1205年改名中兴府。③怅忆：怅然怀想。④兰舟：小船。⑤腊月：阴历十二月。按腊本祭名，古在十二月间行之。秦时以十二月为腊月，后世因之。⑥挥涕：挥，挥洒；涕，眼泪。

【小传】

梅淳①，生平事迹不详。

金柱山

孤标②窣堵③郡城西④，蜡屐⑤争疲百尺梯⑥。
出岫双蛾云际隐，当轩百雉⑦树中迷。
水光初定风无扰，山气微开月欲齐。
廿载神功三丈石，摩挲今日有镌题⑧

【注释】

①淳（chún）：朴实，厚道。②孤标：独立的标志，形容清峻突出。旧亦用以形容人的清高品格。③窣（sū）：窸（xī）窣，拟声词，细小的摩擦声。④郡称西：即郡的西边。⑤蜡屐（jī）：在木头鞋上涂蜡，或是涂蜡的木屐。⑥百尺梯：指金柱塔。⑦雉（zhì）；野鸡。⑧镌（juān）：雕刻。

【小传】

徐中行（1517—1578），明文学家，字子舆（一作子与），号龙湾。长兴（今属浙江）人。嘉靖二十九年（公元1550年）进士，授刑部广东司主事，历官员外郎中、汀州知府、湖广搜察佥（qiān）事、云南参议、福建搜察使、江西左布政使等职。兵部武选司杨继盛上疏弹劾奸相严嵩，被囚系狱。中行不怕牵连，公然前去探狱，赠送食物。继盛被害后，又为其料理丧事，引起严嵩的忌恨，被贬为长芦盐运判官，迁阳州同知、佥事。徐阶当政，迁湖广积贮粮，救活饥民万人。在福建任上，省城西湖滨隙地，为豪右湮塞浸占。中行下令修复，并捐俸筑堤建阁。闽人立祠纪之。嘉靖四十五年，因母丧回长芦。与吴承恩结为至友。隆庆初年，吴承恩蒙受冤狱，经中行营救获释。与李攀龙、王世贞等结诗社，为明“后七子”之一。著有《天目山堂集》20卷，《青罗馆诗》6卷，传于世。

采石登太白楼

乘风独上谪仙楼，槛外沧茫①散九州②。
挥手云霄③辞万里，衔杯天地失千秋。
诗留太岳④星辰折，气压寒涛日夜流。
我欲呼君醉明月，萧条⑤异代不胜愁。

【注释】

①槛外：即栏杆外。“沧茫”，同“苍茫”。旷远迷茫貌。②九州：中国上古的行政区划。这里借“九州”之辞，说明槛外的苍茫扩散极广、极远。③云霄：高空。④太岳：古山名。即霍山，亦称霍太山。在山西省霍县东南。⑤萧条：寂寞；冷落；凋零。

【小传】

祝銮，字鸣和，号篁溪，太平府当涂（今属安徽）人，正德三年（公元1506年）进士，授礼部主事，历郎中。正德年间，皇帝打算巡幸泰山然后抵达南京再到武当山，游览天下美景。此时，有藩王久有异志，企图谋反。朝中有识之士对此十分担忧。一再向皇帝进谏，而正德帝朱厚照执意不从。鉴于此，祝銮联合翰林舒芬等107位大臣，抗疏切谏。正德帝竟恼羞成怒，将祝銮等押到章武台，杖责四十，仍不解恨，又将这一干人等，罚跪于午门外审讯，不予水食，前后达五天之久。当时正是炎热季节。烈日当空，先后有几十人被活活整死。祝銮以社稷为重，坚持己见，虽九死而不悔，体现了忠君爱国的高尚情操。受审期间，大水突然漫溢宫前桥面，支撑桥体的铁柱有七根断折。正德帝疑为上天的预示，才将他们赦免。祝銮有幸不死。后升为浙江参议，又转为广西布政使司左参政，督学四川。他裁决精当，时人多信服。政绩考核总为地区第一名。祝銮对当时官场纲纪不张，官吏为私利而损害国家利益现象十分愤慨，毅然辞官回乡。他回乡后，主动担当重修太平府志的重任。明嘉靖十年（公元 1531 年）九月《太平府志》书成。该书设《舆地志》《宫室志》《职官志》《政治志》《食货志》《人物志》等目次，共 18 万字。是马鞍山地区最早的志书。该书“美而不溢，华而不浮，质而不俚，有古良史之风”。祝銮学渊才多，另有《篁溪文集》行世。

月盘亭

画栋[①]朱栏[②]露气寒，新亭屹立桧杉攒[③]。
天横一带拖江练[④]，人静千山见月盘。
古洞出龙灵雨沛[⑤]，群山跨鹤碧霞餐。
登临竟日忘归去，便欲乘风刷羽翰[⑥]。

【注释】

①画栋：即雕梁画栋。②朱栏：即红色栏杆。③桧杉攒：攒（cuán），聚集；集中。整句的意思是说新亭的周围都是桧杉。④拖江练：练，本指练过的布帛柔软洁白，这里是借以形容江面的平静洁白发亮。⑤雨沛：沛（pèi），充盛貌。⑥羽翰：长而坚硬的羽毛。

【小传】

谢理（约公元 1472 年前后在世），字一卿，成化八年进士，得疾归，自号山人。尝构一室，扁曰“浩然”。日与诸弟子讲惯其中。所著有《两生余议论》《周易解》《春秋解》《太平人物志》《东岑四说》《东岑笔记》《前思录》《姑孰人文》《千家诗注解》《东园集》，皆手录。其《人物志》叙次甚详，卒祀乡贤。《江南通志》有传。

凌歊台

鸟道[①]崎岖上复回，攀萝挽葛[②]剩青苔。
也知地老天荒[③]处，曾贮燕歌赵舞[④]来。
谷口鸟催春雨急，渡头帆带夕阳开。
二陵只在江云外，环珮[⑤]应敲月下台。

【注释】

①鸟道：形容险峻狭窄的山路，只有飞鸟可度。②攀萝挽葛：葛即葛藤，攀萝挽葛才能上。③地老天荒：亦作“天荒地老”，极言历时久远。④燕歌赵舞：古燕赵都是小国，都是在今河北省一带。⑤环佩：古人衣带上所系的佩玉。

【小传】

胡松（约1543年前后在世），字汝茂，滁州人。嘉靖进士，累官吏部尚书，谥恭肃。有《滁州志》《唐宋元名表》《胡恭肃集》。

自巢湖泛舟过东西梁山登天门阁

破浪乘槎[①]访古来，石门遥向大江开。
两山对出开天险，一水中分殷[②]地雷。
满月[③]楼船催召募[④]，伤心戎马[⑤]动尘埃。
极知御[⑥]笔天王圣，戡定[⑦]还须忠荩才[⑧]。

【注释】

①槎（chá）：两头翘的木筏。②殷：盛大。③满月：即圆月。古代常用

满月形弓箭来形容船的速度。④召募：即招募。⑤戎马：即军马。⑥御：对帝王所作所为及所用物品的敬称。⑦戡定：戡（kān），平定，戡乱。⑧忠荩(jìn)：即忠臣。

宗臣

【小传】

宗臣（1525—1560），文学家，字子相，兴化（今属江苏）人。嘉靖进士，官至福建提学副使。在福建布政参议任内，曾率众击退倭寇。诗文主张复古，与李攀龙等齐名，为“后七子”之一。有《宗子相集》。

牛渚歌

采石矶头问牛渚，渚上虬螭[①]作人语。
卖绡[②]岁岁泣鲛人[③]，弄珠夜夜悲龙女。
太真[④]一去云离离[⑤]，至今秋色天门垂。
我行亦有赤犀[⑥]在，明月照君君不知。

【注释】

①：虬螭：螭（chī），古代传说中的一种没有角的龙。②绡（xiāo）：本指生丝，也指用生丝织的薄绸、薄纱等。③鲛（jiāo）人：亦作“蛟人”。传说中的美人鱼。④太真：古谓构成宇宙的元气。⑤离离：忧伤貌。⑥犀(xī)：为犀牛。

梅鼎祚

【小传】

梅鼎祚[①]（1549—1615），戏曲作家。字禹金，号胜乐道人，宣城（今属安徽）人。万历时大学士，申时行推荐他作官，隐居不就。著有诗文集《鹿裘石室集》。戏曲作品今知有传奇三种、杂剧一种：有《玉合记》《长命缕》，杂剧有《昆奴》，及小说《青泥莲花记》。

月夜渡采石

天豁[2]大江流，乘宵[3]系楫[4]游。涛声喧万马[5]，石影动双虬[6]。叠鼓疏星晓，长歌片月秋。余将问海苦，指点一浮沤[7]

【注释】

①祚（zuò）：福也。②豁（huō）：豁口、缺口。③宵：夜也。④击楫：楫（jí），短桨；击楫，乃敲打短桨。⑤涛声喧万马：大江的涛声，像万马奔腾。⑥虬（qiú）：盘曲、弯曲的样子。⑦浮沤：即漂在水面上的泡沫。

青山寻谢宣城[1]故宅

不妨微雨系孤槎，且向青山问谢家。
三径春风归燕雀[2]，一江秋水上蒹葭[3]。
梦中渴忆如琼树，句里长风似绮霞[4]。
故郡可怜祠庙在，临流吾欲采蘋花[5]。

【注释】

①谢宣城：即谢朓。②燕雀：亦称“花鸡”。③蒹（jiān）葭（jiā）：没有成熟的芦苇。④绮霞：即彩霞。⑤蘋花：一种叫“四叶菜”“田字草”的植物花。

【小传】

陈宪（约1522年前后在世），字伯度，号后斋，余干（今属江西）人。正德六年（公元1511年）进士。诗多俚语。著有《公余纪拙》1卷，其子照编《后斋遗稿》2卷。

登牛渚矶

深秋牛渚泛轻舠[1]，蜡屐[2]登临兴更豪。
木叶千山凋晚翠，江流万里响春涛。
犹分犀焰探珠窟，剩有鲸波漾锦袍。
一望沧洲[3]烟渺渺[4]，衔杯对月忆风骚[5]。

【注释】

①舠（dāo）：古代的一中刀形小船。②蜡屐：屐，木头做的鞋；蜡屐，在屐上打蜡。③沧洲：滨水的地方。古时常用来称隐士的居处。④烟渺渺：悠远貌。⑤风骚：原是《诗经》和《楚辞》的并称，也用以指文学素养或文采，后来也指妇女的态度放荡轻佻。

【小传】

李言恭（1541—1599），字惟寅，盱眙（今属江苏）人。明万历二年袭封临淮侯，守备南京，入督京营。累加少保。著有《游燕集》《楚油集》《青莲阁集》《贝叶斋集》，并与都杰同撰有《日本考》5卷。

谒采石太白祠

舣棹[1]独伤神，荒祠江水滨。愁看今夜月，不见昔时人。
古路青山暮，残碑衰草春。钓鳌[2]空寂寞，拜罢一沾巾。

【注释】

①舣棹：棹，舟；舣棹，即停船靠岸。②钓鳌：神话传说，古代渤海东边有五座山随波浪漂流。上帝命十五只巨鳌用头顶着山，才固定下来。后被龙伯之国的大人，一钓而连……，于是岱舆、员峤二山流于北极，沉入大海。后常用钓鳌比喻豪迈的举止或远大的抱负。

方岱

【小传】

方岱[1]，字励纲，太平府芜湖县（今属安徽）人，明万历四年举人，初知左州，秩满升饶州府同知，旋迁代州长史，后回籍卜筑东郊养生，九十余卒。

和前韵[2]二首

危楼高耸映蓬莱，一饮能倾三百杯。
侠气犹存天地老[3]，英魂独旁斗牛回[4]。
千年庙祀怀云暮，三峡[5]祠腾倚马才[6]。
洵是江山原有助，凭高只待使君来。

阳春有脚泽蒿莱，政好清时[7]共举杯。
白简[8]风生台阁[9]壮，青山日涌海天回。
悬知今古夸同调，自合云霄有异才。
留意采风[10]乘夜月，恍疑[11]宫锦[12]又重来。

【注释】

①岱（dài）：东岳泰山的别称。②和前韵：即以骆骎曾《采石》诗原韵而作。③天地老：乃天荒地老之意，极言历时久远。④斗牛：即二十八宿中的斗宿和牛宿。⑤三峡：即长江三峡，瞿塘峡、巫峡、西陵峡，简称三峡。⑥倚马才：比喻文思敏捷。⑦清时：犹清世。⑧白简：古时弹劾官员的奏章。⑨台阁：东汉以尚书辅佐皇帝，直接处理政务，三公之权渐轻。因尚书台在宫廷建筑之内，故有此称。⑩采风：古代称民歌为“风”，因称搜集民间歌谣为“采风”。⑪恍疑：恍（huǎng），形象模糊，不易捉摸；隐隐约约，不可辨认。⑫宫锦：即宫锦袍。因李白穿过宫锦袍，后人曾以宫锦代指李白。

王士性

【小传】

王士性（1547—1598），字桓叔，又号元白道人，浙江临海人。明万历进士，初授兰陵令，考选礼科给事中，出为四川参议，官终鸿胪（lú）寺卿。著有《五岳游草》12卷、《广游志》2卷、《广志绎》6卷，传于世。

谪仙楼

叠嶂[1]若云屯，蜃景[2]满江皋。浮烟落天门，千里翻波涛。
伊昔李青莲[3]，轻舟泛宫袍[4]。扣舷欲无人，对酒成吾曹[5]。
斗酒自淋漓[6]，眼花兴益豪。骑鲸去不返，海阔天宇高。
茫茫此碧落[7]，百代沉风骚。酹君一樽酒，江水日滔滔。

【注释】

①叠嶂：高险的山，如屏障的山峰。②蜃（shèn）景：即海市蜃楼。③伊昔李青莲：李白幼时随父自碎叶迁居于今四川省江油市青莲乡，故自号青莲居士，人称李青莲或青莲学士。④指李白着宫锦袍在采石江边与崔宗之月夜泛舟之事。⑤吾曹：即吾辈。⑥淋漓：形容充盛、酣畅。⑦碧落：犹言碧空，天空。

题谢家青山

昔在宣城守[1]，青山属谢君[2]。青莲有居士，投老[3]欲为群。
太守三亩宅，居士三尺坟。精灵自往来，贤达[4]垂令闻[5]。
岁久冢宅改，田父分耕耘。断碑卧荒草，仿佛留空文。
悠悠[6]千载间，谁与续清芬[7]。欲语无人会，青山有白云。

【注释】

①宣城守：即宣城太守。②谢君：即南齐诗人谢朓。③投老：李白迁坟青山，是为了投奔谢朓，成群而居。④贤达：有才德、有声望的人。⑤令闻：美好的名声。⑥悠悠：遥远；长久。⑦清芬：比喻高洁的德行。

【小传】

李汶（1535—1609），字宗齐，号次溪翼子。当涂陈王庄人。自幼聪明好学，嘉靖四十年中举人第三名；翌年中进士，初任工部主事，后升任都水司郎中，督工治理惠河。隆庆元年，改补兵部武选司郎中，不久又改任职方司郎中，主管将吏升迁、袭替、功赏等事。万历十年，任陕西布政使。不久又调浙江。十二年，李汶升任都察院右佥都御使，巡抚陕西。于万历三十七年十一月十八日去世，享年74岁。李汶去世后，皇帝派遣官吏去他家办理丧事，并加祭十次，赠太师，赐侍葬。

牛渚春涛

牛渚矶头望眼开，桃花浪暖积成堆。
随风怒卷半山雪，带雨雄轰彻夜雷。
照水已临温峤[①]去，乘潮疑有子胥[②]来。
瞿塘三峡应相似，拊[③]臂遐[④]观志欲摧。

【注释】

①温峤：乃在采石矶燃犀照妖的东晋江州刺史（镇武昌）、骠骑将军。②子胥，乃春秋时吴国的大夫。楚大夫伍奢次子。吴王夫差时，劝王拒绝越国求和并停止伐齐，渐被疏远。后吴王赐剑命他自杀。③拊（fǔ）：抚，击，拍。④遐（xiá）：远也。

尼坡梅月

涓涓[①]寒月浸梅花，照映冰肌绝点瑕。
半夜清光增洁白，一株疏影[②]自横斜。
误疑天府嫦娥境[③]，仿佛西湖处士家[④]。
对此奇观不成寐[⑤]，吟诗佳兴浩无涯[⑥]。

【注释】

①涓涓：细水慢流貌。②疏影：疏疏落落的影子。③天府嫦娥境：天府，古星名。嫦娥境，月宫。④处士：古时称有才德而又隐居不仕的人。⑤寐(mèi)：睡眠。⑥佳兴浩无涯：即浩大的佳兴井然无边际。

韩上桂

【小传】

韩上桂（1572—1644），字孟郁，号月峰，番禺（今属广东）人。明万历中举于乡，授国子监丞，后转任永平通判。崇祯末闻京师陷落，愤而得疾，卒。著有《韩节愍[①]之遗稿》。

登太白楼醉歌

太白，太白，我以一杯未干之浊酒，
酹尔万古不尽之英魂。
人生去住初何定，蓬莱再换碧桃根[②]。
太白之星缘何来，采石之没胡为哉？
始胡醒而遽降[③]，今胡醉而忽回？
兽锦宫袍[④]能有几？高才磊落[⑤]心徒哀。
心徒哀，思未已！
上有千寻[⑥]之石壁，下有不测之江水。

水荡荡[7]以成波，山苍苍[8]而结绮[9]。
布锦绣于空中，散烟霞于万里。
罗浮之顶[10]恍逢君，天台之外[11]标红云。
当年彩笔今何在，草木缥缈[12]输灵文。
鸬鹚杓[13]，鹦鹉[14]杯，汝生酌尽几多酒？
一斗百篇枉自雄，讽诵遗文空在口。
君不记，沉香亭北[15]花发时，醉中立取清平词[16]。
一曲未罢一曲进，徒然白璧青蝇淄[17]！
又不记，华阴县里骑驴日[18]，长吏[19]执之使勿失。
任尔霜蹄历快骑，咫尺困蹶何能逸！
曾说蜀道难，何地非太行？
太真[20]既善怨，力士[21]更能谗。
终身承宠泽[22]，不过供奉班[23]。
一被永王召[24]，骨销胆易寒。
不如去逐月，纵迹青冥[25]间。
霓光[26]吐万丈，六鳌[27]相往还。
念此往事怀太恶，把酒洒空相对嚼。
日月经天彩未休，天赋汝生亦不薄。
何必悬名麒麟阁[28]，燕然[29]镌功亦销铄。
后庭玉树[30]今寂寞，有美一人不可作。
浩浩[31]长江天际流，芦花落尽杨花浮。
此江若可化醽醁[32]，与尔长消万古愁！

【注释】

①愍（mǐn）：同悯。②碧桃根：碧桃，蔷薇科，落叶乔木。③遽（jù）：急，不敢遽下断语。④兽锦宫袍：兽锦，有兽形花纹的锦缎做成的锦袍。⑤垒落，胸怀坦白。⑥寻：古时一寻为八尺。⑦水荡荡：广大貌。又渺茫；空旷广远貌。⑧苍苍：深青色——草木茂盛貌。⑨绮（qǐ）：本指有花纹的丝织品。引申为美丽。⑩罗浮：山名，在广东省东江北岸，增城、博罗、河源等县间。东北—西南走向，长达 100 余千米。⑪天台：山名，位于浙江省天台县。⑫缥缈：隐隐约约若有若无貌。⑬鸬（lú）鹚（cí）杓（sháo）：鸬鹚，亦称“水老鸦”、“鱼鹰”；杓，同勺。⑭鹦鹉：俗称“鹦哥”。鸟纲，鹦鹉科。⑮沉香亭：唐宫中亭名。⑯醉中立取清平词：时李白正好醉酒，但是皇帝要

立取清平词，他只好硬着头皮，带醉挥笔，一口气写了三章清平词。⑰青蝇：苍蝇的一种，比喻谗言小人；淄：污尘，比喻世俗的污垢。⑱华阴县里骑驴日：指李白骑驴游华山，县令不让骑，并派长吏将其捉住不让走。⑲长吏：旧称地位较高的官员。⑳太真：杨贵妃的字。㉑力士：即高力士。㉒承宠泽：皇帝给李白的宠幸和恩泽。㉓供奉班：时李白任翰林供奉。㉔永王：即永王李璘。㉕青冥：即青色的天空。㉖霓（ní）：虹的一种。亦称副虹。邢昺（bǐng）疏："虹双出，色鲜盛者为雄，雄为虹；暗者为雌，雌曰霓。"㉗六鳌：传说中海中的大龟，一说大鳖。㉘麒麟阁：汉代阁名，在未央宫中，后多以麒麟阁或麟阁表示卓越的功勋和最高荣誉。㉙燕然：古山名，即今蒙古国杭爱山。㉚玉树：槐树的别称。㉛浩浩：水盛大貌，引申为广大貌。㉜醽（líng）醁（lù），美酒名。

端淑卿

【小传】

端淑卿（1522—1566 年前后在世），明代著名女诗人，当涂人。出身名门，是典型的大家闺秀。其曾祖端宏，曾任明朝的按察副使、按察使、布政使。其父端廷弼，是明朝当涂县的儒学教谕。淑卿自幼在其父官邸长大。所以得以博览古今典籍。据《当涂县志》载，淑卿自幼聪慧过人，好读书，能诗，触目成韵。长大后嫁给芮儒为妻。她孝敬公婆，与丈夫恩爱白头。深得士绅和乡亲们的敬重。年 90 余方卒。著有《绿窗诗稿》4 卷。

陌　柳

炀帝①宫中柳，凋零几度秋？蝉声悲故国②，莺语怨荒丘。
行殿基仍在，空江水自流。行人休折尽，春日更生愁。

【注释】

①炀（yáng）帝：即隋炀帝杨广。他在宫中栽了许多杨柳。隋败后，这些杨柳都凋零乃至死亡。诗人看到身边的杨柳，想到了隋宫中的杨柳，而发出了许多感叹。②故国：指隋朝。

谢九鼎

【小传】

谢九鼎，字宝斋，当涂县人，万历十二年进士，大埔知县，学术醇正，诗文雅质，著有《宝斋集》

灵墟山题丁仙遗迹①

仙翁去不返，丹灶委层峰。真境久寂寥，烟萝閟②灵踪。
香花坠岩谷，寒涧清心胸。孤思凌风鹤，幻若行天龙。
世人那复见，或与安期逢。虚无固难觅，想象徒为容。
瞻对低回处，数声云外钟。

【注释】

①灵虚山：在薛镇西北 3 里，距县城东 30 里。丁仙：即丁令威，辽东人。相传他在此山炼丹修道，最终驾鹤成仙，返回辽东。山上曾有丹洞、丹井，时有异气上升，居民往往见之。②閟（bì），关闭。

田汝栋

【小传】

田汝栋，生平事迹不详。

赠太平推官①入觐②还乡

万国朝天罢，孤城返旆行③。清秋看过雁，落叶下高城。
海岫临淮出，江云入楚平④。定知先揽辔⑤，早晚望澄清。

【注释】

①推官：官名。唐代在节度、观察等使下置推官，掌勘问刑狱。元明于

各府亦置推官，清初犹沿置，后废。太平推官，即太平州推官。②觐（jìn）：诸侯朝见天子之称。后为晋见国家元首的通称。③旆（pèi）行：古代旗末状如燕尾垂旒（liú）。杜预注：“旆，大旗也。”④楚平：亦作平楚，犹言平林。⑤辔（pèi）：驾驭牲口的嚼子和缰绳。

王思任

【小传】

王思任（1574—1646），文学家。字季重，号谑（xuè）庵，山阴（今浙江绍兴）人，万历进士。历任兴平、当涂、清浦知县，江西九江佥事。清军破南京后，鲁王监国驻绍兴，以思任为礼部右侍郎兼詹事，进尚书。顺治三年（公元1646年），清军南下，两江失守，绍兴城破，鲁王逃海上，思任遂弃家入秦山，病中绝食而死。诗重自然，文章笔调诙谐，时有讽刺时政之作，隐喻愤激之情。有《王季重十种》传于世。

太白墓

秀骨冷青山，行人望禾黍[①]。生乘明月来，死腾清风去。
阳冰篆[②]尚存。力士靴何处[③]。夜台[④]无酒家，还起共我语。

【注释】

①黍（shǔ）：植物名，禾本科，一年生草本。②阳冰：即李阳冰，当涂县令，书法家，尤善篆书。③力士：指高力士；靴（xuē）：高力士为李白脱的靴。④夜台：墓穴。坟墓一闭，无复见明，故云夜台。

丹阳湖

一片连天水，翻成倒海霞。客帆移扇影，渔网晒袈裟[①]。
莲醉三秋社[②]，芦愁薄暮笳[③]。稻粱[④]何日厌，惭愧野人家。

【注释】

①袈裟：佛教僧尼的法衣。因僧衣用似黑之色，故亦称缁衣。②秋社：古代祭祀土神的日子，一般在立秋后第五个戊日。孟元老《东京梦华录》卷八："八月秋社，各以社糕、社酒相赉（lái）送。"③笳（jiā）：古管乐器名。④稻粱：粱，即高粱。亦称"蜀黍"、"蜀秫"。

【小传】

张四端，生平事迹不详。

宿无相寺

古寺荒苔冷暮钟，劫灰[1]亦到梵王宫。
因思世网皆空相，谁信浮生[2]是梦中。
孤枕乡心偏夜雨，清斋落水更寒风。
赏音自有钟期在，肯叹游踪任转蓬。

【注释】

①劫灰：佛教所谓"劫火"之余灰。《高僧传·竺法兰》："昔汉武帝穿昆明池底，得黑灰……后竺法兰既至，众人追以问之。兰云：'世界终尽，劫火洞烧，此灰是也。'"后指被兵火毁坏后的残迹。②浮生：谓世事无定，生命短促，是对人生的消极看法。

【小传】

何舜岳，字廷畴，浙江宁海人。明万历四十一年进士，授太平州当涂县知县，后调繁昌县、无锡等地任职。

谪仙楼

我本天台采芝[1]客，华顶书堂揖太白[2]。
扣舷捉月亦风流，我复飞凫来采石[3]。
千载如与谪仙期，处处山川睹遗迹。
忆君酒酣上殿时，毫端醉墨[4]挥淋漓[5]。
目中已觉无天子，功名富贵亦何为？
此时豪气故自倍，落魄江湖曾不改。
身披宫锦捉江月，风标[6]映带[7]至今在。
我携斗酒到江渍[8]，酌酒呼君君不闻。
独倚风前发长笑，明月窥人疑是君。

【注释】

①芝：真菌的一种。称“灵芝”，亦称“木灵芝”。②华顶书堂：华顶，即华顶峰，在浙江天台县，为天台山最高处；峰下有太白书堂，传为李白读书之地。揖（yī）：拱手礼，作揖。③飞凫：舟楫名，一种很快的小船。④毫端：毫，毛笔；醉墨：即李白酒醉，连笔、墨也都醉了。⑤淋漓：沾湿或流滴貌。⑥风标：一是风度、品格。二是标志，表现。⑦映带：景物相互映衬，彼此关联。⑧渍：水边。

【小传】

曹学佺（1574—1646），文学家。字能始，号石仓，福建侯官（今闽侯）人。万历进士，任四川右参政、按察使。天启间，官广西参议，以撰《野史记略》，得罪了魏忠贤党[1]，被劾削职，家居20余年。唐王在闽中称帝，授礼部尚书。清兵入闽，在山中自缢身亡。著述甚多，尝采四部之书，欲仿道、佛二藏为儒藏，未成。著有《石仓诗文集》。又撰《蜀中广记》。并选辑自上古至明代的诗歌，为《石仓十二代诗选》。

青　山

元晖[②]抱逸韵，此曲千古稀。朝解宣城印，暮掩青山扉。

其志乃如是，而知时命非。自昔招隐士，惆怅[③]在翠微[④]。

【注释】

①魏忠贤党：即阉党。魏忠贤（1568—1627），明宦官。河间肃宁（今属河北）人。万历时入宫。泰昌元年（1620年）熹宗即位，被任为司礼秉笔太监，后又兼掌东厂。他勾结熹宗的乳母客氏，专断国政，政治日益腐败。天启五年（1625年）兴大狱，杀东林党人杨涟等。自称九千岁，下有五虎、五彪、十狗等恶势力，从内阁六部至四方督抚，都有私党。崇祯帝即位后，黜（chù）职，安置凤阳，旋命逮（dǎi）治，在途中惧罪自缢。②元晖：元同玄，元晖即玄晖：谢朓的字。③惆（chóu）怅（chàng）：因失望或失意而哀伤。④翠微：青翠的山气，或山气青翠貌，也指青翠掩映的山腰幽深处。

谪仙楼

采石江山自古今，青莲居士[①]长为侣。
浩气[②]当年朝太清[③]，雄文[④]早岁[⑤]夸明主。
明主难禁翠黛[⑥]羞，华清无意白云浮。
在天为星不免谪[⑦]，落地为人复远流。
东流之水何时歇，太白高名犹突兀[⑧]。
好似荫人岭上松，更堪醉尔波间月。
八月江风飒飒秋[⑨]，客来牛渚矶上游。
长江风利不肯去，寒林风黑依然留。
冥濛[⑩]江上雨潇潇[⑪]，江月无光叹寂寥[⑫]。
照君颜色不可见，使我心魂黯自销[⑬]。
如何君归夜郎道，只恋江南风物好。
武陵溪水空桃花，丹邱石门怨芳草。
江边一一吊夫君，直望青山有古坟。
温道埋君在此山，精灵常悬天地间。

【注释】

①青莲居士：李白号。②浩气：盛大刚直之气；犹言正气。③太清：道家谓天道，亦谓天空。④雄文：宏大；威武；强有力。⑤早岁：早年。⑥翠黛：女子的眉。古时女子用螺黛（一种青黑色矿物颜料）画眉，故称眉为翠黛。⑦不免谪：谪（zhé），封建时代特指贬官。⑧突兀：耸立特出貌。⑨飒（sà）：风雨声。⑩冥濛：模糊不清，指薄雾或暮霭。⑪潇潇（xiāo）：形容风雨急骤。⑫寂寥：谓无声无形之状。⑬黯（àn）：昏暗的样子。

陈振

【小传】

陈振，字时起，鄞（yín）（今浙江宁波）人，成化（公元1465—1487年）进士。官山东布政史，平生危言危行，历任30年。归田后，室庐肃然。

姑孰溪

清溪何迢迢[①]，奔流绕城曲。人家楼阁临，贾客[②]帆樯宿。
双虹波上横[③]，千树峰边绿。观风沂[④]空明，悠悠濯[⑤]心日。

【注释】

①迢迢：遥远貌。②贾（gǔ）客：指设肆售货的商人。③双虹波上横：古时，当涂城南姑溪河上有两座浮桥，横跨在姑溪河上，宛如两条彩虹。④沂（yí）：为沂河，源出山东省，至江苏省入海。⑤濯（zhuó）：洗涤；濯心日，即洗涤心灵的日子。悠悠濯心日，就是说濯心日是个很长的过程。

桓公井

井水本湛然[①]，人也一沾污[②]。遂令千载名，涤[③]去还如故。
荒甃[④]翳春台[⑤]，寒虫泣秋雨。我诗辟奸雄[⑥]，为泄[⑦]泉石怒。

【注释】

①湛（zhàn）然：清澈。②沾污：停积不流的水；亦指水塘。用在人身上，还含有诬蔑之意。③涤（dí）：洗涤，涤荡。④甃（zhòu）：用砖修建的井壁。⑤翳春台：翳（yì）：遮盖。⑥奸雄：奸人的魁首，权诈欺世的野心家。⑦泄（xiè）：发泄、泄愤。

慈姥竹

江上慈姥山，地与嶰谷[1]匹。产竹制箫管，清和中音律[2]。

伶伦[3]去已远，丛生老岩窟。采之献明廷[4]，当有凤凰出[5]。

【注释】

①嶰（xiè）谷：两山间的涧谷。②清和中音律：清和，即清明而和暖的中音曲调。③伶伦：古乐官名。相传黄帝时乐官名伶伦，故以为称。旧亦以指戏剧演员。如：优伶；名伶。④明廷：即明朝的朝廷。⑤凤凰出：李白在《慈姥竹》一诗中，把慈姥竹做的慈姥箫吹奏的音乐比作龙曲凤吟。

汤宾尹

【小传】

汤宾尹（约公元1595年前后在世），字嘉宾，号睡庵，安徽宣城人。万历二十三年榜眼[1]及第，授翰林院编修。内外制书诏令多出其手。万历三十四年，宾尹迁右春坊右中；三十六年为左春坊左谕德；三十八年会试为同考官，后进国子监祭酒。时朝中结朋党之风盛行。朝野文士多结为朋党。以东林、宣党、昆党为最盛。各党均是己非人，互攻不止。宣党的头目即汤宾尹。宾尹好励人才，广收门徒，士子质疑问难殆无虚日。他在党局中树赤帜20年，世号“汤宣城”。宾尹在与方植党争中，仕败而罢归。宣党犹力庇之，“虽家居，遥执朝柄”。崇祯初年，朝臣荐之复起，未及而卒。宾尹时文颇为盛名。亦善诗。人论其“文采烂然”，“以参禅之语而谈诗”。著有《睡庵文集》《宣城右华》《一左集》《再广历子品粹》12卷等。

采石诗

维舟暂寄渚之阳[②]，天翠长飞插两梁。
溪侧就江宽沐浴，山危留石斗昂藏[③]。
长林松老堪封爵，静夜鱼游拟上堂。
辟古镇今多气象，可容此地得佯狂。

如此风波不可行，旋依李白看江横。
乾林夹怒频呼雨，伏怪乘骄亦射晴。
在垅行闲静者思，扶人无咎长年情。
密韬榜楫安高卧，阔展觥罍[④]息去程。

蓬底乍须龟作枕，矶头聊以蚌为城。
浮家泛宅亦云足，万岁千秋空复声。
山水之权托于隐，神明所住保无兵。
他年置我老松下，阴霁浮沈[⑥]始得平。

【注释】

①榜眼：科举制度中殿试一甲第二名为榜眼。②渚之阳：古代山南为阳，北为阴。水北为阳，南为阴。渚之阳即渚之北也。③昂藏：仪表雄伟，气宇不凡貌。④觥罍（gōng lěi）：觥，古代用兽角做的一种酒器；罍，也是古代的酒器，形状像壶。⑤浮沈：沈即沉，人生曲折坎坷，如时浮时沉也。

谪仙楼

仙籍两褫[①]饥不死，明月千载沉江水。
江头郁郁[②]十二楼，苍梧[③]不见烟波愁。
楼前李花[④]静无语，天风吹落归何清。
沉香亭折[⑤]唤不醒，江楼夜午窥娉婷[⑥]。
鲸呼巨浪舞矶下，鹏捎长云连四野。
紫绮夜湿露无声，醉挈[⑦]芙蓉朝玉京[⑧]。
空楼岁暮帘不卷，江潮如鼓风如剪。

楼前江水骇杀人，时时刻刻怪变新。
我嗟世事不如水，岁岁年年贴楼趾。
堤印孤鸿迹已消，槛佛双蛾黛不描。
楼前酒尽江头酤[⑨]，洗耳梦听颂三赋。
君不见，前身伯阳老[⑩]宫戟，伐毛洗髓遭呵谪[⑪]。
深山蒿芦金马门[⑬]，秦宫汉殿同榛蘩[⑭]。

【注释】

①褫（chǐ）：剥夺，褫职。②郁郁：犹“彧彧”，茂盛貌。③苍梧：山名。亦称九疑山。④李花：即李树的花。⑤沉香亭：唐宫中亭名。天宝中，李白任供奉翰林，时禁中芍药花开，上和贵妃要跳舞、赏花，但不用旧词，要李白写新词，李白正好喝醉酒。但李白没办法，只好带醉写了清平调词三章。⑥娉（pīng）婷（tíng）：美好貌。⑦挈（qiè）：用手提着。⑧玉京：道教称天帝所居之处。⑨酤（gū）：指买酒。⑩伯阳老：即伯阳父，西周末人，周大夫，幽王二年（公元前780年），发生过一次大地震。他认为：“阳伏而不能出，阴迫而不能蒸（升）”，于是有地震。⑪呵谪：呵，大声喝斥；谪（zhé）：贬谪。⑫金马门：待诏公署门。⑬榛蘩：草木丛生。

【小传】

汪广洋（？—1379），字朝宗，高邮人，流寓姑孰，元末进士。朱元璋自采石渡江据太平，召广洋为元帅府令史、江南行省提控，官至右丞相。后因胡惟庸毒杀刘基受牵连，被杀。通经史，工歌诗，有《凤池吟稿》。

梁山矶

东梁山，西梁山，两山犄角[①]江之湾。
江流到山势转东，银潢[②]直泻当天关。
蛟龙宅其游，鹰隼[③]巢其间。

沉雄讵能测峭拔[④]，难为拔！

旭日洞射青红殷，秋风刮地吹狂澜。

挐舟上遡力逾难，长篙[⑤]脱手退即易。

巨缆围脊[⑥]行停难，使人鬓可化为白臂，莫可以翰烟霏林。

冥冥石蹬泥盘盘[⑦]，悒郁[⑧]坐此长悲叹。

山边老翁如石顽，悬崖插木坐碧菅[⑨]。

钓丝万丈坠波底，问我西去何当远？

劝我且舣舟[⑩]，稍为半日留。

讨论身外事，拂拭心上愁。

向夜风雨矶上头，夔巴[⑪]有客过我游。

请言蜀道险外，此非所忧。

蜀山之高，高不可攀。

侔青天相，去不盈尺[⑫]，猿猕[⑬]夜号蛇倒泅[⑭]；蜀江之深，深不可冥。

梭阳侯[⑮]谑，浪骑黄牛，白帝[⑯]来时驷苍虬。

人生毋乃困羁绊[⑰]，到此亦复从所由。

世间夷险本一致，我心坦坦[⑱]成安流。

俯首谢翁言，铭刻在肝肺。

迟明[⑲]采兰叶，中流漾晴雾。

回望梁山矶，烟深两眉翠。

【注释】

①犄（jī）角：物体的两个边沿相接处，棱角。②潢（huáng）：大水涌至貌。③鹰隼：隼（sǔn），鸟纲、隼科各种类的通称。④峭拔：高而陡，指地势。⑤篙（gāo）：撑船用的竹竿或木杆。⑥巨缆：纤绳；围脊（jǐ）：背纤的人，只能弓着背走路。⑦盘盘：回曲貌。⑧悒郁：忧郁不乐貌。⑨菅（jiān）：植物名，禾本科，多年生草本。⑩且舣舟：暂且停舟。⑪夔巴：夔（kuí），即夔峡；巴，古族、古国名。主要分布在今重庆市、鄂西一带。夔巴，就是指这一带。⑫不盈尺：盈，满也；不盈尺就是不到一尺。⑬猿猕：动物名，即猿猴和猕猴。⑭蛇倒泅：泅（qiú），游水；蛇倒泅，就是倒着游水。⑮阳侯：古代传说中的波涛之神。⑯白帝：中国古代神话的五天帝之一，《晋书·天文志上》："西方白帝，白招矩之神也。"⑰羁（jī）绊：犹言束缚，牵制。⑱坦坦：泰然自若貌。⑲迟明：将近天明。

程敏政

【小传】

程敏政（1446—1499），明代官员、学者，字克勤，中年后号篁墩，又号篁墩居士、篁墩老人，南直隶徽州府人。后居歙县篁墩（今黄山市），时人称为程篁墩。出身武官之家，自幼聪敏，酷爱读书，从小就有“神童”之称。10岁随父到四川，为巡抚罗绮所钟爱，推荐给英宗。召见时，英宗令作《瑞雪》诗和《经书议论》。他才思敏捷，文采出众，受到称赞，被破格送入翰林院读书，学业大进。成化二年，程敏政殿试一甲第二名，应殿试中进士，授翰林院编修。程敏政博览群书，熟悉历朝典籍。所以多次参加明英宗、宪宗两朝实录编写、校正。弘治初，擢詹事。后又被提升为侍讲学士。孝宗即位后，称他为“先生”。时人评论说：翰林院“学识渊博程敏政，文章最好李东阳”。但是他因才高自负而遭人所忌。弘治元年，被御史魏璋以暧昧之词弹劾免职。归山南读书。五年后，再次起用。任太常卿兼侍讲学士，掌院事。后又任礼部右侍郎，专掌内阁诰敕。弘治十二年，会同李东阳主持会试。考生唐寅、徐遵预先做的文章恰好与试题吻合。给事中华昶劾奏程敏政泄题，被执下狱，唐、徐二生亦同时获罪。后经查明华昶劾察失实，释放出狱。他不愿做官，坚请免职。不久因悲愤成疾，发疽而卒，终年55岁。追赠礼部尚书。程敏政在文学上与李东阳齐名。传世之作有《宋遗民录》《篁墩文集》《明文衡》《宋纪受终考》《新安文献志》等，并撰有明弘治本《休宁志》38卷，为休宁现存最早的一部县志。

黄池渡

黄池镇下晓阳舲[①]，扶出肩舆[②]尚见星[③]。
草结鲜红鸦眼粟，竹摇苍翠凤尻翎[④]。

田人愈觉园林密，邮舍初分道路停。
已过江南三百里，乡音入耳渐中听。

【注释】

①舲（líng）：有窗户的船。②肩舆：即轿子。③尚见星：说明天还没有完全亮。④凤尻翎：尻（kāo）：屁股。翎，鸟的羽毛。凤尻翎，就是凤尾的羽毛。

【小传】

李东阳（1447—1516），明诗人。字宾之，号西涯，湖广茶陵（今属湖南）人。四岁能作径尺书。景帝召试之，置于膝上，赐果炒，后两召讲《尚书》大义，称奇，命入京学。天顺八年，年十八进士，选庶吉士。宦官刘瑾专权时，依附刘瑾，颇为时人所不满。其诗多因酬赠之作；古乐府多咏述历代史事。形式上追求典雅工丽，因其政治地位显要，在当时很有影响，形成以他为首的茶陵诗派。有《怀麓堂稿》。

采石登谪仙楼

江天日暮雨潇潇[①]，城边野亭春寂寥。
浮云东来蔽江色，明月坠地谁当招。
我怀古人坐不寐，鲸背之子[②]神仙标。
风鬠[③]雾鬣[④]事恍惚，岂有赤脚凌青霄。
举杯问天天不语，予亦沉吟俯江渚。
纵有神仙亦妒才，不然岂谪来中土。
昭阳殿前牝鸡舞[⑤]，老凤[⑥]低飞入帘户。
网罗横空铩其羽[⑦]，雍雍[⑧]和鸣竟何补。
燕雀之辈安足数。

平生豪气溢九区，寸地未可容公躯。
有才如此不得意，自古非一谁当吁。
杜陵[9]野老怜才客，思君不负青山色。
千古波涛百丈深，至今犹恐蛟龙得。
英雄一去俱陈迹，楚水吴山[10]眼中碧。
凤去龙飞不复还，仗[11]剑悲歌竟何益！

【注释】

①潇潇：形容风雨急骤。②鲸背之子：指李白。传说当年李白是骑鲸升天、骑鲸捉月，所以说李白是鲸背之子。③鬐（pí）：马脖子上下的长毛。④鬣（liè）：兽类颈子上的长毛。⑤昭阳殿：汉武帝时宫殿名，后为成帝后赵飞燕所居。牝（pìn）：雌性的鸟、兽，跟牡相对。⑥赤凤：燕赤凤，赵飞燕的宫奴。指奸佞小人。⑦铩其羽：铩（shā），铩羽之鸟，喻失意、受挫折。⑧雍雍：和鸣之意。⑨杜陵：古县名。治所在今陕西西安市东南。⑩楚山吴水：采石、姑孰一带是古楚、吴交界之地，故称其吴头楚尾、楚山吴水。⑪仗：执持、拿着。

花将军歌[1]

花将军，身长八尺勇绝伦，从龙渡江[2]江水浑。
提剑跃马走平陆，敌兵不能逼，主将不敢嗔[3]。
杀人如麻满川谷，遍体无一刀枪痕。
太平城中[4]三千人，楚贼[5]十万势欲吞。
将军怒呼缚尽绝，骂贼如狗狗不狺[6]。
樯头[7]万箭集如猬[8]，将军愿死不愿生，殉节不作他人臣。
郜[9]夫人，赴水死，有妻不辱将军门。
将军侍婢[10]身姓孙，收尸葬母抱儿走，为贼俘虏随风尘[11]。
寄儿渔家属渔姥，生死已分归苍旻[12]。
贼平身归窃儿去，夜宿陶穴如生坟。
乱兵争舟不得渡，堕水不死如有神。
浮槎为舟莲为食，空中老父能知津。
孙来抱儿达行在，哭声上彻天能闻。
帝呼花云儿，丰骨如花云。

手摩膝置泣复叹，云汝不死犹儿存。
儿年十五官万户[13]，九原再拜君王恩。
忠臣节妇古稀有，婴杵尚是男儿身。
英灵在世竟不朽，下可为河岳，上可为星辰。
君不见，金华文章石室史，嗟我欲赋岂有笔力回千钧。

【注释】

①花将军：即替朱元璋护守太平城池（当涂）的主将花云。据《明史·花云传》载："花云，怀远（今属安徽）人，貌伟而黑，骁勇绝伦。军中号黑将军。黑将军至，避之。花云后战死，葬于当涂，墓址在今八六医院太平房前。②从龙渡江：指跟着朱元璋渡江。③嗔（chēn）：怒也。④太平城中：即当涂城；因当涂城是太平州的首府，故称其为太平城。⑤楚泽：指陈友凉义军。⑥狺（yín）：狺狺，犬叫声。⑦樯：桅杆。引申为帆船或帆。⑧万箭集如猬：猬，即刺猬。花云满身是被射中的箭，像个刺猬。⑨郜（gào）：姓。⑩婢（bì）：即女奴、佣人。⑪风尘：此指乞丐的生活。⑫旻（mín）：天，天空。⑬万户：官名。

胡缵宗

【小传】

胡缵宗[①]（1480—1560），字世甫，原字孝思，号可泉，别号鸟鼠山人。秦安县（今属甘肃省）兴国镇人。出生在仕宦世家。明正德三年进士，初任翰林院检讨，历任嘉定州判官，安庆、苏州知府，山东、河南巡抚。足迹遍及江南、中原。他为官爱民礼士。以抚绥安辑，廉洁辩治，著称大江南北。公元1534年（嘉靖十三年），罢官归里，开阁著书，有《鸟鼠山人集》《安庆府志》《苏州府志》《秦川志》等14部著作传于世。他还是一位著名的书法家。现在江苏镇江有"海不扬波"、曲阜孔庙有"金声玉振"、天水伏羲庙有"与天地准"等牌匾，均为胡缵宗所书。明正德十四年（公元1519年），时任安庆知府的胡缵宗，与池州知府何绍正、太平知府傅钥，徽州知府刘志淑、昆山知县芳豪五人同游采石，改“舍身崖”为“联璧台”。

文昌阁双柏

道院相传唐宋年[①]，毵毵[②]双桧[④]欲摩天。
好供李白题诗去，曾识令威化鹤还。
饱历风霜颧颊[④]异，听多简笈[⑤]性情元。
怜予瘦劲遥相似，坐卧经旬意惘然[⑥]。

【注释】

①缵（zuǎn）：继承。②唐宋年：此道院是唐宋年间所建。③毵毵（sān）：毛发或枝条细长貌。④双桧：桧（guì又读huì），植物名，亦称“圆柏”。⑤颧颊：颧（quán），颧骨；颊（jiá），面颊。⑥简笈：简，战国至魏晋时代的书写材料，是削制成狭长竹片或木片，竹片称简，木片称札或牍，统称为简，稍宽的长方形木片叫方；若干简编在一起的叫策（册）。均用毛笔墨写。笈（jí）：书箱。⑦惘（wǎng）然：失意貌。

倪芳应

【小传】

倪芳应，生平事迹不详。

登雷峰

且维单舫[①]步林邱，屐齿铿然[②]石蹬幽。
黄叶乱飞青古木，白蘋初放冷苍州。
天边双屿齐排槛，郭外[③]千家曲抱流。
正是茱萸[④]兄弟会，插花亭畔共淹留[⑤]。

【注释】

①且维单舫：且，暂且；维，维系，拴船；舫（fǎng），船的一种，一说两船相并。②屐齿：屐（jī），木屐，鞋子的一种。铿（kēng）然：声音响亮而有节奏。③郭外：郭，外城；古代在城的外围加筑的一道城墙。④茱（zhū）萸（yú）：植物名，有浓烈香味，可入药。古代风俗，阴历九月九日重阳节，佩茱萸囊以去邪辟恶。⑥淹留：停留；久留。

沈明臣

【小传】

沈明臣（1518—1596），明代诗人，字嘉则，号句章山人，晚号栎（lì）社长。鄞县（今浙江宁波鄞州区）人。平生作诗7000多首。与王叔承、王稚登同称为万历年间三大“布衣诗人”。著有《丰对楼诗选》43卷，《越草》1卷。

采石江吊太白

采石江头月光射，青天无波水如拭①。
举杯一酹锦袍人，月欲无光水将黑。
高才任侠凌贤豪，海岳可倾天子识。
一被谗言谪夜郎②，归来故人颇相忆。
当涂贤宰③意气多，楚江酿作金尊波。
临风醉骑赤鲤去，捉月其如玉兔④何。
玉兔不可捉，赤鲤何年归？
芳名不逐黄泉⑤去，信有精灵白日飞。
即今明月江心坠，白鹭空洲我空醉。
我欲问月月不言，一片青天下双泪。

【注释】

①拭（shì）：擦拭。②谪夜郎：不是因为别人谗言，而是受永王连坐。这可能是诗人的笔误。③当涂贤宰：指李阳冰。李白在最后病、穷交加之际，

是李阳冰在经济上接济他，生活上照顾他，而且还将他的遗作编撰成集。所以诗人说他是“贤宰意气多”。④玉兔：神话传说月中有玉兔，因而为月的代称。⑤黄泉：指人死后埋葬的地穴。亦称阴间。

袁宏道

【小传】

袁宏道（1568—1610），文学家。字中郎，号石公。湖广公安（今属湖北）人。万历进士，官吏部郎中，与兄宗道、弟中道并称三袁，为公安派的创始人。在三袁中，宏道成就较大。其思想受李贽影响较深。重视小说戏曲和民歌在文学上的地位；于诗文不满前后七子摹拟、复古的主张，强调抒写“性灵”，在一定程度上突破了儒家思想的束缚。作品真率自然，内容则多写闲情逸致，部分篇章反映民间疾苦，对当时政治现实有所批判。有《袁中郎全集》。

采石蛾眉亭

空江石壁瘦嶙嶙①，腻绿②颓班酣冶春。

扫取山光为黛粉③，尽教荡子④作仙人。

【注释】

①嶙嶙（lín）：形容石壁起伏不平貌。②腻绿：腻（nì），肥腻；腻绿，即肥绿。③黛色：即青黑色。④荡子：本指浪游不归的男子。后亦称游手好闲，不务正业或败坏家风的人。尽数，全部。

张时旸

【小传】

张时旸，号贞庵，当涂建阳卫人，可选子。万历四十年进士。初为嵊县知县。因治理有方，后升为礼部仪制司主事，又升山东布政参议。

黄山寺[1]

林皋雪色入春饶，徐[2]步禅房[3]过野桥。
倚马[4]客来荒寺寂，牧鸡人去[5]碧天寥。
澄[6]江万顷连三楚[7]，行殿千棂[8]感六朝[9]。
徙倚浮图[10]重眺望，五云深处郁岩峣[11]。

【注释】

①黄山寺：史传为刘宋皇帝刘裕所建。②徐：缓、慢。③禅（chán）房：禅，梵语禅那的省略语；禅房，佛教徒坐禅的地方。④倚马：倚马之才。指才思敏捷，俄得七纸。⑤牧鸡人：相传浮丘公曾牧鸡于黄山。浮丘公亦称浮丘伯、包丘子。西汉初儒生。⑥澄（chéng）：清。⑦三楚：古地区名。秦、汉时分战国楚地为三楚。⑧行殿千棂：行殿，即刘宋王朝在黄山建的避暑离宫；千棂（líng），即行宫阑干或窗户上的格子。⑨六朝：指在古金陵（今南京）建都的六个朝代，即孙吴、东晋及南朝的宋、齐、梁、陈。⑩浮图：佛教用语。梵文“佛陀”旧译，一译“浮图”。因此有称佛教徒为浮屠氏、佛经为浮屠经的。⑪岩峣（yáo）：岩高的样子。

【小传】

王世贞（1526—1590），字元美，号凤洲，太仓人，嘉靖进士，官至刑部尚书。与李攀龙主文监，有《弇[1]山堂别集》《觚不觚集》。

采石谒太白祠

苔阶拥立壁，遗像挂蠨蛸[2]。诵尔[3]天门句[4]，不风江自涛。
千秋无正始，一代见才豪。三山云作供[5]，姑孰水为醪[6]。
霞明铜棺日，天堕宫锦袍。那能不相待，空自蹑金鳌。

【注释】

①弇（yǎn）：覆盖，遮蔽。②蟏（xiāo）蛸（shāo）：也称“喜蛛”、“喜子”或“喜母”。蛛形纲，蟏蛸科，体细长，暗褐色，螯肢甚长，常栖于水边草际或树间，结网成车轮状。③尔：即你也。④天门句：即指李白的《望天门山》一诗。⑤拱：两手合抱致敬。⑥水为醪（láo）：本指汁滓混合的酒，即酒酿。李贤注：“醪，醇酒汁滓相将也。”引申为浊酒。

横江词四首

越女[①]红妆隐画桡，惊波无际雪山摇。
贪趋破镜西陵约，不怕江风八月潮[②]。

江上檀郎[③]来往频，婆娑[④]妙舞赛江神。
来时风水随船尾，欲往惊涛好涉旬。

锦缆罗帆翡翠舠[⑤]，长年催趁午时潮。
江头杨柳深相恨，折损东风几万条。

春江一线日边开，万古东流去不回。
闻道海波穿地底，可能还向碛[⑥]西来。

【注释】

①越女：越，古族名。越女，就是越族之女。②八月潮：指钱塘潮，也叫海宁潮。③檀郎：晋代潘岳是美男子，小名檀奴，所以旧时常以“檀郎”或“檀奴”为夫婿或所爱男子的美称。④婆娑：舞蹈。⑤翡翠舠：翡翠颜色的舠形小船。⑥碛（qì）：浅水中的沙石，也指沙石上的急湍，引申为沙漠。

【小传】

骆骎[①]曾（约1598年前后在世），字象先，武康（今属浙江）人，万历二十六年进士，官至监察御史。万历四十四年巡按应天

（今南京），续辑《谪仙楼题咏》；成《谪仙楼集》3卷：凡文1卷、诗2卷。

谪仙楼

红颜轩冕[2]总蒿莱，身后何如酒一杯。
拂袖已辞天子去，赐环[3]仍许夜郎回。
江湖无恙神仙籍，山水偏宜逐客才。
归去烟云应寂寞，月明犹似跨鲸来。

【注释】

①骎（qīn）：马跑得快的样子。②轩（xuān）冕（miǎn）：古时卿大夫的车服。③赐环：杨倞注："古者臣有罪，待放于境，三年不敢去，与之环则还，与之玦则绝，皆所以见意也。"后因称放逐的臣子被赦召还为赐环。

【小传】

孙昌裔[1]，字子长，侯官（今福州）人。万历三十八年进士，掌吴兴教授，擢户部郎中，出守杭州，拜水利使者，寻改浙江提学副使。工书。

凌歊台

浮邱[2]岩畔宿寒云，石碣苔侵宋祖文。
彩袖[3]歌残人寂寂，灵旗风杳叶纷纷。
阶前草色犹朝露，花底莺声自夕曛[4]。
旧日离宫[5]今梵院[6]，疏钟夜半不堪闻。

【注释】

①裔（yì）：后裔；后代子孙。②因浮邱公曾牧鸡于此，故诗人常以“浮邱”为黄山的代称。③彩袖：暗指凌歊台上的歌舞伎。④曛（xūn）：日没时的余光。⑤离宫：皇帝正宫以外的临时居住的宫室。凌歊台旁曾建有刘宋王朝的离宫。⑥梵院：梵（fàn），梵文梵摩的省称，即寺庙。

【小传】

李孙宸[1]（1576—1634），字伯襄，香山（今广东中山）人，万历四十一年进士，初授教习庶士。崇祯年间，官至礼部尚书。著有《建霞楼集》。

登谪仙楼

牛渚山前采石矶，回波乱石相撑支[2]。
上开绝壁烟霞岛，连峰相向势嵚崎[3]。
我来欲访吾家老太白，清风飒飒[4]吹我衣。
白也天上长庚星[5]，偶落人间留姓名[6]。
供奉金门[7]聊玩世[8]，往往斗酒自沉冥[9]。
凭陵意气山岳折，浩荡胸怀河汉[10]倾。
一从挥手谢金阙[11]，把酒山头问明月。
千秋留此谪仙楼，余韵流风未销灭。
蛾眉亭碣没蓬蒿，两岸青山片月高。
极目长江洞洞[12]万里送寒涛。
便觉齐州[13]瀛海[14]渺忽如鸿毛[15]。
楼中之人去不复，楼外斜阳芳草绿。
人生徒苦自结束，弹丸不及流光速[16]。
奈何不饮，日为浮名浮利岁龌龊[17]。

松篁[18]似奏清平曲[19]，长夜岂照金莲烛[20]。
不知何人与公沽酒共夜台[21]，白杨萧萧[22]野花开。
空余文章，千古云汉[23]共昭回[24]。
使我今日徘徊瞻眺，访公跨鹤乘云欲下来。
公乎！公乎！何不跨鹤乘云遂下来！

【注释】

①宸（chén）：屋宇，旧指帝王住的地方。②撑（chēng）支：即支撑。③嵚（qīn）崎：山高而且路不平。④飒（sà）飒：形容风声。⑤长庚星：也叫太白金星。⑥这句是说李白本是天上的太白金星，偶然谪落人间，成了有名有姓的人。⑦金门：即金马门的简称。⑧玩世：即玩世不恭的省略语；放逸不羁，以不严肃的态度对待生活。⑨沉冥：玄寂，泯然无迹之貌。⑩河汉：即银河。⑪金阙：道家谓天上有黄金阙、白玉京，为天帝所居。⑫泂（jiǒng）：形容远。⑬齐州：州名。治所在历城（今济南市）。唐辖境相当今山东济南市、历城、章丘、济阳、禹城、齐河、临邑等县地。北宋末升为济南府。⑭瀛（yíng）：大海。⑮鸿：乃鸿雁，鸿毛，即雁毛。⑯流光：光阴，因其逝去如流水，故称"流光"。⑰龌龊：一是器量局狭；引申为品行不端。⑱篁：乐器中用以发声的篁片。⑲清平曲：即清平乐，唐教坊曲名，后用为词牌。此指李白在宫中所作清平调词。⑳金莲烛：宫廷用的蜡烛。蜡台作金莲花状，故名。㉑夜台：墓穴。㉒萧萧：草木摇落声。㉓云汉：即银河。㉔昭回：谓星辰光耀回转。后亦借指日、月。

阮大铖

【小传】

阮大铖[1]（约1587—约1646），枞阳（今属安徽）人，字集之，号圆海、石巢、百子山樵。天启时依附阉党头目魏忠贤。崇祯时废斥，匿居南京；后力求启用，受阻于东林党[2]和复社。弘光时，马士英执政，得任兵部尚书，对东林、复社诸人立意报复。后降清，从攻仙霞岭而死；一说为清军所杀。所作传奇今知有九种，现存《燕子笺》《春灯谜》《牟尼合》《双全榜》四种。

山房小憩[3]

雨止天气正，庭竹飘凉烟。仰瞩[4]无寸云，高兴何苍然。

曳杖[5]出城市，放歌响平田。晓月轮未没，青山当我前。

兹山[6]卧溪上，云霞高且鲜。仙人偶寓托[7]，永谢区中缘。

松花酿春酒，醉里中山眠。梦中发浩笑，冢树[8]何连绵。

至上足神理，寿命非所先。归鹤无乃愚，山鬼[9]诚足贤。

大笑问终古，夫子何亭亭[10]。尽醉山月白，狂谣海烟青。

骑炁[11]自来去，麾手[12]辞天刑。世人昧[13]远览，误谓收星精。

阴霞抑嵩华[14]，夜景摇沧溟[15]，松风空际来，飘然闻流铃。

玉女[16]隔溪笑，手抱山海经[17]。丹唇噀[18]香雨，翠翮[19]冲云屏。

窈窕不可求，薜路苍冥冥[20]。高士[21]怀远情，结构青山址。

花木禀和气[22]，寒月养芳绮。鸡鸣红药外，猿啸苍溪里。

吟从桂岪开[23]，琴向松门起。既耕亦以读，爱此土风美。

誓当剪茆茨[24]，相从钓溪水。饭牛[25]春草香，放鹤秋烟紫。

朝昏礼翠微，无为市朝滓。

【注释】

①铖（chéng）：用于人名。②东林党：明以江南士大夫为主、与阉党对立的政治集团。因其多数成员在东林书院，故以东林为名。③憩（qì）：休息。④仰瞩：抬头仰望。⑤曳杖：曳（yè），牵引；拖。杖：手杖；拐杖。⑥兹（cí）：此山也。⑦寓托：寓，寄也。寓托即寄托。⑧冢（zhǒng）：隆起的坟墓。⑨山鬼：《楚辞·九歌》篇名。屈原作。⑩亭亭：耸立貌；高貌。⑪炁（qì）：多见于道家的书。⑫麾（huī）：古代用以指挥军队的旗子。⑬昧（mèi）：昏暗。引申为目不明。⑭嵩（sōng）：即嵩山，古称“中岳”。在河南省登封市北。⑮溟（míng）：海水弥漫貌，常用来指大海。⑯玉女：仙女。⑰山海经：古代地理著作，十八篇，作者不详。⑱丹唇噀：丹，朱红；唇，嘴唇；噀（xùn）：喷水。⑲翮（hé）：羽毛下端不生羽瓣而中空的部分。⑳薜路苍冥冥：薜（bì），即薜荔，亦称“木莲”、“鬼馒头”，桑科，常绿藤本，含乳汁。薜路，就是路上长满了薜荔，所以苍冥冥——昏暗得很。㉑高士：谓志行高尚之士，旧多指隐士。㉒禀（bǐng）：领受；承受。㉓岪（fú）：山势曲折貌。㉔茆茨：茆（máo），同茅；茨（cí），用茅或苇盖房子。㉕饭牛：即喂牛。

九日曹梁甫招游姑溪

一

欲暮溪烟动，秋峰未可攀。孤舟随意泊，野兴亦能闲。

尽醉菰蒲曲①，闻香橘柚间②。浩歌出渔浦③，明月照青山。

二

遥念江村俗，秋日竞饭牛。一身遽漂泊④，九日转离忧⑤。

既赌萸房酒，还操莲叶舟。因君敦雅尚，摇落顿无愁。

【注释】

①菰蒲：菰和蒲，都是浅水植物。菰即“茭白”；蒲即香蒲，嫩的可食，老的可编席。②橘柚间：橘（jú）和柚（yòu）都是水果。③渔浦：浦，水边；供渔船停泊、避风、装卸渔货和补充渔需物资的地方。④遽漂泊：遽（jù），急；骤然。漂泊，比喻行止无定。⑤离忧：同离愁。

章嘉祯

【小传】

章嘉祯（约 1573 年前后在世），字元礼，浙江德清人。万历八年（公元 1580 年）进士。万历二十四年（1596），补知当涂。时值大水，全县饥饿病死者载道，祯赈（zhèn）饥施药，暑雨不辍（chuò）。大水渐涨，圩岸将崩，祯躬督捍救，宿花津天妃宫者旬日。水势愈溢，全县不保，祯涕泣誓天曰：“堤溃民其鱼矣，祯何惜一身，不为全邑请命！”遂跃入水中，众亟挽以上，得不死。水渐平，圩竟无恙，由是尽力修筑。后万历三十六年堤防稍懈，而圩遂破。祯善形家理，以黄山系郡护山，种松满山为荫。又以府治下流水快，主财不丰，故前此无千金之家，特于抱流沙水汇集处，造浮屠七级（即金柱塔），东岸创兴福寺对峙钳锁，自此后邑渐饶裕。遇蝗旱则密疏祷（dǎo）天，无不应者。修社学、延塾师，以训童稚。置纪纲簿，以清征税。立和息票，以止争讼。减典铺息，以宽民。置义仓礼库于邑庠（xiáng），以赡士。擢兵部主事，全县人民热泪相送，有人将他送到金陵（今南京）还不忍告别者，专祠祀之。卒于家时，谆谆作语曰："速治具，吾当涂人来迓（yá）也。"盖其精神始终于涂，故每称"涂"为吾当涂云。涂人闻其卒，为制服，如丧考妣（bǐ）①。清明还画其遗像，立牌位而祀之。官累至大理寺寺丞。诗词草书俱工。有《当涂集》2卷，《四库总目》传于世。

三忠祠②

神龙③起淮甸④，飞渡采石江。首定太平路⑤，许公⑥守其疆。
百万伪汉⑦师，入寇⑧势獗猖。拒战数十合，援绝兵无粮。
公与花王⑨誓，捐躯殉城隍⑩。城陷志不辱，慷慨骂贼亡。
郡民收遗骸⑪，葬之凌歊旁⑫。汉灭真主兴⑬，敕封⑭侯高阳⑮。
庙貌⑯永千古，灵爽⑰照江乡。

桓桓⑱花将军，艺勇实冠世。伟干翼飞龙，铁颜⑲奋趦鸷⑳。
提兵克滁和㉑，常镇随芟刈㉒。宿卫帝左右，太平命协治。
一朝御勍寇㉓，三千当万帜。力屈气亦雄，骂贼口不置。
忠魂归帝旁，妻亦陷水逝。侍儿抱孤逃，芦洲采莲饲。
帝命其录孤，忠节照来祀。遗像凛㉔英风，此邦万年祀㉕。

将军㉖从渡江，义父㉗守池阳㉘。父死普胜阵㉙，子死汉兵创。
孤城匝姑溪㉚，四面敌桅樯。敌泊城西南，缘舟登女墙㉛。
守溃身被执，同心誓不降。追封太原郡㉜，肖像祠一堂。
睢阳㉝张与许㉞，千载共流芳。

【注释】

①考妣，父母也。②三忠祠：为纪念朱元璋的战将花云、太平知府许

瑗、院判王鼎而建的祭祠。③神龙：指朱元璋。④起淮甸：古时郭外称郊，郊外称甸。指朱元璋起兵于淮河大地。⑤太平路：地方行政区划名，治所在当涂县。⑥许公：指许瑗；朱元璋攻下当涂后，即任命许瑗为太平府知府。⑦百万伪汉师：指长江中下游的另一支义军——红巾军。⑧寇：盗匪作乱或外敌侵犯国境者。⑨公与花王：指许瑗与花云。⑩隍（huáng）：没有水的护城壕。⑪遗骸：即遗体。骸（hái），尸骸。⑫凌歊旁：即黄山旁。⑬汉灭：陈友谅的势力彻底消灭。真主兴：指朱元璋建立了明朝。⑭敕（chì）封：上命下之词，特指皇帝的诏书。⑮侯高阳：即高阳侯。这是许瑗死后，朱元璋给他追加的封号。高阳，即高阳郡，郡治在今高阳东。⑯庙貌：指三忠祠的庙貌。⑰灵爽：指三位忠臣鬼神的精气。⑱桓桓（huán）：威武的样子。⑲铁颜：颜为颜面，铁颜即铁面，铁面无私。⑳趫（qiáo）：行动轻捷，善于缘木升高。鸷（zhì）：鸷鸟，一种凶猛的鸟，如鹰之类。㉑滁和：即滁、和二县。㉒芟刈：芟（shān），删除杂草。刈（yì），割草。㉓勍寇：勍（qíng），强敌。㉔凛（lǐn）：寒冷，引申为严厉，形容令人敬畏的神态，威风凛凛。㉕此邦：邦，本是古代诸侯封国之称，后泛指国家。万年祀：祀（sì），即祭祀。㉖将军：指太平府院判王鼎。㉗义父：指院判王鼎的养父赵忠。㉘池阳：古县名，治所在今陕西泾阳西北，俗名迎冬城。㉙父死普胜阵：即死于平定赵普胜兵变之阵。㉚匝：环绕数周。㉛缘舟登女墙：陈友谅兵乘船由姑孰城的西南角城墙登城而入。㉜太原郡：战国秦庄襄王四年（公元前 246 年）置，治所在晋阳（今太原市西南）。㉝睢阳：郡名，唐天宝元年（公元 742 年）改宋州置，治所在宋城（今河南商丘市南）。㉞张与许：即张巡与许远，至德二年（公元 757 年），安庆绪遣将攻城，张与许死守十月，江淮方赖以保全。

宿花津[1]救圩[2]

搴帷[3]泽畔柳阴逋[4]，菜色[5]流离夹道呼。
万顷波连朝露白，千山雨过夕阳孤。
云沉里社[6]骄阳气，风乱萑苻[7]落雁雏。
圣主只今频轸念[8]，江东早已望蠲租[9]。

【注释】

①花津：姑溪河通往丹阳湖入口处北岸的一个村庄。②这首诗是万历八年当涂县发大水，诗人以当涂县令身份，吃住在防洪抢险第一线花津时所写。

就是这一次，他看到河水暴涨，圩堤危在旦夕，章嘉祯心急如焚，急忙跳入水中，以身自祭，为全县人民乞天请命，幸亏民工拉得快，章嘉祯才免于一死。③搴帷：搴（qiān），拔取；帷，即帐幕。④逋（bū）：逃亡。⑤菜色：饥民以菜充饥，故脸色青黄。⑥里社：古时里中供奉土帝神的处所。⑦萑苻：萑（huán），芦类植物；苻（fú），草名。⑧轸念：轸（zhěn），伤痛；轸念，即痛念。⑨蠲（juān）：免除；蠲租，即免租。

周诗

【小传】

周诗，字义言，昆山人，精医理，平生著作委散，晚年始存之，有《内经解》《灵岩山人集》。

渡牛渚

有晋温开府[①]，艰难遇可哀。黄旗方告捷，赤帻竟成灾。
千载矶犹壮，空江我独来。客中听戍角[②]，烟冷日皑皑[③]。

【注释】

①开府：原指成立府署、自选僚属。诗句中的“开府”，指桓温屯驻姑孰时，在姑孰城内开府。②戍（shù）角：守边疆的战斗号角。③皑皑（ái）：洁白貌。

谢廷玉

【小传】

谢廷玉生平事迹不详。

午日横江上

午日横江上，扁舟去复还。绿摇堤畔柳，青抹水边山。

暮雨消烦暑，斜曛映酒颜[①]。莲歌[②]声里棹，拟在若耶间[③]。

【注释】

①斜曛：曛（xūn），落日的余晖。酒颜：红脸。②莲歌：即采莲女子的歌声。③若邪，邪，一作“耶”。山名，在浙江绍兴南；又溪名，出若邪山，北流入运河。溪旁旧有浣纱石古迹，相传西施浣纱于此，故一名浣纱溪。

方拱乾

【小传】

方拱乾（1596—1667），初名若策，字肃之，号坦庵，桐城县（今属安徽桐城市）人。明崇祯元年进士，官至少詹事。清顺治十四年，因受江南科场案株连（因主考官与其“联宗”，便诬陷其子与主考官串通舞弊），于1657年流放宁古塔[①]，其五子也被流放于此。方拱乾好写诗。在绝域仍“无一日辍吟咏”，留下不少描写异地的史诗。是明末清初诗坛大家。他的诗词创作及其创作理论，都有一定的成就。有《宁古塔志》《方詹事集》。

拜青山太白墓

百拜乃敢视，不丰[②]尚有碑。文人何定骨，清风无不之。
死亦卜佳邻[③]，有女知其私。沉江不受穷，摇岳不受奇。
委蜕[④]不受灵，封树不受悲。置此寻先生，呼之或在兹。

【注释】

①宁古塔：城名，相传清皇族远祖有兄弟六人居此。满语“六个”为“宁古塔”，故称其为“宁古塔贝勒”，简称宁古塔，有新旧二城，旧城即今黑龙江的旧街镇；新城即今宁安市，过去新城、旧城，都十分荒凉，故被流放者多流放于此。②丰：古代祭祀用的礼器。③死亦卜佳邻：死了也要用“占卜”的方法选择邻居。④蜕（tuì）：蛇、蝉等脱下的皮。

晚眺采石矶

大江含元气[1]，波吞落日平。明月接空苍，光从波心生。
独立暮色古，谷寂松乃声。三月春仍寒，露下鱼龙惊。
旅绪淡去托，孤舟寡征营[2]。荒祠闻估客，犹传当时名。
文章异江水，终古无变更。川流悟消息，遐哉旷代情[3]。

【注释】

①元气：中国哲学概念。指产生和构成天地万物的原始物质，或指阴阳二气混沌未分的实体。②征营：同“怔营”，惶恐不安貌。③旷代：绝代，世所未有。

梁清标

【小传】

梁清标，字玉立，真定（今属河北）人，崇祯进士，初授编修，累官户部尚书。有《焦林诗集》等书。

牛渚矶

千年牛渚草萧萧，供奉风流自不遥。
被酒[1]尚留明月影，燃犀谁照暮春潮。
菰芦烟火连三楚，金粉江山[2]连六朝。
细雨鸣榔[3]嗟往事，谪仙楼在客难招。

【注释】

①被酒：犹中酒。②金粉：妇女妆饰用的铅粉。常用以形容繁华绮丽的生活。江山：犹言山川、山河，引申指疆土。③榔（láng）：捕鱼时用以敲船的长木条。

高咏

【小传】

高咏（1622—?），字阮怀，一字怀远，号遗山，安徽宣城人。高雄岳后裔。幼有神童之称，性简傲，家贫力学，屡试不中。年近六十，始贡入太学，徐乾学奇其才，延入家塾。康熙十八年（1679）举鸿博，授检讨，参与修《明史》。所撰史稿，皆详慎不苟。六年后辞世。能诗文，并善书画，与同邑诗人施闰章友善。主东南诗坛数十年，时号“宣城体”。高咏诗多凄怆之音，“郁以秀”，“怆以深”，虽时有愤激，仍以“醇厚”为主。

于湖行

赭山①矶外万杨柳，轻舠晚泊春江口。
中宵津吏②促移船，隔岸长年乱招手。
虬须③县官骑马来，城门夜开出牛酒④。
冬冬鼍鼓⑤逼江隈⑥，红旗掣曳⑦橹声催。
初看兽舰⑧乘潮至，疑是鲸鱼驾海来。
长火千条燧⑨象乱，悬镫⑩九炬珠龙回。
雕旌插羽翻回风，织金绣字正当中。
王家贵主新开府，列校如星兵马雄。
金笳⑪晚吹霜月白，牙樯晓拂汀花红。
粤西五岭⑫横天起，迢迢⑬直逆长江水。
荔子⑭桄榔⑮锦树悬，铜柱摩崖⑯碧云里。
水驿⑰争看供帐新，荒城一望几千里。

【注释】

①赭山：赭（zhě），红褐色矿石。赭山在芜湖长江边，以山石呈赭色，故名。②中宵：即半夜。津吏：津渡口的小职员。③虬须：蜷曲的胡须，特指颊须。④牛酒：牛和酒，古时用作赏赐、慰劳或馈赠物品。⑤鼍（tuó）

鼓，即用扬子鳄皮蒙的鼓。⑥隈（wēi）：山水等弯曲的地方。⑦掣（chè）曳（yè）：牵引，拽。⑧兽舰：即兽形的战舰。⑨燧（suì）：古代告警的烽烟，也是取火的工具。⑩镫（dèng）：挂在马鞍子两旁的脚镫子。⑪笳（jiā）：胡笳，管乐器。⑫五岭：即越城、都庞、萌渚、骑田、大庾五岭的总称。在湘、赣和粤、桂等省区边境。⑬迢迢（tiáo）：遥远貌。⑭荔子：即荔枝。⑮桄榔：亦称“砂糖椰子”。⑯摩崖：在山崖石壁上镌刻文字叫“摩崖”：亦作“磨崖”。⑰水驿：即津驿。

【小传】

屈大均（1630—1696），明末清初文学家。初名绍隆，字介之、翁山，广东番禺人。明末秀才。清兵入广州前后，曾参加抗清队伍。失败后，落发为僧，名今种。不久还俗，北游关中、山西，与顾炎武、李因笃交往。能诗，部分作品揭露清军暴行，感伤时事，诗风明健。与陈恭尹、梁佩兰并称为“岭南三大家”。著有《易外》《道援堂集》《翁山诗外、文外》《广东新语》等。

采石题太白祠

才人自古蛟龙得，太白三闾两水仙。
辞赋[①]已同双日月，精灵还作一山川。
江间绝壁丹青出，木末飞楼俎豆[②]悬。
千载人称诗圣好，风流长在少陵前[③]。

牛渚西江月色新，清光常见谪仙人。
诗多讽谏[④]因天宝，道在佯狂得季真。
金铉[⑤]已销飞燕口，锦袍空映凤凰身。
垂辉不用多删述[⑥]，天与英雄只老春。

【注释】

①辞赋：文体名。汉代常把辞和赋统称为辞赋。辞因产生于战国楚地而叫楚辞，又以屈原《离骚》为代表，故又称骚体。后人也把屈原的作品叫作“屈赋”。赋的名称一般认为始于战国赵人荀卿的《赋篇》。汉代大赋以铺叙事物为主，继承《楚辞》一些形式上的特点而更多的采取了散文的手法。②俎（zǔ）豆：都是古代祭祀用的器具。③少陵：即杜甫。杜甫曾自称是少陵野老。④讽谏：不直指其事，而是用委婉曲折的语言进谏。⑤铉（xuàn）：举鼎的器具，状如钩，铜制，使用时，以之提鼎的两耳。⑥删（shān）：删改、删除。

周而衍

【小传】

周而衍，字东会，明末清初诗人，金坛（今属江苏）人，邑诸生。

满江红[①]·夜泊采石怀古

采石矶边，终古是，长风浊浪。流不尽，百篇才思，千杯疏放。当是汉宫飞燕句[②]，倩谁[③]谱向亭前唱，痛元宗[④]，不暇鉴微词[⑤]，终沦丧。

东山起，徒怀想，谪夜郎[⑥]，添惆怅。剩孤忠耿耿[⑦]，扁舟长往。只有沧江残照里，还留明月青天上。白茫茫，何处与招魂，空凝望[⑧]。

【注释】

①满江红：词牌名，双调93字，有平韵、仄韵两体。②当是汉宫飞燕句：指李白在兴庆宫沉香亭所作《清平调词》中的“借问汉宫谁得似，可怜飞燕倚新妆”句，高力士借飞燕句激怒贵妃，进谗玄宗。③倩（qiàn）谁：请谁人。④元宗：即玄宗，元同玄。⑤不暇鉴微词：指唐玄宗未能识别高力士的谗言。⑥谪夜郎：李白被贬谪夜郎。⑦孤忠耿耿：孤忠，只有他一个人

忠；耿耿，忠诚貌。⑧凝望：专注地望着。

陈世祥

【小传】

陈世祥（约公元1644年前后在世），字善百，南通州[①]人。有俊才。明举人。入清后，官知县。工诗词。著有《含影词》《纪元备考》等，传于世。

雨中花[②]·采石矶怀古

千里泠泠冰雪，送过几多豪杰。送到如今，英雄已尽，怒浪都空设。

醉向长江呼短楫[③]，恰好当头明月。俯首浪排空，热酒浇来，滴滴英雄血。

【注释】

①南通州：五代周显德中改静海军置。治所在静海（今南通市）。1912年废，改本州为南通县。②雨中花：词牌名。③短楫：就是短桨。

曹履吉

【小传】

曹履吉（16世纪后期至17世纪前期在世），明诗人、画家，字元甫，太平州当涂（今属安徽）人，生卒年不详。万历四十四年进士，官光禄寺少卿。工诗、书、画，有唐、晋遗韵。善画山水，师法倪瓒（zàn），秃笔勾勒、干墨皴（cūn）擦，简洁高雅。传世作品有天启元年作《茅亭远山图》轴，纸本，水墨，纵119.2厘米，横26.3厘米，款署："天启辛酉仲秋，写于师城山房，曹履吉。"现藏故宫博物院。从艺活动约在万历、崇祯间。弟履泰，画学其兄，有出于蓝之誉。崇祯十五年，曹履吉捐“三千金”，在翠螺山巅始建三台阁，阁内供奉文昌君。

姑溪汛月[①]

篱落[②]寻常[③]水月乡，闲来何事恋流光[④]。
沙边人影来千里，天半[⑤]霜华散小阳。
假到楚舠初弄楫，顾残吴曲更飞觞。
清溪狎主[⑥]如今夜，殊胜东山且自狂。

【注释】

①汛月：季节性的涨水。②篱落：用竹、木、芦苇等编成的围墙或屏障。③寻常：即平常。④流光：光阴。⑤天半：半空中。⑥狎（xiá）：亲近而不庄重。

金柱山和韵

漫蹑飞梯[①]七折轻，相轮[②]谁识断鳌成。
平沙径拔金天柱，去浪声环水国城。
遥映黄峰双塔镇[③]，斜通碧浪二梁横。
即今多少观风意，已占当年创始情。

【注释】

①漫蹑：蹑（niè），踩；踏。飞梯：指金柱塔。②相轮：即塔刹。刹（chà），梵文的省音译，佛塔顶部的装饰。③双塔镇：指黄山塔和凌云塔。镇，镇守。

【小传】

李春熙（？—1620），字皋如，号泰阶，建宁（今曲靖）人。万历二十六年进士，历任太平府（今当涂县）、河南彰德推官，北刑、南户二部主事，在南京户部主事任上告老还乡。万历四十年病逝。李春熙在任太平府推官期间，当涂城外的杨家坝要修。此坝既保护当涂城，又保护农田。知州预算修此坝需七千金，并将此任务交给李春熙。而李春熙精打细算，加强管理。结果只用了三千金，节约了一大半。万历二十四年，神宗皇帝，为了弥补国库空虚，批准了千户[①]仲春开矿的请求，废止了执行十多年的禁矿令。一些地方官绅见有机可乘，就趁机乱收苛捐杂税，从而加重了矿主的负担。李春熙在推官任上，多次严查严惩乱收乱征苛捐杂税者，从而保护了矿主的利益。著有《元居集》9卷，其中诗5卷、文4卷。诗有《姑孰草》《衰草集》等，传于世。

太白墓

流离客死[②]夜郎还，天地无家鬓已斑。
卜宅[③]有心同谢朓，荒坟千古傍青山。

【注释】

①千户：官名。②流离客死：转徙离散；流落。客死，死于外地而不在家乡。李白死在当涂，既是转徙离散、流落，又属于客死他乡。③卜宅：即用占卜的方法建造住宅。

胡尔慥

【小传】

胡尔慥[①]（1573—1647），字孟修，浙江德清人。进士。万历四十三年，以工部郎中知太平府。才敏治精，浚河建关，节费代饷。万历四十四年，曾为骆骎曾《谪仙楼集》作《诗后跋》；重修灌渡桥（即今采石外桥）。万历四十六年，改任兴化，民追思建祠祀之。

和按台[2]吊太白韵二首

一

寻真[3]何必访蓬莱，沥酒[4]空林荐一杯。
埋玉[5]青山曾否在，乘鲸白浪有无回。
长江滚滚通灵气，骢马行行吊异才。
一曲浩歌纤月冷[6]，仙魂如迓[7]夜深来。

二

云闲空祠尹草莱[8]，西风吹鬓且衔杯。
蝉声暮咽吟魂醒，犀影寒推素魄回。
丘壑生前宜置子[9]，汨罗[10]骚后合怜才。
清时休说投荒[11]事，会有仙人拥节[12]来。

【注释】

①慥（zào）：忠厚诚实的样子。②按台：官名。和按台，就是和骆骎曾。③寻真：即寻找道家所谓“修真得道”或死后“归真成仙”的“真”。④沥酒：沥（lì）：酒慢慢地往下沥。⑤埋玉：旧时对有才者死亡表示悼惜之词。⑥纤月：温柔美丽的月亮。⑦迓（yà）：迎也。⑧尹草莱：杂草丛生，尹；治理。尹草莱，就是除去杂草。⑨丘壑：山水幽深之处，亦指隐者所居之处，也比喻深远的意境。⑩汨（mì）罗：即汨罗江，湘江支流，在湖南省东北部。⑪投荒：被迫或被流放到荒远的地方。⑫拥节来：节，即符节，古代出入关卡所持的凭证，为节的一种，用竹或木制成。也为符和节的统称。

【小传】

汪辉（1618年前后在世），号桂河。安徽休宁人。明万历三十二年（公元1604年）进士，初选庶吉士，授编修。历官国子监司业、南京吏部侍郎。魏王当陷以矫旨，削其籍。崇祯初，官复原职。

履卿焦别驾①邀登楼

夕望采石矶，且泊采石岸。故人闻我来，命驾遥相盼。
语言未及已，出舟时已晏。峰头半隐规②，水面初开扇③。
暝色④翳居人，秋风吹去雁。登楼谒青莲，风流犹可羡。
龙飞⑤未渡时，山灵犹独擅。秋浦⑥去几时，九华⑦眼中见。
缅想⑧读书台⑨，匡庐⑩如对面。客行渐滞淫⑪，且喜系兹缆⑫。
尽欢何必酒，情话可终宴。暗室久则明，畏途长须缓。
兴阑意无极⑬，共舟还青翰⑭。宫烛款今夕，客帆讯诘旦⑮。
劳生⑯那免别，无作临歧叹。

【注释】

①别驾：官名。焦别驾，即焦端；他时任太平府通判，世人呼之为焦别驾。②半隐规：规，校正圆形的用具，此指月。隐规，谓山峰把月遮去一半。③水面初开扇：即水面形成的扇形波浪。④暝色：暝（míng)，日暮；夜晚。⑤飞龙：原指皇帝的兴起或即位。后喻得志或升官。⑥秋浦：即秋浦河，一称贵池水，在安徽省南部。⑦九华：即九华山。⑧缅想：缅，遥远貌；缅想，即遥想。⑨读书台：相传李白在庐山有一读书台。⑩匡庐：即庐山。⑪滞(zhì）淫（yín)：即淹滞，淹留。⑫兹缆：兹，此也；兹缆即此缆。⑬兴阑意无极：阑：残、尽、晚。兴阑，就是兴趣已经没有了。⑭青翰：船名。⑮诘旦：即明旦，也指明晨、明日。⑯劳生：辛劳的一生。

【小传】

陶嘉祉①，当涂人，明崇祯七年（1634 年）甲戌科殿试金榜三甲第 118 名进士。

钓鱼台[②]

凌云山[③]下石如拳，日日潮来水声潺。
矶上[④]羊裘[⑤]闲把钓，波间鸥伴自安眠。
最宜秋夜松间月，尤爱春风榆柳天[⑥]。
兀坐[⑦]已忘尘世远[⑧]，河鱼换酒不须钱。

【注释】

①祉（zhǐ）：福也。②钓鱼台：位于当涂城东2.5公里处的凌云行政村，南临姑溪河，北靠灵虚山。钓鱼台，实为一块巨石仄卧于姑溪河畔，离岸十余丈，石上可坐数十人。③凌云山：即位于城东2.5公里处的姑溪河北侧，钓鱼台附近的一座山。④矶上：从矶为“水边突出的岩石”来说，钓鱼台也可以说是钓鱼矶。⑤羊裘：羊皮袄，东汉初严光披羊裘钓泽中。⑥榆柳天：榆（yú），榆树；柳，柳树。⑦兀（wù）：高耸突出貌。⑧尘世远：尘世，即人世。宗教徒常用以与“天堂”或“仙界”相对。

程一极

【小传】

程一极，明代人，生平事迹均不详。

青山歌

姑孰青山山色妍，壁立千仞[①]云为巅。
岩崖洞壑生紫烟，涧道冷冷泻飞泉。
百鸟和鸣杂管弦[②]，石林仄径[③]曲盘旋。
前临丹湖水，清澈生涟漪[④]。
鱼龙[⑤]骄出没，鸥鹭乐参差[⑥]。
倏忽[⑦]长风吹万里，须臾千顷[⑧]堆琉璃[⑨]。
天门南峙，三山北舍，澄江若练，秋江若赭[⑩]。

睹兹山之胜兮，知游客之缱绻[11]。
思齐谢朓，诗人冠冕[12]。
一游结精庐，意忘身在远。
李白雄才耽胜游[13]，到来削迹老斯邱。
二子[14]声华垂千载，旧址孤坟[15]今尚在。
只愁夜月照青山，猿猴魍魉[16]啼其间。
君不见，白纻峰，桓公一去少人踪。
龙山秋色年年似，落帽参军不再逢。
凌歊帝子[17]更寂寞，横山仙人几乘鹤。
我来怀古兴未孤，城南陶子[18]乃吾徒。
新诗解诵世人口，贫病翛然尚未苏。
且登湖上船，直抵牛渚头。
一派晴江浴落日，几群水鸟集芳洲。
可怜牛渚矶前月，何客乘舟泛月游。
袁郎吟咏差相似，谢尚风流古寡俦[19]。
峤也燃犀[20]胡为乎，我今独登太白之高楼。
明月徘徊泪潸下[21]，谁能一洗万古之穷愁。

【注释】

①仞（rèn）：古代长度单位，周制八尺，汉制为七尺，东汉末则五尺六寸。②管弦：即管乐和弦乐的统称。③仄（zè）径：倾斜而又狭窄的路径。④涟（lián）漪（yī）：细小的水波。⑤鱼龙：古爬行动物，属鱼龙类，体呈纺锤形，外形很像鱼。四肢桨状，适于游泳，生活于海洋中。眼大，嘴长，牙齿尖锐，性凶猛，以动物为食，卵胎生。⑥乐参差：即乐的程度不同。⑦倏忽：倏（shū），本指犬疾行。引申为疾速、忽然。⑧千顷：我国的面积单位，一顷一百亩。⑨琉璃：一种矿石质的有色半透明材料，诗人在这里显然是指江面平整光滑。⑩赭（zhě）：矿石名，褐黄色，可以做颜料。⑪缱（qiǎn）绻（quǎn）：形容情意深厚、缠绵。⑫冠冕（miǎn）：仕宦的代称。⑬耽（dān）：深切的爱好；耽胜游，就是爱好游览。⑭二子：指谢朓和李白。⑮旧址孤坟：指采石江边的旧坟。⑯魍（wǎng）魉（liǎng）：古代传说中的精怪名。⑰凌歊帝子：指南朝宋孝武帝刘骏，他曾在黄山顶上建凌歊台和避暑离宫。⑱陶子：指陶安。⑲寡俦：俦（chóu），伴侣；同辈。寡俦，就是孤家寡人一个。⑳峤：指东晋平南将军温峤，在采石燃犀牛角照妖之事。㉑潸（shān）：流泪的样子。

曹廷襄

【小传】

曹廷襄，字敷攻，当涂人。举人。好古能文，留意历代史诗。

昭明[①]读书堂[②]

人间龙种有昭明，生长萧梁[③]有异情。
不爱学佛爱书籍[④]，乃与武帝[⑤]同一诚。
金陵已有读书处，文选[⑥]楼向邗江著[⑦]。
慈姥矶头竹韵清[⑧]，书堂鼓吹[⑨]相为助。
岩花谷草斗芳菲，书带芝香列四围。
月露风云多变态，品题扬榷[⑩]生光辉。
光气熊熊[⑪]那可道，烛天照地咸应宝。
读书人去不复还，书堂名不随秋草。
梁家[⑫]事业已销亡，昭明姓字传芬芳。
但看古来盛名下，千秋大业在书堂。

【注释】

①昭明：乃南朝梁武帝太子萧统死后的谥号，世称昭明太子。②读书堂：乃昭明太子建在慈姥山半山腰的读书处，清末民初方毁。③萧梁：萧，梁武帝的姓；梁，南朝的第三个朝代名；用皇帝的姓和朝代名合称这个朝代，是古代的习惯。④不爱学佛爱书籍：这话不完全对。昭明太子既爱读书也爱佛教。他不仅崇信佛教的“三宝（佛、法、僧）”，还创立了佛教的俗谛和真谛（俗谛认为世间一切都是“有”；真谛认为世间一切都是“无”），还在宫中建立别殿，作为法集之所，招引名僧入宫，常与之讲经论法，直至深夜。他在慈姥山读书时，还在附近建了两座佛庙：丁兰庙、弥陀寺。每座庙里都有十几间房屋、几十位僧尼。⑤武帝：乃梁武帝——南朝梁的建立者，姓萧名衍，字叔达，南兰陵（今江苏常州西北）人，公元502—549年在位。⑥文选：指昭明太子编纂的30集《文选》，世称《昭明文选》或《昭明太子文选》。⑦邗

(hán) 江：县名，在江苏省中部、长江北岸，大运河斜贯其中。⑧竹韵清：慈姥山的竹子长得十分清秀。⑨鼓吹：指吹箫。⑩品题：评论人物，定其高下。品题和扬榷，都是读书活动中经常做的两件事。⑪熊熊：光气盛貌。⑫梁家：即梁朝。

戴重

【小传】

戴重（1601—1648），字敬夫，和州（今安徽和县）人。性至孝，平时谨言慎行，能诗善文。14 岁为诸生。明崇祯十七年，拔贡生廷试第一，授湖州推官。后因清军入关，戴重与阮震结太湖义族为一军，与清军战而三失三复湖州。因寡不敌众，转战数月后潜居于马鞍寺内，作绝命诗 15 首，最后绝食而死。有《河村文集》《河村诗集》等行于世。

采石江夜观渔

白月照水生白烟，渔舟忆纲[1]风肃然[2]。
逆波桨破南山影，露湿单衣不裹拳。
鲤鱼尺半压纲起，小儿叫呼阿婆喜。
老翁摇手叫莫喧，兵舟[3]拿鱼只拿鲤[4]。
得鱼那听偿酒钱[5]，避人且换晨炊米。
西风驱水如驱牛，轻鲦薄鲂[6]不可收。
田则有粮房有号，官家新算棣渔舟[7]。
江雁催霜换棉袄，安得尺鲤盈千头[8]。
官军上下撒腰带，江船不足渔船载。
步兵提刀拔女簪[9]，马军执策[10]鞭翁臂[11]。
水中无鱼岸有差，悔不无鱼自佣菜。
我数江行看捕鱼，私谓渔家乐有余。
鱼肥酒美暮歌发，脱冠弃书从汝居。

却听老翁作苦语，双衔秋泪芙蓉渚。
视我白袷冠儒冠[12]，爱我亦如我爱汝。

【注释】

①纲：网的总纲绳。②肃然：恭敬。③兵舟：即清军的兵舟。④只拿鲤，鲤鱼的品种比较好，所以兵舟只拿鲤。⑤偿酒钱：他拿了你的鱼，你再找他要偿酒钱，他就不睬你了。⑥轻鲦：鲦（tiáo），鱼名，亦称白鲦。薄鲂：鲂（fáng），鲂鱼，和鳊鱼相似。⑦棅（bìng），同“柄”。⑧安得尺鲤盈千头：安得，哪里得到；尺鲤：一尺长的鲤鱼；盈千头：超过千头。⑨簪（zān）：用来绾头发的一种首饰，一般是银制。⑩马军执策：马军即骑兵；策，鞭策，即骑兵手中的鞭子。⑪鞭翁臂：用鞭子鞭老翁的臂。⑫白袷冠儒冠：袷（qiā），白袷，就是白色的夹袄。冠儒冠：冠，戴；儒冠：就是古代读书人戴的一种方头巾，即方巾。

白纻山

黄巾[1]马碾春草死，江左青山青映水。
云是晋家[2]古草根，烟洗风熏又如此。
叹我老骥[3]贪草青，逢青草处嘶一声。
白纻山尖放脚暖，亭亭松盖[4]遮春晴。
南望龙山说古事，孟嘉落帽乃在是。
孙盛作嘲桓温笑，老酣旁若无人视。
参军破帽因我头，西风脱之脱我羞。
龙山无语却知我，超然命驾时独游。
将军赤须猬毛磔[5]，坐拥节旄[6]藏逆迹[7]。
白头不敢作天子，畏此幕中有醉客。
醉客夭矫如神龙，危机日蹈恒从容。
祢衡[8]那可事黄祖，曹操[9]终能杀孔融[10]。
始知老桓尚英物，酒中有趣为卿屈。
故应骂得王夷甫，长驱秦雒马千匹[11]。
参军老死将军倾，白纻歌残不忍听。
冢迷苦竹[12]窥荒井，苔丝漆黑闻血腥。
江山旧顾日将倒，春渴只欲啖春草[13]。

春草何知芳与臭，年年迷却东风老。

【注释】

①黄巾：即黄巾军，东汉末年的起义军。马碾（niǎn）：碾压。②晋家：即东晋。③骥（jì）：千里马。④亭亭松盖：松树冠。⑤将军赤须猥毛磔：赤须，即红胡子；猬（wèi）：即刺猬。这说明他的胡子很硬。⑥节旄（máo）：节即符节，古代将军打仗调兵的信物；旄：古代打仗用的旗子。⑦藏逆迹：即野心，桓温曾多次率兵西征，收复不少失地，应当是有功的。但他野心很大，时刻想着朝廷的大权，几次企图代晋自立。⑧祢衡：汉末文学家，少有才辩，长于笔札。⑨曹操（125—220）：即魏武帝，三国时政治家、军事家、诗人。字孟德，小名阿瞒，谯（今安徽亳州）人。⑩孔融（133—208）：汉末文学家，字文举，鲁国（治今山东曲阜）人。曾任北海相，时称孔北海。后因触怒曹操被杀。⑪雒（luò）：马名。⑫苦竹：亦称“金柄竹”，禾本科，杆圆筒形，高达四米。⑬啖（dàn）：吃。

唐念祖

【小传】

唐念祖，生平事迹不详。

采　石

芦笋[①]甘时鳜[②]正肥，空江烟尽一莺啼[③]。
钟敲月路全归艇，僧枕梅根[④]不掩扉。
水落鱼龙吹浪急，岩深狐鼠笑人稀。
长空白日浮云蔽，留得山花点客衣。

【注释】

①芦笋：芦苇的嫩芽，似笋而小，可以食用。②鳜（guì）：鱼名。③莺：鸟纲，莺科鸟类的通称。④梅根：即梅树的根。

【小传】

吴士琇[①]，字君玉，知州仲文子。诗文奇峭，有惊人句。居三里甸，临流构楼，据溪山之胜。积书万卷，与客把酒论文，傲岸不羁，胸襟拓荦。四方名士至姑孰者曰："不见君玉，犹空返也。"崇祯丁丑拔贡，授徽州府学训导，教士重大节，不琐琐（suǒ）文艺。清兵下徽州，时士琇署祁门县事，城破，即不食死。子宜生亦死之，长子继生自太学哭于墓而死。其幼子贞生、祺生，后俱入邑庠。从子德方，顺治副榜，迁安知县。

采　石

寻山穿石罅[②]，放艇乱江流。匹练矶前织[③]，修蛾[④]天际浮。
帆轻三峡水。风落九嶷[④]秋。直北平芜[⑤]望，风烟起夕愁。

【注释】

①琇（xiù）：像玉的石头。②罅（xià）：瓦器的裂缝。引申为凡物的缝隙。③匹练：即练过的布帛，多指洁白的熟绢。诗中是用来形容采石矶前的江水。④修蛾：蛾，蛾眉，修蛾即修眉，指东西梁山。⑤九嶷："嶷"亦作"疑"。山名。即九疑山。相传舜葬于此。⑥平芜：平旷的原野。

【小传】

徐媛，生平事迹不详。

大江行

鼓涛翻翻吹叠练，平铺一带纹如剪。
迅激驱湍[①]发滥觞[②]，冲流轧岸排星点。
海泽空涵镜面沙，葩扬[③]石去雨喷霰[④]。
海月[⑤]柱脚挂搔头，土肉腹垂小儿腕。
芦人春水钩红药，估客迎风流竹箭。
捧盘鲛人[⑥]泽含媚，遵皋交甫沉双璲[⑦]。
灵均抱石赋沧浪，神龛[⑧]寄梦陈渔使。
崦嵫[⑨]转日走玻璃，璇宫[⑩]月午蟾蜍坠[⑪]。
巨浸乾坤南纪开，星缠锦带连淮泗[⑫]。
浔阳[⑬]月夜司马船[⑭]，洞庭[⑮]波上湘妃泪[⑯]。
吴娃[⑰]倚扇障团沙，群女凌波歌采芰[⑱]。
楼船[⑲]箫管咽还通，绮陌风香桃李醉。
江中白雾高插天，三山半控青云遂。
草暝云昏古树低，花蟠日暄胭脂腻。
采石矶头月满楼，水阔台空凤凰避。
长干夜半秋风姿，剪碎一江帆影翠。
惟有津头[⑳]杨柳春，年年刷绿追行骑。

【注释】

①湍（tuān）：急流的水。②滥觞：滥（làn），泛滥；觞（shāng），喝酒用的器物。滥觞，本谓江河发源之处水极浅小，仅能浮起酒杯。后用以比喻事物的开始。③葩（pā）：花也。④霰（xiàn）：白色不透明球形或圆锥形的固体降水物。⑤海月：也称“窗贝”。瓣腮纲，不等蛤科。⑥鲛人：亦作蛟人，传说中的美人鱼。⑦璲（suì）：瑞玉名，可以为佩。⑧龛（kān）：供奉神像或佛像的石室或柜子。⑨崦（yān）嵫（zī）：山名，在甘肃天水西境。古代常用来指日没的地方。⑩璇宫：璇（xuán），美玉。璇宫，就是用璇玉雕饰华丽的宫室。⑪蟾蜍坠：月中的蟾蜍坠落了。⑫淮泗：谓淮河泗水也。⑬浔阳：古县名，今江西九江市。⑭司马船：即江州司马白居易的船。⑮洞庭：即洞庭湖。⑯湘妃泪：即湘妃竹。⑰吴娃：吴地称美女为吴娃。⑱芰（jì）：菱角。⑲楼船：有楼饰的游船。⑳津头：即渡头，或曰渡口。

【小传】

纪映钟（1609—1681），明末清初诗人，字伯紫，又作伯子，自称钟山遗老，江南上元（今江苏江宁区）人。明崇祯诸生。其时曾主金陵复社事。明亡后，弃诸生，回归故里，躬耕养母。时匿（nì）居南京的阉党余孽马士英、阮大铖要尽花招，企图复用。以纪映钟为首的复社同仁，大力揭发其与阉党搞乱朝政、祸国殃民的丑恶嘴脸，使其复用的阴谋不能得逞。后弃去，入天台山为僧。复舍去。晚年客居于友人处十年。友死后南归，移家仪征，卒于斯。著有《憨叟诗抄》4 卷。

谪仙祠和前韵

古人去矣波逐梗，江山留得萧萧影①。
翠螺忽占晚烟并，突见寥天②月孤炳③。
扁舟如鹤横江来，濯足高歌夜光永。
谪仙诗句昔惊天，骨压蛾眉古雪冷。
酒酣涕唾尧舜廷，晞④发归来小箕颖。
谢家山泽谢朓诗，此地何殊太华顶⑥。
醉乡日月潦草过，宫锦虽披不掩颈。
山藏仙蜕亦藏灵，落月寒钟动深省。
长江即是壶公壶，下士看为贺监井。
苍蝇大笑满世间，千钧弩⑧折孤云整。

【注释】

①萧萧影：草木青白稀疏貌。②寥天：寥（liáo）即寥廓；寥廓的天空。③炳：明亮。④晞（xī）：本指把洗净的头发晒干，后来也指洗发。⑤太华顶：华山同名主峰亦称太华峰，太华峰的峰顶为太华顶。⑥千钧弩：弩（nǔ），用机栝发箭的弓。千钧，不是括发机的重量，而是括发机拉力的重量。

杜濬

【小传】

杜濬（1611—1687），明末清初诗人，字于皇，号茶村，湖北黄冈人。少倜傥，为副贡生，但不得志，乃刻意为诗。明亡，他不愿仕清而躲到金陵，寓居于鸡鸣山之右30余年。他茅屋数间，梁欹栋朽，甚至家贫到无以举火。但他仍不屈服。杜濬诗学杜甫。明亡后，其诗多寓兴亡之感。诗风十分豪健，声誉很高，求诗者接踵（zhǒng）而至，但他一律谢绝不应。濬性廉介，即使他穷困如此，也不轻易受惠于人，后贫益甚。卒后，竟无以为葬。及陈鹏年知江宁府，才将其安葬于金陵蒋山之梅花村。有《变雅堂集》《清史列传》等行于世。

太白楼歌

大江东流为牛渚，群峦怒生若风雨。
采石青山互主宾，天门划作双眉妩[①]。
江山奇绝异人来，前有太真[②]后宣武。
搔首问天携小谢[③]，乘舟问月闻袁虎[④]。
开元[⑤]太白更清狂[⑥]，酷爱采石恣徜徉[⑦]。
醉中放涎[⑧]无不有，捉月岂必全荒唐。
东山安石[⑨]有别墅，成都子美留草堂[⑩]。
先生脱略[⑪]独不尔，幕天席地无何乡。
千年之后高楼起，倒卷余霞蘸江水。
山翠朝明澹客颜，松风暮聒诗人耳。
青山一峰两岸对，先生自向吟魂酹。
一曲沧浪入画图，半生蜀道归螺黛[⑫]。
二三年来禾黍愁，拳碎宁惟黄鹤楼[⑬]。
采石矶边亦荆杞[⑭]，渔樵落落[⑮]悲残秋。

侏儒[16]憔悴不足数，太白凄落[17]古安有[18]？
流传无恙百篇诗，兴废堪伤一杯酒。
兹来停策[19]试看山，画栋朱栏碧霭间。
居人竟说贤司理，捐俸庀材[20]方睹此。
西偏更辟松根堂，谪仙研席爰栖止。
欣然唤艇一登临，清风四面开予襟。
提壶携枕醉且卧，翻疑往昔不如今。
文章万丈重光焰，山情水态参差见。
卒尔为歌太白楼，前贤后哲俱堪美。
君不见，少陵诗[21]，
汝与山东李白[22]好，张公长句知名草。

【注释】

①妩（wǔ）：美好貌。②太真：唐杨贵妃号。③小谢：即谢朓，后世称谢灵运为大谢，谢朓为小谢。④闻袁虎：袁虎，即袁宏。袁宏字彦伯，小字虎。⑤开元：唐玄宗年号（713—741）。⑥清狂：放逸不羁曰清狂。⑦恣徜徉：恣，放纵。徜（cháng）徉（yáng）：自由自在地来回走。⑧涎（xián）：垂涎。⑨安石：即谢安，字安石，常游乐于东山（今浙江上虞西南）。⑩子美留草堂：子美，即杜甫，子美是杜甫的字。杜甫在成都留有草堂。⑪脱略：犹脱易。不以为意，轻慢。⑫螺黛：古代用以画眉的一种青黑色的矿物颜料。⑬黄鹤楼：故址在湖北省武汉市蛇山的黄鹄矶头。⑭荆和杞（枸杞）：都是灌木。⑮渔樵落落：渔，打鱼的；樵，砍柴的；落落，形容孤独，不遇合。⑯侏儒：身材矮小的人。古代贵族常以侏儒为倡优弄人，因亦称优伶为侏儒。⑰凄落：凄，凄凉；悲伤。落：衰败，飘零。⑱安：如何；哪里。⑲停策：策，谓鞭策，打马前进；停策即停止策马。⑳捐俸庀材：庀（pǐ）：备具；治理。捐俸庀材，系指周忱。周忱（1381—1453）明江西吉水人，字恂如，永乐进士，任刑部郎官多年。宣德五年（公元1430年），他以工部右侍郎巡抚江南，见采石翠螺山树木稀少，山石裸露，深觉这与风景秀丽的采石矶极不相称，就在这时，朝廷任命他为大中丞的御旨到了，于是他捐出了为大中丞第一个月的薪俸，在采石山上植树数万株。㉑少陵诗：少陵即杜甫，他在诗中曾自称少陵野老。㉓山东李白：李白曾旅居山东数月，故称其为山东李白。

徐绍泰

【小传】

徐绍泰，生平事迹不详。

登采石矶

采石矶峙江之中，危崖突兀[1]谁与同。
皴裂嶙峋[2]神斧功，翠茑[3]苍藤垂朦胧。
青烟绿雾卷郁葱，俯临百仞江声洪。
两梁夹立断长虹[4]，遥驱银涛[5]万里风。
倒翻日月[6]无时穷，滔滔沧海扶桑[7]东。
伊昔青莲[8]太奇踪，锦袍玉鞭鲸鳞红，
太真[9]犀光彻冥封。朱衣[10]绛帻[11]怪影空，
古人既往何所逢。高天野鹤鸣乔松，
我来顾眺心魂雄。射潮[12]破浪惊蛟龙。
宇宙[13]茫茫不可从。狂醉白云金碧宫，
一声铁笛山灵通。骚人[14]羽客[15]谁住青桂之深丛，
欲往与语乐无终。

【注释】

①突兀：高耸突出貌，指采石矶。②皴裂嶙峋：皴（cūn）裂，有皱（zhòu）纹、毛糙（cāo）、开裂。嶙（lín）峋（xún）：山崖突出貌。这是形容采石矶临江一面的山崖。③茑（niao）萝：植物名，旋花科。一年生光滑蔓草，茎细长，缠绕。④断长虹：即天门山阻“断”了长江。⑤银涛：即浪涛。⑥倒翻日月：即翻江倒海。⑦扶桑：我国对日本的旧称。按地在东海之外，相当于日本的方向，故相沿以为日本的代称。⑧青莲：即青莲乡，唐时属绵州昌明县，即今四川江油市南青莲场。诗人李白幼时随父自碎叶迁居于此，故自号青莲居士。人称李青莲或青莲学士。⑨太真：温峤，字太真，曾燃犀照牛渚矶下深水潭。⑩朱衣：朱，朱红，正红色；朱衣：古代帝王夏季所穿

朱红的服装，古代绯色的公服，也叫朱衣。⑪绛（jiàng）：深红色；帻（zé）：头巾。⑫射潮：相传五代时吴越王钱镠（liú）在杭州用弓箭射钱塘江潮头，与海神交战。⑬宇宙：天地万物的总称。⑭骚：即《离骚》，屈原作，因称屈原或《楚辞》作者为骚人或骚客，也泛指诗人。⑮羽客：道士的别称。羽，含有飞升之意。

方孝孺

【小传】

方孝孺（1357—1402），字希直，一字希古。浙江海宁人。宋濂弟子。人称正学先生。惠帝时任侍讲学士。燕王（明成祖）兵入京师（今南京城），他以不肯为之起草登基诏书被杀，凡宗族亲友株连数百人。其学术醇正，文章纵横豪放。著有《逊志斋集》。

吊李白

君不见，唐朝李白特达士①，其人虽亡神不死。
声名流落天地间，千载高风有谁似？
我今诵诗篇，乱发飘萧寒。
若非胸中湖海阔，定有九曲蛟龙蟠。
却忆金銮殿上见天子，玉山已颓扶不起。
脱靴力士②只羞颜，捧砚贵妃③劳玉指。
当时豪侠应一人，岂爱富贵留其身。
归来长安弄明月，从此不复朝金阙④。
酒家有酒频典衣⑤，日日醉倒身忘归。
诗成不管鬼神泣，笔下自有烟云飞。
丈夫襟怀⑥真磊落⑦，将口谈天日月薄。
泰山⑧高兮高可夷⑨，沧海深兮深可涸⑩。
惟有李白天才夺造化，世人孰得窥其作。
我言李白古无双，至此采石生辉光。

嗟哉石崇空豪富，终当埋没声不扬。
黄金白璧不足贵，但愿男儿有笔如长杠。

【注释】

①达士：犹达人，指通达事理的人。②力士：即高力士，唐宦官。李白在宫中时，为了挑战权贵，曾叫他为自己脱靴子。③贵妃：即杨贵妃，字太真，小字玉环。李白在宫中时，曾叫杨贵妃为自己捧砚。④金阙：即宫阙(què)，也就是宫门。⑤典衣，典，典当。⑥襟怀：即胸怀。磊落，形容胸怀坦白光明。⑧泰山：在山东省中部。古称“东岳”，一称岱山、岱宗。⑨高可夷，泰山虽高，可夷平。⑩涸（hé）：水干涸。

【小传】

杨金（1538年前后在世），号后峰。当涂横山人，嘉靖十七年进士。能诗，工书，著有《后峰集》。

蛾眉亭

江上蛾眉亭，屹立山之巅。下有牛渚矶，奔涛响潺湲[①]。
楚岸树亦古，吴门花欲然。梁山郁嵯峨[②]，中流一帆悬。
眺远豁心目，登高俯市廛[③]。羡彼蓑笠[④]翁，沽酒烹鱼鲜。
世代有兴衰，江湖多变迁。捉月理不经，燃犀事亦玄。
往者不可问，徒有空名传。我来值初夏，凭栏意茫然[⑤]。
何不饮美酒，而乃愧谪仙。

【注释】

①潺（chán）湲（yuán）：水徐流貌。②嵯（cuó）峨（e）：高峻貌。③市廛（chán）：古代城市平民的房地。④蓑（suō）：即蓑衣，雨具名，用龙须草编成。笠（lì），即斗笠，亦称笠帽。用竹箬或棕皮等编成，防雨用。⑤茫然：辽阔无边际貌。

【小传】

芮钊（1408—1462），字宗远，宝坻人，祖居山西芮城县，隋唐时迁居河南汴梁，北宋年间迁居江苏溧水县。正统进士，甘肃巡抚。在镇三年，边境寂然。卒于官。家贫，死后竟无以为敛(liǎn)。世人皆服其清操。

大圣堂

烟外招提云水深，空庭松桧①午交阴。
蒲团②偶拂谈禅尘，莲社③宁忘遁世心。
振錾清商松顶鹤，点波晴雪渡头禽。
从来名境输僧占，生抚沧州一浪吟。

【注释】

①桧（guì）植物名。亦称“圆柏”。②蒲团：信仰佛教、道教的人，在打坐和跪拜时，多用蒲草编成的团形垫具，俗称“浦团”。③莲社：原称“白莲社”。东晋元兴年间（公元五世纪初），慧远为了专修净土法门，在庐山东林寺所创立。中国净土宗奉慧远为初祖，并称其宗为莲宗。

【小传】

吴伯与，字福生，宣城人，万历进士，官至广东按察司副使。有《宰相守令合宙》。

饮采石太白楼同刘元弢[①]

名贤去不归，千古只荒阁，冬山况欲睡，摵摵[②]空零落。

一发渺长江，蛾眉惊峭崿[③]。神鱼怒欲鼓，游龙骄自攫[④]。

我来酬椒醑[⑤]，双柏下乌雀。忆昔金銮殿，朝朝侍宴乐。

乌栖曲[⑥]欲罢，清平调间作。一朝群小忤，抽身向林壑。

骚坛是主盟[⑦]，曲部当官爵。文字熬人气运微，许身高洁心空诺。

客囊水冷俨如今，糟丘狐兔[⑧]都非昨。呜呼！鱼目[⑨]从来妒，辕驹[⑩]空自缚，刘君[⑪]白也俦[⑫]，吊古意恢廓[⑬]。悠哉予有怀，聊向烟霞托。丈夫明晦自有时，所贵达人[⑭]善斟酌[⑮]。

【注释】

①弢（tāo）：弓或剑的套子。②摵摵（shè）：象声词，叶落声。③峭（qiào）：陡直；崿（è）：山崖。④自攫（jué）：本指鸟用爪疾取，后引申为夺取。⑤椒醑：椒，山巅；醑（xǔ）：美酒。⑥乌栖曲：乐府《西曲歌》名，内容多写游乐事。⑦主盟：即盟主。⑧糟丘：酒糟堆成的小丘。狐兔，即狐狸和兔子。⑨鱼目：古时骏马名。⑩辕驹：辕下驹（jū），幼马，不惯驾车，比喻人有所畏忌而显得局促不安。⑪刘君：即刘元弢。⑫白也俦：俦（chóu），伴侣；同辈。⑬恢廓，宽宏。⑭达人：通达事理的人。⑮斟（zhēn）酌（zhuó）：本指酌酒以供饮，后引申为商讨、考虑，以定取舍。

宿姑孰

作客休嗟滞[①]，浮生合自劳。蘋花一枕队，芦荻片帆高。

生计村书史，乡心寄酒槽。夜来寒不禁，换却旧绨袍[②]。

【注释】

①休嗟滞：嗟（jiē），感叹；滞（zhì），滞留。②绨袍：绨（tí）：粗绨做的袍。战国时，范雎给魏中大夫须贾办事，被须贾在相前毁谤，受打成伤。后来范雎改名张禄，入秦为相。须贾出使到秦国，范雎扮成穷人去见他，须贾说："范叔一寒如此哉？"送他一件绨袍。等到发现他就是秦相，乃肉袒谢罪。范雎因须贾馈赠绨袍，恋恋有故人之意，便不加杀害，后以"绨袍"不

忘旧情之意。

【小传】

林兆珂[1]（1588 年前后在世），字孟鸣，莆田人，万历进士，官刑部郎中。有《毛诗多识编》《林伯子诗钞》等书。

过采石赋得澄江净如练

秋水明远空，沧江行超忽。停策憩阴标，扬帆发采石。
云散天镜澄，风敛浪华歇。汀鹭[2]绝寒声，沙鸥[3]恣浮没。
荡漾衬霞光，潇爽清人骨。卧郡有玄晖[4]，云山俱秀发。
染翰[5]落芳洲，披襟藉林樾[6]。欢宴未及终，惆怅望京阙。
笑我乏高符，一麾守东粤[7]。慷慨怀古人，沉思谢勋阀。
借问铜柱铭，何如敬亭碣。岂必叹滞淫，把酒陶嘉月。

【注释】

①珂（kē）：玉名。②汀鹭：汀，水中或水边的平地；鹭（lù）：水鸟名，鸟纲，鹭科部分种类的统称。③鸥（ōu）：水鸟名，鸥科各种类的通称。④玄晖：南齐诗人、宣城太守谢朓的字。⑤翰（hàn）：长而坚硬的羽毛，可以作笔写字。⑥藉林樾：藉，以物衬垫，藉地而坐。林樾：樾（yuè），树阴凉儿。⑦粤（yuè）：广东。

【小传】

张治（？—1550），字文邦，茶陵人，正德中，会试第一，累官吏部尚书、文渊阁大学士，谥文肃。有《龙虎文集》。

谒太白祠

太白仙魂何处招，蛾眉亭下草萧萧[①]。
青山旧宅自春雨，落日寒江空暮潮。
朱瑟[②]遗音三叹绝，炎方[③]归梦一身遥。
玉鱼金碗终尘土，紫极丹丘谩寂寥[④]。

【注释】

①萧萧：草稀疏貌。②瑟（sè）：一种拨弦乐器，春秋时已流行，形似琴，通常有25弦，每弦有一柱。③炎方：南方炎热，故称南方为炎方。④寂寥：谓无声无形之状，后多用为寂静之意。

袁中道

【小传】

袁中道（1570—1623），字小修。明代著名文学家。湖北公安人。万历四十五年进士。官礼部郎中。十岁作《黄山雪》。工赋，有《珂雪斋集》。

采石舟中时值大雪

纤[①]尘不到小舟边，天赉[②]余生简淡[③]缘。
有寺有楼何异宅，非官非隐亦宜仙。
爱山恰好添鲜色，作客同忻[④]兆稔年[⑤]。
鸟迹人踪都灭尽，携筇一拜李青莲。

【注释】

①纤：细小。②赉（lài）：赏赐，赠送。③淡：跟“咸”相对。④忻（xin）：同欣。⑤兆稔年：兆，预兆。稔（rēn），庄稼成熟，引申为事物酝酿成熟。

【小传】

吴乡，生平事迹均不详。

白纻山怀古

慨想①旧风流，参军此地游。间花生谷口，老树卧山头。
欲和清歌曲，因思拥妓讴②。松风③灵籁彻，逸韵入高楼。
寻芳来白纻，丛莽卫森幽。泉滴巉岩脚，云拖怪石头。
林深藏寺静，花馥惹蜂游。欲极平原望，抠衣④更上楼。

【注释】

①慨想：感慨之想。②妓：古代歌舞的女子。③松风：即白纻松风。白纻山上有一棵高大挺拔的大青松。因桓温常上山欣赏白纻舞歌，故松风里常带着白纻舞歌声和音乐声。白纻松风，是当时姑孰的八景之一。④抠衣：古礼，见尊长时提起衣服的前襟，以示恭敬。

【小传】

冯昇，生平事迹不详。

游景山

三月城东风景好，粉粉朱朱①花满道。
月盘拥出青芙蓉②，望之俨若神仙岛。
诗朋邀我游上头，缓策③轻蹄踏芳草。
一路松阴绿到门，满地落红风自扫。

琳宫[4]金碧炫晴霞[5]，香雾空濛人祀祷。
高升绝顶望堪舆[6]，眼空万里舒怀抱。
一觞一咏不停留，东君莫惜金尊倒。
人生不用苦奔忙，饥寒富贵皆天造。
百年此乐能几何，绿鬓[7]明朝便成老。
东风沉醉归去来，霞天数点昏鸦小。

【注释】

①朱朱：朱，红色；朱朱，花红貌。②芙蓉：莲（荷）的别称，也用来比喻女子和山峰的美貌。这里指的是后者。③缓策：策，策马，鞭策。缓策，即轻轻地、慢慢地策。④琳宫：谓神仙所居之处，亦即道院。⑤炫（xuàn）：照耀。⑥堪（kān）舆（yú）：天地的代称。李善注引《淮南子》许慎注："堪，天道也；舆，地道也。"⑦绿鬒：鬒（zhěn），乌黑而光亮的鬓发，引申为青春年少的容颜。

【小传】

吴诏，生平事迹不详。

凌歊台怀古

俯仰[1]怀陈迹，登临一慨然。涧岩迷细草，石径锁寒烟。
山曲犹如昔，松稀不似前。深情何所寄，培植藉高贤[2]，
泉石清幽处，荒台岁月深。苔衔青衬屐[3]，树带绿侵襟[4]。
花鸟几番态，云霞数阵阴。游人频着眼，惊似翠华临[5]。

【注释】

①俯：屈身，低头，这是一种恭敬行为。②藉：凭借。③屐（jī）：木头鞋。④襟：古代指衣服的交领，后指衣服的前幅，也代指衣服。⑤翠华：皇帝仪仗中一种用翠鸟羽毛作装饰的旗。

吴仲文

【小传】

吴仲文，生平事迹不详。

夏日丹湖舟行

拨动浪花浮，行行棹不休[1]。气凉忘是夏，云淡浑如秋。
鸟过鱼吞影，潮平草出头。望中村落近，杂树绿阴稠。
出门才向曙[2]，归路忽斜阳。鸦去前林集，人来渡口忙。
霞沉烘水色，风便掠荷香。何处采菱者，歌声隔浦长。

【注释】

①棹（zhào）：划船工具，长曰棹，短曰楫。棹不休，划着不停。②曙（shǔ）：破晓；日出。

倪瑞胤

【小传】

倪瑞胤[1]（约 1634 年前后在世），一作瑞应，字青崖。当涂人。著有《倪仲子诗集》。

泛舟采石

松壑寒风势欲骞[2]，泛舟携酒夕阳前。
双蛾半剑余寒色，静练平铺[3]带暝烟[4]。
水落渔舠[5]争出浦，霜棱雁阵远连天。
锦袍夜泛人千古，高韵谁呼月满船。

【注释】

①胤（yìn）：后代。②骞（qiān）：高举，飞起。③静练平铺：练：经过煮（练）过的丝麻或布帛，多指洁白的熟绢。静练平铺：是用来形容平静的江面像平铺了一匹白绢。④暝（míng）：日暮；夜晚。⑤舠（dāo）：一种捕鱼用的小船。

【小传】

恽向[1]（1568—1655），画家。原名本初，字道生，号香山。武进（今属江苏）人。崇祯末举贤良方正[2]，授内阁中书舍人。擅诗文，工山水。后改名向，字曙臣。早年学董源，巨然。骨力圆滑，浓墨润湿。

和谢朓东田

绝迹苦促迫，耕田即行乐。随云上荒坡，因水结茵阁[3]。
采菱鱼田田[4]，放眼鸟漠漠[5]。风摇凉月动，野旷寒星落。
春酒夫如何，青山坐东郭[6]。

【注释】

①恽（yùn）：姓也。②贤良方正：汉代选拔人才的科目之一。③茵（yīn）：古代车子上的垫子、席子、毯子、褥子的通称。④鱼田田：形容声音很大。⑤漠漠：寂静无声。⑥坐东郭：东郭，即东门城郭。

【小传】

刘城，字伯宗，贵池人，诸生。入清，屡荐不起。有《春秋左传》《地名录》等书。

舟过天门山访鲁儒①发率歌以赠

历阳之郡②天门山，长江浩浩流其间。
东西两峰回相望，烟萝崭绝谁能攀。
东峰月出西村暮，江草芊眠③隐江树。
数家篱落④半樵渔，中有美人托芳步。
美人昔住钟山阳，韶音⑤今旨闻四方。
手抱瑶琴⑥弄清曲，华林日夕鸣鸿翔。
可怜世乱遭迁次⑦，几度上书不得志。
江湖长有庙廊忧⑧。逢人好谈天下事。
白门杨柳秋复春，客路蹉跎⑨愁杀人。
一朝迎亲挈妻子⑩，乘潮直至乌江渍⑪。
故里凋残不可返，停舟且息天门阪⑫。
白沙翠竹宜垂纶⑬，谷口樵风幸未远。
吁嗟乎！子敬伟略王佐才⑭，
岂应戴笠⑮栖江隈⑯。天门虽胜苦离索⑰，
劝君石城还复来，无为⑱辄生⑲江南哀。

【注释】

①鲁儒：即鲁地的儒士。②历阳郡：晋永兴元年（公元304年）置。治所在历阳（今和县）。辖境相当今安徽和县、含山两县。③芊（qiān）：草木蔓衍丛生貌。④篱落：即篱笆。⑤韶（sháo）：虞舜乐名。⑥瑶：光洁美好，用以称美之词。⑦迁次：犹言移居。⑧庙廊：朝廷。⑨蹉（cuō）跎（tuó）：时光白白地过去。⑩挈（qiè）：提，节。⑪渍（fén）：边。⑫阪（bǎn）：同坂。⑬垂纶：纶，钓丝。垂纶即垂钓，也以垂纶指隐退或隐居。⑭子敬：三国吴国名将鲁肃的字。⑮笠（lì）：笠帽，亦称斗笠，防雨的帽子，用竹箬（笋皮）或棕皮等编成。⑯江隈：长江弯曲的地方。⑰离索："离群索居"的省略。⑱"无为"：道家的哲学思想。即顺应自然变化之意。汉初采用"无为"治术，即"与民休息"的政策，对稳定社会秩序和发展生产起了一定作用。⑲辄（zhé）：即也。

【小传】

冯京弟（？—1654），明末清初学者，抗清志士。字跻仲，号簟（diàn）溪，浙江宁波慈溪人，学者称“簟溪先生”，明末复社名士，官兵部右侍郎。崇祯十一年列名《留都防乱公揭》，被称为反清烈士，与董志宁、王栩（xǔ）三烈士合葬一墓。有《浮海纪》。

天门放歌赠鲁戆①人

天门中断楚江开，青莲题句悬崔嵬。
龙虎昼睡云生苔，雷霆[2]夜斗江倒回。
谪仙醉游双脚软，风波怕杀横江馆。
掉头狂吟天门诗，不敢结巢天门老树枝。
牛渚烧犀水怪绝，笑指青山卜其宅。
天门之险有如此，人之所畏君所喜。
堂上老人双白头，稻麦屡失江田秋。
风雨飞乎无妇鸠[3]，新来络秀饶么羞。
空持敝帚宁不忧，爱君晓尽天下事。
袖手[4]抱筹善形势，钓艇晒网天门寺。
酒槽帘挂[5]天门市，烹鱼瀹酒[6]待佳士。
雄辨雅音俯一世，往往独立天门最高峰。
大河长淮指横纵，殷殷[7]鼙鼓[8]舂我胸[9]。
北望西京[10]神乃恭，佳气朝呼青芙蓉。
吁嗟乎！汝虽思君，
其如君不汝思何，为汝放歌天门歌。

【注释】

①戆（gàng）：愚而刚直。②霆（tíng），霹雷。③鸠（jiū）：鸟名。④袖

手：藏手于袖，谓不过问其事。⑤酒槽：槽，酿酒的器具；帘，酒帘，也叫“酒旗”，俗称“望子”。旧时酒家的标志。⑥瀹（yuè）酒：即煮酒。⑦殷殷：忧伤貌。⑧鼙（pí）：鼙鼓。古代军队中用的小鼓。⑨舂（chōng）：用杵臼捣去谷物皮壳的声音。⑩西京：古都名。西汉都长安，东汉改都洛阳，因称洛阳为东京，长安为西京。

皇甫访

【小传】

皇甫访，字子安，嘉靖进士，好学，工诗，时称皇甫四杰，官至浙江按察佥事。有《皇甫少玄集》

十六夜月

牛渚风流地，清江万里长。今宵怀谢尚，乘月益清狂[①]。
胜事已云尽，佳期何可忘。凉风吹舞袖，白苎[②]满秋霜。

【注释】

①清狂：《汉书》颜师古注引苏林曰：“凡狂者，阴阳脉尽浊。今此人不狂似狂者，故言清狂也。或曰色理清徐而心不慧曰清狂。”②苎（zhù）：植物名。

李之世

【小传】

李之世，字长庆，号鹤汀，新会（今广东新会）人，以麟子。少有逸才。工诗，善书。间作倪瓒山水，皆清绝可爱。万历三十四年（1606）举于乡。著有《圭山副藏》《北游草》《剩永山房漫稿》《朱厓集》等。

舟次横江

凌晨发江门，其夕抵东渚。西流下崩湍[1]，方舟[2]逆相拒。
危樯牵巨缆，十步九回顾。滩声怒如雷，杂以萧骚雨[3]。
游人终夜叹，大半思乡土。却望人头山，三朝又三暮。

【注释】

①崩湍（tuān）：急流的水。②方舟：两船相并。③萧骚：树木被风吹拂所发的声音。亦用来形容萧条凄凉。

【小传】

李应征，字侦伯，长洲人，中景泰乡举，官太仆少卿。善文辞，甚负世誉。

横　山

日落海云起，苍茫倚马看。横江不可渡，秋水正漫漫。
夹岸青山出，孤飞白鹭寒。当歌有明月，对酒莫辞干。

【小传】

唐诗，字子言，无锡人。有《石东山房稿》。

自我到横江二首

自我到横江，青山对我室。佳气隔城来，满户团金碧。

自我到横江，不闻江水恶。江石良可漱[1]，江水良可濯[2]。

【注释】

①江石良可漱（shù）：漱石枕流。《世说新语·排调》："孙子荆语王武子'当枕石漱流'，所以枕流，欲洗其耳；所以漱石，欲砺其齿。后以"漱石枕流"或"枕流漱石"指士大夫的隐居生活。②濯（zhuó）：洗涤；濯足。

冒愈昌

【小传】

冒愈昌，字伯麟，江苏如皋人，秀才，诗人。

过采石怀太白

裘马[1]千金瓮底春[2]，清平一调醉中亲。
从君死后无狂客，寂寞词人与酒人。

【注释】

①裘马：即穿裘（qiú）骑马，形容生活的豪华。②瓮（wèng）：一种陶制的酒坛子。翁底春，指酒。

六　清朝

【小传】

陈于王，字健夫，苏州人。入沈阳，隶汉军，后居顺于宛平（今北京丰台一带），平生嗜好诗文，著有《西峰草堂杂诗》。

昏黑泊天门山下

水声兼风声，灏[1]江势荡漾。乘思举孤篷，箭驰千里浪。
鹢首[2]失崖翠，远峰造万状。路穷朝光促，景灭夕烟上。
瞑色连空江，冷气来叠嶂。渺然迷处所，经危生惆怅。
渔火屡兴没，隐现辨博望。陈醴[3]解悴[4]颜，魂定色乃畅。
微星[5]灿北斗[6]，物我皆无恙。

【注释】

①灏（hào）：水势大。②鹢首：古代船头上画着一种叫鹢的水鸟，故称船首为“鹢首”，亦借指船。③醴（lǐ）：甜酒。④悴（cuì）：憔悴；脸色憔悴。⑤微星：亮度微弱的恒星。⑥北斗：即北斗七星。

【小传】

葛天裔，字仍氏，芜湖县人。明末，开纳资试士例。愤然，遂绝意进取。明亡，自投于江。有渔舟救之起。遁迹庐山，以禅悦终。

神山村居

浮宅蘼芜[1]间，平畴[2]孤翮缩[3]。烧芋[4]扑寒檐，剪茨涂碎屋。

游鳞唼喋[5]忙，卧犊林丘伏。山村断酒帘，御冬鲜旨蓄。
尝听巫鼓鸣，祈年集荒陆。摊书啸胡床，争食矜鸡鹜[6]。
长叹岁华淹，哀鸿[7]渐陵木。

【注释】

①蘼（mǐ）芜：草名，亦名江蓠。②畴（chóu）：已耕作的田亩。③翮（hé）：羽根。即羽毛下端不生羽毛而中间空的部分。④芋：植物名，俗称"芋艿"、"芋头"。⑤唼（shà）：即唼喋（zhá）形容水鸟或鱼类吞食的声音。⑥矜（jīn）：怜悯；怜惜。鸡鹜（wù）：鹜，鸭子。⑧哀鸿，比喻流离失所的灾民。

冯达道

【小传】

冯达道，字惇五，武进人。顺治进士，官河盐道。

行过采石，骤逢风雨，倏①焉开霁②，山水清佳

搔雅[3]寄清游，山影摄江影。征夫[4]悦前路，未历意已肯。
一晴畅无极，良时快深省。骤雨天北来，妒客心大等。
四围凛奇黑[5]，身若堕眢井[6]。神鬼纷攫拏[6]，蛟龙恣豪逞。
凄切行路难，笑语忽清冷。车后余滴沾，车前夕阳耿[7]。
晴晦尺寸间，昼夜咄嗟顷[8]。山光湿未干，江烟乱方整。
正以向兀突。弥觉今遥永。造物助客欢，厥意在遒警[9]。
问石石无语，秋情君素领。

【注释】

①倏（shù）：极快地，忽然。②霁（jì）：雨雪停止，天气放晴。③搔雅：搔同骚，即风雅文人。④征夫：旧谓远行之人，使者。⑤凛（lǐn）：寒冷。⑥"堕眢井"：堕（duò），落下；眢（yuān）：眼球枯陷失明。眢井，即枯井。⑥

攫（jué）：本指鸟用爪疾取，引申为夺取。⑦耿：光明。⑧咄嗟顷：咄（duō）嗟（jē），吆（yāo）喝（he）。顷，顷刻，即一霎时。⑨遒（qiú）：强健，有力。

魏际瑞

【小传】

魏际瑞（1620—1677），原名祥，清初散文家，字善伯，号伯子。江西宁都人。生于明光宗元年，卒于清圣祖康熙十六年，享年58岁。明末诸生。性敏强记。于兵刑礼制律法皆穷其究。际瑞兄弟三人（弟魏禧、魏礼）合称宁都三魏（三人中魏禧较有名）。际瑞喜漆园、太史公书，笃治古文。学使侯峒曾亟（jí）赏其文。入清后，为岁贡生。客浙抚范承谟幕下。不久，死于韩大任之难。著有文集15卷，并行于世。

天门山

天门分踞大江东，形胜南隅[①]自古雄。
直扼金陵千里势[②]，横过采石一帆风。
波吞狮尾春潮黑，月吐蛾眉衣晕红。
最是昔人遗恨处，怒吴楼上祀关公[③]。

【注释】

①形胜南隅：形胜，地理形势优越；南隅：江南一角。②直扼金陵：扼（è），采石、姑孰，是南京乃至整个江东地区的南大门，所以说直扼金陵千里势。扼：把守；掐住。③关公：关羽（？—219）三国蜀汉大将，事迹被宣染，并加以神化，尊为“关公”、“关帝”。

吴绮

【小传】

吴绮[1]（1619—1694），清初文学家。字园次，号听翁，时称红豆词人，江都（今江苏扬州）人。顺治拔贡，官湖州知府。骈(pián）文学李商隐，亦能诗词，并有戏曲创作。有《林蕙堂集》等。

青山怀古行[2]

霜花入江江树红，半江落日摇悲风[3]。
此时客向青山路，遥见松楸[4]窜狐兔。
推蓬指问黄头郎[5]，云是将军[6]神道处[7]。
将军束发[8]事边疆，浴血榆关[9]四十霜[10]。
射雕并挽双飞鞬[11]，回马常持半段枪。
曾经搏战乌桓贼[12]，手戮长鲸襄水赤。
上相频分卧内符，诸侯竟屈辕门膝[13]。
手缚渠魁[14]未报恩，渔阳鼓[15]入延秋门。
西京[16]已下仙人泪，南国还招帝子魂。
马渡琅琊[17]从此化，将军定策[18]同王谢。
岂知艳曲号无愁，亚子空呼李天下。
天下龙髯痛未消，临春明月响琼箫。
中涓[19]厮养[20]横宫锦，丞相家儿插坐貂。
就中更有陈留子，宫门夜半传黄纸。
尽逐元丰旧党人[21]，半闲堂里烟尘起。
传檄言诛刁与刘，武昌杨柳作边愁。
岩疆已付中心说，壮节空思祖豫州。
将军义愤填怀抱，洗日虞渊[22]何足道。
一朝失计在移军，清风小用临江啸。

倚剑空持南壁天，北来烽火[23]照甘泉。
横江零落千寻索[24]，下殿仓皇七宝鞭。
此时将军镇姑孰，宫中夜到驱黄犊[25]。
紫髯怒吼阵云昏，虞歌夜泣蛾眉绿。
平明战鼓动江鸦，裹创犹呼御赐騧[26]。
鸣弦岂忆来鹑尾[27]，拔刃空闻叱虎牙[28]。
可怜魄染胭脂血，蒲首归来事难说。
几年墓木拱白杨，夜夜犹然叫鶗鴂[29]。
我闻此语心伤悲，为指江涘[30]之高垒。
当年庙算[31]列四镇，此地实为君封陲[32]。
痴儿不了公家事，模糊颠倒山河字。
骂贼不及雷海青[33]，弄兵窃效田承嗣。
将军抗表建牙旌[34]，讨逆应先李茂贞[35]。
一喝逆流万人死，摧枯木朽无坚营。
楼烦[36]出射弓矢堕，锦裘绣帽如雷火。
紫电横飞灵宝刀，红冰腻结连环锁。
至今白骨满苍山，折戟犹存战血斑。
竖子[37]无成悲广武，词人多恨哭江南。
吁嗟将军复何有，从来运数多阳九[38]。
留守魂游宋氏河，监军泪滴唐家酒。
吾徒意气岂能灰，当时所用违其才。
夕阳下山黄叶雨，江风飒飒魂归来。

【注释】

①绮（qǐ）：有花纹或图案的丝织品。②所谓怀古：实际就是怀念桓温。桓温（312—373）东晋谯国龙亢（今安徽怀远西）人，字元子。明帝婿。以大司马身份镇守姑孰，专擅朝政。死后葬在青山北麓。墓前原有石人、石马、石碑等，后不知去向。③悲风：即凄厉的风。④松楸（qiū）：植物名，紫葳科，落叶乔木。⑤黄头郎：汉代掌管船舶行驶的吏员。⑥云：说；将军：指桓温。⑦神道处：指桓温墓前石人石马。神道，即墓道。⑧束发：因为事边疆，所以要束发。⑨榆关：古关名。一作渝关，又称临闾关、临渝关、临榆关。⑩四十霜：四十年。⑪鞬（jiān）：马上盛弓器。⑫乌桓贼：乌桓，古族名，也作乌丸，东胡族的一支。公元前3世纪末东胡为匈奴所灭，部分残部

退保乌桓山，后称乌桓人。⑬辕门膝：辕门，指领兵将帅的营门及督抚等官署的外门。膝：膝行。⑭渠魁：渠，大也；魁，首领。⑮渔阳鼓：亦称“渔鼓”、“竹琴”、“道筒”，击乐器，常与简板合用，以伴奏“道情”。⑯西京：唐显庆二年（公元 657 年）以前，称长安为西京。⑰琅（láng）琊（yá）：古邑名，春秋齐地。⑱定策：即定计。⑲中涓：涓（juān）官名，后世一般用作宦官之称。⑳厮养：旧称为人服役、地位低微的人。㉑尽逐元丰旧党人，元丰，宋神宗年号（1078—1085）。尽逐旧党人，指元祐党争。㉒虞渊：神话传说中日落的地方。㉓烽火：古时边疆在高台上烧柴或狼粪以报警。㉔寻：古代长度单位，八尺为一寻。㉕犊（dú）：犊牛，也叫“牛犊”，简称“犊”。㉖御赐騧：騧（guā），黑嘴的黄马。御赐，即皇上的赠送。㉗：鹑尾：十二次之一，与十二辰相配为未，与二十宿相配为翼、轸两宿。明末后译黄道十二宫的室女宫为鹑尾宫。㉘叱（chì）：大声呵斥。㉙鶗（tí）鴂（jué）：鸟名，即子规、杜鹃。㉚涘（sì）：水边。㉛庙算：庙堂的策划，指朝廷的重大决策。㉜君封陲（chuí）：陲，为边陲，靠边界的地方。封陲，就是给臣属封侯。㉝雷海清：唐代宫廷乐师，精通琵琶，安禄山叛兵在凝碧池作宴，并露刃威迫众乐师奏乐。雷将乐器掷地痛哭，以示抗拒，被安禄山肢解示众。㉞旌（jīng）：古代旗的一种，缀旄牛尾于竿头，下有五彩析羽，用以指挥或开道。㉟李茂贞：李茂贞（856—924）唐深州博野（今属河北）人。本姓宋，名文通。僖宗时历任武定、凤翔节度使，封陇西郡王，赐姓名。天复元年（公元 901 年）朱温兵逼长安，昭宗逃凤翔，他挟持昭宗与朱温（后梁太祖）对抗。后梁建立后，他地盘缩小，仍自称岐王。同光元年（公元 923 年），后唐建立，次年对后唐上表称臣。㊱楼烦：古县、地名，关名。地址都在今山西境内。㊲竖子：竖（shù），童仆，也是对人的一种蔑称，犹小子。㊳阳九：古代术数家以阳九为灾难之年或厄运。

【小传】

鲁承侯，当涂薛镇人，邑庠生[①]。善诗文，工书画，擅墨竹、草书，得者宝之。著有《东山草堂诗集》行世。

灵墟山

群山向西走，拔地欲倒卷。昂首若猊怒[2]，或如骥饮泉[3]。
独有一峰秀，苍翠与云连。云是汉循吏[4]，于此学神仙。
丹成化鹤返，自言已千年。殷勤劝世人，何事营墓田。
我来访遗迹，洞口花正然。神仙不可见，李白诗空传。
迟迟出岩际，松风响寥天[5]。

【注释】

①庠（xiáng）生：科举制度中府、州、县学生员的别称。庠是古代学校之称。②若猊怒：猊，即狻猊：狮子。若猊怒，像狮子一样发怒。③骥饮泉：骥（jì），千里马。④循吏：是奉公守法的官吏。

甘京

【小传】

甘京（约1661年前后在世），字健斋，江西南丰人。初为诸生（明清两代称已入学的员生为诸生）。好学，能诗文，负气慷慨。后弃举子业，师事谢文荐。值邑荒乱，特请免荒税，赈饥平寇，乡人赖之。闽中令闻其名，以重金聘入幕府。京与同邑封浚、黄汇、曾曰都、危龙光、汤其仁同师荐，号“程山六君子”。著有《通鉴类事抄》120卷，《轴园稿》10卷，《不分草》2卷，《无名学士传》若干卷（均为清史列传）并传于世。

采　石

闻是上游形胜地[1]，石矶横截与江分。
危松影动鱼龙窟[2]，败苇风吹雁鹜群[3]。
宋室连营[4]传太傅[5]，常家奋武出将军[6]。
江南昨日何曾战，炮火空台筑水渍[7]。

【注释】

①形胜：地理形势优越，也指山川胜迹。②鱼龙窟：鱼龙，古爬行动物，属鱼龙类。③鹜（wù）：鸭子。④宋室：指宋朝。这一句是指宋灭南唐采石之战。⑤太傅：官名。西汉时称太子太傅。⑥常家：指朱元璋名将常遇春家。⑦水渍（fén）：即水边。

【小传】

张九皋[①]，生平事迹不详。

慈姥山咏行

昔在轩辕时[②]，伶伦[③]走嶰谷[④]。断竹两吹之，阴阳律各六[⑤]。
雍雍[⑥]喈[⑦]凤鸣，宛听归曷曲[⑧]。寥阔[⑨]数千祀[⑩]，逸响[⑪]久沦没[⑫]。
谁知造化奇，有绝必有续。灵秀钟山川[⑬]，慈姥江中矗[⑭]。
修竹[⑮]满巉岩，春蔚陋淇澳[⑯]。冉冉幽篁间[⑰]，丛条映深绿。
雨露汲苞根[⑱]，风涛相叶触。中虚既能容，外挺复不辱。
子犹别室栽，与可绢角拂。自古贤达士[⑲]，爱此清高物[⑳]。
兹山竹更异[㉑]，发响振聋俗[㉒]。良材堪世用，讵止悦游目。
知希告已然，柯亭构茅屋。真赏会有期，负奇宁久屈。
快哉中郎逢[㉓]，截管妙音出。舣舟望山崖，额手[㉔]贺斯竹。

【注释】

①皋（gāo）：水边的高地。②轩辕（yuán）：即黄帝。③伶伦：乐官名。④嶰（xiè）：两山间的涧谷。⑤阴阳律各六：我国古代律制为十二律。用三分损法将一个八度分为十二个不完全相等半音的一种律制：各律从低到高依次为黄钟、大吕、太簇、夹钟、姑洗、仲吕、蕤宾、林钟、夷则、南吕、无射、应钟。又，奇数各律称“律”，偶数各律称“吕”，总称“六律、六吕”，简称“律吕”。⑥雍雍：鸟和鸣声。⑦喈（jiē）：鸟和鸣声。⑧曷（hé）：古文中用来表示疑问，相当于何、为什么。⑨寥阔：亦作寥廓，远大貌。⑩数千

祀：祀（sì），祭祀。商代称年为祀，数千祀即数千年。⑪逸响：散发的声响。⑫沦没：即淹没。⑬灵秀钟山川：即“钟灵毓（yù）秀”句的省略。⑭慈姥江中矗：矗（chù），直立，高耸。现在的慈姥山与江岸相连。古代的慈姥山却离岸很远，矗立在江中。⑮修竹：即高或长竹子。⑯澳：淇澳乃《诗·卫风》篇名。⑰冉冉幽篁间：冉冉，慢慢地，渐进貌；幽篁，篁（huáng），竹田、竹林；丛生的竹子，也泛指竹子。⑱汲苞根：汲，郑玄注：“汲，引也。”苞根，苞，丛生。⑲贤达士：有才德、有声望的人。⑳清高物：旧时谓不慕荣利、洁身自好为清高之人，也常称竹子为清高物。㉑兹山：兹，这也。兹山即这山。竹更异：慈姥山的竹子跟别的竹子不一样：肉薄、圆质、节长，是做箫管的最好材料。㉒聋（lóng）俗：旧谓不辨美恶的世风。㉓中郎：官名。㉔额手：以手加额，表示称贺。斯竹：斯，这个、这里。斯竹即这竹。

鲁逢年

【小传】

鲁逢年（生平年月不详），字兰友。清代当涂薛镇人，邑增生。著有《采石山房集》《红雨亭稿》《灵墟山志》等。

青山拜太白墓

为寻遗迹越山头，蔓草[①]寒烟九月秋。
高冢几朝余古树，残碑何代立荒丘。
松风夜夜悲华表[②]，江月年年照酒瓯[③]。
恨我来时君已远，生刍[④]一束吊前修。
狂怀自与俗情违，敬吊先生款破扉[⑤]。
巴水不来吴地僻，青山未改白云微。
千秋俎豆[⑥]诗坛盛，一代衣冠子姓稀。
留得风流遗后学，松稍鹤返世人非。
策蹇[⑦]穿林度白云，迢迢[⑧]幽径访孤坟。
当年楼上君怀谢[⑨]，今日山中我吊君。

万古名留人已远，百篇诗在韵犹芬。
斜阳老树寒鸦集，败壁荒祠落叶纷。
几年马迹度湖湾，欲谒青莲恨未闲。
此日始来寻断碣，当时谁与葬荒山。
绿苔满砌金樽色，红树依祠宫锦斑。
千古英才千古尽，先生长自在人间。

【注释】

①蔓草：蔓（mán）生植物的枝茎，木本曰藤，草本曰蔓。②华表：亦称“桓表”。古代用以表示王者纳谏或指路的木柱。③瓯（ōu）：盆盂一类的瓦质酒器。④生刍：刍（chú），喂牲口的草；生刍：新割的草，后因称吊丧礼物为生刍。⑤款破扉：款（kuǎn），敲打，叩。扉（fěi）：门，柴扉。⑥俎（zǔ），俎和豆，都是古代祭祀用的器具，引申为祭祀、崇奉之意。⑦策蹇：策，马鞭；蹇（jiǎn）：跛，行走困难，引申为蹇驴或驽马。⑧迢迢（tiáo）：遥远貌。⑨君怀谢，即李白怀念谢朓。

周体观

【小传】

周体观（1618—1680），字伯衡，直隶遵化（今属河北省）人。顺治五年中举，六年登进士第。选翰林院庶吉士，迁户科给事中、吏科给事中，出为江南按察司副使，分巡池太道江西布政分守南瑞道。周体观幼负异才，喜读史书，文爱柳宗元，诗爱杜甫。当时的豫章藩王言远、参藩施润章、小参宋其武，有豫章四君子之称，时常应和诗作。他为官刚正，直言敢谏，弹劾不避权贵。因而得到皇上嘉赏。顺治八年被敕授徵仕郎，妻毛氏被封为孺人。顺治十四年，周体观又被授予宪大夫，妻毛氏封为恭人。有《晴鹤集》。

晚登太白楼

风雨萧萧[①]李白楼，登临独俯大江流。
苍梧缥渺迷南浦[②]，宫锦淋漓[③]漳北丘。
牛渚秋深连阵垒，蛾眉月冷卧沙舟。
思君不见空江晚，极目烟波泛客愁。

采石横江江水流[④]，谪仙曾此醉江头。
萧萧鹤羽[⑤]千年梦，渺渺鲸波万里愁。
玉露秋风惊落木，苍烟鱼笛起寒州。
不堪去国怀乡客，更上浮云蔽日楼。

萝薜[⑥]交衡秋满楼，秋声如水迸江流[⑦]。
哀萤[⑧]火断黄山寺，落雁魂归白纻秋。
系楫自怜同泛梗，望洋何处辨归舟。
古人亦见今人否，隔代苍凉多少愁。

湖口连江乱急流，扁舟坏浒[⑨]卧滩头。
山含霜露萧森气[⑩]，水落鱼龙泛滥愁。
银汉西回牛女[⑪]岸，金陵北涌凤凰洲。
谁知无定行藏客，双袖龙钟[⑫]独下楼。

【注释】

①萧萧：风声，雨声，草木摇落声。②苍梧：山名，亦称九疑山。在湖南省境内。南浦，南面的水边。后常用以称送别之地。③宫锦：即宫锦袍；淋漓：沾湿或流滴貌。“漓”或作“浪”。此句是指李白在采石江边喝醉酒，淋漓宫锦袍之事。④江北流：长江的水本是东西向流，而横江的水却因东西梁山的阻隔，改为南北向流，故称横江。⑤鹤羽：羽，本指羽毛，但因羽含有“飞升”之意，故常被用以成仙得道的代名词。⑥萝薜：亦作“薜萝”。薜(bì)：薜荔，常绿灌木，爬蔓，花小果实球形，可做凉粉。⑦迸(bèng)：喷射涌出。⑧萤(yíng)：萤火虫。⑨浒(hǔ)：水边。⑩萧森气：萧条哀飒之意。⑪牛女：即牛郎织女。⑫龙钟：行动不灵活：老态龙钟。

吴立

【小传】

吴立（约1734年前后在世），字礼存，斌子，邑廪生[①]，雍正甲寅岁贡。天性孝友，恬淡寡营。丙午岁，邑大水，圩堤复溃，立恪遵先志，竭力捐赈，及殓死者，悉如斌法。郡学乐器残废，按图购备不计费。事兄蹇极敬爱，蹇出守粤东。厉清操，宦邸肃然，立罄田园所入，命子本涵奔走数千里，赍[②]以相助。及涵仕新泰，立寓书勖[③]以清白。公事所需，亦竭家财畀（bì）之，严戒勿丝毫累民。立生而颖悟能文，博学淹惯，奖掖后进，多所玉成。所著有《破壁斋大小题文》《汁柳弯诗》《姑苏山左游草》《梅花百咏》等集行世。寿69卒。相国海宁陈世倌赠匾曰："一代茹宗"。

访陶隐居丹井

瑟瑟[④]秋风吹，悠悠动遐思[⑤]。乘兴陟巑岏[⑥]，缅想高人致。
四顾何杳然，悬崖耸苍翠。环天碧嶂重，云物都奇异。
在昔陶通明[⑦]，结屋曾此地。性癖爱烟霞，朱紫[⑧]若捐弃。
上有烧丹台，药物承君赐。九转成灵砂[⑨]，得仙释形累。
宿火[⑩]业已消，寒烟闭幽邃[⑪]。至今丹余土，红花生四季。
更复掘井深，凿破青山臂。莹彻映天心。石腹青泉出。
凄凉古甃[⑫]沉，冷落藤萝坠。藓斑绣欲迷，到此年谁记。
白云仍在山，醉柏犹眠寺。仙人胡不归[⑬]，汗漫[⑭]遥相视。

【注释】

①邑廪生：廪（lǐn），粮仓。廪生：科举制度中生员名目之一。明代府、州、县学生员最初每月都给廪膳，补助其生活。②赍（jī）：把东西送给别人。③勖（xù）：勉励。④瑟瑟（sè）：秋风声。⑤遐（xiá）：远也。遐思，即遥想。⑥陟巑岏：陟（zhì）：升；登。巑（cán）岏（wán）：山高锐峻大貌。⑦陶通明，即在横山隐居炼丹的陶弘景，通明是他的字。⑧朱紫：朱即朱红，

正红。朱紫，即红色和紫色。⑨九转：反复的经过多次烧炼。⑩宿火：久烧不灭的火。⑪幽邃（suì）：深远。⑫甃（zhòu）：井壁。⑬胡不归：胡；何，胡不归，为何不归？⑭汗漫：漫无边际。

毛奇龄

【小传】

毛奇龄（1623—1716），清经济学家、文学家。字大可，号初晴，又以郡望称西河，浙江萧山人。康熙时，任翰林院检讨，明史馆纂修官等职。治经史及音韵学，所撰《四书改错》，对当时用以科举取士的朱熹《四书集注》有所抨击。能散文、诗、词，并从事诗词的理论批评，有《西河诗话》《西河词话》。有通音律的《竟山乐录》等。均编为《西河合集》。

登天门山望江

晨登天门巅，俯瞰[①]大江渚。
江流浩浩环石根，细激岩花散成雨。
岩花灼烁当水关，秋棠[②]石隙青苔斑。
盘旋曲磴越丛莽，峭壁直下波涛间。
蛾眉山亭倚博望[③]，与此东西屹相向。
世人相视称天门，我来已据天门上。
天门巀嶭[④]朝日开，蛾眉窈窕[⑤]烟霏回。
小鬟[⑥]十五共追陟[⑦]，前凌[⑧]缥缈[⑨]超尘埃。
青天万里泻空阔，欲上天门蹑天阙[⑩]。
凭将峰顶看浮云，不向波间捉明月。
横江江馆[⑪]千古愁，石矶牛渚思悠悠[⑫]。
振衣独上天门望，惟见长江不断流。

【注释】

①俯瞰（kàn）：俯视，向下看。②秋棠：棠，乔木名。有赤、白两种。

赤棠木理坚韧，实涩无味；白棠就是甘棠，也叫棠梨，实似梨而小可食，味甜酸。③博望：东梁山的别称。④巀（jié）嶭（niè）：山高峻貌。⑤窈（yáo）窕（tiáo）：本是用来形容男人和女人的美貌，这里却又用来形容蛾眉的美好。⑥鬟（huán）：小女孩的鬟髻，用为婢女的代称。⑦陟（zhì）：升、登。⑧凌：积冰。⑨缥（piāo）缈（miǎo）：隐隐约约，若有若无貌。⑩蹑（niè）：踩、踏之意。⑪横江江馆：即建在采石矶南端的横江馆。⑫思悠悠：忧思貌。

张一跃

【小传】

张一跃，直隶乐亭（今属河北）人，顺治间拔贡，历任绍阳、万载、开化、黄安县令，擢知黄州。悉有循声，后以亲老归，性孝友。父应登臀部患疽，濒死。一跃口吮其浓血而愈。两兄子女多累，一弟尚幼。一跃悉出已产助之。在任上，爱民切至，劝论如家人父子，曾捐俸五百余金修复庙宇。

无相寺

寂历[①]空门[②]昼掩扉，一尊同解薜萝衣[③]。
苔垣草径[④]无人到，竹坞[⑤]桐阴有鸟飞。
天外晴岚时出没，湖边云树自熹微[⑥]。
醉来堤上斜阳满，正是山僧乞食归[⑦]。

【注释】

①寂历：犹寂寞。②空门：佛教名词，佛教宣扬"诸法皆空"，以悟"空"为进入涅槃之门，故称佛教为"空门"。③薜萝：薜（bì），薜荔；萝：女萝。④苔垣（yuán）：长了青苔的矮墙，长满青草的路径。⑤坞（wū）：构筑在村落外围作为屏障的土堡，也叫庳（bēi）城。⑥熹（xī）微：天色微明。⑦山僧乞食：僧徒时常带着僧钵到民间乞讨——化缘的一种形式。

杨锡汝

【小传】

杨锡汝，当涂县人。生平事迹不详。

太白楼观萧画[1]

江楼当夏暑犹寒，狂呼谪仙云满山。
虬松百尺插霄汉[2]，烟岚青霭出墙端。
蛟龙怒飞风雨黯[3]，崇岩叠巘[4]指顾间[5]。
伊谁泼墨施巨手，萧子尺木写层峦。
四壁插毫图四岳[6]，苍翠崒嵂[7]杳难攀。
腕下疑有鬼神助，淋漓[8]气势恣郁盘。
侧身纵目观奇状，倒峰瀑布响潺湲[9]。
江南江北何渺小，放眼一空天地宽。
峭削壁立翔万仞[10]，无须五丁劈重关[11]。
宋元手笔[12]君独擅，飘然便可蹑飞鸾[13]。
左顾右盼看不厌，沧州啸傲[14]怡心颜。
波涛隐现鼋鼍窟[15]，瞥见渔洲笑傲怡，
欲登兰舟载鹤还。

【注释】

①萧画：即萧尺木的画。②汉：亦称云汉、银汉、天汉，即银河。③黯(àn)：昏黑。④巘（yǎn)：山峰、山顶，也形容山高。⑤指顾间：即手指目顾之间。⑥四岳：四壁画了四座山岳，东岳泰山，南岳衡山，西岳华山，北岳恒山。⑦崒（zú）嵂（lù)：山高峻貌。⑧淋漓：形容充盛、酣畅。⑨潺(chán）湲（yuán)：水徐流貌。⑩仞（rèn)：古代长度单位，八尺为一仞。⑪五丁：古代神话传说中的五个力士。⑫宋元手笔：即宋代和元代的绘画方法。⑬鸾（luán)：传说中凤凰一类的鸟。⑭啸（xiào）傲：言动自在，无检束。⑮鼋鼍：鼋（yuán)，动物名，即鳖（bie)。鼍（tuó)，动物名，即“扬子鳄”，俗称“猪婆龙”。

袁藩

【小传】

袁藩（1627—1683），字宜四，号松篱，淄川（旧县名，后并入淄博市）人。他少时读书十分聪明。康熙三年即考中举人。但以后却屡试不中。康熙十二年，经吏部铨选①，考取了后补知县，然未得实职。不久即放弃仕途，开始游历。他游遍了大江南北，写下了许多游记和诗文。本集辑录的诗文，是他游历到采石、姑孰所写。袁藩和王士祯、蒲松龄都是同时代人，而且和蒲松龄又是同邑好友。三人都是名噪一时的才子。蒲松龄的《聊斋词》从侧面记录了二人的交往和友谊。袁藩自幼就十分喜欢收藏。因家资颇丰，所以他常常投巨资购买他喜欢的收藏品。《聊斋志异》中的《古瓶》和《龙》，都是蒲松龄根据袁藩的经历所写。可是后来发大水，他的全部家资包括他的收藏品，都荡然无存，竟使他因此而穷困潦倒，无以为继，最后竟病死家中，享年58岁。著有《敦好堂集》。

登翠螺巅三台阁

高阁凌云②接帝阍③，空濛细雨湿苔痕。
青天路迴丹甍④出，碧水翻波白昼昏。
槛外长松穿月窟⑤，阶前奇石没云根。
还期载酒芝房宿，卧听江声不掩门。

【注释】

①铨（quán）选：旧时称量才授官，选拔官员。②凌云：直上云霄。③帝阍：古人想象中掌管天门的人。阍（hūn）：宫门，也指看门人。④甍（méng）：屋脊。⑤月窟：即月球的洞窟和阴暗处。

安致远

【小传】

安致远（1628—1701），字静子，别号拙石老人，清代文人，山东寿光纪台人。自幼聪慧，勤奋好学，博通经史，颇有才名。18岁中秀才，27岁选拔贡。后因屡试不中，遂放弃科举，在家乡辟一园，建“晚读堂”，与其子安箕读书著作其中，以研淘文辞自娱。他的朋友安丘张杞园说“书未尝须臾离手，倦而就卧，亦必夹册，睡去必坠枕旁，醒后复纵观”。

谪仙楼

崔巍虚阁万松稠①，霁色②横江晚更幽。
风日佳时寻好侣，江山奇处忆前修。
镜函③烟露宫袍湿，雨洗婵娟④翠黛愁。
我欲重邀采石月，何人同醉木兰舟⑤。

【注释】

①崔巍虚阁：崔巍，高峻貌；虚阁，高阁。稠（chóu）：稠密。②霁色：霁（jì），本指雨止，引申为风雪停，云开雾散，天气放晴。③镜函：即镜奁（lián），古代盛梳妆用品的镜匣子。④婵（chán）娟（juān）：美好貌。也指美女。⑤木兰舟：用木兰树做的小舟。暗指李白与崔宗之醉酒在采石江边乘舟玩月之事。

水调歌头·泛采石饮谪仙楼

万树苍葱处，幻出谪仙楼。倏忽①凄风骤雨，陡作满江秋。一片风帆残照，数阕②渔歌初歇，两岸苇修修③。江南风景好，唤起隔江愁。

瘦驴背，残鱼脍，敝貂裘④。何如宫袍美酒，潇洒少年游。水畔蛾眉如月，好对龙吟鼍⑤怒，烂醉木兰舟。古今多少事，尽付与东流。

【注释】

①倏（shū）：极快地，转眼之间。②阕（què）：乐终，词一首也叫一阕。③修修：象声词。④貂裘：貂（diāo），动物名。有紫貂，水貂；裘，即用貂皮做的皮衣。⑤鼍（tuó）：即扬子鳄。

邓汉仪

【小传】

邓汉仪（1617—1689），字孝威，号旧山，别号旧山梅农、钵叟。明末吴县（今属江苏）人，诸生。邓旭之弟。汉仪少颖悟，博洽通敏，贯穿经史百家之籍，尤工诗。早年从海宁人查继佐（字伊璜）习举业，明末加入复社。曾参与虎丘大会，为社中的青年才俊。顺治九年，为避身远祸，举家迁居泰州，放弃了博士弟子员的身份，从此绝意仕进。康熙十八年，召试博学鸿儒，不第，以年老授中书舍人。著有《淮阴集》《过岭集》等。

题横江馆

渡头风雨暗芙蓉，津吏①停桡②会此逢。
历历③云帆冲雁鹜④，沈沈⑤沙馆混鱼龙。
运移典午⑥人皆散，日落春申树几重。
极目故乡东海上，只今江汉自朝宗。

【注释】

①津吏：即横江馆的官吏。②桡（ráo）：划船的工具。③历历：分明可数。④鹜（wù）：鸭子。⑤沉沉：深邃貌。⑥典午：隐指司马，晋帝姓司马，后因用“典午”为晋朝的代称。

夏之符

【小传】

夏之符（明末至清康熙年间在世），字玉立，一字玹伯、元伯，别号天山老人，太平州当涂县（今属安徽）人。明末庠生，但砥行绩学。清顺治间曾修《太平府志》，后遭忌中废，删其志稿撰成《姑孰备考》11卷。书中收进他自己著作的诗文3卷，名为《乡音集》，流传甚少。

暮云亭

一

未必甘心酒，传言讵有之[①]。道穷天宝[②]后，人散夜郎时。
鸾凤新毛满，鱼龙早命衰。汨罗沉独醒[③]，采石蜕铺醨[④]。

二

君文[⑤]光万丈，渊底讶[⑥]燃犀。应有群驰帻[⑦]，相邀一赋诗。
来蒙天帝谴[⑧]，去荷水王[⑨]私。不及人公道，堂堂[⑩]百世师。

【注释】

①讵（jù）：岂；如果。②天宝：唐玄宗年号（742—756）。③汨罗：即汨罗江，屈原投水的地方；沉独醒：指屈原。屈原有“世人皆醉，唯我独醒”句。④醨（lí）：味淡的酒。⑤君文：指李白的诗文。⑥渊底讶：渊，深潭，即采石矶下妖怪所居的渊底；讶（yà）：惊奇；诧异。温峤燃犀时，妖怪在渊底发出惊讶。⑦帻（zé）：古代的一种头巾。⑧谴（qiǎn）：责备，责罚，乃至处罚。⑨水王：指大海。⑩堂堂：大貌；高敞貌。又形容仪表之壮伟，或用来形容强大。

【小传】

周在浚（约 1675 年前后在世），清初诗人，字雪客，一字龙客，号梨庄，河南祥符人，周亮工之子[①]，夙承家学，淹通史传，尝官经历。辞官后隐居摄山遗谷，读书治学。在浚历经 10 年，注《南唐书》18 卷，为王士祯所称道。亦工诗。尝作金陵百咏及竹枝词，盛行于世。清代诗人邓汉仪在《诗观》中，称其诗作“往往造微而入变”。著有《梨庄遗谷集》《天发神谶释文》《云烟过眼录》《秋水集（清史列传）》等。

虞允文祠

烽[②]传千里照天红，饮马投鞭指顾[③]中。
遗事尚能留断碣[④]，土人亦解说英风。
当年壁垒[⑤]今犹壮，举目江山旧不同。
南渡功名[⑤]夸第一，牧牛丘垄渐成空。

【注释】

①周亮工（1612—1672），字元亮，号栎园。明崇祯进士，授监察御史。仕清后在福建镇压抗清军，任户部右侍郎等职。曾被劾下狱。有《赖古堂集》、笔记《因树屋书影》等。②烽：即烽火，古时边疆在高台上烧柴或狼粪以报警。③指顾：即手指目顾。④碣（jié）：圆顶的碑石。⑤壁垒：即当年抗击金兵的工事。⑥南渡功名：击败金兵的功名。

【小传】

徐人龙（？—1635），字亮生，上虞人。进士，授工部主事，督学湖南。

天门山

如画蛾眉极大观，谁将青眼[①]表巑岏[②]。
方登半岭惊秋杪[③]，忽履危岩觉昼（zhòu）寒。
日落远涯龙窟碧，霞穿江树凤林丹。
只缘宋玉[④]多愁故，独避西风守鹖冠[⑤]。

【注释】

①青眼：晋阮籍能为青白眼，常以青眼对所器重的人，后因以“青眼”称对人喜爱或尊重。②巑岏：山高锐峻大貌。③杪（miǎo）：树枝的末梢，引申为季节的末尾。④宋玉：战国楚辞赋家。后于屈原，或称为屈原弟子，曾事顷襄王。⑤鹖冠：鹖（hé），古书上说的一种善斗的鸟。鹖冠：插有鹖毛的武士冠。

【小传】

田雯（1635—1704），字紫纶、子纶、纶霞，号山姜，晚号蒙斋。清济南德州（今山东德州市）人，顺治十七年举乡试，康熙三年进士，授秘书院中书，累迁户部主事、员外郎、工部郎中。工诗。时常与在京为官的王士镬（huō）等切磋（cuō）。

登太白楼

千载谪仙呼欲出，振衣牛渚一登楼。
鉴湖[①]乞与知章[②]去，梁宋曾同杜甫游。
萧瑟[③]秋色迷雁浦，空濛[④]细雨没渔舟。
橙黄橘绿鸟栖夜，对酒难消万古愁。

【注释】

①鉴湖：在浙江绍兴。②知章：即贺知章，唐朝诗人，字季真，自号四明狂客。官至秘书监。好饮酒，与李白友善。其诗《回乡偶书》传诵颇广。③萧瑟：树木被风吹拂所发的声音，亦用来形容寂寞凄凉。④空濛：亦作“涳蒙”。细雨迷茫貌。

李天爵

【小传】

李天爵，清乾隆年间江西吉安人。武举。曾任建阳卫千总（建阳卫公署驻太平府姑孰镇）。

采石矶饮常开平战处①

牛渚矶头百尺高，偶携尊酒酹江皋。
鄂公英气今犹在，时起雄风卷怒涛。

【注释】

①常开平：朱元璋名将常遇春的封号。常遇春（1330—1369），字伯仁，怀远（今属安徽）人，善射，有勇力，元末参加朱元璋军，与大将军徐达共同领兵。自谓能以十万众横行天下。军中号称常十万。洪武二年（1369），与李文忠攻克开平（治今内蒙古正蓝旗东闪电河北岸），还时暴病而亡，追封为开平王。

施长春

【小传】

施长春，生平事迹不详。

晓行姑孰道中

玩鞭亭外路回萦[①]，策蹇[②]来从此地行。
小店晨鸡[③]鸣未歇，平林枯叶坠无声。
半天薄雾前村隐，十里秋风一雁横。
迤逦[④]青山青未了，风流一吊谢宣城[⑤]。

【注释】

①萦（yíng）：缠绕、牵绊。②策蹇：策，鞭打；蹇（jiǎn），跛足；引申指蹇驴或驽马，又引申指境遇艰难。③晨鸡：即打鸣的公鸡。④迤逦：亦作“逦迤”，曲折连绵，也一路曲折行去。⑤谢宣城：即指谢朓，谢朓当过宣城太守，故称“谢宣城”。

祝元敏

【小传】

祝元敏，字骏公，原山东牟平县人。康熙三十四年，曾任当涂县知县。在任期间，凡邑之因革兴废，日萦诸怀，多有善举。其主修的《当涂县志》纂成全志共32卷。

景峰亭即事

路自清峰上，人烟四望通。麦平千亩浪，云净一江风。
塔影朝曦外[①]，渔歌暮梵中[②]。安能携浊酒[③]，日日伴山翁。

【注释】

①朝曦：即初露的晨曦。②暮梵中：梵是梵文梵摩的省称，凡与佛教有关的事，都用梵字命名。③浊酒：即没有过滤的酒。

官圩[①]道中

微官暇日[②]少，奉檄[③]又田家。风岸牵牵急[④]，霜林漠漠斜[⑤]。

剑孤依梦稳。歌短信涂赊[6]。羡尔垂纶叟[7]，烟波依钓槎[8]。

【注释】

①官圩：即大官圩，因其是东吴屯田的遗址，故称其为官圩，后改称大公圩。②暇（xia）：空闲。③檄：即檄文，古代用以征召或声讨的文书。全句的意思是他奉命管理农村。④牵牵急：风吹着植物像被人急急地牵着跑一样。⑤漠漠：寂静无声。杨倞注："漠漠，无声也。"⑥信涂赊：歌声传得很远。⑦垂纶叟：垂纶，即垂钓；叟，老头。⑧槎：木筏。

陈五典

【小传】

陈五典，字药庵，安徽太湖人，曾官湖南沅州麻阳县，后调河南息县知县，官至泸州知州。

采石吟[1]

采石有台名联璧[2]，石破千年不肯坠。
台边有亭名蛾眉，半轮秋月明朝夕。
我同蔡子一登临，独立江声三太息[3]。
看诗人是勒诗人，今石壁非古石壁。
万树涛声满江开，惊起水中龙局蹐[4]。
水平天际上白云，天落水中分采石。
潮去潮来现岁华，波深波浅信潮汐[5]。
澄清不见鼋龟游[6]，烟雾时闻鬼神泣。
举目妖星[7]起白虹，光芒直射江天赤。
安知世无荡舟人，来往江边量丈尺[8]。
扣舷而歌是阿谁，击楫渡江[9]则何益？
古来只有李谪仙，占尽风流声奕奕[10]
名在青天楼在山，青山同高水同碧。

【注释】

①据民国二十五年《当涂县志稿》载，此诗曾于康熙十九年（公元1680年）冬月，由作者陈五典本人书，勒石刻碑，立于太白楼内。碑高三尺七，计10行，每行23字，字径一寸二。②联壁：即联壁台，又名舍身崖，在采石矶南端峭壁上。③太息：大声叹息，深深地叹息。④局蹐（jí）：后脚紧接着前脚，用极小的步子走路。⑤潮汐：由于月球和太阳对地球各处引力不同所引起水位周期性的涨落现象。⑥鼋（yuán）：即“鳖”。⑦妖星：客星的一种。⑧来往江边量丈尺：系指南唐学子樊若水。为了保证在采石江上所架浮桥尺寸的准确，竟驾小舟往来于采石江面，用细绳测量江面的宽度。⑨击楫渡江：系指东晋民族英雄祖逖击楫渡江的典故，建兴元年（公元313年），祖逖亲率乡党渡江北伐。渡至中流，他击楫而誓曰：“若不收复中原，有如大江！”⑩奕奕（yì）：高大美盛貌；光彩闪动貌；精神焕发貌。

【小传】

汪志琦[①]，生平事迹不详。

雷峰和龚直指[②]韵

寻春郊外入仙关，古木悬崖次第攀[③]。
市拥晴烟看灭没，林空飞鸟任回还。
暗窥花媚常含笑，醉觉尊盈[④]更解颜。
偃仰[⑤]峰头忘日暮，置身如在画图间。

【注释】

①琦（qí）：美玉。②直指：官名。汉朝廷特派官员衣绣衣，持节发兵，有权诛杀不力的官员，称绣衣直指，或称直指绣衣使者。③次第：依次。④尊盈：尊，酒器；盈：满。⑤偃仰：即俯仰。

【小传】

王士祯① （1634—1711），清诗人。死后因避雍正（胤禛）讳，改称士正，乾隆时，诏命改称士祯，字子真，一字贻上，号阮亭，又号渔洋山人，山东诸城（今桓台）人。顺治进士，官至刑部尚书，谥文简。论诗创“神韵说”。所作多写日常琐事及个人情怀，模山范水，吟咏风月，符合当时统治阶级以诗歌粉饰太平的需要。生前负有盛名，门生甚众，影响很大。亦能词。有《带经堂集》等，又曾自选其诗为《渔洋山人精华录》。

太白祠

白也祠堂在，前临牛渚矶。风流映江左，山水尚清晖。

小谢东田近①，开元②旧事非。姑溪好风日，游子亦忘归。

【注释】

①小谢东田近：谢朓有《游东田》诗一首。②开元：唐玄宗年号（713—741）。旧事非：指李白在宫中要高力士脱靴、杨贵妃捧砚，高力士反过来挑唆杨贵妃在皇帝面前谗言李白之事。

【小传】

朱德懋①，字子筒，太平州当涂县（今属安徽）黄田人，廪贡生②。少沉静好学，以刑部福建司郎中任广西南宁知府。任内裁陋规，清积案，禁用银购货折合之弊。境内有一李姓大盗，号“二百五”，捕获解审，认罪后复翻供。德懋奉委复审。经苦言开导，得实供。曾二度护理（代理）左江兵备道。卒于官。

重修太白楼

碧水苍山二者兼，一楼今更值重添。
山连画栋云排起，水漫层轩日倒衔。
谪世仙疑天上至，盛唐诗词酒中拈[3]。
由来大雅[4]还兴复，直向松风取次占[5]。

【注释】

①懋（mào）：努力，勉励。②廪贡生：廪（lǐn），米仓，亦指储藏的米。廪生或廪贡生，是科举制度中生员名目之一。③拈（niān）：用手指搓转。④大雅：《诗经》组成部分之一，31篇，多是西周王室贵族的作品。⑤取次：挨次；次第。

翠螺山房

凭楼看不厌，陟巘[1]又僧家。山静色逾碧，江晴影浸霞。
蒲团趺[2]细草，茗碗[3]聚轻花。十日淹留惯，将归兴转奢。

【注释】

①陟（zhì）巘（yǎn）：山峰、山顶。②蒲团：信仰佛教、道教的人，在打坐和跪拜时，用蒲草编成的团形垫具。“趺”，乃跏（jiā）趺（fū）的省称；佛教徒的一种打坐姿势：两小腿交叉、脚心朝上打盘而坐。③茗碗：即茶碗。

【小传】

宋荦[1]（1634—1713），清名臣，字牧仲，河南商丘人。顺治十四年，荦年14，应诏以大臣子列侍卫。逾岁，试授通判。康熙三年，授胡广黄州通判。十六年，授理藩院院判，迁刑部员外郎，还迁郎中。二十二年，授直隶通水道。二十六年，迁山东按察使，再迁江苏布政使。二十七年，擢江西巡抚。四十四年擢吏部尚书。

荦在江苏，三遇上南巡，嘉荦居官安静，迭蒙赏赉[2]。四十七年，以老乞罢。五十三年，卒，年80。

舟泊天门登梁山

水宿苦萦回，维舟步江浒[3]。天门划然开[4]，并峙雄千古。
梁山岩壑幽，突兀若廊庑[4]。穿云一迳遥，林薄霭春煦[5]。
峰腰棠棣繁[6]，涧侧朱樱妩[7]。芬菲[8]表杂花，采撷[9]欣俦伍[10]
崚嶒[11]殿阁悬，飞梯袅相拄[12]。登临力屡疲，啸傲气还鼓。
乘风凌绝巅，浩荡[13]江天俯。博望咫尺间[14]，岚影晴吞吐。
题诗忆谪仙，斯人[15]邈难睹。日暮憺忘归，渔歌发烟浦。

【注释】

①荦（luò）：明显，分明。②赏赉（lài）：赐；给。③浒（hǔ）：水边。④划：用尖锐的东西割开。⑤庑（wǔ）：屋檐下过道或有顶通道的一种。⑤煦（xù），温暖。⑥棠（táng）棣（dì）：乔木名，有赤、白两种。⑦朱樱（yīng）蔷薇科，落叶灌木或小乔木。⑧芬菲，犹芳菲，花草美而芳香。⑨撷（xié）：采摘。⑩俦（chóu）：伴侣；伍：同列、同辈。⑪崚（léng）嶒（céng）：高峻突兀貌。⑫飞梯袅相拄：飞梯，指金柱塔；袅（niǎo）：纤长细美貌；拄（zhù）：支撑。亦谓以物自支。⑬浩荡：广阔壮大貌。⑭咫（zhǐ）：古代长度名，周制八寸。咫尺，比喻距离很近，亦比喻微小。⑮斯人：此人。

蒋景祁

【小传】

蒋景祁（1646—1695），清代词人，字京少，一作荆少，宜兴（今属江苏）人，岁贡生，官至府同知。康熙间曾博学鸿词未遇。景祁与清初“阳羡派”领袖陈维崧同里，际遇也近似，常年游食，一生落魄。他“笃学嗜书，不屑为章句之书，尤肆心风雅，于《花间》《草堂》盖兼而务贯之”。常与陈维崧唱和，很受王士禛赏识。他自称“阳羡后学”，词风追步陈维崧。21岁时，已写有《梧月亭词》240余首，朱彝尊读后十分赞赏。其词内容广泛。有描写舟行大江壮观景色的；有描写京郊雨后春色、抒发兴亡感慨的；还有吐露胸襟不尽波涛吊古吟史的，等等。清初，蒋景祁还搜罗了顺治至康熙间词作精华，辑成《瑶话集》行世。他自称“凡有去取，必三复评审而后定”，博采众家，不拘门户，共选507人，约2460余首词，为清初各种选本中的巨制。选集依小令、中调、长调顺序排列，原词有调无题者，为之制立标题。有《东合集》5卷、《梧月亭词》8卷、辑《瑶话集》22卷。

渡江云[1]·江行自天门山至采石而作

青山遮不住，奔流直下，涌作海门涛。一帆双黛掩，又是荒烟，采石吊前朝。回头六代[2]繁华地，分付回潮。问金陵，埋金旧处，王气几全消。

萧萧[3]。芦花卷絮[4]，雪浪拖银，听渔歌环绕。唤闲愁，玉颜骏骨，一样波漂[5]。多情千古蛾眉月，夜台[6]伴李白牢骚。江山在，管教吟断霜毫。

【注释】

①渡江云：词牌名。又名《三犯渡江云》。②六代繁华地：指金陵（南京）：曾是东吴、东晋、南朝宋、齐、梁、陈的首都。③萧萧：风声；雨声；草木摇落声。④絮：芦花的花絮。⑤波漂：即漂萍。⑥夜台：墓穴。李周翰注：“坟墓一闭，无复见明，故云长夜台。”

查慎行

【小传】

查慎行（1650—1727），清诗人，字悔余，原名嗣琏，字夏众，浙江海宁人。康熙时举人赐进士出身，官编修。曾从黄宗羲、钱澄之学，其诗多纪行旅，善用白描手法，《白杨堤晚泊》《麻阳运船行》等，对民间疾苦有所反映。晚年有不少歌功颂德之作，也能词，有《敬业堂诗集》《补注东坡编年诗》等。

天门山

北望采石矶，南望芜湖关。苍茫裕溪口[1]，豁达[2]天门山。
长江万里来，近海势逾宽。到此一结束，帖然[3]成安澜[4]。
秋苔埽[5]浓绿，两道蛾眉弯。弦月带众星，尽归吞吐门。
乱帆不自整，散落凫鸥滩。浮云本无程，日暮相与还。
我行何处泊，前路方漫漫。

【注释】

①裕溪口：地名，在安徽省芜湖市境内、长江与运漕河汇合处。②豁达：心胸开阔，引申为开拓、大度。③帖（tiē）：妥适；顺从。④安澜：波浪平静。⑤埽（sào）：筑堤和堵口用高粱秆、树枝等材料修成的堤坝或护堤。

【小传】

张琪[1]，生平事迹不详。

楚山避暑

老桓[2]留白纻，高岭出寒泉。雨过添新水，山深见别天[3]。
将军空饮马[4]，佛子罢参禅[5]。如练[6]江光净，归鸦隔暮烟。

【注释】

①琪（qí）：一种玉。②老桓：指屯驻姑孰城的东晋大司马、镇西将军桓温。③别天：即“别有洞天”的省略。④此句的意思是桓温在楚山建有水井和饮马槽。⑤佛子：即庙里的僧徒。“罢参禅”，见桓温等人上山表演白纻舞歌，僧徒们连禅也不坐了。⑥练：即煮过和捣过的白绸子。

【小传】

巫之峦，当涂人。曾任南康（今属江西）府推官。其间，巫之峦与汪士祯兼管岳麓书院，并与其他地方官员一起修葺岳麓书院。次年，他和知县黄秉坤再次修葺岳麓书院。

土山般若庵

十步转一径，径幽云不知。到门何所见，万竹沸南飔[①]。
绿光遍山色，葳蕤[②]无定姿。束衣登峭阁，日定岩花池。
老僧为予说，天子曾于兹[③]。锦褥[④]供趺坐[⑤]，兼锡宝玉彝[⑥]
我用裁短偈，青鸟[⑦]乱新词。杖藜[⑧]探路极，开塞随转移。
因忆山无历，春信发梅枝。

【注释】

①飔（sī）：凉风。②葳（wēi）：形容枝叶繁盛。③兹：即此。④褥（rù）：坐卧垫身使温软之具。⑤趺（fū）：足背。趺坐，即“结跏趺坐”的略称。本作“加趺”，亦称加趺坐。佛教中修禅者的坐法，即双足交叠而坐。⑥兼锡宝玉彝：锡，赐也。引申为与。彝同彝（yí），为酒器。宝玉彝，即宝玉做的酒器。⑦青鸟：古代称传信的使者为“青鸟”。⑧杖藜：藜（lí），一年生草本植物，茎老了可作杖。杖藜，即拄着藜做的拐杖。

【小传】

李鹏，生平事迹不详。

登黄山塔

昔年歌舞地，今见草蒙茸[①]。一塔撑云表[②]，诸山倚碧筇[③]。
岚光围夕照，古寺韵疏钟[④]。指点风烟里，犹余六代松[⑤]

【注释】

①茸（róng）：初生的嫩草，绿茸茸的。②撑（chēng）：支撑。③筇（qióng）：为筇竹，可以作杖，因即称杖为筇。④疏钟：稀疏的钟声。⑤六代松：即经历东吴、东晋、南朝宋、齐、梁、陈六朝的松。

藏云寺

扶筇穿叠嶂，碧树复阴岑[①]。萧寺[②]一椎磬[③]，空山万古心。
清闲消古衲[④]，格磔[⑤]听山禽。果是藏云地，云深何处寻。

【注释】

①岑：小而高的山。②萧寺：佛寺。王琦汇解："《释氏要览》：'今多称僧居为萧寺者，是用梁武帝造寺，以姓为题也。'"③椎（chuí）：敲锣的工具。④古衲（nà）：僧徒的衣服常用许多碎布补缀而成，因即以为僧衣的代称。又因以为僧徒的自称或代称。⑤磔（zhé）：也称凌迟，古代的一种酷刑。

【小传】

宋天绂[①]，生平事迹不详。

凌歊道中

雨过重阴扫，肩舆出北郊。野田双鹭浴，古屋一僧巢。
花踏青泥软，烟横绿树交。应知寒食[②]近，社鼓[③]听频敲。

【注释】

①绂（fú）：古代系印章或佩玉用的丝带。②寒食：节令名，清明前一天（一说清明前两天）。相传起于晋文公悼念介之推事，是日禁火寒食。③社鼓：社日所用之鼓。古时春、秋两次祭祀土地神的日子。立春后第五个戊日，为春社；立秋后第五个戊日，为秋社。

【小传】

潘烺[①]，生平事迹不详。

饮谪仙楼

登楼缅谪仙[②]，豪迈无与伦。学识贯今古，逸气迥秋旻[③]。
长安供奉时，一醉千日春。傲视妇寺[④]辈，不啻土与尘。
吐纳何大雅，百篇笔力匀。至今千载下，历久[⑤]弥芳新。
嗟予驽且钝[⑥]，不敢效前颦。酒肠惭大户，诗律愧长城。
但掭瓢与扈[⑦]，俨如对斯人。

【注释】

①烺（lǎng）：明朗。②缅：缅怀，怀念。③秋旻：旻（mín），天，天空；秋旻，也就是秋天。④妇寺：妇，指杨贵妃。寺，寺人，指高力士。⑤历久：经历久远。⑥驽且钝：驽（nú），不好的马；钝（dùn），笨拙不灵活。⑦掭瓢与扈：掭（tiàn），拨动。瓢（piáo）：剖开的葫芦做成的舀水、盛酒的器具。扈（hù）：侍从；皇帝出巡时的护驾和侍从人员。

【小传】

方观承（1698—1768），字遐谷，号问亭，一号宜田。安徽桐城人。自幼随父读书，聪明好学。雍正时为平郡王记室，以荐赐中书，官至直隶总督、太子太保。在直隶总督20年，皆掌治水。前后奏上治河方略十疏，并邀请著名学者赵一清、戴震编辑了《直隶河渠书》130余卷，从而对后世直隶河道的治理，颇有裨益。方观承工书。有临《麻姑仙坛记》小楷卷，横直相安，极为斩截。他对经学、文史等方面均有探索和研究，曾与进士出身的秦蕙田，共同撰写了《五礼通考》一书，凡262卷。还著有《述本堂诗》《宜田汇稿》等书。

太白楼

才名死亦艳江山，第一楼头客共攀。
仙家千秋同醉里，锦袍何日不人间。
长庚已失然犀影，贺监[①]应从跨鹤班[②]。
最是关情波际月，夜郎曾伴逐臣还。

【注释】

①贺监：即贺知章，唐诗人，字季真，自号四明狂客，越州永兴（今浙江萧山）人，证圣进士，官至秘书监，世称“贺监”。与李白友善，曾和吴筠等推荐李白入宫为供奉翰林。②跨鹤班：跨鹤仙去——贺监早已死去。

三官洞[①]

直下江流深不测，何年架屋住孤僧。
凿开井灶依山石，过尽帆樯[②]有佛灯[③]。
鼠台拖肠成隐穴，犀谁然火近高层。
从知水断悬崖处，陵谷都教泯废兴[④]。

【注释】

①三官洞：后改为“三元洞”，其地址在采石矶南端峭壁下的临江处。②樯（qiáng）：桅杆，引申为帆船或帆。③佛灯：供奉在佛像或神像前的长明灯。④泯（mǐn）：灭。

金甡

【小传】

金甡[1]（1702—1782），字雨叔，号海住，浙江钱塘人。清朝官吏，初以举人授国子监学正。乾隆七年，举礼部试第一，廷试复第一，授修撰，三迁侍讲学士。二十二年，直上书房，擢詹事，再迁礼部侍郎。三十八年，上幸热河，从。方入直，得疾急扑，大学士刘统勋以闻，命予假。甡乞休，允之。明年秋，疾间，乃得归。四十七年，卒，年八十有一。

约诸君游采石两为雨阻因赋

牛渚蟠根[2]浮采石，鳌头[3]出海几千尺。
从来名胜藉诗传[4]，江山增重仙人谪。
前岁初登太白楼，忽忽[5]点勘[6]朱墓册[7]。
杀风景事至今惭，拟纵清游庶湔雪[8]。
正如北上避金山，南来又苦归心迫。
柏觞时举听宾戏，好景坐看交臂失。
嗟余老懒久蹉跎[9]，高兴顿为闻义激。
今宵节饮且安眠，明发晨炊期蓐食[10]。
炊烟未起雨声喧，个个眠中频反侧。
我非护前作谩语[11]，聊借谐谑[12]宽胸臆。
不须强出罢虞人，且免骤至惊山贼。
劝君缓待春泥干，同看翠螺新沐色。
漏点初沉短梦回，依然檐溜[13]奔春急。
得毋水怪吐云雨，怕我凭高瞰其穴。
我无犀照穷神奸，有亦韬精敢相逼。
应是登临吟其句，东抹西涂疥墙壁。
故知未足尽君欢，所幸尚可藏吾拙。

披衣握手一笑粲⑭，但笑天公恶作剧。
后期却恐山灵知，瓣香仍就儒宫谒⑮。
瞥见兰舆委道旁⑯，竿头滴沥如垂泣。

【注释】

①甡（shēn）：众多貌。②蟠（pán）：屈曲，环绕。③鳌头：鳌（áo），唐宋时皇帝殿前陛阶上镌有巨鳌，翰林学士、承旨等官朝见皇帝时立于陛阶的正中，故称入翰林院为上“鳌头”。后亦称状元及第为“独占鳌头”。④藉：垫，引申为靠。⑤忽忽：形容时间过得很快。⑥勘（kān）：犹言点校、校正。⑦朱墓册：也称墓志，放在墓中刻有死者传记的石刻，上面记有死者的姓名、籍贯和生平，可作为历史资料补史书的不足。朱墓册，红色的墓册。⑧湔雪，湔（jiān），洗也。湔雪，犹“洗雪”，洗刷罪名。⑨蹉（cuō）跎（tuō）：失意，光阴虚度。⑩蓐（rù）：陈草复生，引申为草垫子、草席子。⑪谩语：谩（màn），轻慢，没有礼貌。⑫谐谑：谐（xié），谐和；谑（xuè）：开玩笑。⑬檐溜：顺房檐滴下来的水。⑭粲（càn）：笑的样子。⑮瓣（bàn）：花瓣。谒（yè）：拜见。⑯瞥（piē）：很快地大略地看了一下。兰舆：蒙着轿衣的轿子。委道旁，即委弃道旁。

帅家相

【小传】

帅家相（1752 年前后在世），字伯子，号卓山，江西奉新人。乾隆进士，官浔州知府。有《卓山诗集》传世。

过牛渚

江胜龙气在，地古战云高。挂眼空形胜，关心旧郁陶①。
青山留知宅，赤帻②畏人豪。仗剑③轻来此，犹思制海鳌④。

【注释】

①郁陶：思念貌，忧思郁积貌。郁陶，乃思念之意也。②赤帻：就是包头发的红色布巾。③仗剑：仗，执持，拿着，引申为佩。仗剑，即佩剑。④鳌（áo）：传说中的海中大龟，一说大鳖。

登东梁山望远写怀

东观领吴会[①]，西眺穷[②]楚蜀。意倾无时休，情旷合有触。
徙系辨鲲鹏[③]，虚除引鸾鷟[④]。长飗[⑤]下天关，逆籁起潜谷。
井络驰动摇，元黄相沐浴。上有征云愁，下有飞蓬[⑥]速。
白日无蹉跎，江山惟瑟缩[⑦]。皓首[⑧]辞故乡，登临此幽独。
富歌拟一放，俯仰烦衷曲。墨子[⑨]甘旅人，翩宗讵人哭。

【注释】

①吴会：东汉时分会稽郡为吴、会稽二郡，合称“吴会”。后虽分郡渐多，仍通称这两郡的故地为吴会。②穷楚蜀：穷，极，尽。穷楚蜀：即楚蜀的尽头。③鲲鹏：古代传说中的大鱼和大鸟。《庄子·逍遥游》：“北冥有鱼，其名为鲲；鲲之大，不知其几千里也！化而为鸟，其名为鹏；鹏之背，不知其几千里也！怒而飞，其翼若垂天之云。”④鸾（luán）：传说中凤凰一类的鸟；鷟（zhuó）：古书上指一种水鸟。⑤飗（liú）：即飕飗，微风吹动的样子。⑥飞蓬：蓬，即蓬草，枯后根断，遇风飞旋，故称飞蓬。⑦瑟缩：瑟（sè），收缩；收敛。⑧皓首：皓，犹白首，指老年。⑨墨子：（约前468—前376），春秋战国之际思想家、政治家，墨家的创始人，名翟。相传原为宋国人，后长期住在鲁国。曾学习儒术，因不满其烦琐的“礼”，另立新说，聚徒讲学，成为儒家的主要反对派。

【小传】

汪中（1745—1794），清哲学家、文学家、史学家。字容甫，江苏江都人。乾隆四十二年（公元1777年），34岁时为贡生。汪中出身孤苦。7岁丧父，不仅无力求学，连日常生活都很困难，靠其寡母制售麻鞋为生。住所也十分狭小，只能容下三席。且冬日棉被薄，母子常互相拥抱，互为温暖。即是如此，其母仍坚持“授以四子书”。成年后，汪中依靠在书店为佣，方有机会博览经史百家之书，并卓然成家。工骈文[①]。汪中出名，和他的名篇《哀盐船文》有关。该文描述当时扬州江面盐船失火的惨状。时任扬州安定书院主讲的学者杭世骏赞叹此文“惊心动魄，一字千金”。由此汪中名声大振。能诗，尤精史学，曾博考先秦图书，研究古代学制的兴废。作《墨子序》，对已成绝学的墨学推崇备至，认为墨学是当时之显学，墨子为救世之仁人。力辩孟子辟墨为过枉。又作《荀卿子通论》，肯定“荀卿之学出于孔氏，而尤有功于诸经”；以孔荀而不以孔孟并提，否定了宋儒的“道统”说。他为墨子、孟子翻案，在当时是大胆思想，曾为统治者视为“名教之罪人”。著作有《广陵通典》《述学》内外篇、《容甫遗诗》等。

七夕采石登太白楼题壁留示仲则[②]

李白乘舟弄月地[③]，秋江见底石粼粼[④]。
青天明月不改色，今日登楼无此人。
百年相乐得几日，咫尺[⑤]东西各气结。
君见题诗问故人，飘若浮云已先发。

【注释】

①骈文：骈（pián），文体名。起源于汉、魏，形成于南北朝。全篇以双句（即丽句、偶句）为主，讲究对仗和声律。以其四字六字相间定句者，世称四六文，即骈文的一种。②此诗是乾隆三十六年（公元1771年）七月七日，诗人游采石时所作。“仲则”，清诗人黄景仁的字。黄景仁与好友洪亮吉，同为设在当涂县城的安徽学政幕僚3年多，时至乾隆三十八年（1773年）离开当涂。汪中在太白楼题写此诗时，仲则正好在当涂，他应该能看到此诗。但不知他看到此诗有何反映？③指李白与崔宗之月夜在采石乘舟弄月之事。④粼粼（lín）：水清澈貌，谓水中石清澈可见。⑤咫（zhǐ）：古代长度名，周制八寸，合今市制八寸二分二厘。咫尺，形容距离很近。

吴本焕

【小传】

吴本焕（生卒年不详），字西藩。清代当涂人。庠生，善隶书。著有《率意吟》2卷。

青山怀古

青山何苍苍，万古此丘壑。湖水平于镜，溪光带城郭。
秀削本天成，鬼斧何年凿。谢李旷代遥[①]，风流宛如昨。
旧宅易禅关，清池空漠漠[②]。长歌怀者谁，斯人不可作。
春草碧年年，山花自开落。夜月叫哀猿，秋风唳孤鹤[③]。
不尽古今情，扶筇度层崿[④]。登顿久徘徊，夕阳下林薄[⑤]。

【注释】

①谢李：指谢朓与李白。旷代，即历时久远。②漠漠：寂静无声。③唳孤鹤：唳（lì），鹤高亢的鸣叫声。④层崿：崿（è），山崖也。⑤林薄：林木茂密不得入，叫林薄。

【小传】

洪亮吉（1746—1809），清经学家、文学家。字君直，一字稚存，号北江。江苏阳湖（今武进）人。乾隆进士，授编修。嘉兴时，以批评朝政，遣戍伊犁，不久赦还，改号更生居士。与黄景仁友好。通经史、音韵训诂（gǔ）及地理之学。论学之作颇多。有关经济思想方面，他提出了人口繁殖与粮食产量增加存在着矛盾。工诗文，其骈文颇负时誉。少数作品对当时政治的腐朽和社会危机有所暴露，有《春秋左传诂》《洪北江全集》等。

金缕曲①·清风亭梦李白

天与人俱老。又何为，一千年后，此间凭吊？一半江山归李白，一半分还谢朓。我到也，只余衰草。毕竟微躯容易尽，觅些须，身后名才好。勤打叠，零星稿。

青衫百计供人笑。只悠悠，非公知我，恨和谁告？金粟前身真小劫，堕作五湖年少。有梦也，不离蓬岛。猛忆人生何者是？只浮云，偶寄孤飞鸟。残梦破，余归了。

【注释】

①金缕曲，词牌名，又名《贺新郎》《贺新凉》《乳燕飞》等。

黄景仁

【小传】

黄景仁（1749—1783），清诗人。字汉镛（yōng），一字仲则，号鹿菲子。江苏武进人。家贫，早岁奔走四方，以谋生计。后授县丞，但未补官而卒。诗多学李白，所作多抒发穷愁不遇、寂寞凄怆的情怀，也有愤世嫉俗的篇章。七言诗较有特色。亦能词。有《两当轩全集》。乾隆三十一年，黄景仁与好友洪亮吉，同为设在当涂县城的安徽学政幕僚（署府在当涂）3年多，闲暇时常到采石、青山、白纻山、天门山、姑孰溪游览，作诗60多首。

减字木兰花①·夜泊采石

一肩行李，依旧租船来咏史。四顾无人，君忆玄晖我忆君②。
江山如此，博得青莲③心肯死。怀古悠然，雁叫芦花水拍天。

【注释】

①减字木兰花：词牌名，即宋词《木兰花》的一、三、五、七句各减三字，计44字。②玄晖：谢朓的字。君忆玄晖：指李白忆谢朓，诗人则忆李

白。③青莲，李白的号。

笥河先生①偕宴太白楼醉中作歌

红霞一片海上来，照我楼上华筵[2]开。
倾觞绿酒忽复尽，楼中谪仙安在哉！
谪仙之楼楼百尺，笥河夫子文章伯[3]。
风流仿佛楼中人，千一百年来此客。
是日江上彤云开[4]，天门淡扫双蛾眉。
江从慈姥矶边转，潮到燃犀亭下回。
青山对面客起舞，彼此青莲一抔土。
若论七尺[5]归蓬蒿[6]，此楼作客山是主。
若论醉月来江滨，此楼作主山作宾。
长星动摇若无色，未必常作人间魂。
身后苍凉尽如此，俯仰悲歌亦徒[7]尔。
杯底空余今古愁，眼前忽尽东南美。
高会题诗最上头，姓名未死重山丘。
请将诗卷掷江水，定不与江东向流。

【注释】

①笥河先生：是时任安徽提督学政朱筠，笥（sì）河是他的号。此诗是作者在宴会上即席所作。②筵（yán）：筵席。古人席地而坐，筵和席都是铺在地上的坐具。③伯：旧时对文章品德足为表率者的尊称。④彤云：红霞。⑤七尺：古时尺短，七尺相当于一般人的高度，因用为人身的代称。⑥蓬（Péng）蒿（hāo）：蓬蒿一类的植物。归蓬蒿，就是入黄土。⑦徒：徒然、徒劳。

桓温墓

虎视[1]中原[2]气未伸，一生功罪总难论[3]。
错缘温峤推英物[4]，便认王敦作可人[5]。
泪尽金城空感逝，歌残白纻定伤神。

南州[⑥]旧是登临处，废垄千年草不春。

【注释】

①虎视：如虎之视，将欲有所攫取。②中原：狭义的中原指今河南省一带；广义的中原或指黄河中、下游地区，或指整个黄河流域。③一生功罪总难论：桓温在北伐时，杀退了不少敌人，收复了不少失地，应当讲是有功的。但是他有野心，太和六年十月废海西公，改立简文帝，还几次想代晋自立，然而又慑于宰相谢安及其弟、侄的实力而不敢轻举妄动。④推英物：英物谓杰出之人也。《晋书》桓温生末期（末期，未到一年），温峤见之曰：此儿有奇景，可试使啼，及闻其声曰：真英物也。⑤便认王敦作可人：王敦（266—324）东晋大臣。字处仲，临沂（今属山东）人。作可人：《世说新语》：桓温行经王敦墓边说："可儿，可儿。"认为他有长处可取，有意跟他学，企图篡夺东晋政权。⑥南州：即姑孰。东晋时，世人以建康为中心，称镇江、姑孰为北府、南州。

太白墓

束发[①]读君诗，今来展君墓[②]。
清风江上洒然[③]来，我欲因之寄微慕[④]。
呜呼！有才如君不免死，我固知君死非死。
长星落地三千年，此是昆明劫灰[⑤]耳。
高冠岌岌[⑥]佩陆离[⑦]，纵横击剑胸中奇。
陶镕屈宋[⑧]入大雅[⑨]，挥洒日月成瑰词。
当时有君无著处，即今遗躅犹相思。
醒时兀兀[⑩]醉千首，应时鸿蒙[⑪]借君手。
乾坤无事入怀抱，只有求仙与饮酒。
一生低首惟宣城[⑫]，墓门正对青山青。
风流辉映今犹昔，更有灞桥驴背客[⑬]。
此间地下真可观，怪底江山总生色。
江山终古月明里，醉魄沉沉呼不起。
锦袍画舫[⑭]寂无人，隐隐歌声绕江水。
残膏剩粉洒六合[⑮]，犹作人间万余子。
与君同时杜拾遗[⑯]，窆石[⑰]却在潇湘湄[⑱]。

我昔南行曾访之，衡云惨惨通九疑[19]。
即论身后归骨地，俨与诗境同分驰。
终嫌此老太愤激，我所师者非公谁？
人生百年要行乐，一日千杯苦不足。
笑看樵牧语斜阳，死当埋我兹山麓[20]。

【注释】

①束发：古代男孩成年时束发为髻，因以为成年的代称。②展：展示，察看。③洒然：洒脱、洒落，不拘谨。④慕：仰慕。⑤劫灰：佛教所谓“劫火”之余灰。⑥岌（jí）：高而危险貌。⑦陆离：美玉。⑧屈宋：战国时楚诗人屈原和宋玉的并称。⑨大雅：《诗经》组成部分之一。⑩兀兀（wù）：高而上平貌。⑪鸿蒙：旧指宇宙形成以前的混沌状态。一说指气。⑫一生低首惟宣城：宣城即谢朓，谢朓在宣城任太守时，人称谢宣城。⑬灞桥驴背客：灞桥在陕西省中部灞河之上。驴背客：李白曾骑驴游华山，县令不让骑，并派人将其捉住不让走。⑭画舫：装饰华丽的游船。⑮六合：指上下和东南西北四方。⑯杜拾遗：即杜甫；杜甫曾任左拾遗，世称杜拾遗。⑰窆（biǎn）石：落葬。⑱潇湘湄：湘江的水边。⑲九疑：疑亦作嶷。九疑，山名，亦称苍梧山，为舜所葬处。⑳兹山：即此山；麓：即此山脚。

贺新郎·太白墓和稚存韵

何事催人老？是几处、残山剩水，闲凭闲吊。此是青莲埋骨地，宅近谢家之朓。总一样，文人宿草[1]。只为先生名在上，问青天，有句何能好？打一幅，思君稿。

梦中昨夜逢君笑。把千年，蓬莱清浅、旧游相告。更问后来谁似我，我道才如君少。有亦是，寒郊瘦岛。语罢看君长揖[2]去，顿身轻、一叶如飞鸟。残梦醒，鸡鸣了。

【注释】

①宿草：隔年的草，后用为悼念亡友之词。②揖（yī）：拱手礼。

花　津[1]

一灯低昂向船久，万兀[2]千摇争津口。

船头正与沙堤平，拂面毵毵[3]水杨柳。
风前鱼鼓[4]已报更[5]，岸上人家尚沽酒。
客来小饮饮即醺[6]，三两依依话村叟。
归涂忽散草上萤，顾影防惊竹间狗。
时清喜无盗贼警，波平未是蛟龙薮[7]。
江湖自我野兴长，鸥鸟共人宿缘[8]厚。
沈吟露下那得眠，独倚篷窗数星斗。

【注释】

①花津：姑溪河畔的一村庄。②万兀：万，极言其甚；兀，高耸突出貌。③毵毵（sān）：枝条细长貌。④鱼鼓：一种竹制的手鼓。⑤已报更：更，旧时夜间计时单位。一夜分为五更，每更约两小时。报更：旧时，夜间值班的击鼓以报更。⑥醺（xūn）：酒醉貌。⑦薮（sǒu）：湖泽的通称，也专指少水的泽地。⑧宿缘：佛教名词。宿，指过去世。佛教认为现世的遇合，都与宿昔因缘有关，并非偶然，故名。

【小传】

朱逢源，当涂县人。其余不详。

赏咏亭怀古

临汝[1]有佳儿[2]，逸才[3]本天掞[4]。倚马辄千言[5]，文章莫与先。
所作咏史篇[7]，清拔[8]兼藻艳[8]。落魄[10]寄风尘[11]，怀璧[12]人罕见。
运租[13]牛渚津[14]，江月白于练[15]。慷慨[16]发浩歌[17]，金石天地遍。
讵意[18]指顾间[19]，遂获知音眷[20]。仁祖赏识奇，闻之亟称善。
不挟镇西荣[21]，不鄙佣估贱[22]。怜才出性真，移舟纵欢宴[23]。
奇遇人所钦，构亭以志羡。我赏慕其凡，古人怅已远。
凭吊登翠螺，访迹都更变。残碣[26]不复存，藤萝结成片。
白眼[27]视荒山，长江流若线。

【注释】

①临汝：本为县名，后因袁宏父任临汝县令，因此，临汝又成袁父之代名词，人称袁临汝。②佳儿：就是好儿，指袁宏。③逸才：过人之才。④天掞：掞（shàn），发舒；铺张。也就是说，他的逸才是天意。⑤倚马辄千言：辄（zhé），即也。袁宏才思敏捷，笔头子来得快，靠在马上一会就能写就千言。⑦所作咏史篇：即他在采石江中月夜咏史之诗。⑧清拔：即出类拔萃。⑨藻艳：特指文章有文采。⑩落魄：亦作“落泊”，穷困失意。⑪风尘：旧指娼妓或社会地位卑下者的生活。⑫怀璧：璧，古玉器名，形容他有才。⑬运租：租，田赋和税收。当时袁宏就是替朝廷运租路过采石江面。⑭牛渚津：即牛渚江。⑮练：把丝麻或布帛煮得柔软洁白。⑯慷慨：意气激昂。⑰浩歌：高昂的歌。⑱讵（jù）：岂，如果。⑲指顾间：即手指目顾之间。⑳知音眷，知音，即懂得袁宏诗意的人此，指谢尚。眷（juàn）：眷顾，指谢尚对袁宏的关照。㉑不挟镇西荣：挟（xié），不挟，就是没有要挟。镇西，乃镇西将军谢尚。整句是说，袁宏并没有要挟谢尚。㉒不鄙：就是不庸俗，没有鄙陋，轻视，践踏之意。㉓此指谢尚当即设宴招待袁宏。㉔奇遇人所钦：人人都钦佩袁宏的这种奇遇。㉕构亭：即建亭，以志羡：羡（xiàn）慕。㉖碣（jié）：圆顶的石碑。㉗白眼：露出白眼，表示鄙视或厌恶。

【小传】

鲁师琏[1]，字希仲，号鲁村，别号鹤汀。博通经史，长于诗文，尤长于书法。时人以琏与吴钝人、王梅墩、史师逵称为“江上四诗人”。雍正乙巳，以岁贡授旌德训导，修学官、勤督课。给贫士膏火[2]，卒于官。榇[3]归日，诸生悲号奔送。著有《鲁村经解》《鲁村诗抄》《读史摘疑》《杜诗意逆》等集。

凌歊台步许丁卯[4]韵

吊古凭高首重回，当年霸业只空台。
可堪凤舞鸾翔地，只见樵歌牧唱来。

残碣已随荒草没，闲花犹傍断岩开。
行吟一倍增惆怅，古道寒云锁碧台。

【注释】

①琏（liǎn）：古代宗庙盛黍稷的器皿。②膏（gāo）火：旧时书院、学校给学生的津贴费用。③榇（chèn）：棺材。④许丁卯：即唐朝诗人许浑自号丁卯，有《丁卯集》。“步许丁卯韵”，许丁卯曾作《凌歊台》诗一首。

张仲熊

【小传】

张仲熊，生平事迹不详。

尼坡探秋

野渡[①]云横郭外游[②]，危亭难觅百花头。
城攲粉堞[③]双桥锁[④]，山插青峰两水流。
晓雾渐收霜染树，晚霞初散月侵楼。
停车老兴知非浅，襟袖携归万斛秋[⑤]。

【注释】

①野渡：没有人摆渡的渡口。②郭外游：郭城外之游。③城攲粉堞：攲（qī），倾斜之意；粉堞（dié）：城上的矮墙，亦称女墙。④双桥锁：指横架在姑孰城南姑溪河上的两座彩虹桥。⑤斛（hú）：量器名，古时以十斗为一斛，后来又以五斗为一斛。

黄钺

【小传】

黄钺[①]（1750—1841），清军机大臣，文学家。字左田，号左君，又号壹斋、左盲。祖居祁门县左田村，宋末迁至太平州当涂县（今安徽当涂县）。五岁丧父，十岁丧母，由外祖父母养育成人。及长，敏而好学，学识过人。乾隆三十八年（公元 1773 年），年仅 23 岁的黄钺，在太平府学政使院参加岁试。安徽学政朱筠阅其卷，以为“奇才异能”，称道不止。他在离开当涂回京都时，特地将其带入京都应试。黄钺虽应试未中，但得以在《四库全书》馆做誊（téng）录工作，因之学识大长。乾隆五十三年考中举人，五十五年中进士，授户部主事。当时权臣和珅（shēn）主管户部，钺常与和珅意见相左，便借故请假回家，协助安徽巡抚李世杰在芜湖赭山创建中江书院，招员授业，先后掌握皖南北书院十载。嘉庆四年，仁宗亲政，经安徽巡抚朱珪（guī）推荐，仁宗召黄钺问道：“朕在藩邸时，知汝名久矣，何以假归不出？”黄钺具实呈奏，得到仁宗赏识，加封为“懋（mào）勤殿行走”。嘉庆九年，由主事提升为“赞善，入直南书房”。十年，出任山西学政，又特旨任湖北、山东、顺天等地乡试主考官，后又兼山西、山东学政，准予密折奏事。十五年，迁侍讲学士，十八年擢升内阁学士，十九年升任户部侍郎。不久，又调任礼部侍郎。还曾任宫廷《秘殿珠林》《石渠宝笈续编》总阅、《全唐文馆》总裁。书成后，受到嘉奖。二十四年，黄钺升任礼部尚书，并“赐紫禁城骑马肩舆入直，加封太子少保衔”。次年，升会试主考官。仁宗说：“汝本寒士，因石君（指朱珪）推荐遂至此。能法石君先生人品学业，必能永沐朕恩。”二十五年，仁宗“驾崩”。黄钺奉旨草拟丧仪条例。道光元年，宣宗亲政，封黄钺为军机大臣。不久又调任户部尚书，参与大典事宜，从事“京察议叙”。道光三年，宣宗“赐宴玉澜堂”，并给功臣绘像，黄钺是当朝五名老臣之一。道光四年，为仁宗皇帝立“圣德神功碑”，黄钺“恭代书成”，宣宗特赐“蟒服大缎”。道光五年，黄钺已 75 岁。请求归休。宣宗又“温旨慰留”。次年，又申前请，始获准归乡。黄钺在朝廷 27 年，当他 70、80、90 岁生日时，皇帝均亲书福寿匾联为其祝寿。黄钺工画、工字也工诗。在学术上很有造诣，著有《壹斋集》8 种 40 卷、《壹斋诗集》36 卷、《韩诗增注正讹》11 卷、《萧汤二老遗诗合编》2 卷，另有《画友录》《泛桨录》《游黄山记》《两朝恩赉记》《二十四画品》等。

道光丙申展重阳日，舟过青山游谢公池、白云寺作诗四首

一

少小青山日夕看，卅年[2]尘梦隔烟峦。
壮游浪许[3]登临易，归去方知补到难。
荦确[4]不辞行径险，荒寒深叹茂林残[5]。
荒庭废井[6]今何处，剩有清池一亩宽。

二

改筑山楼祀五贤[7]，年饥工歇重凄然。
故人化去经周岁，诗石刊成已七年[8]。
亦有虚池映明月，略无修竹媚清涟[9]。
白云依旧岩前宿，未必云中下谪仙。

三

胜迹从来少废兴，惜将泉石付山僧。
那知谢李[10]人何似，惟愿田禾岁有登[11]。
宅古凭谁寻所在，墓新过客拜何曾[12]。
楼头平仲差堪语，说与迷踪成可能。

四

省墓[13]归来暂舣舟，行年九十始来游[14]。
眼昏仅可观其概，名盛原难副所求。
应节[15]黄花香满地，著霜红叶醉深秋。
吟成口授桐孙[16]写，孤负青山别北楼[17]。

【注释】

①钺（yuè）：古代兵器名，像斧，比斧大。②卅（sà）年：三十年。③壮游：谓怀抱壮志而远游。浪：随便。④荦（luò）确：明确，分明。⑤作者原注："年饥，山木被伐殆尽。"⑥荒庭废井：这都是谢朓在青山的遗迹。⑦

五贤：即南齐谢朓、盛唐李白、北宋郭祥正、王居岩、王逢等五位贤人。⑧诗作者原注："五位贤人咏于道光十年已刻石未嵌于壁。"⑨涟（lián）：风吹水面所形成的波纹。⑩谢李：谢朓和李白。⑪诗作者原注："僧皆务农。"⑫诗作者原注："范传正有太白新墓序说李白墓自龙山迁青山也。"⑬省（xing）墓：探望。⑭行年九十：是时作者年已九十。⑮应节：即顺应时节的黄花。⑯桐孙，桐树新生的小枝。⑰诗作者原注："山中谢公楼亦北向。"

咏李翰林

仙骨埋青山，草木发灵异。
至今丘垄间，时有龙虎气。
永王[①]号勤王[②]，初亦无异志。
女孙山农妻[③]，尚知节不二[④]。
先生天人流[⑤]，岂后君子智。

【注释】

①永王：即李璘。②号勤王：号，号召；勤王：尽力于王事。③女孙：即孙女；相传李白死后，他的孙女嫁当涂山农为妻。④节不二：节，贞节；节不二，不变节。⑤天人流：世人以为李白原是天上的一颗星，被贬到人间，所以是天人。

摸　秋[①]

纵偷为戏莫相嗤[②]，瓜压茅檐豆绕篱[③]。
生子居然南有兆，可知女亦是娥眉。

【注释】

①这首词是诗人88岁、左眼已失明时所作的66首《于湖竹枝词》中的第36首。摸秋，是一种游戏，也是当涂的民风之一，立秋那天晚上，到邻居的地里或屋檐下，摸到瓜即把瓜拿回家，摸到豆即把豆拿回家，摸得再多都不为偷。②嗤（chī）：讥笑。③篱：即篱笆。

黄涛

【小传】

黄涛（约1751年前后在世），清福建同安人，乾隆十六年进士（二甲第53名）。

谪仙楼

翠螺峰青青一梗，然犀亭势蛟龙影。
上有英雄战血痕，王气犹然赤炳炳①。
乘风共吊骑鲸客，避暑野航忘夜永。
开元天子荔枝香②，谪仙骄卧江山冷。
锦衣捉月亦常事，一往高名并箕颖③。
诗魂推倒白玉楼，酒座直踞狂士顶。
奇哉牛炙④浣花翁⑤，江涨耒阳⑥真刎颈。
千古庸人多考终，两翁⑦如此理不省。
采石矶荒庙貌尊，秣陵⑧暮拜胭脂⑨井。
乃知人杰地灵语，振衣归去心思整。

【注释】

①炳炳：十分光明貌。②开元：唐玄宗年号（713—741）；天子，指唐玄宗；荔枝香：系指唐玄宗下令用人工骑马、接力的形式，将产自沿海的荔枝运送到都城长安，供贵妃食用事。③箕颖：箕山和颍水。相传唐尧时的隐士许由，住在"颍水之阳，箕山之下"，后因以"箕颖"指隐居。④炙（zhì）：烤肉；牛炙：就是烤牛肉。据郭沫若在《李白与杜甫》中说：杜甫是食牛炙中毒身亡。⑤浣花翁：指杜甫。⑥耒（lěi）阳：县名，在湖南省东南部。⑦两翁：指李白与杜甫。⑧秣（mò）陵：古县名。孙权自京口徙治于此，改名建业，治今南京市。晋太康元年复改秣陵；三年分淮水（今秦淮河）南为秣陵，北为建邺。⑨胭脂：红色的颜料，妇女用以涂脸颊或嘴唇。

李含章

【小传】

李含章，字绘先，号浮玉，乐安人。副贡，有《卢龙杂咏》《遁山堂遗诗》等。

过采石怀李白

千仞[①]翔孤凤，高歌一代中。在天犹被谪，入世岂能容？
胆落高骠骑[②]，恩深郭令公[③]。再回唐社稷[④]，诸将莫言功。

【注释】

①仞（rèn）：古代长度单位，周制八尺，汉制七尺，东汉末则为五尺六寸。②骠骑：汉代将军名号。③恩深郭令公：指郭子仪，传说，郭子仪二十岁时，在河东当兵，犯罪应斩首，途中，李白见而救之。郭子仪纳官救李白，由死刑改为流放夜郎。④社稷（ji）：古代以稷为百谷之长，因此帝王奉之为谷神，旧时亦用作国家的代称。

邢昉

【小传】

邢昉[①]（1590—1653），字孟贞，一字石湖，高淳（今江苏高淳）人，布衣诗人。其曾祖符、祖尚宾、父一淳，都是弱冠进学，以诗文名于世，而科场上皆不得意，且皆不到中年就早逝。出生于这样一个五世青衿[②]、地位低微、生活贫贱的知识分子家庭，对诗人的成长产生了深远的影响。少年时代的诗人，空有一腔报国志。虽聪慧敏学，却不能为世所用。他 9 岁能文，16 岁能诗，19 岁考县学，25 岁为增广生（明代科举制度中生员名目之一：增员为增广生），29 岁诗集《蕤（ruí）池草》印行，名震江南。可是以后五试不中，43岁第六次参加乡试，被主考官斥之为“太狂”，愤而作《太狂篇》一文，从此断绝了进仕的念头。诗人所处的时代是明末清初，朝政日非，政权更迭频繁，农民起义不断，时局十分混乱。加之诗人功名失意，又不善经营，生计日促，穷困潦倒，有时飧餐不继，最后竟隐居在石臼湖旁。但是他并没有落魄，而是表现出中国优秀知识分子所具有的高贵品质。他用他那生花妙笔，讴歌家乡美丽的山水，用他那清奇的笔墨，表达自己傲岸的人格。有《宛游集》《石臼集》问世。

采石三台阁③望天门山

高阁梯云④睇夕天⑤，天门山色远苍然。
谪仙祠锁秋前草，慈姥矶衔水际烟。
直上青松多历落⑥，西飞鸿雁故联翩⑦。
楚江一道终成古，犹有孤帆在日边。

【注释】

①昉（fǎng）：明亮。②青衿（jīn）：《毛传》：“青衿，青领也，学子之所服。”因以指读书人。明清科举时代专指秀才。③三台阁：明崇祯十五年（公元1642年），由当涂画家、光禄寺少卿曹履吉捐“三千金”，始建在翠螺山巅，供有文昌帝君，因其所在星座为“三台”（即北斗魁星之位），故名之为“三台阁”，以祈盼文运昌盛。④梯云，天空的云层高低不等，呈梯状。⑤睇（dì）：斜视；流盼。亦谓小视。⑥历落：疏疏落落，参差不齐。⑦联翩：鸟飞貌。

许成玉

【小传】

许成玉，生平事迹不详。

采石谒李太白祠

抠趋[①]北面[②]拜仙灵，仿佛衣冠见典型。
宫锦已随江树绿，楼居常对谢家青。
人间终古悲才子，天上从今列酒星。
死后拾遗空被召，有谁题额[③]撰新铭[④]。

【注释】

①抠（kōu）趋：古礼，见尊长时提起衣服的前襟，以示恭敬。②北面：古代君主南面而坐，臣子朝见君主则面北，因谓称臣于人为“北面”，也是古代学生敬师之礼。③题额：即额匾，也即门匾。④撰新铭：撰（zhuàn），撰写；铭，文体的一种。

方孝标

【小传】

方孝标（1617—1697），本名玄成，避玄烨（康熙）讳以字行，别号楼冈，桐城人。顺治六年（公元1649年）进士，累官至内弘文院侍读学士，坐事流放“宁古塔”，后得释。康熙二年，居扬州，后去杭州、福建。康熙九年，入滇，事吴三桂，为翰林承旨。据在滇、黔所见所闻明末清初事，著《滇黔纪闻》。同邑戴名世著《南山集》多用其言。后名世被祸，并及孝标，时孝标已死，被苛以掘墓挫骨，亲族坐死及流放者甚多。

采 石

石耸松寒波势横，神功疑与帝心争。
潦侵[①]缆路舟如鸟，树绕云根木作城。
亘[②]古伊谁追太白，当年容易跃开平[③]。
苍茫又复叹今昔，芦荻萧萧冷月明。

【注释】

①潦（lǎo）：雨后地面积水。②亘（gèn）：时间或空间上延续不断。③开平：朱元璋爱将常遇春的封号。相传当年攻打采石时，战船离岸还有几丈远，常遇春一跃而登上采石矶头。

施闰章

【小传】

施闰章（1618—1683），清诗人。字尚白，号愚山，又号蠖（huò）斋，宣城人。顺治进士，康熙时举博学鸿词，官至侍读。诗与山东莱阳人宋琬齐名，世人称之曰“南施北宋”。少数作品，对清初的社会政治状况有所反映。有《学余堂诗文集》《试院冰渊》传世。

太白祠

太白骑鲸去，空留采石祠。当轩千里水，绕屋万松枝。
山月长清夜，江云无尽时。谁将一樽酒，把臂[1]共论诗。

【注释】

①把臂：握住对方的手臂，表示亲密。

岁暮牛渚阻风

去日阻风处，归途仍石尤[1]。空怀千里恨，独泊一孤舟。
除夕来朝逼，寒潮背客流。家人知望远，日上水边楼。

【注释】

①石尤：即石尤风，打头逆风。相传“石氏女嫁为尤郎妇，情好甚笃。为商远行，妻阻之，不从。尤出不归，妻忆之，病亡。临亡长叹曰：‘吾恨不能阻其行，以至于此。今凡有商旅远行，吾当作大风，为天下妇人阻之’自后商旅发船，值打头逆风，则曰‘此石尤风也’，遂止不行”。

黄富民

【小传】

黄富民（1795—1867），字木田，当涂人，军机大臣黄钺三子。好诗文，拔贡，历官礼部郎中，著有《礼部郎中词集》。

观萧尺木太白楼画壁

岿然杰阁临江开，上有骑鲸吐凤之仙才①。
停舟蹑屐一登眺，大江春水浓于醅②，
崇祠③展谒忽昂首，万笏④峰峦生户牖。
是谁画者韵生动，尺木⑤当年推好手。
先生岂独老画师，尚友⑥千载如同时。
翰林仙人⑦旧游处，收摄腕下神明之。
岱宗⑧何如青未了，莲花九朵凌云表。
匡山⑨真面势联绵，古雪峨眉望缥缈⑩。
山云变灭天阴晴，四壁驱走江海声。
置身仿佛游汗漫⑪，翼翼⑫两袖天风生。
青鞋布袜绿玉杖，仙乎仙乎快幽赏。
翻身幻入水晶宫，魂魄⑬还应在楼上。
萧生六法⑭真英豪，对此苍茫首重搔。
诗仙画手不可作，江波浩浩苍冥高。

【注释】

①骑鲸吐凤：指李白。②醅（péi）：未过滤的酒。③崇祠：即高祠。④笏（hù）：即朝笏，古时大臣朝见时手执狭长的板子，用玉、象牙或竹片制成，以为指画或记事之用，也叫“手板”。诗人在这里用“手板”来形容峰峦。⑤尺木：指萧尺木。⑥尚友：“尚”通“上”。谓上与古人做朋友。⑦翰林仙人：指李白。李白生前曾任供奉翰林。⑧岱宗：即泰山。古时以为诸山所宗，故称“岱宗”。⑨匡山：即庐山。⑩缥缈：隐隐约约，若有若无貌。⑪

汗漫：广泛，漫无边际。⑫翼翼：鸟飞貌。⑬魂魄：旧时谓人的精气神。⑭萧生六法，萧生，指画师萧尺木；六法：即南朝齐谢赫《古画品录》所举六法，气韵生动、骨法用笔、应物象形、随类赋彩、经营位置、传移模写。

庄同生

【小传】

庄同生（1627—1679），字玉骢，江苏武进人，顺治进士。官至庶子有詹。

太白墓

澹荡[1]吾怀李谪仙，犹遗仙蜕[2]住山前。
世人欲杀无埋地，身后相思有别天。
诗卷长存吐光焰[3]，祠堂浑未[4]断香烟。
唐陵大半沦荒草，时节谁为挂纸钱[5]。

【注释】

①澹荡：水和云动的样子。②仙蜕（tuì）：蝉、蛇之类蜕下的皮。仙蜕的意思是说李白本是仙人，仙蜕之后才来到人间“住山前”。③焰（yan）：火苗。④浑未：即全未。⑤纸钱：旧俗祭祀时烧化给死人用的纸锭之类。

金柱塔[1]

水面堆山不在高，幽亭一望下临濠[2]。
坐来自觉观鱼鸟，行处须教补柳桃。
秋色满亭僧寂静，晴光遍野竹萧骚[3]。
往还渡口如平地，无用金钱买小舠[4]。

【注释】

①金柱塔：在城西五里新城埠。塔凡七重，中有石级可以登陟。明万历十四年，县令章嘉祯认为郡邑三方形胜，惟西濒大江，水势直泻，欲建浮屠

于其地，但虑费巨力殚。十七年，里民获窖金于市，祯与郡守陈璧二人与获金者商议，割千金购新城埠民田为塔基，累土成阜，而名以山，曰“金柱”。不逾年，塔即告成。②濠：护城河。③萧骚：竹木被风吹拂所发出的声音。④小舠：即头尖底尖形似小刀的小船。

李澄中

【小传】

李澄中（1629—1700），字渭清，号渔村，山东诸城人。生于明思宗崇祯二年，卒于清圣祖康熙三十九年。享年72岁。年少时，聪明灵异，每试必冠。康熙十八年，试中博学鸿词，弱冠为诸生，授翰林检讨，又充明史纂（zuǎn）修官。历任云南乡试正考官，寻迁侍读。后告老归。退居滩上，仅茅屋数椽（chuán），以蔽风雨。著有《卧象山房集》3卷，附录2卷，《白云村集》8卷，行于世。

青山拜李太白先生墓

先生自是太白精，晚岁弄月骑长鲸。
当年降辇①被宠遇，沉香挥翰②雄风生。
捧砚太真③赐颜色，脱靴力士④同孩婴。
丈夫得志自意气，摧折权贵⑤垂鸿名。
一朝严谴成衰老，兴庆蓬莱⑥迹如扫。
所幸汾阳感旧恩，赎公减罪⑦甘枯槁。
文人落魄自古然，万死长流夜郎道。
魑魅窥人⑧但酒樽⑨，风花寄兴还诗草。
讵意金鸡放赦回⑩，江湖浪迹⑪怀抱开。
青霞炼骨不知老，扁舟又向当涂来。
平生最爱谢公⑫句，仙人蜕骨游八垓⑬。
竟埋谢朓青山侧⑭，孤坟三尺争崔嵬⑮。
岁月如流不肯住，事去千年等朝暮。

江上灰飞几代尘，过客悠悠尽行路。
我来正值四月时，遗冢荒祠尚如故。
再拜还看绿藓碑，三杯重奠青山墓。
白屋翰林我与君，但恨独逊君声闻。
君谴我迁同失意，世上岂少高将军[16]。
我去还山葺[17]茅屋，脱屣[18]富贵轻浮云。
俯仰异代结知己[19]，乔松谡谡[20]迎斜曛[21]。

【注释】

①降辇（niǎn）：即走下辇车。天宝初年，李白被召见于金銮殿，玄宗帝降辇步迎。②沉香：即沉香亭，唐宫中亭名。③太真：贵妃杨玉环的字。④力士脱靴：高力士为李白脱靴。⑤摧折权贵：指李白戏弄权贵高力士、杨国忠。⑥兴庆、蓬莱：即兴庆宫和蓬莱宫，都是唐宫室著名的宫苑。⑦汾阳感旧恩：指汾阳郡王郭子仪曾犯法，李白为其赦免，李白因永王反获死罪，郭子仪请解官而赎李白死罪。⑧魑（chī）魅（mèi）：古代传说中山泽的鬼怪。窥（kuī）：从小孔、缝隙或隐僻处偷看。⑨樽：酒器。⑩金鸡放赦回：古时大赦时，举行一种仪式，竖长杆，顶立金鸡，然后集罪犯，击鼓，宣读赦令。因古人迷信天鸡星动的时候，就要有大赦，所以有这种仪式。⑪浪迹：到处漫游，行踪无定。⑫谢公句：指谢朓，李白平生最爱谢朓的诗句。⑬八垓：谓兼该八极的九州地面。⑭竟埋谢朓青山侧：指李白的坟已从采石江边迁至青山。⑮崔（cuī）嵬（wēi）：山高大不平貌。⑯高将军：指高力士。⑰葺（qì），原指用茅草覆盖房屋。⑱脱屣：屣（xǐ），鞋。比喻丢掉富贵，像脱掉鞋子一样简单。⑲异代结知己：指李白与谢朓不是同一代人，而是异代知己。⑳谡（sù）：挺拔有力的样子。㉑曛（xūn）：落日的余光。

端茂祀

【小传】

端茂祀[1]，字楚材，当涂县人，明崇祯三年举人。清顺治四年署绩溪（今属安徽）县教谕，旋升国子助教。官至户部主事。著有《端楚材诗稿》，还曾为绩溪县圣庙重修写碑记。

采石矶吊李白

仙祠突兀配江关[②]，回忆清华[③]响佩环[④]。
飞棹影摩[⑤]唐代月，危楼名压谢家山[⑥]。
涛声欲撼层峦出，诗魂疑随落照[⑦]还。
倚遍栏杆追往迹，云霞飘缈水潺潺[⑧]。

【注释】

①祀（sì）：祭祀。②江关：指采石矶一带的江山关隘。③清华，指华清宫。④佩环：古时男子常佩戴玉环为饰品。⑤摩（mā）：摩挲，接触、抚摸。⑥谢家山：即青山。⑦落照：落日的光辉。⑧潺潺（chán）：水徐流貌，亦形容流水声。

方殿元

【小传】

方殿元（约公元1671年前后在世），字蒙章，号九谷。广东番禺人。康熙三年（公元1664年）进士。历任江苏省江宁县知县。能以经术饰吏治。工诗，尤长乐府，为“岭南七才子”之一。所著有《九谷集》《清史列传》，均传于世。

晚登采石矶

䗖蝀[①]横东返照开，苍茫葭菼[②]远潆洄[③]。
天门新月三秋到，江介[④]雄风万里来。
西楚波涛危白日，长松年代去青苔。
常王[⑤]辛苦挥戈处，今夜萧条[⑥]牧笛哀[⑦]。

【注释】

①䗖（dì）蝀（dōng）：虹名。②葭（jiā）：初生的芦苇；菼（tǎn）：初生的荻。③潆洄：水的回流。④江介：介，边际。《楚辞·九章·哀郢》：“悲江

介之遗风。”⑤常王：即明名将常遇春。⑥萧条：景象冷落，凋零。⑦牧笛哀：牧童的哀怨笛声。

王泽宏

【小传】

王泽宏（公元 1670 年前后在世），字涓莱，黄冈人，生卒不详。顺治十二年（公元 1655 年）进士，后又选庶吉士。官至礼部尚书，曾疏请移湖口关还设九江，商民皆便之。工诗。喜与名士治学。王士祯、姜正英、洪升等皆尝指点宏诗。所作皆和平安雅。有《鹤岭山人诗集》16 卷。

月夜泊天门山

朝落江村欲二更，冲寒荒市入山行。
壁悬老屋愁风峭，人历荒苔看月明。
岭峤①到江还插汉②，石门封岸隐为城。
远烦羽士③前相导，指顾④南中⑤说旧京。

【注释】

①岭峤：岭，山岭；峤：尖而高的山。②插汉：汉，天河。亦称云汉、银汉、天汉。③羽士：即道士。④指顾：手指目顾。⑤南中：古地区名。相当今四川省大渡河以南和云南、贵州两省。三国蜀汉以巴、蜀为根据地，其地在巴蜀以南，故名。

徐必泰

【小传】

徐必泰，字和珍，号冠山。当涂县人。性笃孝，为人耿介，当涂里役之累。泰遵父命偕受害者历控，蒙督抚两院行司勒石永禁，积弊乃绝。邑岁省浮费无算，民祝之，寻选授浙江桐乡县知县。专尚德教而驭吏整肃，奸欺不得售，人安其政。甫一年告归，巡抚朱轼知为经术士，允其请，士民咸垂涕以送，家居十余年，一心治学。著有《经言茹实》20卷，《冠山文集》10卷。

天门山

太古[1]以前生气浑[2]，六丁[3]凿出二梁痕。
遥衔海色乾坤大，中泻江涛昼夜奔。
隐跃鱼龙翻石壁，依稀阊阖[4]矗山根。
客舟相向多惊眼，一片孤帆势欲吞。

【注释】

①太古：远古，上古时代。②浑：即浑沌，同混沌，古人想象中世界生成以前的状态。③六丁：是古代神话传说中的大力士。④阊（chāng）阖（hé）：传说中的天门。

张如骞

【小传】

张如骞[1]，清诸生。当涂县人。诸生时，甘贫力学，足不至公门。历官徐州学正、丰润县知县。皆清谨自守。

彩虹桥[2]

双虹横截锁长流，坐咏沧浪[3]底事幽。
城郭晴光波上下，人烟春色镜中浮。
几年戎马[4]停游棹，一带渔蓑[5]间酒楼。
风景不殊今昔异，踏歌[6]还忆采莲讴[7]。

【注释】

①骞（qiān）：高举，多用于人名。②彩虹桥：位于姑孰镇南的姑溪河

上。③沧浪：青沧色的浪。④戎马：即军马。⑤渔蓑：用龙须草编制的雨具。⑥踏歌：中国古代群众歌舞的一种形式。⑦采莲讴：采莲歌。

潘耒

【小传】

潘耒（1646—1708），清学者。字次耕，又字稼堂，吴江（今属江苏）人。师事顾炎武，博涉经史及历算声韵之学。康熙时举博学鸿词，授检讨，参与纂修《明史》。散文颇多论学之作，也能诗。有《类音》《遂初堂诗集·文集·别集》等。

天门山

（一）

潜江挟万流，直下飞电速。天意欲少留，故遣双峰束。
削成肖天门①，涌出横地轴。狞如虎牙张②，矫若龙鳞蹙③。
我行远见之，瑰奇骇心目。维舟思暂游，迫此暮景促。
鼓勇一褰衣④，上下西山麓。磴道屡盘回，梯空出岩腹。
崖危劣通人，壁窄不受屋。攀登及层巅，周览冈峦复。
惊涛上溅衣，崩云下承足。恍如控奔鲸，戏就沧溟⑤浴。

（二）

江头落叶晚纷纷，月出江空但水云。
永夜独吟牛渚下⑥，更无人是谢将军⑦。

【注释】

①肖天门：肖：类似；像似。②狞：狰狞，凶恶貌。③矫：矫情，假装发怒。④褰（qiān）：把衣服提起来，以示恭敬。⑤沧溟：海水弥漫貌，常用来指大海。⑥此句暗指袁宏。⑦谢将军：即谢尚。

钟鼎

【小传】

钟鼎，生平事迹不详。

谢公池

兰舆[①]又到白云峰[②]，古寺犹存六代松[③]。
凿石天开苔绣佛，耕烟花落鸟啼钟。
平畴[④]禾黍欣无恙[⑤]，山阁琴樽[⑥]兴转浓。
极目三吴[⑦]顿入望[⑧]，江声日夜吼蛟龙。

【注释】

①兰舆：围着兰轿衣的轿子。②白云峰：在青山南麓，峰上有白云寺一座。③六代松：经历了东吴、东晋及南朝的宋、齐、梁、陈六个朝代的松。④畴（chóu）：田亩，已耕作的田地。⑤黍（shǔ）：泛指田地里的庄稼；欣无恙（yàng）：就是没有病虫害。⑥琴樽：即琴和酒樽，古时文人雅士闲适生活中常用的两件东西。⑦三吴：古地区名。《水经注》以吴郡、吴兴、会稽为三吴，《通典》《元和郡县志》以吴郡、吴兴、丹阳为三吴。⑧入望：即进入视线。

刘大櫆

【小传】

刘大櫆[①]（1698—1780），清散文家，字才甫，一字耕南，号海峰。桐城（今属安徽枞阳）人。副贡，官黟县教谕[②]。提倡古文，师事方苞，为姚鼐[③]所推崇，是桐城派[④]重要作家之一。论文强调“义理、书卷、经济”，要求作品阐发程朱理学，同时又主张在艺术形式上模仿古人的“神气”、“音节”、“字句”，进一步发展了崇古、拟古的理论，所有散文也宣扬了儒家思想，并有不少应酬文字，有《海峰文集、诗集》等。年轻时入京，当时，他的同乡方苞已负一时众望，见刘大櫆文，极为赏识。乾隆时曾以博学鸿词科和经学科荐举，都落选。数年后告归，工诗文，是桐城派散文代表作家之一。

采石太白祠

门外长江水，蒲桃[⑤]正酦醅[⑥]。遥呼东海月，飞入酒樽来。

此日尚崇祀[⑦]，当时谁爱才。巍峨[⑧]遗像在，寂寞碧山隈[⑨]。

【注释】

①櫆：读 kuí。②教谕：学官名。元明清教谕掌文庙祭祀，教育所有生员。黟（yī）县，在安徽南部。③姚鼐（nài）：清散文家。④桐城派：清散文流派。方苞所开创，刘大櫆、姚鼐等又进一步加以发展，其成员都是桐城（今枞阳）人，故名。⑤蒲桃：即葡萄。⑥酦（pō）醅（pēi）：用蒲桃酒再酿，谓之酦。⑦崇祀：即崇尚祭祀。⑧巍峨：高大雄伟貌。⑨隈（wēi）：山、水有弯的地方。

吴培源

【小传】

吴培源，字岵瞻[①]，号蒙泉，江苏金匮（今江苏无锡）人。乾隆二年（公元 1737 年）丁乙科三甲赐进士出身，授职上元县（今南京）教谕。以进士身份而为县学教谕，得官可谓低下。培源颇有牢骚地写了两首《释褐后得教职感赋》诗："坐拥湖山化雨天，人称散吏宛如仙。君能知我才堪此，臣不如人壮已然。""芹壁管弦开绛帐，杏坛霜露列青毡。腐儒通籍犹如故，只有生涯在砚田。"

齐天乐[②]·太白楼

行来水陆千余里。欣逢此邦佳丽。贺监风高[③]，谪仙才俊，千古酒怀诗意。秋容似洗，对百尺楼头，断霞紫。搔首，青天浩然吟向碧空里。阑干[④]犹是徙倚[⑤]。牡丹词唱罢，好事谁记。落拓[⑥]狂生飘零，游子消受水香云，腻炉烟，篆细间，跨鹤归来醉魂醒，未笑杀游人，断垣题未已。

【注释】

①岵（hù）：草多的山。②齐天乐：词牌名，又名《五福降中天》《如此江山》《台城路》等，双调103字，仄韵。③贺监：指李白的好友贺知章。因他当过秘书监，人称贺监。风高：即高风亮节的缩语。④阑干：亦作栏干。⑤徙（xi）倚（yi）：犹徘徊，流连不去的意思。⑥落拓：亦作“落托”。放浪不羁。

成文运

【小传】

成文运，生平事迹不详。

舟泊丹阳

命棹出湖阳[①]，微风拂画樯[②]。墟烟[③]围井里，渔笛下沧浪。
水映天全白，农歌稻正黄。但看闲妇子，于此乐耕桑[④]。

【注释】

①湖阳：是丹阳湖南岸的一个村庄。②画樯：樯，桅杆。引申为帆船或帆。画樯，就是帆上画了画。③墟烟，墟：有人住过而现在无人住的地方。④耕桑：北魏至北周行均田制时，分田给男子种桑。北魏于男子初受田时，

给桑田20亩，规定至少种桑50株、枣5株、榆3株。乐耕桑，指乐于农事。

游蛾眉亭

葭菼茫茫覆远汀①，筠篁②孤拥一螺青③。
行当绝顶眸双豁④，坐对寒涛酒独醒。
苔碣只今留故迹，锦袍何处觅遗灵。
南州⑤到处饶佳景⑥，不尽踟蹰⑦是此亭。

【注释】

①葭菼：葭（jiā），初生的芦苇；菼（tǎn），初生的荻。远汀：即远处的沙洲。②筠篁：筠（yún），竹子的青皮，引申为竹子的别称。篁（huáng）：竹田或竹林的泛称。③一螺青：指青青的翠螺山。④眸（móu）：眼珠。⑤南州：姑孰的别称。⑥饶佳景：饶（ráo），富饶。⑦踟（chí）蹰（chú）：徘徊不前。

龙应蛟

【小传】

龙应蛟，生平事迹不详。

三游亭

亭开天际势崔嵬，有客寻春踏草来。
云锁层峦飞鸟没，松吟绝壁好风来。
半空雉堞①环山麓，一带花阴护石台。
逸兴②自随清磬远，何须檀板③共金罍④。

【注释】

①雉（zhì）：古代城墙长三丈高一丈叫一雉；堞（dié）：城墙上排列如齿状的矮墙。②逸兴：超逸豪放的意兴。③檀板：檀（tán）木制成演奏音乐时

打拍子用。④金罍：罍（léi），像壶一样的酒器。

【小传】

杨深，当涂人，隐儒。其余不详。

无相寺

无相前朝寺，宗风尚未颓[①]。琼峰环碧水，宝地绝尘埃。
金粟三千界，金莲[②]八万堆。松深连海屿，竹色护天台。
白马驮经去[③]，黄龙听法来。灵芝香旖旎[④]，孔雀舞毰毸[⑤]。
剩[⑥]有登临兴，渐无题品才。为怜多景概，更欲上崔嵬[⑦]。
慧远[⑧]兴莲社[⑨]，陶潜[⑩]进酒杯。几年成契阔[⑪]，此日更徘徊。
日照琉璃合，天空图画开。先皇宸[⑫]翰在，云汉共昭回。

【注释】

①宗风：宗教。颓（tuí）：颓废。②金莲：莲花名。③白马驮经：东汉永平十年（公元67年）遣使蔡愔（yīn）等赴西域求佛法，用白马驮载经像而归洛阳，次年建寺，以白马命名。④旖（yǐ）旎（nǐ）：本为旌旗随风飘扬貌，引申为柔美貌。⑤毰（péi）毸（sāi）：鸟羽毛张开貌。⑥剩（shèng）：剩余。⑦崔嵬：高貌。⑧慧远（334—416）：东晋高僧。⑨莲社：原称白莲社，慧远高僧和十八高贤，在庐山东林寺为同修净土法门而共同创立，后世净土宗人推尊慧远为初祖，并称其宗为莲宗。⑩陶潜：即陶渊明，东晋大诗人。⑪契（qì）阔：远离和久别。⑫宸（chén）：旧指帝王住的地方。

【小传】

杨成乔（1695—1756），字南木，号迁林，盘安人，年14即考中秀才（补邑庠），弱冠选为拔贡，兼授旗教习，发往陕西试用。特授西安府三原县知县。一载后，回乡服孝三年。期满，补邠州长武县知县十载，兼两署邠州印务，又调临潼知县一载。后又回乡服母孝。期满，任直隶顺清府平乡知县五载，后调顺天府良知县知县。成乔在知县职期共27年，为官清廉，办事公正，深受百姓爱戴。

雷　峰

选胜涉层岭，登高兴洒然[①]。乱峰横夕照，一水带春田。
客有烟霞癖，人多嵇阮贤[②]。飞觞[③]微丽曲，共醉欲忘还。

【注释】

①洒然：潇洒脱略，不受拘束。②嵇阮贤：嵇是嵇康（224—263），三国魏文学家、思想家、音乐家。字叔夜，谯郡铚（zhì）（今安徽宿县西南）人，官中散大夫，世称嵇中散。阮是阮籍，三国魏文学家、思想家。字嗣宗，尉氏（今属河南）人。阮瑀（yǔ）之子。与嵇康齐名，均为“竹林七贤”之一。③觞（shāng）：古代盛酒器。

【小传】

刘镐[①]，生平事迹不详。

凌云山[②]

凌家山下路，石磴倚云铺。雉堞连天堑[③]，虹桥[④]锁帝图。
帆遥烟树暝，塔矗[⑤]斗星[⑥]孤。欲其陈罗语，秀风散苾蒡。

【注释】

①镐（gǎo）：刨土的工具。②凌云山：在当涂县城东南五里处，亦名凌家山。③雉堞：指当涂县城墙上排列如齿状的矮墙，天堑：天然的壕沟，多

指长江。诗人在这里是指姑溪河。④虹桥：架设在姑溪河上的彩虹桥。⑤矗（chù）：耸立貌，指凌云塔。⑥斗星：即星斗。

【小传】

谢莘[①]，字香田，清进士，工书画。乾隆三年（1738 年）知均州。

登太白楼

翠霭遥分太白楼，万松深处溯风[②]流。
九天光霁[③]开怀抱，五岳[④]灵奇吐笔头。
采石飞霞诗宛在，清江泛月酒常留。
论文工部[⑤]应过此，云树相思隔几秋。

【注释】

①莘（xīn）：一种草本植物。②溯：逆着小流的方向。③九天光霁：九天即指天。光霁，霁（jì），本指雨止，引申为天气放晴。④五岳：岳，中国五大名山的总称。即东岳泰山、南岳衡山、西岳华山、北岳恒山、中岳嵩山。⑤工部：指杜甫，他曾官检校工部员外郎，世称杜工部。

【小传】

夏懋孝，生平事迹不详。

白鹤观

白鹤观中飞白鹤，白鹤既去留其名。

仙迹不随江月落，灵踪犹逐海潮生。
红颜[①]炼药烧金鼎[②]，白昼乘鸾赴玉京[③]。
采石山川浑似旧，只今惟听步虚声[④]。

【注释】

①红颜：指女子的容颜，引申指美女。②炼药：亦称炼丹。金鼎，烧炼朱砂的设备。③玉京：也叫“玉都”、“帝都”；道教称天帝所居之处。④步虚声：道士诵经礼赞时的一种腔调。

朱昆田

【小传】

朱昆田（1652—1699），字文盎（àng），号西畯，秀水（今属浙江嘉兴）人，清太学生。朱彝尊之子。少有才名，9岁能书，得推拖捻拽法，博览群书，勤于著述。诗词独具风韵。人称“小朱十”，意指其诗才与其父“朱十（彝尊）”相媲美，著有《渔笛小稿》等。

天　门（节选）

天门屹然峙，江水流其中。
若非帝遣[①]巨灵劈，即是大禹[②]治水施神功。
不然一峰何为忽中断，断处铲削之迹还相同。
双崖壁立各千尺，遥遥竞长如争雄。
千艘晚泊估客棹[③]，万鼓夜吼蛟人宫[④]。
我昔买轻舠，放棹自皖公。
笺天乞风天已许[⑤]，飞廉[⑥]倔强不肯从。

【注释】

①帝遣：帝，指玉皇大帝；遣，派遣。②大禹：传说中古代部落联盟领袖。姒姓，亦称夏禹，以治水有功，被舜选为继承人，舜死后担任部落联盟领袖。③估客棹：估客，商贩。估客棹，商贩的船。④蛟人：亦作鲛人，传

说中的美人鱼。⑤笺天，笺为笺奏，古代一种文书，属奏章一类。笺天，就是向天笺奏乞风。天已许：天已经答应了。⑥飞廉：主管风的神灵。

许承家

【小传】

许承家，字师六，号来庵，康熙年间进士，为科会试钦定第六名，授翰林院庶吉士，编修官。

梁　山

中流开绝壁，巨石见孤蹲①。蜃气②烟岚散，江声昼夜奔。

两崖关地轴③，千古说天门。谁失东南险④，登临欲断魂。

【注释】

①蹲（dūn）：两腿尽量弯曲，但臀部不着地。②蜃气：即蜃（shèn）景，于不同密度的大气层对于光线的折射作用，把远处的景物反映在天空或地面而形成的幻景。也叫“海市蜃楼”。古人误认为是大蜃（大蛤）吐气而成。③地轴：多为地台边缘长期隆起的大地构造单元。④东南险：指采石矶。采石矶为翠螺山突出长江而成，江面较狭，形势险要，自古为江防要地。

吴存楷

【小传】

吴存楷，字端父，号缦云①，钱塘人，嘉庆十年进士，曾任当涂县知县，有《砚寿堂诗抄》。

江乡节物诗

蔗竿②矗立守蓬门，老境③须甜直到根。

笑杀贫家无完锁，竟劳宰相作司阍④。

【注释】

①缦（màn）：没有花纹的丝织品。②蔗竿：即甘蔗。③老境：有人吃甘蔗先吃上面的尖子，后吃下面老根，问他为什么不先吃老根，他说先吃尖子，后吃老的，越吃越甜，喻越老越幸福或处境逐渐好转。④司阍，即守门人。

晋德慧

【小传】

晋德慧，清学者，字维哲，号晋山，雍正元年（1723）拔贡，由教习①授浙江上虞县知县，又调仙居县知县。曾带头捐俸并倡议在当地修建长26丈、20孔桥梁一座。后归田讲学，60岁卒。著有《晋山制艺》《越东集》《涉趣园群考》等。

青山怀谢朓

石道扪萝上，青山一抹横。官辞齐太守②，人忆谢宣城③。
雨过池添碧，云深宅暗萦④。风流犹有伴，洒酒奠长庚⑤。

【注释】

①教习：学官名。明代选进士入翰林院学习，称庶吉士。清代沿用此制，翰林院设庶常馆，由满、汉大臣各一人任教习，选侍将、侍读以下为小教习。②、③齐太守、谢宣城：都是指谢朓。④萦（yíng）：缠绕。⑤洒酒奠长庚：长庚，为长庚星；洒酒，祭奠长庚星。诗人在这里是用长庚星暗指李白。

吴德方

【小传】

吴德方，当涂县人，明末清初祁门县令吴士琇之子。

宿和尚港①

平时野宿舟常泊，月喜今宵早出山。
水上但浮灯数点，树中遥见屋三间。
江潮夜落渔歌远，荻岸②风多鹭影闲。
无奈石尤常妒客，篷窗沾酒籍开颜。

【注释】

①和尚港：在慈湖河入江口，亦名慈姥水。昔楚僧定真见慈姥水风浪甚险，时有复舟之厄，遂发大愿，用锡杖挑土成河，分其水势，故名。②荻岸：即长满芦苇荻柴的江岸。

秦廷堃

【小传】

秦廷堃①，安徽含山县知县，后补授扬州府同知，乾隆三十一年（1766）任高邮知州。

春日同人宴采石

官柳催人选胜行，登楼从爱此春明。
指挥断岸千帆细，坐拥空江一鸟横。
山自多情依太白，台犹无恙吊开平②。
诸君应是阳冰客③，莫遣诗筒④负酒盟。

【注释】

①堃（kūn）：八卦之一，代表地。②开平：朱元璋的名将常遇春，开平是他的封号。③阳冰：即李阳冰、文字学家，书法家，字少温，赵郡（今属河北）人，曾任缙云、当涂县令。④诗筒：旧时诗人间相互传递诗文的筒状物。

【小传】

朱锦如，字伯霞，镇江人。少师事王恪，得其真传。乾隆十六年进士，为太平州学教授，后补常州教授。旋归，主嘉定当湖书院，与同邑姚成、张锡爵同集赋诗纪事以为乐，诗清新俊逸，雄壮博奥，体制非一，著有诗集。

题太白墓

青山浮翠挹天门①，才子名高抔土尊。
千载风骚推祭酒②，两间明月照诗魂。
波光上下骑鲸影，树色苍茫醉墨痕。
赢得春风岁岁至，落花犹吊李王孙③。

【注释】

①挹（yì）天门：就是把天门的水舀干。②祭酒：学官名。汉代有博士祭酒，为博士之首。西晋改设国子祭酒，隋唐以后称国子监祭酒，为国子监的主管。③王孙：古代贵族子弟的通称。李王孙，李白与唐朝帝王同姓，所以诗人把李白也列入王孙。

九日游白纻山寺

一径兰舆①意洒然②，鼓孱③荦确④陟层巅⑤。
山坳古树迎人立，天际浮口倒影圆。
枫叶带霜红间碧，江光入暝水和烟。
长空极目天门迥⑥，双阙嶙峋⑦落眼前。

【注释】

①兰舆：轿子，又叫平肩舆。②洒然：洒脱，潇洒。③孱（chán）：谨小慎微貌。④荦确：山大石头多。⑤陟（zhì）：登高，上升，到了山巅。⑥迥

(jiǒng)：远。⑦嶙（lín）峋（xún）：山石重叠不平貌。

【小传】

葛师夔[①]，生平事迹不详。

白纻山怀古

当年高宴绮罗欢，弦管珊珊[②]送夜寒。
一剪月魂江色白，满山春影露光残。
曲传商调[③]哀如玉，人忆灯前气似兰。
今日尚存歌舞地，绕原荒草恨漫漫。

【注释】

①夔（kuí）：古代传说中的一种奇异动物，似龙一足。②弦管：弦类和管类乐器的统称。珊珊：形容衣裾玉佩的声音。③商调：我国古代五声（也叫五音）之一，宫、商、角、徵、羽。

【小传】

夏炘[①]（1789—1871），字心伯，夏銮长子。道光五年中举。任武英殿校录，后任吴江、婺源教谕18年。咸丰初年，曾在婺源创办团练，后擢升颍州府教授，保升内阁中书，四品卿衔。夏炘一生，饱读经书，从汉宋到明清各朝儒学和流派著作无所不读。

游石隐庵

芒鞋[②]竹杖白云穿，寻得桃源好洞天[③]。

花草一庭都入画，松杉百尺不知年。
山猿清啸知来客，林鸟无声似悟禅。
尽有烟霞堪结伴，空门④寂寂绝尘缘⑤。

【注释】

①炘（xīn）：火焰炽盛貌。②芒鞋：即草鞋。③桃源、洞天：都是指东晋陶潜《桃花源记》中的社会和洞天。④空门：佛教宣扬“诸法皆空”，故称佛教为“空门”。⑤尘缘：佛教名词。佛经中把色、声、香、味、触、法，称作“六尘”。

梅山寺仙坛坐雨三日

（一）

春风引到翠微巅①，诗酒萧疏②会众仙。
天意恐余归去速，故教好雨日绵绵。

（二）

弥天③三日洒芳霖④，毛髓从今洗伐新。
流枕石坳清彻骨，涛翻松径净无尘。
沾濡⑤万木都生色，润泽⑥繁花又转春。
更有山头惊瀑布，千寻玉液⑦泻昆仑⑧。

【注释】

①翠微：山气青翠貌。②萧疏：稀稀落落。③弥天：满天，极言其大，也比喻气势雄豪。④芳霖：霖，久雨。芳霖，乃形容“霖”的美好、及时。⑤沾濡：润泽。⑥润泽：滋润，亦比喻恩泽。⑦千寻玉液：寻，古代长度单位，八尺为一寻，形容瀑布的长度；玉液，形容瀑布像酒。⑧昆仑：即昆仑山。

古寺钟声

漏尽铜壶①一击钟，五更②夜气动鱼龙。
如何吼入红尘③里，人不回头耳似聋。

【注释】

①漏尽铜壶：即漏壶，又名“漏刻”、“刻漏”、“壶漏”。古代的一种计时仪器。②五更：更，旧时夜间计时单位。一夜分为五更，每更约两小时。五更即天快要亮了。③红尘：闹市的飞尘，形容繁华，也指繁华热闹的地带，或指人世间。

【小传】

唐绣，生平事迹不详。

慈姥矶

天教慈姥矗江干，陟屺①犹怜心胆寒。
孤舟夜泊悲绝裾②，盘石根枯孝水澜③。
啼鸟骇林④风不休，箫管哀吟竹万竿。
舐犊⑤关情留月照，三更细话丁兰庙。

【注释】

①陟屺：陟（zhì），升、登之意；屺（qǐ），无草木的山。②裾（jū）：衣服的前襟，也称大襟。③澜：大波。④骇（hài）：惊惧。⑤舐犊：舐（shì），以舌舔物；犊，小牛。舐犊，就是用舌舔小牛。

【小传】

钟良骏（1864年前后在世），字瑞图，当涂薛镇人，附贡鼎长子，同治甲子科举人。博览群书，尤致力于《春秋》三传。工诗文，为一时之领袖。雅好表章，儒先乡贤徐文靖《禹贡会笺》《山湖两戒考》等6种，“洪杨乱”后散佚无一存者，骏百计搜访，得残版于湖阳，校补刊行。著《守拙轩诗文集》3卷行于世。

登谪仙楼放歌

始出长安城，谗由杨太真[①]。
继入夜郎国[②]，祸起永王璘。
世间肉眼安足怪，胡为名登仙籍，上清亦不容其身。
料因才大天也忌，长庚[③]入梦倏忽谪凡尘。
斗酒百篇吐奇气，姓名传播闻阍宸[④]。
开元天子识知己[⑤]，掖庭[⑥]供奉如上宾。
谁知野鹤闲云别有癖，不惯肘垂金印[⑦]腰拖绅[⑧]。
愿乞骸骨恐未许，脱靴故使权阉嗔。
一朝得赋遂初志，四海九州若乡邻。
峨眉雪色古，华岳[⑧]云痕新。
暮雨匡庐[⑨]夜，朝暾[⑩]泰岱[⑪]晨。
酒地诗天到处是，历遍名山大泽，游戏六十有余春。
天帝垂念[⑫]谴期满，姮娥[⑬]衔诏宣恩纶。
庸耳俗目不闻亦不见，但觉采石矶边涌出溶溶[⑬]月一轮。
神鲸突相迓，喷浪摇金鳞。
公乃骑背去，遗蜕[⑭]留江滨。
水底怪物不敢动，天风吹护波皴纹。
仙乎仙乎谁识得，贺监[⑮]湖外皆是懵懵[⑯]人。

【注释】

①谗由杨太真：说明杨贵妃在皇帝面前说了李白的许多坏话。②夜郎国：也叫夜郎郡。唐天宝元年（公元742年）改珍州置。治所在夜郎（今正安西北），辖境相当今贵州正安及道真等县地。③长庚：即“金星”。④阍宸：阍(hūn)，既指守门人，也指宫门。宸（chén）：北辰所居，因以指帝王的宫殿，又引申为王位、帝王的代称。⑤开元：唐玄宗李隆基的年号，公元713—741年。⑥掖（yè）庭：皇宫中的旁舍，宫嫔所居之室。⑦肘垂金印：就是把金印垂挂在肘子上。⑧腰拖绅：古代士大夫束在腰间的大带子。不惯肘垂金印腰拖绅，就是不习惯做官。⑨华岳：即华山。在陕西省东部，北临渭河平原，

属秦岭东段。⑩匡庐：庐山的旧称。⑪暾（tūn）：初升的太阳。⑩泰岱：即泰山。⑪垂念：即挂念。⑫姮娥：即嫦娥，传说月中的女神。⑬溶溶：宽广貌。⑭遗蜕：蜕（tuì），蝉蛇蜕下来的皮。人们说李白原是神仙，他把神仙的外衣蜕下来丢在江边，然后才和人一样活动。⑮贺监：即李白的好友贺知章，因他任过秘书监，世称贺监。⑯懵懵（měng）：糊涂。

【小传】

钟英，当涂县人，良骏之子。

登黄山放歌

出郡[①]数里面西北，高耸一山欹且侧。
我携酒榼[②]来寻幽，路走羊肠披荆棘。
攀条乘兴升其巅，但觉两屐生云烟。
伫立风前一凭眺，俯窥万象皆罗前[③]。
耸然一塔撑金柱，四围村落沉烟树。
长江匹练涌雪流，直入天门始收住。
青山白纻各环来，画图幅幅成天趣。
斜阳一抹意未休，狂呼樵者溯从头。
试问日日来复往，亦识此中真乐不？
樵者大笑蹈且舞，指点遗迹为我语。
今古此地曾经玉辇游，不见当年宋太祖[④]。
前呼后拥上山来，避暑还筑凌歊台。
三千歌舞争献媚，筹觥交错[⑤]飞金罍[⑥]。
英雄一去江山谁作主，可怜金粉埋荒土。
年年芳草怨春风，颓垣坏壁淋秋雨。
千秋惟有名足系人思，徒事逸乐亦何为？
我闻此语频相忆，临风如醉还如痴。

古人不见今人来，今人犹道古人事。
人生发愤须及时，何为郁郁[7]久居此尺地。

【注释】

①郡：指太平郡治当涂城。②榼（kē）：古代盛酒或盛水的器具。③罗前：即“罗列在前”的省略语。④宋太祖：即赵匡胤。宋王朝的建立者。但以诗句上下的意思看，此句应是刘宋王朝的宋武帝刘裕。⑤筹觥交错：就是酒器和酒筹交错。⑥罍（léi）：酒器。⑦郁郁：忧伤、沉闷貌。

董以宁

【小传】

董以宁，清初诗人，字文友，武进人。

浣溪沙·登姑孰城楼

白纻山头松泼烟，凌云塔下水交田。
碌碡砑场[1]趁夜雨，麦黄天。
燕子重翻青雀尾，鸭雏荡破绿荷钱[2]。
堤柳阴中闲不得，织鱼箯[3]。

【注释】

①碌（liù）碡（zhou）：一种用于碾压场地的畜力农具。俗名石滚。砑（yā）场：就是碾压场地。②绿荷钱：指初生的小荷叶。③箯（biān）：即箯舆，竹子编成的舆床。

张毕宿

【小传】

张毕宿（1647 年前后在世），字兆功，号六园，明末清初当涂人，顺治四年（1647）三甲第 83 名进士。当涂县志第 20 卷（上、下），由其编纂。

拜李太白墓

萧萧[①]墓上纸为钱，读罢残碑思邈然。
星谪凡间[②]聊啸傲[③]，魂依胜地独留连。
花分红白浮青珑[④]，路失阴晴绕暮烟。
醉后呼君君不见，百壶那用酒如泉。

【注释】

①萧萧：稀疏貌。②星谪凡间：说李白本是天上的一颗星，被贬谪到尘间来了。③啸傲：谓言动自在，无检束。④珑（lóng）：古人在大旱求雨时所用玉册上的龙文。

梅　坡

醉后凭高坐石头，渔舟不挂片帆秋。
城欹粉堞双桥接[①]，雨洗青山万壑流。
老兴未闲杯在手，余霞初散月侵楼。
蓑衣斗笠[②]吾家有，钓雪还来戏白鸥。

【注释】

①欹（yī）：叹美之词。堞（dié）：城上的矮墙，亦称女墙。“双桥接”，即姑溪河上的两座彩虹桥。②蓑（suō）衣、斗笠（lì）：皆雨具也。蓑衣为蓑草编成，披在身上。斗笠为笠帽，用竹箬或棕皮等编成。

【小传】

张异卿，生平事迹不详。

大仁寺访梅

荒颓古寺背江天，老衲[①]相逢话昔年。
水部有诗供啸咏，师雄无梦不留连。
携来白昼春前酿，踏破黄昏涧外烟。
高士[②]行藏[③]原落寞，暗香疏影总萧然[⑤]。

【注释】

①老衲：衲（nà），僧衣的代称。也作为僧徒的自称或代称。②高士：谓志行高尚之士，旧多指隐士，有时亦用以称某些在官者。③行藏：指出处或行止。④暗香疏影总萧然：暗香疏影都是写梅花的词牌名。

【小传】

赵烷[①]，生平事迹不详。

卖花声[②]·府署自公堂咏竹

别墅羡芳邻，黯澹三春。愁怀不耐、酒沾唇。
爱此琅玕[③]千个好，绿染阶痕。
琢句听清，音律按柯亭[④]。宜风宜雨更宜晴。
底事子猷须寄赏，千载知心。

【注释】

①烷（wán）：烷烃（tīng），为有机化合物。②卖花声：词牌、曲皆有此名。词牌出自唐代，为教坊曲名，亦在元曲中作曲牌名。③琅（láng）玕（gān）：美石，石而似玉。④柯（kē）亭：后汉，蔡邕避难江南，宿于柯亭。柯亭之馆，以竹为椽，仰而视之曰："良竹也。"取以为笛，奇声独绝，历代传闻。

卖花声·含清园夜雨

细雨滴窗前，败叶铺毡[①]。庄周[②]梦醒、几回还。
冗自[③]夜愁衾簟[④]冷，处处鸣蝉。

历落[⑤]入清泉，灌满桑田，凭谁有计扫寒烟，
妒尽东篱无限菊，辜负陶潜[⑥]。

【注释】

①铺毡：毡（zhān），羊毛或其他动物毛发经湿、热、挤、压等作用使毡缩而成的片状材料。这里是指满地的败叶。②庄周：战国时哲学家，亦称庄子，（约前369—前286）。③冗（rǒng）：复杂、多余之意。④衾簟：衾（qín），被子；簟（diàn），供坐卧用的竹席。⑤历落：疏疏落落，参差不齐貌。⑥陶潜：即陶渊明。他有“采菊东篱下”之句。

【小传】

陈醇儒[①]，字蔚宗，一字蔚安。当涂人，重蕃子。道光时（1821—1850）庠生，工汉隶八分，长于山水，弱冠有文名。有白阳、仲醇家风。于化城寺构书巢，往来多四方名流。著有《杜律解》，是清代最早的杜律注本之一。

横山寻陶隐居宅[②]

朝辞金殿暮山坳[③]，卜筑层峦此结茅[④]。
野老共传天子诏[⑤]，先生只与布衣交[⑥]。
静看芝木闲畦种[⑦]，卧听笙璈[⑧]野寺敲。
为爱数峰风物美，月明中夜挂藤梢。

【注释】

①醇（chún）：酒味浓厚。②陶隐居宅：指陶弘景的隐居宅。③朝辞金

殿：他早上辞职；暮山坳，下午，他就到了横山坳（ào）。④结茅：即在此建隐居宅。⑤野老：乡村野老；天子诏，皇帝的诏书。⑥布衣交：与布衣交朋友；布衣，即普通老百姓。⑦畦（qí）：菜圃间划分成长行，一行叫一畦。⑧笙璈：笙，簧管乐器。璈（áo），古乐器名。

张崇慈

【小传】

张崇慈，当涂县人，其余不详。

二仙庵①

流水桃花路可通，方壶岂必属虚空。
青萝洞口一规月②，绿柳池边半壁风。
仙去谁怜今代异，鹤归翻讶③故人同。
九还自古无多诀，应在沉冥④不语中。

【注释】

①二仙庵：在当涂县城东南凌云山北和合洞一侧。和合洞乃和合二仙的隐居修炼处。在其一侧修建的庵故称二仙庵，康熙二十一年（1862）时任太平知府杨霖，曾为之题写"仙风宛在"匾额。②一规月：规，校正圆形的用具。引申为圆规。一规月，就是一轮圆月。③讶（yà）：惊奇；诧异。④沉冥：同"沈冥"。

谭献

【小传】

谭献（1832—1901），清词人。原名廷献，字仲修，号复堂，浙江仁和（今杭州）人。同治举人，官安徽歙县等地知县。晚年告归，张之洞延主湖北经心书院。治经倾向今文学派，其词多抒发封建阶级的没落感情，论词依据常州词派的理论而加以发挥，也能诗及骈文。有《复堂类稿》，又选清人词为《箧中词》。

登太白楼

不逢呼酒侣[①]，奚似快登临。白也思颜色[②]，黄山无古今。
伊予非俊物，拄笏[③]愧秋林。安得鸣桡发，泠江写此心。

【注释】

①酒侣：即酒友。②颜色：脸色，也指女色。③拄笏：笏（hù），古时大臣朝见时手中所持狭长的板子，用玉象牙或竹片制成，以为指画及记事之用，也叫“手板”。拄笏，即拄笏看山。旧时以“拄笏看山”，比喻在官有高致。

【小传】

吴翼，生平事迹不详。

丹湖泛月吊李白

水接天根[①]湖一片，溶涛白静波如练。
我移小艇吊青莲[②]，高风杳渺无能见。
当年闻说最豪华，才大诗奇酒兴赊[③]。
挂冠[④]浪迹[⑤]佳山水，此地曾经泲浅艖[⑥]。
艑艖[⑦]泛后成仙迹，于今寥寥[⑧]空晨夕。
风流我欲续先生，双桡点破湖心碧。
前人秉烛尚傲游，况今好月正当头。
垂杨烟锁堤边冷，芦荻风敲韵已秋。
君不见金飞玉走去如梭，人间乐地莫虚过。
但得良宵白月静，即宜把酒动酣歌，
歌成星彩摇杯底。渔舟息在烟波里，

苍茫何处觅仙踪，湖天一望层云起。

【注释】

①天根：即“氐宿”。②青莲：李白的号。③赊（shē）：长；远。④挂冠：谓辞官。⑤浪迹：到处漫游，行踪无定。⑥泛浅艖：泛（fān），浮貌；艖（chā），小船。⑦艑（biān）：扁舟。⑧寥寥：稀少；孤单。

曹重斗

【小传】

曹重斗，字獬[1]钟，号寥栖，清代采石镇人。出生在仕宦世家。无意功禄名利，一心钻研学问，著《采石志》5卷。

登望夫山准提[2]阁

望夫曾化石，此地已栖禅[3]。为破贪痴想，来参清净天。
娥眉双月下，采石一江边。捣练[4]谁家妇，重歌子夜篇。

【注释】

①獬：读xiè。②准提：梵文cundi的音译，意译为“清净”。佛教的菩萨。③栖禅：禅（chán），佛教名词，禅那的略称，意译作“思维修”、“弃恶”等，通常译作“静虑”，也指佛教的事物。④捣练：即煮过的丝麻或布帛。

乳　山[1]

山以石为骨，权其[2]理或然。盘根见磊落[3]，堑地势欲颠。
如何兹山石，反戴山之巅。排空森剑戟，突兀撑云烟。
壁立高万仞[4]，飞鸟为迁延[5]。嵚崎[6]复偃促，攀跻曷[7]由焉。
纵观宇宙内[8]，邈尔[9]仅一拳。伊昔女娲氏[10]，炼以五色妍[11]。
秦王驱赴海，鞭血流深渊。事理俱恍惚，有无安足传。
安得五丁力[12]，凿破混茫天[13]。云根穿月窟，沥沥[14]乳流泉。

【注释】

①乳山：雨山的原名，位于市区的南部。后人嫌山名不雅，乃就其谐音改称雨山。②权其：权且也。③磊落：众多杂沓貌。④仞（rèn），古代长度单位，以八尺或七尺为一仞。⑤迁延：逍遥自在貌。⑥嵚（qīn）崎：山高峻而不平貌。⑦曷（hé）：为何，什么。⑧宇宙：天地万物的总称。⑨邈：远也。⑩女娲（wā）氏：神话中的女神。⑪五色妍：即补天的五色石。⑫五丁：古代神话传说中的五个力士。⑬混茫：指上古时期人类未开化的状态。⑭沥沥：形容水流声。

谒虞公祠[1]

千载孤忠守此乡，庙堂[2]寂寞存纲常[3]。
郡人只识黄山殿，三月徒烧满地香。

【注释】

①虞公祠：即虞允文祠。南宋嘉定九年（1216），江东提举李道传建。②庙堂：太庙的明堂。古代帝王祭祀、议事的地方，亦指朝廷。③纲常："三纲五常"的简称。三纲是：君为臣纲，父为子纲，夫为妻纲。五常是仁、义、礼、智、信。

【小传】

李瞕，清雍正八年（公元1730年），在任太平知府期间，经报请官厅审批后，李瞕在牛渚山南麓太白祠后辟地重建采石书院。因牛渚山自明正统以后又名翠螺山，所以新建的书院亦易名为翠螺书院。

百字令[1]·太白楼次东坡韵

江楼如画，话当年，曾驻锦袍人物。三调清平[2]高唱在，那数旗亭画壁。倚槛花明，悬崖石峭，眼底涛喷雪。公余怀古，一尊相酹才杰。

几度采石矶头，维舟眺览③，逸兴参差发。此地重来经信宿④，看足沙鸥明灭。冉冉⑤斜晖，濛濛遥岫⑥，树影稠于发。掀髯⑦孤啸，碧天飞上圆月。

【注释】

①百字令：词牌名，即《念奴娇》。②三调清平：指李白在沉香亭所作《清平乐词》三章。③维舟眺览：维，系，维舟即系舟；眺览，览，看。④信宿：连宿两夜。⑤冉冉：慢慢地；渐进貌。⑥濛濛遥岫：濛濛，看不清；岫(xiù)：山穴。⑦掀髯：掀(xiān)，揭起掀开。髯(rán)：两颊上的长须。

朱森桂

【小传】

朱森桂，约清代人，其余不详。

采石吊太白叠韵①

落日下采石，突兀矶头高。大江空自阔，秋宇更泬寥②。
少焉月东出，稍梢③上松梢。风水相荡激，天籁④鸣笙璈⑤。
昔人记石钟，穷搜亦云遥。恨不拿舟来，聆此⑥钧天韶⑦。
石罅⑧构杰阁⑨，岌岌⑩势动摇。升平百余年，故垒⑪櫜弓刀⑫。
过客倦登临，未暇停双桡。巉峭⑬悚俊鹘⑭，险仄愁飞猱⑮。
忆昔先生来，问天首频搔。捉月事荒渺，锦袍泛轻舠⑯。
风雅自千载，凭吊徒为劳。所叹丛祠⑰边，古木空周遭⑱。
谁欤⑲秉国成，而君卧草茅⑳。坐合开元盛㉑，生灵随弊凋㉒。
屈辱流夜郎，讵免当世嘲。至今仰清节，如凤翔云霄。
醉后读遗集，穆然㉓形迹超。精气惝恍㉔迁，邻笛闻江皋㉕。

【注释】

①叠韵：音韵学术语。指两道诗或两词调的韵都相同。②泬(jué)寥

(liào)：空旷清朗貌。③稍梢：稍，本义为禾末，引申为小。梢（shāo）：树木的末端。④天籁：籁（lài）自然界的音响。⑤笙璈：笙和璈（áo），均为古乐器。⑥聆（líng）：听也。⑦天韶：中央曰钧天。韶，虞舜乐名。钧天韶：即钧天广乐（见《史记》）⑧石罅（xià）：瓦器的裂缝。引申为凡物的缝隙，又引申为漏洞。⑨构杰阁：即构造杰阁。⑩岌岌（jí）：山高，危险貌。⑪故垒：历代作战时留下的防御工事。⑫橐（tuó）：袋子，可以装弓和刀。⑬巉峭：巉（chán），山势高险貌；峭（qiào），陡峭。⑭悚俊鹘：悚（sǒng）：害怕，恐惧；鹘（gǔ）古书上说的一种鸟，羽毛青黑色，尾短。⑮猱（náo）古书上说的一种猴。⑯这一句是说当年李白与好友崔宗之在采石江边乘舟玩月之事。⑰丛祠：建在荒野丛林中的神祠。⑱周遭：即周围。⑲欤（yú）：文言助词，表示疑问语气。⑳草茅：杂草。㉑开元盛：乃开元盛世略语。㉒弊凋：弊（bì），欺蒙人的行为；凋：凋谢、枯萎。㉓穆然：严肃，肃穆。㉔惝（chǎng）恍（huǎng）：迷迷糊糊；不清楚。㉕江皋：江边的高地。

陈毅

【小传】

陈毅（？—1787），字直方，号古渔，江宁（今南京）人。乾隆举人。雍正乾隆间著名的布衣诗人。少年丧父，生活贫困，奉母极孝，为人笃实尚义。工文辞，尤其以诗文见长。61岁，卒于乾隆五十二年春。著有《古渔诗》《金陵见闻录》等。

登翠螺山文昌阁①

大江低泻远帆平，高阁推窗近太清②。
松翠滴衣无杂树，秋山当午有啼莺。
云从乱石窝中出，客在悬崖顶上行。
早晚结茅③来息影，月中歌啸凤鸾声。

【注释】

①文昌阁：即三台阁。《晋书·天文志》："三台六星，两两而居……西近文昌二星曰上台……次二星曰中台……东二星曰下台。"因此，三台阁可以直

呼文昌阁。②太清：道家谓天道，亦谓天空。③结茅：盖房子。

方启寿

【小传】

生平事迹不详。

采石登太白楼

青山埋骨问青天，采石停舟唱采莲。
河岳精灵生乐府，楼台金碧坐神仙。
当时过客高吟处，此地图公作画传。
千百年来好风景，一齐管领不须钱。
登楼谁敢复吟诗，此是龙门点额时[①]。
金粟至今香世界，锦袍依旧玉丰姿。
君臣知遇逢天宝[②]，将相功名赠子仪[③]。
何事江干独憔悴，离骚满目吊湘累[④]。
邯郸[⑤]四十万人空，坑尽[⑥]长平剩此翁。
鹦鹉可能无噩梦[⑦]，凤凰终不落樊笼[⑧]。
尚吟白堕思刘叟[⑨]，老住青山为谢公。
小妇金陵子明月，何妨添入图画中。
唐诗一代冠中兴，分道扬镳[⑩]有杜陵。
忧国同心生白发，依人到处叹青蝇[⑪]。
文章事业归闲史，香火因缘付老僧。
楼下长江楼上月，光芒万古兴飞腾。

【注释】

①点额：《水晶注·河水》：“鳣，鲔也，出巩穴，三月则上渡龙门，得渡为龙矣；否则点额而还。”旧时因以“点额”比喻应试落第。②此句系指天宝初，李白由吴筠等推荐，被招入宫内供奉翰林。③子仪：即郭子仪。④湘累：

指屈原。颜师古注引李奇曰："诸不以罪死曰累……屈原赴湘死，故曰湘累也。"⑤邯郸：古都邑名，故址即今邯郸市。⑥坑尽（kēng）：即坑杀，指活埋人。⑦噩梦：可怕而惊人梦。⑧樊笼：关鸟兽的笼子，比喻不自由。⑨白堕：人名。《洛阳伽蓝记·城西法云寺》："河东人刘白堕善能酿酒，季夏六月，时暑赫羲，以罂贮酒，暴于日中。经一旬，其酒不动，饮之香美而醉，经月不醒。京师朝贵多出郡登藩，远相饷馈，逾于千里，以其远至，号曰鹤觞，亦曰骑驴酒。"后因为酒的别称。"刘叟"，即刘白堕。⑩镳（biāo）：马嚼子两头露在外面的部分。⑪青蝇：比喻谗言小人。

【小传】

李恩绶[①]，字亚白，祖籍安徽舒城，后迁江苏丹徒。年少时，李恩绶读书十分聪明，不仅博览经史，还遍读诸子百家和诗词歌赋。由于不喜欢八股文，虽为副贡生，却一直考不取举人。遂携笔壮游。镇江、南京一带山水名胜，都给他游遍。每到一地，他都喜欢阅读地志，以了解当地名胜的来历和人物故事。1881年（光绪七年），家乡成立修志局，编修丹徒县志。由于他于山水多有考究，修的志多为人嘉许。1884年（光绪十年），他来合肥游历，被肥西周老圩聘教家塾。教书之余，还常到紫蓬山及合肥城内游玩。每到寒假，他都要南归丹徒。来回经过巢湖时，又遍游了湖中山水。所以他对合肥西南乡一带十分了解，并着手修志。到1894年（光绪二十年），在学生的帮助下，先后编修有《紫篷山志》《合肥香花墩志》《巢县志》《庐阳名胜辑要》等山水志，记载了合肥西南地区大量而又宝贵的自然和文化资料。此外，他还著有《采石志》《缝月轩词录》《读骚阁赋存》《冬心草堂诗选》《历代诗人祠堂记》等书，刊行于世。李恩绶约于1899年，南归故乡，77岁逝于家。乡人私谥为"文靖先生"。

舟中望采石登太白楼不得怅然有怀

其一

望中知是翠螺山，中有白云相往还。

那及横江一孤鹞[2]，飞从松顶掠烟鬟[3]。

其二

风尘何苦促征帆[4]，孤负仙楼景不凡。

公本怜才应谅我，漫将宫锦傲儒衫。

其三

江声直接燃犀渚，奇句难题捉月亭。

毕竟好山旧相识，含烟为我若垂青[5]。

【注释】

①绶（shòu）：一种丝质带子，古人常用来挂印。②鹞（yào）：鸟纲，鹰科鹞属各种的通称。③烟鬟（huán）：发髻也。烟鬟，犹云鬟，比喻笼罩着云雾的峰峦。④征帆：风吹舟进。⑤垂青：看重，见爱。

采石江中怀虞忠肃[1]

南渡君臣等伏雌[2]，书生[3]功竟愧刘锜[4]。

此间也有开平迹[5]，不及先生[6]破贼时。

【注释】

①虞忠肃：即南宋抗金英雄虞允文，“忠肃”，是虞允文淳熙元年（1174年）卒于官时的赐谥。②南渡君臣：指宋高宗及南渡众臣。伏雌，亦作“雌伏”，雌（cí）：比喻退藏，无所作为。③书生：指虞允文。虞允文战胜金兵后，至京口，向刘锜问疾。锜执允文手曰：……大功反出一儒生，真令我辈愧死了。④刘锜（1098—1162）南宋名将。字信叔，德顺军（治今甘肃静宁）人。曾在顺昌（今安徽阜阳）大破金兀术主力。旋为秦桧、张俊所排挤，罢兵知荆南府。绍兴三十一年金主完颜亮南侵，他于衰病中被任江淮浙西制置使守淮东，但对于淮西的防线，已无能为力。锜（qí）：古代一种带三足的锅。⑤开平迹：开平，为朱元璋爱将常开平的战迹。⑥诗作者原注：常开平采石之战，是在明初鼎盛时，犹易奏功，而忠肃所处的南宋，则积弱久矣。

舟中自题碧螺小志[1]得一绝

晨谒青莲返画轮[2]，宛然家乘[3]慰吟身。
即今狂客无仇博[4]，此卷何妨便赠人。

【注释】

①碧螺小志：系作者撰写的《采石志》中的一部分。②画轮：装饰华丽的轮船。③家乘，记载私家之事的文字。④诗作者原注："仇博"，指宋仇博；他应举不第，慨然泛舟溯采石，谒太白祠，与之对饮，说之以文曰："不知我者谓我狂，知我者谓我与君不同时。"

刘声椿

【小传】

刘声椿（约1900年前后在世），清光绪年间当涂章（藏）汉乡人，光绪二十六年恩贡，拔选训导。工诗文。

游石头峰

峭壁嶙峋[1]趣最幽，登临遥望白云浮。
征帆片片过牛渚，叠嶂层层到石头[2]。
一径松杉声淅沥[3]，满林风景足遨游[4]。
他年准赴山灵约，留得烟霞入咏讴。

【注释】

①嶙（lín）峋（xún）：山石层层重叠不平貌。②石头：即"石头城"，古城名，简称石城，又名石首城，故址即今江苏南京市。③淅（xī）沥（lì）：象声词，形容雨、雪、落叶等细小的声音。④遨游：游逛，也叫闲游。

薛时雨

【小传】

薛时雨（1818—1885），字慰农，晚号桑根老人，咸丰进士，做过嘉兴、嘉善知县和杭州知府，后主讲崇文书院，江宁尊经书院和惜阴书院。著有《藤香馆诗册》等，楹联多收于《藤香馆小品》《扫叶山房丝钞》中。

金缕曲[①]·采石矶

采石江边路。截中流、危矶孤耸，大江门户。多少英雄成败事，分付江潮记取。曾听惯、连江鼙鼓[②]。千载战功垂赫赫[③]，常开平，[④]远轶[⑤]韩擒虎[⑥]。吞建业[⑦]，压牛渚。十年群盗纷如鼠。诸葛君，[⑧]是真名士，手挥白羽，斥候[⑨]至今烽火[⑩]熄，依旧青山绿树。供过客、登临怀古。埋骨诗人同不朽，恰长江、坟傍青莲墓。寻往迹，几倾慕[⑪]。

【注释】

①金缕曲：词牌名，即《贺新郎》。②鼙（pí）鼓：古代军中用的一种鼓。③赫赫：显耀盛大貌。④常开平：即明初名将常遇春的封号。⑤轶（yì）：本意为后车超过前车，引申为超越。⑥韩擒虎：隋大将。隋文帝开皇九年（公元589年）率兵攻入建康（今南京），俘陈后主。因功进位上柱国。⑦建业：亦作“建邺”，古县名，在今南京市。晋太康元年（公元280年）灭吴，复改名秣陵。建兴元年，因避愍帝司马邺讳，改名建业。⑧诸葛君：即诸葛亮。⑨白羽斥候：白羽，鹅毛扇子；斥候，为侦察、候望者。⑩烽火，古代边防报警的信号。熄（xi），烽火已熄。⑪倾慕：钦佩。

曹洛禋

【小传】

曹洛禋[1]，字麟书，号复园。当涂人，光禄寺少卿履吉之孙。庠生台繁子。雍正乙酉举人，丙午举孝义端方，庚戌举经学，授国子监助教，遂作《古今太学考略》。后擢国子监司业。旋以经学湛深，奏对称旨，升翰林侍读学士。禋自官国子，历内廷凡40年，恪尽其职，故能叠荷恩遇，赏赐有加。年90余乞假归里，卒于家。著有《大易测》《秋虫语》《苹寓草》《留影杂记》《天放集》《医学管见》《枕中宏秘》《采石山志》及《渔山堂集》若干卷行世。

石门仙洞[2]

峭壁自天成，森森[3]似铁城。路回山面转，泉冷石头清。

云影渡还随，松声锁不鸣。道人[4]能爱客，煮茗说无生。

【注释】

①禋（yīn）：古祭祀名，指祭天。②石门仙洞：在横望山西南，两石壁相峙如门，石门之内的山谷中有一长达数里的泉溪从中流出，大旱不涸，世称“仙洞”。③森森，阴森可怕或寒气逼人。④道人：即道士。

端揆

【小传】

端揆[1]，字叙百，别号石眉山人，当涂县人。御式廷赦曾孙，清代庠生。自幼刻苦求学，家藏书三万卷，复又废产续购，尤浸淫《左》《史》，卓然成大家。又常读于采石翠螺山，开骚坛，寒暑无间。著有《诗经辨疑》《史记评注》《来青阁集》《石眉山人诗集》等。可惜多毁于兵火，仅梓行《雁字七律》百首、杂诗20余首，传于世。

牛渚矶秋夜观涛

谁遗[2]天丁持巨斧，劈开[3]采石长江柱。
浮身孑立[4]障狂澜，半壁东南矶作堵。
西风下叶山衣单，木末青青秋漏雨。
隔水群峰类子孙，沧州万片为之辅。
松巅奔壑似渴龙，石怪蹲林如睡虎。
领略须求解事人，乾坤许大[5]如聋瞽[6]。
太真往事成美谈[7]，我心犹自嫌粗卤[8]。
山川献媚应接忙，何暇然犀照幽浦[9]。
游且青莲良佳哉，宫袍往来夜摇橹[10]。
千年豪饮自风流，骑鲸捉月言无补。
江山代谢属群仙，白也那能常是主。
我亦阆风[11]乘鹤人，偶然游戏生南土。
一落人间廿二年[12]，桃花仙[13]山隔深坞[14]。
海山有约未言归，好梦时飞上天姥。
家园西北翠萝封，凉秋携杖摩苍釜[15]。
何物阴霾[16]翳太清[17]，不放瑶光出云肚。
喝月声高白帝闻[18]，为余诏促银蟾吐[19]。
江豚[20]暮拜云影摇，闪入玉潭动鲛户[21]。
犹如帘卷珊钩斜[22]，美人半面深深睹。
倏忽图光满大千，远山粟粟[23]江如缕[24]。
平台白照清且寒，宿鸟不鸣秋夜午。
秋夜午兮弄秋涛，海上潮生骤如雨。
沸腾白浪故掀天，一派军声响千部。
直欲浮山弱水东，山灵未许涛加怒。
鲛珠[25]乱落龙梦惊，天吴[26]棹首冯夷舞[27]。
散发观涛我竟颠，雄心思射钱塘弩[28]。
须臾潮退复安流，疏蓼萧萧拂江浒。
波声又作筑与琴[29]，知是江妃[30]援瑟鼓[31]。

罗袜凌波微步来，持赠明珠交翠羽[32]。
咽怨为弹一再行，黛痕低就蛾眉抚。
曲终人去夜茫茫，江上数峰青可数。
泛槎欲上白云乡，疏放更愁天上苦。
琼楼[33]悬圃即繁华，江山未必清如许。
何似寒矶语石头，松风乍来吹玉尘。
狂歌俯视微尘中，所见谁非蝼蚁[34]聚。
眼底仙人我复君，长林丰草堪相伍。
秋色年年亭上看，今夕盟言山记取。
沧桑[35]变后御风过，相应相识休相拒。
夜深山鬼哭啾啾[36]。江月平波空万古。
露湿客衣归去来，呼灯小坐题秋谱。

【注释】

①揆（kuí）：掌管百事，总揽政务。②遗（wèi）：赠与。③劈开：翠螺山临江处，好像是天丁用刀砍斧劈似的陡峭。④孑（jié）：单独，形容众叛亲离，孑然一身。⑤许大：乃这样、如此。⑥聋瞽：瞽（gǔ），瞎眼。聋瞽，即耳聋眼瞎。⑦太真：杨贵妃的字；成美谈：即为李白捧砚的那些事。⑧卤：读lǔ。⑨幽浦，即幽深的水滨。⑩橹（lǔ），一种人力推进船的工具。⑪阆（láng）：空旷余地的风。⑫廿（niàn）：二十。⑬仙：同跹（xiān）。跹，舞貌；轻举貌。⑭坞：可作屏障的深沟。⑮釜（fǔ）：古代的一种锅。⑯霾：大气混浊呈浅蓝色的天气现象。⑰翳（yì）：眼珠上长的一层薄膜；霾就像翳这样的膜，使人看不清。太清，天空。⑱白帝：中国古代神话中的五天帝之一，指西方之神。⑲银蟾：即月亮。⑳豚（tún）：亦称“江猪”。哺乳纲，鼠海豚科。㉑玉潭动鲛户：潭（tán），深水坑；鲛户，鲛（jiāo），亦作蛟，传说中的人鱼。㉒珊（shān）：即珊瑚。㉓粟（sù）：小米；粟粟，形容山小而且多。㉔缕（lǚ）：线，细长的意思。㉕鲛珠：即鲛人的“泣珠”。㉖天吴：古代传说中的水神阳侯，㉗冯夷：传说中的水神名。㉘思射钱塘弩：弩（nǔ）：用机栝（guō）发箭的弓。用弩射钱塘江潮，挑战水神。㉙筑与琴：筑和琴，都是弦乐器。㉚江妃：传说中的女神名。㉛瑟鼓：瑟（sè），弦乐器。鼓，打击乐器。㉜翠羽：翡翠鸟的毛，青绿色。㉝琼楼：琼（qióng）楼玉宇都是传说中仙人居住的地方。㉞蝼蚁：蝼蛄和蚂蚁。比喻力量微小或地位低微、无足轻重。㉟沧桑：“沧海桑田”的简称，比喻世事变迁。㊱山鬼哭啾啾：山鬼，《楚辞·九歌》所描写的女性神。啾（jiū）啾：虫、小鸟细碎鸣叫声。

【小传】

李丙荣（1867—1938），字树人，清末江苏丹徒人。祖籍安徽舒城，后移居江苏丹徒，李恩绶之子。

由江宁①镇至采石

三山峭壁压江流，矶更雄观据上游。
一水远连和尚港②，万峰齐拥谪仙楼。
征帆数点充诗料，浊酒盈樽③洗客愁。
此是东南关键地④，当年筹策奠金瓯⑤。

【注释】

①江宁：即南京的江宁县，现在的江宁区。②和尚港：楚定真和尚用锡杖挑土修建的港，其遗址在慈湖河出江口一侧。③浊酒盈樽：浊酒，未过滤带有酒渣的酒；盈樽，樽，酒器；盈樽即满杯。④东南关键地：采石地形险要，易守难攻，一向是南京乃至整个江东大地的南大门。⑤筹策奠金瓯：筹策，计谋策划；奠，奠定，奠基；金瓯：比喻疆土完固，也指国土。

【小传】

赵怡，石城乡人，居城中。父泉。母李氏梦黄文疆而生，起祖常含饴啖之顾亲不先食，祖谓其至性过人，是真无双后身矣！6岁就傅读《朱注》善事父母二语，即起问师曰："事父母若何为善？"师大奇之。年二十六娶妻，甫三日，母疾，十旬不入私室，叩求大士愿以身代。夜梦白衣人抚其背曰："汝母病当即瘥（chài愈）"，寻愈。知县陈铨闻而诗以问之，曰："母病竟何如，兼旬未读书。所闻如不谬，屋漏有神无?”其年补弟子员。好读书，未三十以羸（léi）疾卒，其日谓弟怀曰：“与子永诀，勉之哉，善事父母。”

采石矶怀古

矶畔寻幽破寂寥，振衣千仞上岧峣[①]。
波涛夜涌龙腥晕，松柏阴多虎气骄。
供奉[②]文章今古月，开平[③]勋业往来潮。
登临撇却[④]无穷感，山径斜阳唱晚樵。

【注释】

①岧（tiáo）峣（ráo）：高而美丽貌。②供奉：暗指李白，李白曾任翰林供奉。③开平：即明初名将常遇春。因有战功，他死时被封为开平王。④撇（piě）：丢开、撇开。

方履中

【小传】

方履中（1864—1932），字开祥，号玉山，别号骋（chěng）商，安徽安庆人。光绪年间进士，授翰林院编修。后任两淮盐运使、四川提学使、安徽矿务总理。光绪二十七年（公元1901年），履中因治父丧回乡，后居安庆。时英人凯约翰以欺诈手段，侵占了安徽的铜官山矿，皖境各界为之大哗，绅（shēn）商官学群起反对，公推履中为代表。他不负众望，上京诉讼，并吁请本省及外省在京名官，揭露英人侵占我矿山等种种不法行为。陈独秀创办的《安徽俗话报》，经常报道英帝国主义者霸占我矿产资源的消息，在舆论上给了他很大的支持。宣统元年（公元1909年）三月十七日，英商凯约翰被传讯到京。三月三十日，北京安徽会馆召开同乡会，履中在会上慷慨陈词，揭露英霸占铜官山矿的具体案情。五月三日，中英双方开始谈判。方履中以无可辩驳的事实，揭露了英商侵占我国矿产资原的违法行为。凯约翰理屈词穷，无言以对。北京谈判，激起了全国人民的关注。五月底，各省代表，在上海商办铁路工会召开特别大会，宣布成立铜官山矿务局同济会。宣统三年，方履中以皖矿总经理身份赴南京，宣布收回铜官山矿自主开采，同时设立铜官山矿股份有限公司。民国三年，方履中集资成立的铜官山股份有限公司，再次被帝国主义、官僚资本主义所侵吞。民国四年，“中日实业公司”获得安徽的开采权。日本三洋公司，从方履中手中夺去了铜官山矿。但方履中的实业救国之志并未动摇，又创办了“振冶铁矿公司”，自任总经理。民国十九年，冯玉祥在北京创办私立中国大学。经林森介绍，方履中到中国大学任教，并潜心著述。其著作主要有《贞泯不泐[1]》《桐城名贤诗词辑》《皖矿始末通告》等。民国二十五年，履中病逝于北京。

采石矶怀古

天生江水向东流，万里茫茫[2]一局收。
英雄事业今已矣，江上空余太白楼。
当年殿下彩云飞，锦衣时惹御香归。
放眼不知卿相贵，宫女如花绕四围。
袖中自有麒麟笔[3]，悠悠[4]六幕才横溢。
挥毫兴到极淋漓，海水天风生浪疾。
沧州[5]五岳[6]容翱翔[7]，倚天之剑摩青苍[8]。
造化[9]尽付雕龙手，收拾乾坤入锦囊。
楚汉西来傍江址，豁然退老名山里。
月下花间酒一壶，倒吸青天入杯底。
锦袍宫带坐扁舟，颓然一醉几千秋。
手携明月照今古，不识骑鲸何处游。
烟水苍茫蛟龙回，大江滚滚分南北。
天教此老若重来，草木山川亦生色。
我今杯酒吊青莲，随风吹下翠螺巅。
酒魂诗魂今何在？江花江月自年年！

【注释】

①泐（lè）：水冲激石头产生的纹理。②茫茫：辽阔；深远貌。③麒麟笔：麒（qí）麟（lín），本指孔子著《春秋》之笔，文字简短，寓有褒贬之意，后指史家之笔。④悠悠六幕：悠悠，众多貌。⑤沧州：州名，治所在饶安（今河北盐山西南）。⑥五岳：中国五大名山的总称。即东岳泰山、南岳衡山、西岳华山、北岳恒山、中岳嵩山。⑦翱（áo）翔（xiáng）：回旋飞翔。⑧青苍：即苍天。⑨造化：指天地、自然界。

郑孝胥

【小传】

郑孝胥（1860—1938），字苏戡（kān），一字太夷，号海藏，福建福州人。近代著名政治家、书法家。清光绪八年举人，曾任安徽、广东按察使，湖南布政使等职。辛亥革命后，以遗老自居。1931 年协助日本唆使溥仪赴东北，充当日本帝国主义侵华工具。1932 年伪满洲国成立，任国务总理兼文教部总长等伪职。1935 年下台，1938 年死于长春。

从广雅尚书[①]登采石矶彭杨祠[②]

大江东去意何如，暂驻[③]旌旗上碧虚。
祠庙云霄依太白，山川风物比南徐[④]。
料量筋[⑤]力艰虞际，总揽英才感慨余。
不信乖崖久闲地，吴民[⑥]遮看老尚书。

【注释】

①尚书：官名。②彭杨祠：彭公祠和杨公祠。彭公祠为彭玉麟祠，杨公祠即杨岳斌祠。③踅（xué）：转入；中途折回。④南徐：州名。治所在京口（今江苏镇江市）⑤筋（jīn）：肌肉的旧称。⑥吴民：吴地的民众。

许璇

【小传】

许璇[1]，浙江瑞安人。出生在世代书香人家。许家祖居湖南长沙，五代时，为避战乱而迁来浙江。

丹阳书院[2]

宏开书院凤池旁，礼义雍雍[3]君子堂。
架插牙签[4]一万轴，庭栽碧玉两三行。
卷帘燕堕芹泥[5]湿，洗砚鱼吞墨汁香。
珍重宋朝刘贡士[6]，肇基上请额丹阳。

【注释】

①璇（xuán）：美玉。②丹阳书院：当涂县、太平州四大书院（天门书院、青山书院、采石书院）之一。其遗址在当涂县南黄池镇。书院是和州县学、乡村私塾完全不同的另一种教学形式。它的开支和运作，是靠兴办人捐资购买的学田田租。有的书院不但不收学费，连生活费也不收。③雍雍：鸟和鸣声，也形容铃声的谐和。④牙签：旧时藏书者系于书函上作为标志，以便翻检的牙制签牌。⑤芹泥：芹，菜名，即“旱芹”。⑥刘贡士：宋朝人，丹阳书院的创始人。

附录

题魏涵民老先生《马鞍山古诗词选注》

巢湖　万事慎

魏老涵民晚节坚，性耽文史雅风妍。
爱观方志知稽古，喜阅地舆识变源。
李白墓前曾怅望，谢公亭内每流连。
马鞍山麓诗词集，牛渚江滨著作编。
红杏青莲延学士，碧纱黄绢载名篇。
名山胜水搜寻遍，奇字难辞注释全。
写稿辛劳离职日，成书欢乐杖朝年。
身强百岁双星寿，学富五车三女贤。
九韵诗成为祝贺，十天校正亦机缘。

2014 年 10 月 8 日

后记

已是七十有九的我，为何还要心血来潮，花了近四年的时间和精力，选注此《选注》呢？

我虽然在马鞍山工作了几十年，但我从未接触过马鞍山的历史；对她，我可以说是一无所知。然而，一个偶然的机会，才使我开始接触她。

那是我退休后不久的一天早晨，我在风景如画的佳山脚下晨练，碰到了也在此晨练的时任市政协副主席的徐超群同志。他问我："退休在家干什么，想不想找点事干？"我说："当然想找点事干！一天到晚没事干，急都把人急死了。"他说："市政协正组织人编写一本《马鞍山史话》，如果有兴趣，你就来参加。"

就这样，由徐超群同志引荐，我参加了《马鞍山史话》的编写，开始接触马鞍山的历史。

马鞍山虽然是一座新兴的钢铁工业城市，但是她脚下这片热土的历史却十分悠久，具有厚重的古文化底蕴。

大量出土的古文化遗址告诉我们，早在3000多年前，就有一批先民在这里打猎捕鱼，开荒种地，繁衍生息……

2000多年前，采石就是长江中下游的古津渡之一。当年秦始皇南巡，就是从采石古津渡渡江去钱塘……

1800多年前，孙氏兄弟从历阳（今和县）过江，夺取采石、姑孰，进而占领了整个江东大地，建立起孙吴政权，与曹魏、蜀汉三足鼎立……

为了解决鏖战的军粮，孙吴竟派遣数万军人，在姑孰的丹阳湖屯田数万亩。这就是江南大粮仓之一的大官圩的来历。

为了加强屯田的领导，统一不久的晋，竟在吴督农校尉治的基础上，设置了于湖县。

东晋太和年间，明帝婿、东晋大司马桓温，为了与朝廷分庭抗礼，竟自行决定率兵屯驻姑孰城，始建姑孰城池，还自行废立皇帝，企图代晋自立……

长期在以姑孰为中心的一带流行的优秀民间歌舞《白纻歌》《白纻舞》，被东晋乐官采入乐府，并经过他们的加工整理，提炼升华，又得到了朝廷大臣们的青睐……

这一桩桩一件件不同凡响的历史事实，好像在敲打我的心，使我震撼，大有不吐不快的感觉。于是，我在完成集体的《马鞍山史话》之后，又独自在马鞍山古文化研究的总题目下，撰写了十几篇、十几万字的专题论文，有的已在市社科联主办的《皖江学刊》上发表。

在编写《马鞍山史话》和研究马鞍山古文化的过程中，我接触到了各朝各代全国各地诗人来采石、姑孰游览时所写的诗作，这使我产生了极大的好奇心，进而产生了搜集这些诗的念头。开始，我只是搜集报纸上的，后来就搜集网络上的。最后，又想到了搜集《当涂县志》和《采石志》上的这些诗。在新图书馆还未建的时候，我曾去老图书馆查找过这两志，答复是未整理好，暂不开放。后来我又去过几次，答复依然如此。新图书馆开放后，我以为这一下该可以找到这两志了。可是跑去一问，答复仍然还是未整理好。这一下我可急了，直接跑去找图书馆的办公室主任。说明来意后，主任决定“特事特办”，同意每天派人为我开门，让我一个人进去看这“两志”。我还真是有点“受宠若惊”的感觉。为了不耽误他们的时间，我就带着相机，把这两志有关诗的资料全都拍了下来，再放到电脑上……

当我将这些诗搜集到一定程度的时候，便产生了重新编排注释出版这些诗的意向。我觉得，这些诗，是马鞍山市得天独厚的文化资源，可以产生巨大的精神财富。可惜的是她们至今还藏在深闺人未识，没有发挥她应有的作用！

年轻时，我就想干点自己想干的事。可是那时在上班，时间和精力都不允许。退休后雄心仍在。我那十几篇专题论文，就是在这种思想的鼓动下去完成的。现在，它又在鼓动我去选注此《选注》。于是，我就跟着感觉走，开始了此《选注》的选注工作。

这些诗因为是古诗，所以诗中的繁体字、异体字、冷僻字比较多。我在选注过程中，能换的都将它们换掉了。实在换不掉的，那也没办法，只好保留。但需注释读音和字意。这些诗，原本是一个标点符号也没有，一般人很难读成句。在选注过程中，我都给她们一一加上了标点符号。有的诗还有错别字，尤其是我在图书馆拍照的那些诗，原本是石印的，由于年代久远，有的地方已经模糊不清了，有的由于装订错误，下页和上页的文字对不上。就在我艰难地将此书向前推进时，我又得到了两套资料。一套是《民国版当涂县志》。这套民国版当涂县志，是当涂县委、县政府送给我二女婿祖明的。他知道我在进行这项工作，就将这套县志送给了我。另一套资料是《太平府志》。它是我的好朋友刘淮安同志在《古籍在线》下载的。他知道我在进行这项工作，就将它送给了我。这一来，我的资料就比较全了。

《民国版当涂县志》，虽是铅字印刷本，但错字也很多，这可能是翻印时校对不严造成的。明显的错别字，一经发现就把它换掉了。不明显而又有些怀疑的，我都要将它和别的版本相重复的诗进行比对，斟酌再三，才作决定。本选注所选的这些诗，古词语和典故较多。文化信息含量很大。有的词语好像是“天书”，不加注释你就不知道它在说什么。所以此《选注》注释的条目比较多，内容也比较详细。我在诗注之前，还增加了作者的生平简介。我觉得有这个简介比没有这个简介要好得多。有这个简介，就好像读者和作者的关系近了一层。没有这个简介，读者和作者中间好像隔了一层纱。可惜的是，还有一些作者因资料缺乏而无简介。

注释的资料，主要来源是《当涂县志》、上海辞书出版社出版的《辞海》和《新华字典》。

在选注过程中，我还得到了宿州学院图书馆原馆长鄢化志教授的帮助。他不仅给本书写了序，还为本书初稿的注释文字作了修改。在此表示感谢！

在此书即将定稿时，我又根据合肥工业大学出版社责任编辑疏利民先生的意见，对本书所选注的诗词又作了一次精选，对注释的文字又作了一次修改，并将同音字注释改为汉语拼音。同时承蒙巢湖万事慎老先生对本书作了一次详细的审校。还要特别感谢安徽审计职业学院青年才俊武淼女士，为本书的出版做了许多有益的工作。这样一来，无论是诗选，还是注释的文字，都比原来精练多了。本书第1稿总计40万字。这是第5稿，只有30多万字。

本书的出版得到了合肥工业大学出版社社长李克明先生、总编辑张和平先生的大力支持，还有我的女婿祖明、女儿魏君、魏群、魏筱惠为本书的出版也付出了辛勤的劳动，在此一并表示感谢！

选注这些诗，是马鞍山古文化研究的一件大事。靠我一己之力去完成，困难是很多的。但我下定决心，克服一切困难，一定要把这部《选注》打造成精品，使她成为马鞍山市的一张文化名片！

2014年12月8日